Universale Economica Feltrinelli

MARIATERESA DI LASCIA

PASSAGGIO IN OMBRA

Feltrinelli

Prima edizione ne "I Narratori" gennaio 1995
Prima edizione nell'"Universale Economica" marzo 1997

ISBN 88-07-81420-X

Nella casa dove sono rimasta, dopo che tutti se ne sono andati e finalmente si è fatto silenzio, mi trascino pigra e impolverata con i miei vecchi vestiti addosso, e le scatole arrampicate sui muri scoppiano di pezze prese nei mercatini sudati del venerdì. Ormai sono libera di non perderne neanche uno, e ho tutta la mattina per stare in mezzo alle baracche a rovistare a piene mani, fra stoffe colorate e sporche che qualcuno, per sempre sconosciuto, ha indossato tanto tempo fa.

Stamane, per esempio, ho trovato delle camicette bianche con i fiori rosa di cotone vero, come non ne fanno più, e sono felice mentre apro l'acqua nella vasca da bagno e le metto a schiarire con il disinfettante.

Hanno cercato di convincermi in molti a lasciare questa casa, perché è piccola e affogata e, quando mi viene l'asma, rischio sempre di morire davanti alla finestra aperta, ma io non dò ascolto a nessuno, e penso che è inutile preoccuparsi di ogni cosa: la morte verrà quando verrà e nessuno ci potrà fare niente. Mi porteranno via, per queste strette scale dei palazzi moderni, e avranno un gran da fare per svuotare tutto il ciarpame che è stato la mia vita.

Da ragazza mi vestivano come un'attrice del cinema, e io guardavo il mondo con i miei occhi di pupa di pezza, lunghi e ricciuti come le ali di una farfalla. Nessuno si accorse mai che l'occhio destro era completamente cieco per una macchia che mi era venuta fin da bambina, contro la quale non hanno saputo fare nulla neanche i medici che poi ho incontrato nella vita.

Avevo i capelli biondi e una testa leonina che si faceva guardare quando camminavo, immersa nei miei pensieri, e le macchine si fermavano bruscamente per non travolgermi sulla strada.

Ho vissuto in ogni città di questo paese e non ho potuto fermarmi mai, inseguita com'ero sempre dai mille mostri atroci della mia fantasia. Sono andata pellegrina di strada in strada, di casa in casa, cambiando pure i bar dove mi piaceva prendere il caffè della mattina, perché non trovassero le mie tracce. Le tracce dei miei racconti di principessa esule su questa terra senza anima, dove i miei polmoni hanno trovato difficile perfino respirare.

Forse ero nata per un grande destino, ma questo lo sapevano in pochi: donna Peppina Curatore, che mi era zia, e Anita, mia madre. Francesco, mio padre, deve averlo vagheggiato anch'egli, ma solo per vanità.

Quando donna Peppina, che mi ha amata più di ogni cosa al mondo, e per questo mi rubò a mia madre e mi mise sempre contro di lei, decise che avrei studiato, e sarei diventata una "professorona", avevo dodici anni e stare al mondo non mi appassionava, perché l'umanità pulsa di desiderio e di passioni incontrollate e forti, che io non so provare e neanche immaginare e che, infine, mi terrorizzano.

Adesso che mi viene incontro la vecchiaia e ho smesso con anticipo inspiegabile anche di avere il sangue, il mio aspetto dimesso e le rughe che tardano a venire mi difendono ancora più degli sciatti vestiti che mi coprono il corpo. Travestita così, senza età e senza sesso, finalmente me ne rido del mondo.

Non è stato sempre così.

Un tempo, le mie due donne si guerreggiavano per avermi tutta per loro, e in paese parlavano di me per via di Anita, che non si era sposata e che mi aveva avuta da Francesco mentre egli era in guerra.

Non avevo ancora avuto il primo attacco d'asma, e i miei polmoni erano tali che potevo fare il do di petto, e tenerlo a lungo facendo vibrare i cristalli del lampadario. Ho cantato ancora, anche dopo l'asma, per molti anni, e ho smesso solo alla morte delle mie care donne, mia zia Peppina e mia madre Anita. Ho sognato che dormivano vicine su due lettini bianchi e ordinati e che io le svegliavo col mio canto, ma loro mi pregavano di fare silenzio perché erano stanche e volevano riposare.

Non ho voluto consultare il libro che interpreta i sogni, né giocare i numeri al lotto, come mi ha consigliato la vecchietta che viene tutti i giorni all'ora di mangiare e per la quale cucino sempre un po' di cibo in più, perché credo che il senso di quel sogno fosse proprio quello che compresi appena fui sveglia, quando ero ancora tutta sudata per l'eccitazione.

La sera mi siedo sul balconcino della camera da letto, che è stata quella di mia zia, e guardo sulla strada stretta e solitaria dove anche gli alberi non vogliono crescere. Cerco di respirare e di non farmi sorprendere dalle voci e di respingere le presenze che, prontamente, mi si animano attorno, attratte da un richiamo che origina in me, e, tuttavia, mi è sconosciuto.

Infine, quando non c'è più un punto della stanza e dell'orizzonte dove possa volgere lo sguardo senza che si facciano incontro con il carico delle loro storie, piango senza passione e senza furore, arresa ai miei ricordi come una cittadella ai propri assalitori.

Ci sono tutti: in questa casa senza aria e senza luce, io li riconosco uno a uno, anche quelli che non vidi mai neppure in una foto; e gli amici degli amici che si sono dati la voce, e popolano la carta da parati a fiori beige che ricopre i muri, e proiettano la loro ombra come in un grande cinema.

"Chiara, mi manda tua zia Peppina... Chiara, ho conosciuto tua madre... Chi sono io Chiara, mi conosci?... Chiara... Chiara... Chiara..."

Il bisbiglìo cresce come un concerto di cicale d'agosto, in un attimo occupa tutta la stanza e io divento un fiore, un albero, un filo d'erba; o forse sono solo la nuda terra che hanno calpestato o l'acqua sorgiva che hanno bevuto.

Ora, finalmente, torna il tempo delle fantasie e del mio canto di sirena senza coda, ora che le mie due donne hanno lasciato il loro corpo terreno e sanno tutto di me e della mia vita.

E io con loro.

Prima parte

L'AUDACIA

A te m'accosto traendo presagio.

Archiloco

Memorie felici di un'infante; la balia Rosina

La creatura sgraziata che mi viene incontro dallo specchio ombrato dell'ingresso, che separa la cucina dal bagno, e quello dalla stanza del divano, sono io.

Allorché, per disattenzione o per sventatezza, mi accade di alzare gli occhi verso lei, la consistenza ragguardevole delle carni e la foggia confusa dell'abbigliamento mi sbalordiscono non meno dello sguardo opaco. Quello strano animaletto dall'aria spaurita e indolente sono io, e lo specchio, nelle parti in cui non è cieco, conserva intatto il suo diabolico potere e mi guarda con odio, rimandando il disordine zingaresco del mio bottino.

Gli fuggo dinanzi tremante, ed esso m'insegue fin dove può.

La stanza del divano, dove mi dirigo per riavermi, è avvolta nell'ombra stagnante delle imposte sempre chiuse, e sulla parete di fondo troneggia, coperto alla meglio da vecchie lenzuola, l'assedio fantastico dei miei preziosi.

Il divano, una dormeuse dalle spalliere bloccate a un'unica altezza, troppo bassa per farmi respirare senza un grande cuscino sotto la schiena, guarda con agio la montagna colorata che gli cresce di fronte. Incautamente mi lascio cadere, e da esso si alza un nugolo di polvere grigia dalla consistenza quasi solida, che si posa lentamente su di me: stasera avrò una crisi di asma. Una ragione in più per disinteressarmi delle poche faccende che superano gli impedimenti tenaci della mia accidia, e che si impongono a me come NECESSITÀ: di questa soprattutto ho timore, nonostante l'abbia sgominata con la costanza della mia abiezione.

Tuttavia, a tratti, mentre sbrigo qualche piccola incombenza, essa riaffiora minacciosa dai luoghi segreti della coscienza, e si avanza in me come un dolore cieco e brutale, che si propaga alla ricerca del suo proprio movente, della voce che l'ha destata.

Braccata come una povera preda da una muta di cani, mi riparo nel nonpensiero, e pratico alcuni rituali che servono ad allontanare l'orribile sentimento che io possa ancora compiere o impedire qualcosa. Freneticamente infilo la mano nei capelli, partendo dalla fronte fino alla nuca, e massaggio con forza ripetuta quella zona della testa dove mi sembra che si formi il pensiero della NECESSITÀ. Qualcuno mi spiegò che essa è un'invenzione della mente umana, una sorta di tragica presunzione nata dal bisogno di giustificare la propria esistenza nell'esito obbligato con cui questa si compie: la morte, unica ed eterna NECESSITÀ.

Io non penso alla mia morte, e tutto quello che a essa è legato di fantastico e di mostruoso vive in me – visitandomi raramente come presagio di un destino a cui appartengo – solo nel sogno. Tuttavia, anche in questa visione, non si è mai svelata come la mia propria morte, e già nel sonno mi sforzo inutilmente di ricordare quando è accaduto esattamente che sono morta, e cosa significhi per me. Di solito mi sveglio con l'immediata percezione del mio corpo vivo, e la suggestione del sogno diviene inafferrabile come un sottile vapore che salga, allontanandosi verso cieli più alti.

Di quale materia siano fatti i sogni io non lo so, e neanche riesco a capire se nascano da altri e diversi sensi da quelli che abitualmente usiamo; magari da sensi aboliti o dimenticati che si rianimano non appena cessiamo di opporci alla loro vita.

Da sveglia, i miei sensi vietati non mi concedono il dono di un'altra esistenza sognata: io non appartengo alla meravigliosa genìa dei visionari, capaci di plasmare la realtà sul proprio desiderio come fu mia zia Peppina. E neppure appartengo al seme eroico di coloro che, non credendosi capaci di sognare, concepiscono il sogno più folle e scambiano il proprio coraggio con la vita. Mia madre fu così. Io no.

Io sono, per mia condanna, immersa e travolta dalla realtà: essa mi ha vinta, mescolandosi ai miei occhi come un oscuro mosaico le cui parti si lasciano scorgere a loro solo piacimento, e si offrono alla memoria come pagine di un quaderno strappato.

Mia madre e io abbiamo vissuto a lungo sole, innamorate senza rimedio l'una dell'altra, con una piccola folla di creature benefiche che si occupava di me, nelle molte ore in cui Anita era fuori a lavorare.

Avevo una guardiana brunetta e magrolina, con le gambe lunghe come un ragno e un carattere festoso e improvviso, che si chiamava Rosina e mi teneva con sé intere mattinate. Quando si faceva l'ora di mangiare, arrivava l'intera famiglia di Rosina e la casa si riempiva di odori e di voci; allora venivo messa su un seggiolone di legno dove non potevo intralciare quel grande via vai di cose e di persone. Inutilmente lanciavo urla per essere lasciata sul pavimento a giocare con Maurino, il più piccolo della famiglia che aveva cinque anni più di me ed era timido e affettuoso. Dall'alto del seggiolone sovrastavo la sua statura e gorgheggiavo scambiando con lui pezzetti di carta, bottoni e mille sorrisi. Seduti a tavola a mangiare eravamo un numero di persone incalcolabile per la mia mente infantile, e nessuna delle tavolate a cui ho partecipato da adulta, mi è sembrata mai tanto grande e felice come quelle di allora.

Anita non si staccava da me un solo istante e mi teneva in braccio dandomi da succhiare le dita intinte di assaggi misurati, mentre mi stampava in viso e sui capelli baci pieni di briciole. Alle mie richieste più insistenti, si toglieva rapida dalla bocca un poco di cibo e me lo dava, come ho visto fare agli uccelli con i loro piccoli, e mi cullava fino a quando gli occhi non si chiudevano nel gusto. Allora scivolavo con la testa nel punto più caldo del seno: dove questo si incava con l'ascella a fare una nicchia, creata apposta per cullarci il sonno dei bambini.

Che ci fosse la guerra io non lo seppi mai, se si esclude la volta in cui andammo tutti a ripararci alle grotte di S. Pietro, poco fuori dal paese, perché il bollettino delle forze armate aveva annunciato che c'erano stati nuovi bombardamenti a sessanta chilometri da noi e che si stavano avvicinando alla stazione. Partimmo la mattina come per una scampagnata, con le borse piene di stracci e di pane, un'intera processione di paesani che avanzava con passi diversi, tirandosi dietro bambini e vecchi genitori in un silenzio opaco.

Rosina, la mia balia, aveva voglia di cantare perché quella era la strada di quando si andava alla festa della Madonna del Pozzo e il prete intonava: "Miiira il tuo popolooo, beeella Signooora, che pieeen di giubilooo oggiii ti onooora". Ma, ogni volta che provava a dire a sua madre che la conosceva tutta, perché l'aveva imparata dalle suore quando aveva fatto la comunione, si prendeva un pizzicotto e lanciava un urlo come la sirena del coprifuoco.

Io ero in braccio a mia madre e, da quel nido amoroso, guardavo il mondo sconosciuto che si apriva davanti. Con Rosina non ci eravamo mai spinte così lontano, e non certo perché i miei passi fossero un ostacolo alla sbrigliatezza della guardiana (che, anzi, non teneva in nessun conto la mia piccola età) ma perché era stata severamente ammonita che non facesse troppo la scriteriata e che non mi succedesse niente.

La mattina, quando veniva a casa, mi trovava già vestita con i pannicelli di lana fatti ai ferri e il fiocco in testa che Anita mi metteva perché i capelli non andassero negli occhi. Rimanevamo sole che ci eravamo già scambiati alcuni dispettucci e qualche carezza. Rosina voleva sempre uscire, qualunque fosse il tempo, e Anita ci nascondeva i cappotti quando l'aria era troppo fredda. Con lei ero andata in fondo al paese, dove non c'è più nessuna casa e non si vede più nulla, se non i campi affollati di erbacce e di sterpi, cresciuti senza regola. Una volta mi ero anche sbucciato un ginocchio scivolando in quella via scoscesa, ed ero rotolata per qualche metro con la incredibile leggerezza dei bambini. Tornate a casa con il fiocco disfatto e i vestiti sporchi di terra, Rosina negò ogni cosa, e disse di non sapere né quando, né come mi fossi fatta male. Anita, sfiduciata, smise di domandare perché a volte era meglio parlare con il muro che con Rosina, e rivolse a me tutte le attenzioni. E mentre mi lallava soffiandomi il naso e mi scaldava le mani coi respiri, io balbettai la prima frase compiuta della mia giovane vita, esplodendo in una grande risata: "Iaia tùmpete!" dissi in un sospiro di prova. Eppoi, fatta sicura di me, lo ripetei sempre più forte, rotolando a terra sotto gli occhi contenti di Anita, a dimostrazione di quel mio glorioso tùmpete.

Rimanemmo nella grotta di S. Pietro una notte e un giorno intero, senza che nell'aria si sentisse il rombo annunciato dei motori e neanche si levassero i rumori dei bombardamenti che si avvicinavano. Per noi bambini fu festa grande, e nessuna minaccia o rimprovero servì a tenere tranquilli il nostro sangue e il nostro argento mescolati, in un luogo dove la proibizione e la regola cadevano senza peso, come piume.

Ma il massimo della felicità fu quando, nell'aria, risuonò lo scampanellio lungo di un intero gregge di pecore, che veniva a ripararsi nella grotta prima che arrivasse la sera. Mi addormentai fra belati di agnelli e grida di bambini, senza che la guerra passasse su di me con la sua ombra di morte.

Delle tante incertezze che incarnandosi nella mia vita le hanno dato forma, una sola mi fu risparmiata, e su essa non dovetti mai interrogarmi: l'amore di mia madre. La devozione, la passione tenera con cui si prendeva cura di me, furono tali che, fin quando vissi sola con lei, non dubitai di me stessa e della infallibile bellezza della mia sorte.

Ora che le tracce della mia femminilità biologica (le ultime a resistere sulla barricata di una identità muliebre rifiutata fino allo spasimo) sono precocemente scomparse, e non devo più assistere allo scempio del mio inutile sangue che scorre, ripenso a quale indomita creatura ella fu, e mi coglie uno sbigottimento, come davanti all'apparizione inattesa di un tempio eretto per una divinità pagana, o di un evento della natura mirabile e spaventoso: un terremoto o un nubifragio. Tale fu la forza di mia madre, o quella che mi appare mentre la rivedo compiere gesta semplici e tremende, come sono le imprese della vita vera.

Lo so: qualcuno che non mi siede più accanto sul divano, ma che non ha mai abbandonato questa casa, obietta, e si oppone scalpitando, e mi ricorda, ingrata che sono, che anch'ella mi amò supremamente e mi raccontò ogni qualità: pur'anche quelle che non ebbi mai, e queste soprattutto! Faccio fatica ad acquietare mia zia Peppina e la sterminata invasione della sua memoria che si pone in mezzo come un muro, fra me e mia madre.

Anita! Anita! MAMMA, la chiamo quasi, la invoco: è così difficile per me stare in sua compagnia! È così difficile, e prezioso, incontrarla nella confusione dei ricordi e mostrarmi a lei come sono: pavida e vile, una creatura che non sa vivere, infeconda e sterile come la morte. Incapace perfino di fare ciò che non è negato a nessuno: di dare alla vita un figlio!

Un figlio, mi dicevi, non appartiene alla madre, egli dev'essere restituito alla vita che lo ha chiamato. Come facevi a sapere queste cose tu, nella tua testolina caparbia, nel vigore delle tue azioni e, insieme, nel penoso silenzio dell'afasia che ti prendeva così spesso e ti lasciava sconfitta, a recuperare le forze per il prossimo attacco.

Eppure tu conoscevi di istinto i tratti certi della natura, di quell'ordine superiore delle cose che regola la vita e la morte delle specie: la tua sapienza splendeva laddove gli altri non avrebbero osato.

Era coraggio? Era forza? E se era forza perché non bastò a vincere sulle parole e sulla viltà degli altri? Cos'è che spezza la forza e la perverte conducendola a colpire il proprio creatore? Non lo so.

Per un tempo lunghissimo, non ho voluto pensare a mia madre: se lo avessi fatto, se a guidarmi in questi anni fosse stata la visione della mia infanzia trascorsa con lei o l'impronta archetìpica della sua figura, non avrei potuto percorrere tutta intera la strada della dissoluzione e, a ogni passo da me compiuto verso il degrado, l'avrei trovata a guardarmi col suo sguardo amoroso e senza giudizio. Sotto i suoi occhi non avrei potuto.

O forse, al contrario, un archeologo della psiche, uno scavatore delle coscienze e dell'ottundimento dell'anima, troverebbe proprio in mia madre, in quel coraggio che in lei scorreva innato, la sfida irraggiungibile a cui mi sottrassi, annientando ogni insegnamento. Anita mi amò e difese il suo amore fin dai miei primi momenti di vita, quando ero ancora una sola cosa con la sua carne, e nessun dolore o dubbio ci avevano ancora toccate.

Avevo già compiuto tre anni quando vidi mio padre per la prima volta; fino a quel momento Anita non ricevette mai alcuna notizia da lui.

Ancora oggi mi chiedo, senza trovare una risposta certa, quali furono le ragioni di un tale, definitivo, silenzio, e soprattutto chi lo decise imponendolo all'altro. Forse mio padre non immaginava l'esito della sua relazione con mia madre; forse l'aveva pensato impossibile per una persona esperta sulle conseguenze di certi intimi rapporti fra un uomo e una donna. Di certo, egli scomparve senza più dare notizie di sé.

A quel silenzio Anita aggiunse il proprio, e il nome di Francesco D'Auria non le uscì dalla bocca neanche quando a fermarla sotto casa, qualche giorno prima che io nascessi, era stato Tripoli in persona, il padre di Francesco. "Signorì," l'aveva apostrofata all'improvviso, "buona salute! Fra poco vi nasce la creatura."

A quel saluto, Anita si era sentita il viso avvampare e aveva affrettato il passo, ma Tripoli si era appoggiato al muro per discorrere meglio. "E come lo chiamate questo maschietto?" le aveva domandato guardandola diritto negli occhi. Benché l'avesse presa un tremore per tutto il corpo, Anita rispose di non saperlo ancora.

Non era così. Tante volte mia madre mi ha sussurrato, mentre mi teneva nel letto con lei, che il mio nome se l'era sentito salire dalla pancia: come un suggerimento o una preghiera, o come se, infine, a chiederle di chiamarmi Chiara fossi stata io stessa.

"Ah!" fece Tripoli. "Non ci avete pensato!"

Sembrò fermarsi a riflettere, eppoi chiese: "E la vostra famiglia che dice? È contenta?".

Poiché Anita era scivolata su per le scale, lasciandolo davanti al portone senza una risposta, egli l'aveva incalzata: "Non ve la dovete prendere così," aveva gridato sicuro, "di questi tempi il mondo è pieno di figli di nessuno".

Ma a parte questo incontro, del quale Francesco fu il protagonista innominato, mia madre non parlò mai di lui, né dovettero farlo altri, perché il paese – una volta consumate tutte le chiacchiere sulla mia nascita – non si preoccupò più di attribuirmi un padre. Io ero per tutti la figlia della mammana, la signorina forestiera, arrivata con il postale della stazione.

Per qualche ragione che non so spiegare, e sebbene ne sia stata certamente testimone, l'apparizione inaspettata di Francesco è tanto estranea alla mia memoria diretta quanto lo furono gli avvenimenti che precedettero la mia nascita: di essa ho perduto ogni ricordo. Tuttavia è come se vi avessi assistito innumerevoli volte, tanto spesso Anita e Francesco me l'hanno raccontata – ogni volta aggiungendo nuovi e più preziosi particolari – quasi dipendesse da me sola e dal mio giudizio di infante riportare la prova perduta dei loro sentimenti, o scioglierli per sempre l'uno dall'altra.

Al pari di un direttore di scena, io conosco le infinite variazioni di quello che accadde; ma, benché il compito di assegnare loro le parti spetterebbe a me sola, essi non cessano di presentarsi al mio cospetto. Supplicano che li ascolti una volta ancora: l'ultima, la definitiva.

Francesco D'Auria bussò a casa nostra una mattina di autunno inoltrato; mia madre era già sveglia, sebbene, a causa della stagione e dell'ora sollecita, stentasse a fare giorno. Aprì per abitudine, di certo senza neppure domandarsi chi fosse, e se lo vide dinanzi all'improvviso. Egli, che era restato sulla porta senza che Anita facesse nessun gesto per farlo entrare, si sentì perduto. "Signorina Anita..." balbettò, dovendo decidere in che modo chiamarla, "Anita!" supplicò infine. "Non mi riconosci?"

"Quando sei tornato?" domandò assente.

"Al paese? Sono arrivato adesso!" rispose Francesco, un poco rianimato per il fatto che avesse dato mostra di riconoscerlo.

"Ah!" fece Anita, senza aggiungere altro.

"Ma," riprese frettoloso, "sono tornato da due giorni... Sono andato da mia zia Peppina Curatore, c'era anche Giuppina... Qua non è rimasto più nessuno!" continuò giustificandosi. "Tripoli se ne è andato in città..."

Francesco non sapeva più come seguitare, e il silenzio di Anita lo stordiva; cercò il suo sguardo per farsi coraggio, ma lei fissava un punto lontano della stanza, dove non c'era nulla. Avvilito, abbassò la testa. "È stata mia sorella a dirmelo..." concluse.

Forse destata da quei fatti, io chiamai mia madre dalla stanza dove dormivo, e a quella voce essi entrarono: prima Anita, che riconoscevo fin dal passo leggero e che già attendevo aggrappata alle sponde della culla, poi lui. Mentre Anita mi prendeva nelle braccia e mi baciava nel nostro modo solito: come se ci rivedessimo dopo una lunga separazione, egli fece pochi passi verso noi, e rimase a guardare.

Nella grande stanza dove dormivamo, con la culla vicino al letto perché Anita potesse ninnarmi se mi svegliavo durante la notte, c'era sempre un braciere acceso con i carboni del camino. Ma a parte la zona più prossima a esso, il resto della stanza era così freddo che certe volte le lenzuola nei letti erano diacce fino a sembrare bagnate. Di quei tempi felici, mi è rimasto in casa, come una reliquia, un vecchio scaldaletto di legno: una piccola arca con quattro piedi puntuti, brunita al centro dai cerchi di calore lasciati dalle padelle di carboni accesi. Dieci minuti di quel meraviglioso strumento, e il letto diveniva dolcemente vaporoso: un luogo di delizie e di brividi, dove era bello abbandonarsi.

Ma la mattina, dicevo, nella stanza faceva freddo, e il calore del braciere era insufficiente a scaldare; allora Anita mi cambiava con mani esperte e cantava una canzoncina che si adattava alle mie proteste. Faceva così: *Pirulì Pirulì piangeva, voleva l'insalata, la mamma non l'aveva, Pirulì Pirulì piangeva. A mezzanotte in punto, passò un aeroplano e sotto c'era scritto, Pirulì Pirulì sta' zitto*. Alla fine della canzoncina, io ero già stata cambiata e rivestita per l'essenziale, ed ero pronta a fare la colazione.

Quella mattina, invece, mia madre non cantava e mi parlava con una voce, se è possibile, più dolce ancora di quella che conoscevo, attardandosi nei gesti, quasi volesse esibirmi al visitatore sconosciuto. Ai miei segni di scontentezza, mi rigirò sulla schiena per sistemare la canottierina fin sopra la pancia e le reni. Fu allora che Francesco trasalì e si fece vicino: con un gesto rapido della mano fermò il polso di Anita e sollevò la maglietta fino a dove una piccola voglia di amarena mi colorava la schiena. Non disse nulla perché, a quel breve contatto, io avevo cominciato a piangere disperatamente. Allora Anita mi prese gelosa fra le braccia, già pentita di avergli permesso di turbarmi.

"È meglio che te ne vai!" sussurrò decisa.

"Sì," fece Francesco. Ma, giunto sulla porta si voltò. "Quando posso tornare?" domandò col viso acceso. "Mi hanno detto che con te ci sono sempre molte persone, e io ho bisogno di vederti sola..."

Anita non rispose e Francesco levò la mano per trattenerla. "Anita!" si esaltò senza osare toccarla. "Quella voglia sulla schiena! Nella mia famiglia ce l'abbiamo tutti..."

Lei guardò la luce della strada. "Non dartene pena," disse ostile. "Noi stiamo bene così."

Francesco, soldato per amore tradito

Il palazzo dove abito, una costruzione dei primi anni sessanta, ha un portone con il telaio di alluminio e le porte di vetro, dalle quali è possibile guardare fuori aspettando che il semaforo divenga verde. Sul mio interno, il numero otto, c'è scritto a penna: Curatore, il cognome che portò da sposata mia zia Peppina, colei che mi ha lasciato la casa dove vivo. Alla sua morte, non mi sono occupata di cambiare la targa sulla porta: adesso come prima, mi nascondo dietro il suo nome.

Nulla somigliò meno a mia zia di questa abitazione, della strada in cui vivo, e perfino della città in cui venimmo; ma così sono andate le cose.

Durante il giorno esco. La città che conosco è quella che percorro a piedi: cammino per ore fra i quartieri intorno a casa e mi allontano da essi solo alcuni giorni del mese, allorché devo raggiungere i mercati rionali o qualche fiera più grossa.

Quando mia zia era ancora viva, prendevo l'autobus per rientrare prima, ma farlo non mi piaceva. La ressa delle persone e l'aspetto ordinario dei suoi habitué mi suscitavano una riluttanza profonda: per questo lo prendevo solo per percorrere tratti tanto brevi da giustificare che rimanessi sulla porta, pronta a scendere.

Una sola volta, una sera d'agosto, tentai di sedermi: l'autobus era quasi vuoto e io, già turbata dal disgusto del luogo, mi diressi verso il sedile più vicino all'uscita. Davanti a me, una medusa con i capelli attorcigliati e rigidi come serpenti che le coprivano il viso, si mise a urlare nella mia direzione: "La regina di Francia ha un trono; la regina d'Inghilterra ha un trono; la regina di Svezia ha un trono!...". Vergognosa, e senza sapere cosa fare, mi guardai la punta delle scarpe e strinsi al corpo le buste della spesa. Quella urlò più forte, come se proprio io fossi la causa del suo furore. Tremando, aspettavo di arrivare alla fermata. Non appena scesi, alzai gli occhi a guardarla: era là, col volto da Gorgone e l'orribile sporco che macula la pelle di certi folli che, per vivere, hanno scelto la strada. Provai un ribrezzo mescolato ad attrazione, e per un attimo smarrii la memoria di quel che facevo e di dove stavo andando.

In uno stato di stordimento feci qualche passo nella direzione del lampione, e mi fermai a riflettere. Un pensiero si fece strada nel disagio della mente: se solo avessi smesso di essere vigliacca, sarei stata come quella donna. Se avessi spinto me stessa oltre la soglia dell'orrore del vuoto, se avessi guardato in faccia al mito che pietrifica a un unico svelamento, niente più mi avrebbe trattenuta alle regole della vita comune! Allora, anch'io avrei potuto urlare contro uno sconosciuto l'anatema della mia esistenza. Come certe creature irrisolte, che denunciano fin dall'aspetto il proprio ibrido destino, non ho mai osato smemorarmi di me stessa totalmente: così, dunque, non mi sono liberata delle cose fino a divenire una mendicante, e non mi sono liberata del passato fino a divenire una folle. Prigioniera della mia vita, sono rimasta una creatura di confine.

L'autobus lo prende anche mio padre: egli è ancora vivo e abita nella mia stessa città.

È questa la ragione per cui ho smesso definitivamente di usarli anche per brevi tratti: non voglio incontrarlo più e non voglio che si preoccupi per me dopo la morte di zia Peppina.

Di lui non ho neanche una foto. Le bruciai un giorno in cui, fra noi, tutto mi sembrò definitivo. Il falò delle immagini paterne, che, un attimo prima di incenerirsi, si scurivano, quasi volessero assumere la consistenza necessaria per fuggire all'assedio del fuoco, mi apparve come un rito che aveva il potere di rendermi finalmente libera da lui.

Libera dalle lusinghe, dalle promesse che non mantenne mai; libera dalla seduzione della sua voce e dalle suppliche carezzevoli e false che non mi commuovevano più.

Guardavo quel piccolo incendio che mi divampava dinanzi e piangevo di rabbia e di dolore: come avevo potuto sbagliarmi tanto su di lui; come avevo potuto essere tanto ingenua da non capire chi era veramente! Ne avevo fatto un dio, un eroe perseguitato e dolente, il cui sangue era stato ingiustamente versato; un magnifico paladino, e invece era un vigliacco, un pavido, un pusillanime! Credevo che il disprezzo e la processione crudele degli insulti sarebbero bastati a darmi ragione sul rimpianto che provavo pensando a lui: all'incantatore di serpenti che egli è sempre stato. Non fu così: la ferita aspra che mi occupava il cuore non portò alcun esito, e per un lungo tempo soffrii senza sapere trovare la strada per smettere. Se fossi stata meno ingenua; se mi fossi avveduta della pretesa insanabile che si celava dietro il mio dolore; se la ragione mi avesse avvertita che l'accanimento contro mio padre era l'unico modo che avevo per continuare ad amarlo, avrei potuto dirmi sùbito quel che ho impiegato la vita intera ad ammettere: egli era un uomo qualunque. Fece le cose che empiono le cronache ordinarie della vita; molte di esse sono squallide e volgari, ma portano il segno dei tempi in cui viviamo.

Per questo, perché so che la colpa maggiore fu mia, accade che a volte – sebbene abbia deciso di non incontrarlo più, o proprio grazie a questo rifiuto a qualunque raffronto con la realtà – io ripensi a lui con tenerezza. Allora lo rivedo com'era nei racconti magnifici e mendaci che donna Peppina faceva di lui, e mi commuovo del bimbetto assonnato che vidi in qualche foto; piango sull'orfano che gli toccò in sorte di essere, e mi dispero delle sue drammatiche fughe.

In questa storia, che mi fu solo raccontata, cerco l'inizio di ogni inganno.

Francesco D'Auria decise di partire una mattina, mentre si faceva la barba, e la radio annunciò che era scoppiata la guerra. Da alcune settimane si chiedeva se c'era un modo per uscire dalla situazione in cui si trovava con Tripoli. Non aveva voglia di fare scenate e non desiderava neanche discutere soluzioni ragionevoli: desiderava solo scomparire senza clamore, lasciandosi tutto alle spalle.

Di temperamento furioso e indifferente, suo padre viveva in maniera confusa, mentre un destino fortunoso lo braccava, impedendogli di lasciarsi andare alla deriva come avrebbe voluto e ributtandolo nella vita un attimo prima della fine.

Le sue tasche erano gonfie di soldi arrotolati come carta straccia, dai quali egli si separava facilmente, e con sollievo, quasi ne avesse disgusto. Tutti potevano chiedergli del denaro, Tripoli lo dava via senza domandare nulla. Francesco aveva perfino smesso di sorvegliare che non glielo rubassero, perché suo padre non sapeva mai quanto ne aveva addosso.

Per qualche inspiegabile e fatale ragione, o forse per conformità al disprezzo con cui Tripoli lo trattava, il suo denaro faceva sempre una fine miserevole, quando non si rivelava addirittura dannoso. Una volta, a Napoli, comprò un carico di pesce appena tolto dalle reti. Durante le ore del viaggio, e nel dispiegarsi dei numerosi impegni per l'intera giornata, il pesce rimase sul calesse a cuocere al sole. Arrivò al paese ormai immangiabile, e nessuno si preoccupò di cucinare quel poco che si era salvato e che fu lasciato a marcire in un catino; di lì a qualche giorno la casa fu piena di vespe richiamate dall'odore feroce.

Quando Tripoli era così stanco da non potere più guardare le rovine che gli si accumulavano attorno, e che, quasi per beffa, risparmiavano lui solo, prendeva una contadina incontrata nelle sue terre o in quelle del cognato Totone e se la portava nel letto. La mattina dopo parlava a monosillabi; a mezzogiorno non mangiava, nonostante a tavola ci fosse cibo cucinato, e chissà quando ci sarebbe stato un'altra volta. Passeggiava, invece, avanti e indietro a piccoli passi strascicati, come un vecchio che faccia fatica a sollevare i piedi, e ogni tanto emetteva un sospiro fondo che terminava con una specie di sibilo lamentoso.

Parlottava da solo, scuotendo la testa dalla quale gli ricadevano dritti i capelli lucidi e neri, e, se Francesco gli diceva di sedersi per mangiare qualcosa, lui faceva un gesto stizzoso della mano, muovendola nell'aria, come se avesse un lazo per prendere i cavalli, ed emetteva un suono acuto, come una sirena o il gemito di un lupo. Quando il suo andirivieni era diventato insopportabile perfino a lui, Tripoli afferrava la giacca o il cappotto, secondo la stagione, e usciva di casa brusco, con gli occhi rivolti a terra.

"Io me ne vado," diceva. "Ci vediamo un'altra volta!"

Era inteso che si riferiva alla donna, e che quando tornava non voleva più trovarla.

Padre e figlio non parlavano, e fra loro era cresciuto un silenzio che a tratti si lasciava immaginare come una complicità muta e profonda (così Francesco pensava che con il padre non ci fosse bisogno di parole); a volte, invece, si svelava come una sterminata distanza, un deserto dentro il quale non cresceva nulla, neanche un sorriso. Altre volte ancora, egli aveva sospettato che Tripoli lo guardasse senza riconoscerlo, come si stesse chiedendo chi era quel ragazzo bruno e forte, in via di diventare un uomo, che lo chiamava "papà" con la voce vibrante, per l'attesa di una cura amorevole, di una carezza o perfino di un bacio. L'unica cosa certa era che Tripoli, a parte le compagnie di una notte, conduceva una vita confusa e solitaria di vedovo.

Quando comparve Mariuccia Nicodemi, che parlava con le parole che finivano con la "u" sputando intorno ogni volta che alzava la voce e forse aveva l'alito che puzzava di stalla, Francesco si adirò molto col padre. Mariuccia si sistemò a casa di Tripoli con la scusa che al suo paese era scoppiato il tifo e che le erano morti tutti i familiari, compresa Bettina, la figlia di tre anni.

Francesco non le credette, ma i giorni passavano e quella diventava la padrona. Ormai suo padre tornava a casa tutti i giorni per mangiare e si sedeva a tavola sereno.

Ad accrescere il suo rancore si aggiungeva il fatto che i fratelli più piccoli non avevano mai avuto una faccia tanto pulita e tondetta, e la mattina, con i fiocchi al colletto e le ginocchia lavate, andavano a scuola senza fare storie. Lui, però, aveva quasi vent'anni, e non poteva fare finta di nulla.

Già tutto il paese parlava di Mariuccia, che la mattina andava al mercato, col borsello di pelle di vacca di proprietà di Tripoli, e spendeva le lire con oculatezza, come fossero sue. Mariuccia non mancava mai di dire quello che a Tripoli piaceva o non piaceva mangiare, sicché si capisse che lo conosceva meglio di chiunque, e che lo accontentava come una vera moglie.

Fu a causa di Mariuccia che quando la radio diede la famosa notizia, Francesco provò un sentimento di esultanza, come se – invece della guerra – gli avessero annunciato la sua liberazione personale. Qualche tempo dopo arrivò la cartolina, ed egli pensò che era giunto il momento di affrancarsi da una situazione insopportabile.

C'erano stati momenti, in quegli anni vuoti di certezze, in cui aveva provato la pena acuta di sentirsi un idiota senza futuro, piegato sotto il peso di innumerevoli ricordi deformati dall'uso e di altrettante piccole illusioni quotidiane, tutte destinate a essere negate dalla realtà miserabile che era la sua vita. E tuttavia, la mattina, quando apriva gli occhi sul mondo e andava a farsi la barba, lo prendeva sempre un piacere di vivere indomabile e fiero che gli faceva strofinare il volto e le membra lavate con l'acqua gelida, mentre una voce lieta e alta gli usciva dal petto a chiamare i fratelli.

Francesco era sicuro che anche loro desiderassero un padre come gli altri: un genitore severo, che chiede conto delle cose e impreca contro l'ingratitudine dei figli. Ma Tripoli non mostrava verso loro alcun possesso e non pretendeva nulla, anzi. A volte sembrava perfino scusarsi di essergli genitore, come per una involontaria prepotenza che non si vorrebbe fare a nessuno sulla terra. Altre volte, invece, aveva negli occhi un'espressione neutramente pensosa che poteva d'un colpo divenire timorosa e dolente. Sembrava, allora, che nessuno dei problemi della sua famiglia gli apparisse risolvibile o soltanto affrontabile, e si chiudeva nella stanza per intere giornate, sordo a ogni richiamo ed evento.

In questo deserto di sentimenti era cresciuto Francesco e, ora che il padre si era scelto una donna con cui vivere, non gli restava altro da fare che partire e cercare nella guerra consolazione e oblio alla propria vita miserabile. Forse gli sarebbe toccata in sorte la stessa gloria che guadagnò a suo padre il nome "Tripoli", e l'amicizia di uomini potenti e importanti che sarebbero stati felici di venire in suo aiuto se solo lo avesse chiesto, e che lo imploravano di servirsi di loro come di se stesso.

Sorpreso dalla nostalgia e dall'ammirazione che lo rapivano sempre quando pensava al padre, Francesco decise che non poteva andare in guerra senza portare con sé una prova meravigliosa di quella gloria. Andò nell'armadio e tirò fuori una piccola scatola di legno intarsiata; frugò nelle carte con il cuore in tumulto. Era una foto con i margini orlati e sottili, del colore della sabbia. Quello doveva essere il colore delle immense distese deserte dove si erano svolti gli eventi straordinari di cui Tripoli, con pudore virile, non parlava mai. Eppure si vedeva bene che era un vincitore glorioso e che la divisa, allacciata fino all'ultimo lucido bottone, era stata portata con onore! Seduta sulle sue ginocchia di maschio, e senza che Tripoli rivelasse nei foschi occhi brucianti null'altro che la clemenza della forza, una fanciulletta negra, completamente nuda, fissava l'obiettivo con la muta pazienza delle prede.

Tripoli, chi era costui? Altre notizie su Francesco e sulla sventura di Giuppina

Tripoli era tornato dalla guerra d'Africa con le medaglie degli eroi, e una fucilata nel piede. Anni dopo, alcuni maligni dissero che si era sparato da solo per essere rimpatriato, e potersi dedicare meglio alle ruberie di mandrie di buoi e di cavalli, insieme a Totone, il fratello di sua moglie Chiara.

Il padre gli aveva lasciato un esteso latifondo in quella parte ubertosa della Puglia che confina con la Campania e le dà inizio. Ma, né Tripoli, né il cognato erano nati per fare i contadini e sudare zappando la terra; molto meglio fare gli allevatori e commerciare con i cavalli degli altri. Soprattutto il cognato, nonostante la mole possente gli avesse guadagnato il soprannome di Totone, quando rubava era leggero come un uccello della notte e veloce come una faina.

Fecero due o tre colpi grossi per le fiere di Napoli e Avellino, e agirono con tanta rapida impudenza e certezza di riuscita, che i legittimi proprietari non ebbero nemmeno il tempo di andare a guardare se i marchi, che i cavalli avevano sui fianchi, fossero o no quelli dei loro ferri. Con i soldi ricavati dalle vendite, misero su un negozio di finimenti, che divenne la loro copertura per un lungo periodo di accorte ruberie, mentre la leggenda di Tripoli, che correva sul suo baio nero, cresceva nei paesi e nelle masserie dei dintorni.

Le sere d'estate, al paese si ballava negli spiazzi delle case buie come forni, che si aprivano direttamente sulla strada. Era un piacere squisito radunarsi all'aperto, fuori dalla fuliggine delle mura, e ballare la quadriglia accompagnati da una fisarmonica. Totone, che era un grande ballerino e si muoveva gentile come una fanciulla, non mancava mai di partecipare a questi raduni in compagnia della sorella Chiara, che era la sua ballerina preferita.

Insieme facevano una coppia instancabile, nonostante Chiara avesse il respiro corto degli asmatici e affannasse sotto la spinta del fratello. Rientravano a casa a notte fonda, e Tripoli era già a letto da molte ore; Chiara si muoveva furtiva nella stanza buia e si spogliava senza andare nemmeno alla toletta.

Malgrado le cinque gravidanze – uno dei figli non ce l'aveva fatta a sopravvivere perché era venuto alla luce prematuro – Chiara era ancora slanciata, e avrebbe fatto invidia a una adolescente. La figura bionda e delicata, la pelle sottile avevano fatto di lei una vera bellezza, e, se non fosse stato per la salute che non lo permetteva, avrebbe voluto andare a vivere in città per tentare un destino da artista.

Invece, si era innamorata di Tripoli ed era rimasta al paese a scodellare un figlio dietro l'altro e a ballare col fratello, fra una gravidanza e un attacco d'asma.

"Donna Chiara non tiene fiato, una volta o l'altra resta morta a terra," dicevano al paese le donnette vestite di nero, mentre lei saltava come un grillo, sfidando i polmoni fino a estenuarsi. Di queste voci malauguranti Chiara la bella non si curò mai, e continuò a ballare e a organizzare, nella sacrestia della chiesa, recite alle quali accorreva tutto il paese. Giuppina e Francesco, i suoi primi figli nati a distanza di dieci mesi l'una dall'altro, furono ben presto coinvolti nei progetti creativi della madre. La femminuccia, soprattutto, sembrava avere un meraviglioso talento quando, in piedi sulla sedia di paglia, volgeva gli occhi in alto, con lo sguardo perduto e recitava i versi che Chiara le insegnava.

Col passare degli anni, Giuppina era divenuta un'adolescente con i capelli lisci e dritti sul volto, le gambe lunghe e un po' tozze alle caviglie, e una vita sottile sotto la quale si stagliava il bacino forte da fattrice. Da Tripoli aveva imparato a cavalcare come un ragazzo, e giocava per le strade trascinandosi dietro il fratello, che era lento e piagnucoloso e si puliva il naso con i polsi, sempre sporchi di muco.

Francesco non voleva andare da nessuna parte, perché il suo piacere più grande era starsene davanti alle gabbie degli uccelli, a guardare com'era che vivevano, e che facevano dalla mattina alla sera, e se era vero che, coprendoli con un panno nero, era possibile confonderli circa il giorno e la notte.

Giuppina lo trovava, lungo e allampanato, con la bocca aperta a guardare in alto, e le prendeva una tale rabbia che gli assestava quattro schiaffi in faccia urlando: "Scémo, sei uno scéeemo!" e lo trascinava fuori casa per un braccio, sempre lo stesso, che gli veniva livido. A passi svelti svelti, percorreva da sopra a sotto le stradine del paese e andava a trovare tutti i parenti, quelli di sangue più lontano, e anche quelli che, con la sua famiglia, avevano legami multipli di comparato (perché, come si sa, tre volte compari si diventa parenti), senza tralasciare le amiche della madre, né la sartina per i vestiti di tutti i giorni. All'ora di pranzo, Giuppina rientrava a casa affannata e raccontava ogni cosa che aveva visto, sicché si sapeva che era sempre informata, e se qualcuno aveva bisogno di una notizia doveva chiedere a lei.

A questa natura affettuosa, che considerava il paese come una dilatazione felice della propria casa e gli abitanti come la moltiplicazione magnifica della famiglia, gli abbracci insistenti di Bernardo Bucci, coetaneo e amico di Tripoli, dovettero sembrare un'accoglienza paterna. Né riuscirono a salvarla, dal suo fatale destino, le chiacchiere crescenti della gente o gli accenni imbarazzati degli amici. Con sicurezza altera, la madre si drizzava sulle spalle leggermente gibbose, mentre il respiro si faceva corto e ansioso, e gli occhi non ammettevano repliche. "Mia figlia è figlia a me!" rispondeva a tutti.

A tal punto lo ripetette, e con tanta ostinazione, che Giuppina stessa dovette convincersi che la frase della madre si riferisse a una qualità straordinaria, che riguardava proprio lei e il suo particolarissimo destino di figlia di Chiara; sicché non si può escludere che non ebbe neanche il sentimento che le cose che faceva non si dovessero fare. Quando cominciò a chiedere in giro se il latte al seno venisse alle donne gravide, era già incinta di quattro mesi, e la sua pancia inconsapevole cominciava a spuntare dagli stretti vestiti e sotto il cappotto di panno nero.

Un fremito di compassione attraversò le case visitate da Giuppina: solo la moglie di Bernardo rimase tranquilla ad attizzare il fuoco del camino perché – lei lo aveva sempre detto – l'uomo è cacciatore, e sono le femmine, e le loro madri, che devono stare attente all'onestà. Nella vergogna di quei giorni, Giuppina fu mandata da donna Peppina Curatore perché togliesse quella pancia sfacciata da sotto gli occhi di tutti.

Non era trascorsa una settimana da questi eventi, che Chiara ebbe un attacco d'asma più forte degli altri e stette a soffocare sui cuscini, senza che i polmoni riuscissero a trovare un accordo con il resto del corpo. Quando Tripoli la trovò morta nel letto, non capì, e continuò a scuoterla inutilmente.

Sisina, la promessa sposa di Totone, preparò la stanza per la veglia funebre e, prima che la casa si riempisse di donne, trovò la scatola di pasticche nascosta sotto al materasso. Poiché era analfabeta, la mostrò a Giovanni Cantalupa, che faceva il maestro ed era cugino della morta. Gliela fece vedere solo un attimo, con un gesto segreto della mano, ma lui si spaventò. Le disse che erano pillole per aprire i polmoni e che le buttasse sùbito via.

Senza parlare, Sisina le inghiottì nelle tasche profonde del grembiale.

Il giorno del funerale, l'ordine era stato che Giuppina non fosse presente per nessuna ragione, e che non facesse più parlare il paese col bastardo che portava nella pancia.

Se Francesco pensava a sua sorella, gli veniva un dolore fondo perché non aveva capito nulla di quello che succedeva, fino a quando, una sera, Tripoli aveva urlato, rompendole una sedia sulla schiena. Giuppina si era fatta pallida e sudata, e avevano dovuto metterla a letto che quasi non respirava più. La notte, sua madre aveva pianto, ma con Giuppina niente, neanche una parola. Come se non esistesse più.

Francesco si era messo a dormire nel letto a fianco alla sorella ed era rimasto con gli occhi aperti, a guardare il soffitto senza parlare. Dopo un po' non aveva resistito e l'aveva chiamata con un bisbiglìo: "Giuppì!" e lei non aveva risposto. E lui più forte: "Giuppì, che fai, dormi?".

"Sì," aveva risposto.

"Giuppì, è vero che te ne vai?"

Siccome Giuppina non rispondeva, Francesco si tirò su dal letto e le chiese a voce alta se era vero quello che dicevano tutti, che lei aveva passato un guaio. Giuppina gli aveva risposto che se non la smetteva subito, gli dava quattro schiaffi e Francesco aveva insistitito: "Giuppì, perché te ne vai? Non vuoi più stare qua?".

Allora Giuppina gli aveva detto che era uno scémo, e che lei lo aveva sempre saputo che la sua era una famiglia in cui si nasce o pazzi o scémi. E lui era nato irrimediabilmente scémo, e pure cornuto! Perché altrimenti si sarebbe accorto di quello che Bernardo Bucci le faceva, e lo avrebbe riempito di pugni, salvandola dal disonore e dalla disgrazia...

"Perché, che ti ha fatto compare Bernardo?" chiese Francesco, interrompendo quella valanga di parole che lo stavano sotterrando com'era successo a Mariella nel terremoto del '30, (tutti ancora se lo ricordano, ed è meglio farsi la croce perché non accada più!) e che si salvò per miracolo e volontà di Dio. Amen.

"Mi ha ingravidata," rispose Giuppina.

Avevano pianto insieme perché si volevano bene e non potevano sopportare di non vedersi più.

All'ora della partenza Francesco, con la faccia schiacciata sulla finestra, guardò la sorella andare via. Tripoli gli aveva detto di non uscire fino a quando il calesse non fosse scomparso nella strada.

Francesco rivede i suoi parenti e prende una decisione

Quando Francesco lasciò la nostra casa dopo la famosa visita, la strada gli venne incontro vuota come il suo cuore.

Si sentiva infelice e provava un dolore alla testa, mescolato a una nausea tenace, come se non avesse digerito. Eppure, l'ultima volta che aveva mangiato era stato il giorno prima a pranzo, quando Giuppina gli aveva parlato; allora aveva smesso di mangiare e si era acceso una sigaretta.

"Io l'ho vista," aveva sussurrato Giuppina.

"Chi?"

"La bambina, scémo, chi allora?" continuò Giuppina sempre

a bassa voce. "Non posso parlare forte, sennò ci sente zia. Lo sai com'è, per un niente si fa acchiappare per pazza!"

"Ah!" fece Francesco spegnendo la sigaretta nel piatto.

"Ma come?" insistette Giuppina, dopo avere aspettato in silenzio che parlasse. "Non vuoi sapere niente?"

"E che c'è da sapere," sospirò Francesco: "Torno dalla guerra e scopro che la mammana mi ha incastrato!"

"Ma se non parla mai di te!" lo aveva rimbeccato Giuppina.

Francesco si era stretto nelle spalle, annoiato per l'ingenuità incorreggibile della sorella. Avrebbero certamente litigato, se non fosse entrata donna Peppina Curatore, con la sua corte di piccoli mariòli.

In Jugoslavia aveva conosciuto molte donne. Soprattutto quando era passato con i soldati di Tito, e le notti si erano fatte più fredde e inquiete che mai. Allora, scaldarsi il corpo stringendo una giovinetta con le calze ruvide e le trecce pesanti lungo la schiena, era una consolazione senza fine. Sapeva di sembrare uno di loro: con la faccia scura e i lunghi occhi ricciuti, il naso adunco da animale da preda, poteva essere scambiato per un pastore scontroso del Montenegro. Aveva anche imparato lo sloveno; lo aveva studiato con ostinazione, per il bisogno di smemorarsi di sé e della propria vita, di mescolarsi e scomparire in quelle terre. Per tre anni interi, dopo avere disertato l'esercito fascista per passare con i partigiani, aveva vissuto nei monti della Jugoslavia insieme a contadini forti e male armati che ammazzavano per un sospetto o un dubbio.

Così, una volta era giunto un soldato che aveva detto guardandolo: "Quello là io lo conosco: era un assassino delle camicie nere".

Per fortuna, conosceva la lingua così bene che capì ogni cosa, e si potette difendere – parola su parola, accusa su accusa, prova su prova – senza perdersi d'animo. Tuttavia, se non giungevano a riconoscerlo alcuni contadini, neppure il Padreterno lo salvava dalla fucilazione.

Sì, la vita era stata dura e non gli aveva mai regalato nulla: né denaro, né famiglia, nessuna certezza per il futuro. Solo le donne.

Fra le sue braccia erano passate le fanciulle più belle: lui le amava sottili e forti, con una cesta di capelli sulla testa e la bocca che sapeva di more. Quante volte era passato, con la stessa appassionata fame, dall'enorme mammella di una mucca al seno acerbo di una ragazza. Nessuna mai gli aveva detto no, e la sua reputazione di italiano amoroso sembrava fiorirgli attorno in appuntamenti carnali. In quegli attimi di felicità rubata, di incontri senza futuro, Francesco non si era mai chiesto se dal suo corpo fosse zampillato il seme di una vita, e se questa si fosse sviluppata nel caso e nella disperata fatalità di quei giorni. Nessuna donna gli aveva mai presentato il frutto di una notte d'amore; nessuna, di quelle creature allegre e gravi, lo aveva mai rincorso per imprigionarlo alla propria esistenza. Era come se sapessero che lui non apparteneva a nessuno; e non sarebbe appartenuto mai a nessuno. Neanche a un figlio.

E adesso la guerra era finita. "Madonna mia!" sospirò.

Quando era giunto ai confini delle sue terre, aveva riconosciuto il profilo delle montagne come si riconosce il volto di una persona amata. Da ragazzo, in quel punto preciso, sapeva che mancavano ancora sette chilometri alla scuola, e si aggiustava il respiro per prendere un'andatura più costante. Come allora, aveva respirato l'aria sottile di quell'altura dove si pone il confine che – su tre diversi sentieri – separa la Puglia dalla Basilicata e questa dall'Irpinia, e aveva guardato il paese schiacciato come un nero rospo sulla collina. Poi si era seduto sul ciglio della strada e aveva pianto.

A volte, mentre era lontano, aveva pensato che non sarebbe tornato mai più. Ma poi veniva preso da un'ansia che non si placava fino a quando non ammetteva che egli apparteneva per sempre a quei luoghi. In questa nostalgia che non si stancava di visitarlo, Francesco aveva percorso tutta l'eternità che, nella giovinezza e solo in essa, corre veloce da un punto all'altro dei propri confini: quel per sempre e quel mai più che sono la delizia e l'inganno dell'esistenza, fino a quando ci si crede immortali. Per questo non aveva proprio pensato ad Anita: come si fa a pensare a un'ombra, a un sogno vissuto in un'altra vita? Eppure – eternità contro eternità – in quel tempo che non gli apparteneva, la vita di Anita era cambiata definitivamente. E a cambiarla era stato lui...

Ma adesso la guerra era finita, e c'era solo una cosa che desiderava: dire al mondo intero che quella pupetta era sua figlia, e che lui, Francesco D'Auria, era il padre. "Chiara D'Auria," disse ad alta voce, parlando come un pazzo per la strada. "Chiara D'Auria," ripetette fra sé e sé esaltandosi. "Come mia madre!"

Un pensiero, però, lo tormentava dal fondo della coscienza; si fermò sulla strada, nella curva dove passava il postale, e si concentrò per ricordare che cosa aveva detto sua sorella a proposito di Anita.

Non parla mai di te, aveva detto Giuppina con l'espressione di quando lo voleva inquietare; e, però, questa volta aveva ragione, perché Anita, quando lo aveva visto, era rimasta di ghiaccio, come se non si aspettasse di incontrarlo per il resto della vita.

Cercò nelle tasche del cappotto militare che lo copriva fino quasi ai piedi e pensò: "Vedremo!" senza sapere che cosa voleva vedere. Fece appena in tempo a fare due tiri che arrivò il postale; spense la sigaretta e con un balzo ci salì sopra.

Una forestiera di cui nessuno si fida

La stanza dove dormo è una specie di sgabuzzino di forma quadrata, con una grande finestra che si affaccia all'interno del caseggiato. Per questa ragione, perché mi ripara dai rumori della strada, la scelsi per dormirci nonostante l'angustia delle misure, e la posizione che la espone al sole arroventandola, unica parte della casa, fin dalle primissime ore della mattina.

Il mio letto, un cassettone di legno di misura francese troppo grande per lo spazio in cui è ristretto, è appoggiato alla parete con il lato più lungo, e mostra solo questa parte di sé, come fosse un divano. Sotto la finestra, in una rientranza del muro, c'è un baùle rosso di legno e ferro, con le serrature arrugginite, di cui ho smarrito le chiavi. Esso contiene una parte del corredo che mia madre mi lasciò e che non ho mai usato.

Il resto mi fu rubato, senza che abbia mai capito in quale circostanza accadde il furto e chi ne fu l'autrice. Ho sospettato per anni una delle donnette mariòle di cui si circondava mia zia Peppina; sono giunta perfino a recarmi a casa sua nelle ore più improvvise, con l'intenzione di soprenderla con le lenzuola sul letto o le tovaglie ricamate sul tavolo apparecchiato. Ma non trovai mai nulla. La ribalda doveva avere già provveduto, con l'aiuto delle sue commarelle, a farlo scomparire: magari l'aveva venduto a qualche commerciante all'ingrosso della città o l'aveva smerciato in giro per poche lire.

Per molti mesi ho girato nei mercati alla ricerca di quella dote preziosa; a volte, mi è sembrato di riconoscerne le parti negli stracci impolverati delle baracche americane; altre volte li ravvisai nelle vetrine eleganti delle mercerie del centro. Tuttavia, quando prendevo fra le mani un lenzuolo o una tovaglia, attendendo che la loro appartenenza si svelasse con un segno qualunque, non mi sembrarono mai degni del corredo di mia madre. Doveva servire quando mi fossi sposata e avessi avuto una famiglia; così non è stato, e non ho mai osato infrangere la promessa con cui mi fu consegnato.

Di lato al baùle, c'è una scatola di cartone fiorato, tenuta insieme da quattro paia di lacci di scarpe annodati l'uno all'altro. La scatola scoppia del suo contenuto ed è conservata, come ogni altra suppellettile, nella maniera indolente che mi è propria. Tuttavia, il baùle e questa scatola di cartone contengono gli unici indizi di me di cui non mi sono disfatta.

La scatola, soprattutto, a volte io l'apro, e spargo il contenuto sul letto. Accade di notte, quando non riesco a dormire e l'alba è lontana. Volti familiari si mostrano, mescolati alla rinfusa ai bigliettini natalizi che mia madre riceveva da paesani emigrati in Svizzera; alle cartoline a colori di qualche posto fantastico che non vedemmo mai; alle partecipazioni dei matrimoni, delle comunioni e dei battesimi di sconosciuti.

In una busta bianca senza intestazioni c'è una lettera che, secondo il costume dei genitori, mia madre scrisse a se stessa da parte mia, quando compii il primo compleanno. La lettera porta la data del 30 settembre 1944.

Dentro la lettera, con una cura che non fu mia ma sua, sono conservate due foto della festa: la prima mi riprende mentre do l'assalto alla torta con le mani; nell'altra compaiono un gruppetto di persone, tante quante ne conteneva l'obiettivo fotografico, che ridono festose. Al centro del gruppo c'è mia madre che mi tiene sollevata fra le braccia, quasi stesse per lanciarmi in alto; alla sua destra, simile a lei, ma malinconica nei tratti, sua sorella Titina che stringe la mano a una donna dal sorriso aperto e ironico. Dall'altro lato, c'è un uomo con lo sguardo attento, e una pancia leggera che spinge da sotto la giacca della divisa da guardia. È Sciarmano, l'amico fedele di mia madre, e la donna nella foto è sua moglie Marianna.

Mia madre giunse al paese alcune settimane dopo lo scoppio della guerra e, nonostante avesse viaggiato tutta la notte perché veniva da un paesino interno del centro Italia, non aveva voluto che qualcuno andasse a prenderla alla stazione.

Era scesa dal postale dopo un paio di persone assonnate che, con lei e l'autista, costituivano l'intero gruppo dei passeggeri. Indossava un vestito di tela beige, ornato da un grande colletto bianco e da una cintura, bianca anch'essa, che le segnava la vita e dava inizio a un'ampia sottana. Rimase ferma accanto al postale, aspettando che il conducente scendesse ad aprire la fiancata dove stavano i bagagli.

Una dietro l'altra, erano comparse tre valigie e alcuni scatoloni, di cui una sul punto di sfasciarsi. Con cautela, aveva preso fra le braccia proprio quella, ed era rimasta in una posa timorosa, senza risolversi a fare nient'altro.

Sciarmano, che l'attendeva con la macchina per conto del Comune e la osservava già da un poco, si avvicinò presentandosi; poi, mentre caricava i bagagli, le aveva assicurato che fra poco si sarebbe riposata. Le aveva trovato una casa, disse, dove poteva rimanere finché le fosse piaciuto e non avesse scelto una sistemazione definitiva.

"Devo fare presto," aveva risposto mia madre. "A settembre arriva mia sorella Titina."

A Sciarmano non erano sfuggiti i bisbiglii dei rari paesani seduti sulle panchine della piazza. Se prestava l'orecchio con attenzione, poteva distinguere perfino le voci, ma sarebbero stati una perdita di tempo e uno sforzo inutili perché egli sapeva quello che dicevano. Essi si ripetevano l'un l'altro, in una lenta sequela di domande e di risposte: Chi è arrivata? È arrivata la forestiera.

Durante il tragitto dalla piazza all'abitazione, Sciarmano annotò mentalmente che la signorina Anita, come subito decise di chiamarla dentro di sé, aveva detto sì e no qualche parola. Si vedeva che era molto stanca e che si guardava attorno stordita; gli occhi tuttavia, sebbene fossero arrossati per la veglia e lo sforzo del viaggio, a tratti mandavano lampi vivaci, come un riflesso al passaggio di lieti pensieri.

Quando giunsero sotto la casa di zia Rachela, la vedova che doveva ospitare mia madre per i primi tempi, quella stava cucinando, e l'odore invitante del suo cibo giungeva fino nella strada. Sciarmano se ne andò solo dopo essersi assicurato che la signorina Anita sarebbe andata subito a letto, e che le valigie e i pacchi sarebbero rimasti chiusi nonostante l'invadenza di zia Rachela.

Già in quel primo incontro, Sciarmano si era fatto l'idea che mia madre, malgrado la stanchezza dovuta al viaggio e l'assoluta novità delle situazioni, avesse un certo carattere solido.

Ciò che non poteva immaginare, era che fra loro si sarebbe stabilita un'amicizia lunga e preziosa, e che a questo avrebbe provveduto il figlio che stava per nascergli.

Accadde di giorno, nell'ora in cui l'aria immobile della canicola cominciava a essere attraversata da aliti leggeri. Sciarmano si affacciò sulla porta di casa, con la divisa da guardia perfettamente stirata, il cappello con la visiera messo sui tre quarti, e si avviò con la bella pancia che gli apriva la strada.

Aveva appena finito di minacciare sua sorella Maria, perché non voleva lasciare perdere il figlio di Tonino il muratore. Lei rispondeva che non era vero e se lo stava sognando, ma a Sciarmano era difficile darla a bere: non per niente svolgeva un lavoro nel quale bisognava sapere distinguere il vero dal falso, avvalendosi non solo dell'istinto, che certamente è indispensabile, ma di una osservazione prudente e continua dei fatti, delle cose, delle persone.

Se Sciarmano, per esempio, interrogava il macellaio sul giorno di macellazione di un animale, sulla qualità della carne che quello vendeva, o sul modo con cui gli era arrivata nelle mani, non era possibile mentirgli.

E non è che si comportasse così per avere – in cambio del timore dell'altro, di cui penetrava perfettamente l'animo meschino – un pezzo di carne in più, da portare sulla tavola della sua numerosissima famiglia. No, non era per questi fini che indagava.

Lo faceva per carattere: perché gli piaceva che le cose fossero chiare e sotto la luce del sole; e che nessuno, nemmeno Maria, pensasse di potergli nascondere qualcosa o, peggio, di prenderlo in giro.

Già da qualche giorno, l'aveva sorvegliata mentre stava al balcone della cucina, a guardare verso un punto lontano dell'orizzonte con una faccia da: non ho niente da fare. Si era insospettito, e, senza farsi confondere, aveva seguito con lo sguardo lo sguardo della sorella, fino al punto che lei fissava indifferente. E aveva visto quello che doveva vedere.

Chi fa fesso Sciarmano deve ancora nascere, si era detto, e le mani gli prudevano per la sfrontatezza di Maria, che si stava mettendo una mano nei capelli, come per aggiustarsi la frangetta arricciata. A quel saluto segreto, Sciarmano le aveva appioppato uno schiaffo in pieno viso, e aveva teso il braccio minaccioso nella direzione del figlio di Tonino, che si era ritirato subito dentro casa, come una lumaca nel guscio.

È pure un uomo da niente, aveva definitivamente pensato Sciarmano a conferma dei suoi sospetti.

Di certo, sua sorella Maria non poteva immaginare cosa passava nella testa di un uomo, ma lui lo capiva benissimo! E non gli venissero a raccontare che non poteva succedere niente, perché erano giovani e insieme non arrivavano a sommare trent'anni: lui era scappato con Marianna, quando non avevano ancora quattordici anni, e nove mesi dopo era già nato il primo figlio.

La suocera Faluccia – vedova con cinque figli sulle spalle, senza potersi risposare a causa di Giovanni Cantalupa che l'aveva ingravidata mentre spigolava nelle sue proprietà – non aveva fatto nulla per riprenderli. Dopo due giorni di fuga d'amore, erano tornati a casa spontaneamente, e Marianna aveva mostrato alla madre la prova della verginità perduta; insieme l'avevano appesa sull'uscio. Erano rimasti ad abitare nella casa di Faluccia, facendo figli anche quando Marianna allattava. Ne avevano già avuti sei, e ora stavano per avere il settimo. Le doglie erano iniziate dalla mattina, ma con sua moglie non c'era da preoccuparsi: aveva cucinato per tutta la famiglia, e solo mezz'ora prima aveva detto a Sciarmano di chiamare la mammana nuova.

Sciarmano si ricordò che Faluccia, quando l'aveva vista per la prima volta, aveva mormorato che la guerra è brutta, perché hanno ammazzato tutti i vecchi e siamo finiti in mano alle creature. Lui non aveva risposto perché non gli piaceva giudicare le persone in quel modo, affidandosi all'evidenza così spesso ingannatrice. La signorina Anita, egli lo ammetteva, per essere giovane sembrava giovane (e forse lo era davvero troppo!) ma chi ha detto che solo i vecchi debbano avere perizia e mestiere? Ci sono tanti giovani dotati e capaci in giro per il mondo! Non solo: la vocazione vera, quella che fa tremare l'animo, e spinge ad affrontare la vita come un miracolato, si svela principalmente nei giovani e raramente si trova ancora nei vecchi.

A ogni modo, sua moglie poteva insegnare a qualunque mammana come si mette al mondo un figlio, e la signorina Anita con lei non correva nessun rischio, tranne quello di imparare!

Grazie a tutti i suoi figli, Sciarmano non era partito per la guerra, ed era rimasto al paese ad aiutare le famiglie fuggite da F. e da L. Egli conosceva i propri paesani uno a uno e aveva usato il suo giudizio prudente per mescolarli con i nuovi arrivati.

Così aveva fatto anche con mia madre e con sua sorella, mia zia Titina, allorché questa era arrivata, e lui le aveva messe a vivere con la moglie e i tre figli di un capostazione, sfollati da F.

In quell'occasione, conoscendo un poco solo Anita, Sciarmano aveva dovuto affidarsi al suo istinto, e aveva goduto l'intimo piacere di verificarne la precisione. Il legame fra le due sorelle e la famiglia di don Vittorio Marella, benché forzato dalle circostanze e appena nato, sembrava appartenere alla specie preziosa delle amicizie destinate a superare tutte le prove del carattere, e ad accrescersi sicure nel tempo.

Immerso in questi pensieri, Sciarmano si scosse appena in

tempo per vedere che aveva superato la casa della mammana. Tornò indietro e, sulla porta aperta che dava nelle scale, si schiarì la voce. "Signorì... Signorina Anita!" chiamò. "Mia moglie è pronta!"

A casa Marianna aveva già perso le acque.

Anita aprì la borsa di pelle marrone, piena di ferri e di strumenti, e indossò un camice immacolato. A Faluccia, che la guardava dubbiosa, chiese due pentoloni di acqua bollente e tutte le pezze pulite che c'erano in casa. Marianna era pallida e sudata perché le cose non si presentavano come le altre volte, quando le era bastato spingere forte, e insieme a un grande bagnato veniva giù uno dei suoi figli. Maschio o femmina che fosse. Questa volta, si sentiva strappare le carni, e la creatura non usciva, ma premeva contro le pareti del suo ventre straziandola, senza riuscire a trovare la strada della luce.

Anita le aveva detto di riposarsi perché adesso spingevano lei e Faluccia, e Marianna si era messa a tremare perché pensava che le avrebbero tolto il bambino a pezzi dalla pancia. Incerta e affannata aveva bisbigliato: "Madonna mia, non me ne fido!..." e Anita era avvampata di rossore.

Allora, aveva detto a Faluccia di sedersi sulla pancia della figlia, e di spingere con le ginocchia con tutta la forza che aveva, perché lei doveva girare il bambino che si presentava di spalla. Marianna provò un dolore acutissimo, come una coltellata che la tagliava a metà; poi sentì la vita nuova che scivolava fuori da sé.

Sciarmano aveva visto la mammana piangere mentre si lavava le mani. Pensò che si era impressionata perché era molto giovane, e sua moglie non era andata bene come le altre volte.

"Signorì," le aveva detto garbatamente, "perché piangete? Mica è colpa vostra... Voi siete così brava!..."

Anita si sciacquò le mani con forza, ma le parole che voleva dire le restavano in gola, serrate dalle lacrime. "Vostra moglie," disse appena potette parlare, "non è d'accordo con voi, e me lo ha detto poco fa... D'altronde," continuò mestamente, "non è la sola... Qua nessuno si fida di me!"

Ci volle tutta la capacità indagatrice di Sciarmano per capire com'era successo che la moglie l'avesse fatta piangere. Alla fine di molte domande rivolte alla suocera e a Marianna, aveva capito tutto e si era messo a ridere. La signorina Anita non era del paese, e non poteva sapere che, quando uno è stanco e non ce la fa più, dice, così per dire: "Non me ne fido più," che è il modo per esprimere una stanchezza che ha superato ogni sopportazione.

E siccome Sciarmano sapeva risolvere tutte le situazioni, fu deciso che il bambino appena nato lo tenesse a battesimo Titina, che andava a scuola privatamente e si sentiva molto sola perché era timida e senza amicizie.

E questo, in un paese che è una grande famiglia, non sta bene. Soprattutto quando c'è la guerra.

Una donna sola. La scelta di Anita

La maggior parte delle notizie che precedettero la mia nascita, porta il segno inconfondibile di Sciarmano e dell'amicizia che ebbe per noi. Contrariamente alle sue abitudini, egli non mi fece mai nessun racconto compiuto; sicché, in un modo un poco anarchico, sentii parlare di cose che si sono impigliate con agio ai rami della memoria, e che si sono mescolate ad altre diversamente apprese. Di sicuro (io stessa ne sono stata testimone), Sciarmano passava ogni sera per qualche minuto a salutare mia madre, e, sebbene non possa stabilire con certezza quando sia nata una tale consuetudine, essa deve essere stata molto antica. Certe volte, guardandoli scambiarsi silenzi pieni di premura, ho pensato che Sciarmano sia stato il primo a sapere che io sarei nata, e che a dirglielo sia stata proprio Anita, la quale non aveva altri amici che lui. Di questa convinzione non ho mai dovuto chiedere la conferma, ma credo di non essere lontana dalla verità se mi immagino che Sciarmano dovette farle visita anche in quella sera speciale.

Di solito (così, quando penso a loro, li rivedo stare assieme), Sciarmano si accomodava nella sedia vicina al tavolo, un poco discosto dal balcone, e si preparava una sigaretta. Rimanevano silenziosi per un tempo variabile, mentre lui arrotolava tabacco, e Anita guardava nella strada. A volte, terminato di fumare senza essersi scambiati nessuna parola, Sciarmano sospirava soddisfatto, e mia madre rispondeva con uno sguardo di commiato. Altre volte, invece, parlottavano allegramente, e Anita esplodeva in certe risatelle di gola, che io mi ricordo simili al gorgheggìo di una cantante d'opera.

Dunque, anche quella sera, Sciarmano si era affacciato sull'uscio e aveva detto: "Buonasera!".

Anita gli aveva risposto, eppoi aveva aggiunto: "Ma che fate? Sedetevi! Arrivo subito!".

Era uscita dopo qualche minuto con una stretta gonna nera, segnata sui fianchi, e Sciarmano, che apprezzava sempre un bel vestito, aveva detto ammirato: "Signorina Anita, avete una linea impeccabile!".

Di certo, a questo complimento sincero mia madre dovette pensare al suo nuovo stato, e lo guardò con gli occhi seri. "Che mangiate stasera?" domandò dopo un sospiro, mettendosi a sedere.

"Non lo so," rispose Sciarmano. "Volete venire a mangiare da noi, con vostra sorella Titina?"

"Non posso proprio!" rispose mia madre, che a quell'ora della sera aspettava Titina di ritorno dalle lezioni private. "Si è fatto buio e mia sorella ancora non si è vista. Studia tanto, e a quest'ora è sempre scorbutica e non vuole vedere nessuno. Per la grande stanchezza le sta venendo l'esaurimento!"

Sciarmano, che stava preparando la sigaretta con un'espressione concentrata nel volto, le domandò: "E voi, signorina Anita, siete stanca?".

"Certe volte, quando mi sento troppo sola..."

Sciarmano pensò che era tutta colpa della guerra, ma disse allegramente: "Anche la guerra sta per finire, e allora potrete fare una grande vita, voi e vostra sorella Titina! Anche lei se la merita!".

Intanto, aveva acceso la sigaretta e tirò una boccata avida.

"Volete fumare pure voi?" chiese porgendogliene una.

Ma mia madre, a quell'odore, si ritrasse con la stessa espressione disgustata che le vidi ogni volta che qualcuno le fumava accanto. A quel tempo, però, Anita conservava ancora un'abitudine appresa in ospedale, e Sciarmano spesso le lasciava una o due sigarette da tenere per la notte, quando la chiamavano per un parto e doveva essere subito sveglia.

"Vi dà fastidio il fumo," constatò Sciarmano. "Eppure è la stessa paglia schifosa di sempre!"

"Sì," rispose Anita in un soffio, "ma le altre volte io non ero incinta..."

Queste parole le uscirono dalla bocca senza tono, quasi avesse parlato a se stessa, e per un attimo si fosse scordata della presenza di Sciarmano. Esse rimasero nell'aria insieme al fumo, a disegnare arabeschi nella penombra della stanza.

"La signorina Titina lo sa?" chiese piano Sciarmano.

"No, siete voi il primo a saperlo... Scusatemi se approfitto della vostra amicizia, ma da quando è partito don Vittorio con la sua famiglia, non so più con chi parlare!..."

Sciarmano vide la figura ostinata di mia madre che gli volgeva le spalle, e avvertì i battiti del proprio cuore.

Le cose che Anita stava per dirgli le sapeva già: a svelargliele era stato quel suo istinto speciale che gli faceva conoscere il carattere delle persone, e lo spingeva a risalire con certezza agli atti e alle ragioni segrete che animano la vita di ciascuno. Sciarmano era l'unico nel paese, e forse anche nell'intera regione, in grado di capire senza fare domande. E neanche aveva avuto bisogno di vederli assieme: tutto era chiaro alla sua lucida percezione della realtà, prima ancora che i fatti accadessero e che le voci cominciassero a circolare con insistenza. Quando tutti ne parlarono con ogni particolare, come di un fatto certo che loro non si curavano di nascondere, egli non volle mai discuterne neanche con la moglie.

Con la sicurezza dell'esperienza, sapeva che quanto più si fosse affidato all'apparenza di quel legame, tanto più si sarebbe allontanato dalla verità.

La verità, Sciarmano ne era certo, quella che si cerca con pazienza ostinata e che fa gonfiare il petto di respiri trattenuti, perché neppure un sospiro possa mandarla perduta, la conosceva solo Anita.

Certo, poteva immaginare ogni cosa; poteva perfino supporre perché accadesse che una donna che egli giudicava squisita, con un'istruzione e una professione, si mettesse sulla bocca di tutti frequentando Francesco D'Auria come fossero stati marito e moglie. Poteva anche comprendere che una donna in età da marito e senza famiglia, in un paese che non è il suo, mentre c'è la guerra e tutto il mondo va in rovina, a un certo punto pensi: "Ma sì, che importa, godiamoci la vita, tanto domani siamo morti!...".

Ma Sciarmano era pronto a giurare che mia madre non fosse questo tipo di persona, e lui l'aveva conosciuta bene quando era nato suo figlio e quando tornava a casa dopo avere assistito un parto: a incontrarla in quel tale momento in cui la stanchezza ancora non l'aveva colta, e rimaneva in lei l'animazione dell'impresa appena compiuta, si aveva l'idea di avere conosciuto un allegro serafino, una forza della natura gaia e benevola, che gioiva della vita appena apparsa sulla terra e ne raccontava le meraviglie.

È nata una creatura bellissima e perfetta, diceva con gli occhi di cielo assolato. Per lei era a tal punto meravigliosa ogni nuova nascita che veniva a salutare la terra, che aveva tenere parole per ciascuna di esse. È di una piccolezza commovente, diceva se il neonato era sottopeso e i parenti lo rimiravano delusi; è un chicchetto di caffè, esclamava se quello era nero come un tizzone; è una fragola di primavera, se era rosso e congesto per lo sforzo di nascere. Infine, quando ai suoi occhi il nuovo nato appariva bellissimo e senza imperfezioni, tutta ridente lo rimirava dicendo: Stella del cielo; luce della mamma...

Una donna così, Sciarmano ne era sicuro come della sua stessa vita, non poteva avere pensato niente di scellerato o di volgare. Una donna così amava per tutta la vita.

"Lo conoscete il mio cappotto di orsetto?" gli disse Anita, richiamandolo dai suoi pensieri. "Me l'ha cucito vostra moglie con le sue mani prodigiose... Era la prima volta che lo mettevo. Camminavo in fretta perché avevo freddo e volevo tornare a casa, quando Tripoli mi chiamò... Lo sapete anche voi com'è cortese quando vuole, non è vero?" domandò febbrile, cercando la conferma negli occhi di Sciarmano.

"Francesco stava con lui, era appoggiato contro il muro, magro come un chiodo, e gli occhi grandi che mi guardavano diritto in viso. 'Signorì,' mi disse Tripoli, 'voglio presentarvi mio figlio che sta facendo la guerra.' Gli ho teso la mano senza neanche togliermi il guanto, tanto si gelava..."

Con un gesto rapido della testa, Anita si voltò verso Sciarmano: nel chiarore del camino i suoi occhi brillarono nel viso pallido. Egli desiderò carezzarle la testa pesante di riccioli, ma si trattenne per il pudore di quel gesto inconsueto.

"Due giorni dopo l'ho trovato sotto casa che mi aspettava," continuò stancamente Anita, torcendosi le mani pallide appoggiate sul grembo. "Aveva addosso il cappottone militare che gli copriva tutto il corpo fin sopra ai piedi. Diceva di sentire freddo..."

Nella penombra della stanza, Anita si era abbandonata sulla poltrona; aveva smesso di torturarsi le mani, che adesso teneva aperte sulla pancia, con le punte delle dita distese a volerla proteggere.

"Salimmo a casa quel giorno, e per tutti gli altri che è durata la licenza. A casa non ci stava mai nessuno!" proruppe all'improvviso alzando la voce dopo un breve silenzio. "Titina sempre a scuola e don Vittorio che se n'era andato con tutta la famiglia!... Sempre sola!" si sforzò di parlare senza piangere mentre la voce si rompeva. "E lui più solo di me!"

Sciarmano sospirò aggiustandosi sulla sedia.

"Abbiamo parlato tanto..." disse soffiandosi il naso rapidamente, e volgendosi a Sciarmano con un sorriso nel volto accaldato. "Dovreste sentire come parla bene, e che belle cose dice! Chissà dove le ha imparate!"

Infilò una mano nei capelli ricciuti tirandoseli indietro: in un attimo, si coprì di rughe che le attraversarono la fronte rotonda, sino alle tempie. Così corrucciata e inquieta, d'un colpo sembrò avere tutti i suoi anni (che allora erano solo venticinque, ma Anita ne ha sempre mostrati assai meno di quelli che aveva) e il suo viso si alterò in un dolore sconsolato.

"Signorina Anita," la chiamò Sciarmano, "coraggio! Non fate così!"

"Anche voi sapete che cos'è la fame... l'abbiamo conosciuta tutti, ma quella che ha patito lui è un'altra fame... È una fame turpe, che toglie ogni rispetto... Ebbene," continuò senza tono, "io gli preparavo da mangiare ogni giorno. Era bello vederlo mangiare!" concluse senza sapere continuare.

Si mise a piangere quietamente, e Sciarmano le passò il fazzoletto bianco che la moglie gli dava pulito ogni mattina. "Capite," disse Anita con la voce spezzata dal pianto, "per lui ero una santa!"

Sciarmano andò a casa con il cuore pesante, perché questa volta i suoi buoni uffici e la sua diplomazia non potevano servire.

Notti di tormento

Da quando mio padre era tornato al paese, Anita aveva perso la pace.

Già la gente, informata a puntino di quella visita mattutina che Francesco ci aveva fatto, non si tratteneva più dal chiedere cosa sarebbe successo e che intenzioni aveva il figlio di Tripoli. Era giunta perfino una lettera a mano di don Vittorio, il quale – dalla città dove ormai era tornato a vivere, portandosi dietro Titina che finiva il liceo in una scuola normale – faceva a mia madre tante raccomandazioni, come fosse una figlia sua, e le augurava tutto il bene del mondo.

Insomma, nessuno più era disposto alla riservatezza sulla nostra storia, e su essa giravano voci diverse e opposte. Qualcuno diceva che Francesco D'Auria, tornato dalla guerra e avuta la notizia della mia nascita, era andato da Anita a dirle che non si mettesse idee per la testa, perché in tempo di guerra di orfani ce ne sono fin troppi, e lui voleva essere considerato morto, ovvero disperso, in terra straniera; altri dicevano che la signora gli aveva fatto sapere, attraverso Sciarmano, che se non si assumeva tutte le responsabilità, si sarebbe rivolta ai carabinieri, perché di conoscenze ne aveva quante ne voleva, e la moglie del comandante aveva partorito con lei. Altri, ancora, dicevano l'una cosa e l'altra, a seconda della circostanza nella quale si trovavano a discutere e dell'opinione sostenuta da chi avevano di fronte.

Ben presto mia madre non potette più uscire, senza sentire crescere attorno a sé la curiosità dei paesani.

"E insomma, signorina Anita, la bambina che dice?" domandavano impertinenti, come se l'infante di tre anni che ero avesse potuto dire chissà quali cose, delle quali degnamente discutere con tutti. Mia madre si schermiva con piccole frasi fuggevoli, fingendo di non capire dove volessero arrivare quelle insistenze.

"La piccola sta bene, grazie a Dio!" diceva evitando gli sguardi. "Sta proprio bene!"

Né, a questo interrogatorio insistente, poteva sfuggire Sciarmano, che era interpellato in ogni occasione, e ormai evitava tutti gli incontri con i paesani. Quando proprio non poteva più evitare domande dirette come frecce, sospirava alzando gli occhi al cielo a mo' di chi ha già detto tutto, e conviene perfettamente con le cose affermate dall'altro: cose così gravi e precise da meritare solo un intervento superiore e, al momento, inimmaginabile.

Ma a parte questi fatti – che, per il temperamento di mia madre allora, e per quello che conservò ancora per molti anni, la lasciavano piuttosto indifferente e a volte quasi divertita – Anita aveva veramente perduto la pace a causa del ritorno di Francesco.

Quando lo aveva visto sulla porta di casa, forse con lo stesso cappotto dei loro incontri, aveva sentito un tuffo al cuore, e la forza di quella spinta nel sangue l'aveva fatta tremare fino alla radice dei capelli. Si era ripresa subito, perché sapeva dissimulare le emozioni e controllare i sentimenti; eppoi, in realtà, non sapeva nemmeno quali fossero i sentimenti che così prontamente celava.

Sdraiata sul letto e insonne, Anita si rivedeva davanti alla porta sul punto di aprire. Allora si attardava sull'uscio socchiuso a guardare Francesco lungamente e con agio; e, poiché quella vista ancora non le bastava, lo guardava dallo spioncino che non usava mai, neanche quando la svegliavano per un parto nel cuore della notte.

In realtà, non lo usò neppure quando si trovò dinanzi a Francesco, ma nelle fantasie che la occuparono, incollò gli occhi in quella fessura, per prendersi il tempo di guardarlo, indugiando su lui senza esserne vista.

Aveva fatto così anche con i ricordi, con le malinconie, coi soprassalti della memoria, quando sentiva la pancia crescere, dilatata per la mia spinta viva. Nella solitudine della scelta, aveva preso i ricordi uno a uno e li aveva guardati, consumandoli nel silenzio e nell'uso quotidiano. Li aveva svuotati da ogni senso e da tutte le emozioni, fino a che essi avevano smesso di essere reali e si erano dissolti in una nebbia fine e ostinata che precludeva ogni altra vista. Un giorno dopo un altro, meticolosamente, aveva tolto dai ricordi ogni riferimento all'esistenza di Francesco; nel fare questo, senza che nessun avvenimento si interponesse a impedirlo, lo aveva esautorato da ogni responsabilità e si era sentita libera di prenderle tutte per sé, senza spartirle con nessuno.

Noi stiamo bene così, aveva continuato a ripetersi, ma il pensiero di quella ricomparsa non la lasciava mai. Trascorse giorni e notti terribili, addormentandosi alle prime luci dell'alba, lei che aveva il sonno pronto e le bastava appoggiare il capo sul cuscino per chiudere gli occhi. Ma anche quando stremata prendeva sonno, rapidamente si svegliava al più piccolo scricchiolìo di un mobile, a un mio respiro più intenso o a un sussulto del suo stesso corpo. Allora rimaneva con gli occhi sbarrati ad aspettare che si facesse giorno, senza provare nessuno di quei pigri piaceri che derivano dall'indugiare nel letto, sentendo invece il corpo rotto e dolente, come avesse ricevuto una gragnuola di colpi. Per quanti sforzi facesse per rimettere in ordine le cose e per placarsi prendendo una decisione definitiva, c'era sempre qualcosa che rispuntava da un angolo remoto dell'animo e la inquietava con domande insidiose.

"E allora," chiedeva quello spiritello implacabile che ardeva in lei, "per il tuo egoismo Chiara deve vivere senza padre? Deve subire le risatine delle compagnelle quando andrà a scuola e si chiamerà come sua madre? Deve avere il nome scritto nell'elenco dei senza padre, come la figlia di una svergognata?..."

A questo punto, lo spiritello si interrompeva perché Anita non era sensibile all'ultimo argomento, e, anzi, il solo fatto di ascoltarlo la faceva sentire d'un colpo sicura di sé e delle sue ragioni. Allora lo spiritello ricominciava daccapo con una insistenza inesorabile. "E va bene, diceva, a te non importa che tua figlia cresca senza padre. Tu pensi che non si vergognerà di te e che saprà per sempre che l'hai voluta come la tua stessa vita anche se c'era la guerra e il mondo stava scomparendo sotto le bombe. Però adesso la guerra è finita. È finita, Anita! E Francesco non è morto come avevi creduto..."

A questo punto, Anita si fermava sospettosa verso i suoi stessi pensieri e, messa all'erta da essi, non riusciva più ad andare avanti.

Con immensa cautela, una notte si chiese se aveva davvero creduto che Francesco D'Auria fosse morto o se, invece, non l'aveva sperato – sordamente e definitivamente – perché nulla venisse a turbare la sua vita con me. Lentamente dovette ammettere che aveva desiderato di non vederlo più: disperso nelle montagne o perduto nel cuore di una donna, certo non morto e sepolto ora che lo aveva visto vivo, ma tuttavia lontano da quel paese e dalla sua vita!

Angosciata, tendeva un braccio fuori dal letto e mi cullava per consolarsi al cigolìo lento della culla.

Quando Francesco tornò a casa nostra deciso a riconoscermi, Anita non aveva ancora trovato una risposta a tutti i dubbi che le occupavano il cuore. Travolta dalle parole di mio padre e confusa dalle circostanze, gli oppose uno sguardo smarrito. Ripresasi un poco, lo contrastava dicendogli di lasciarmi tranquilla perché ero abituata a una vita ordinata. E siccome egli insisteva senza darle tregua, lo guardò dura. "Chiara non ti conosce," disse. "Deciderà lei se ti vuole per padre."

Gioie e dolori di un novello padre

Francesco cominciò a venire a casa nostra tutti i giorni a metà mattinata, quando con me c'era già la balia Rosina e mia madre era uscita. Rimaneva a guardarmi silenzioso, ogni tanto tentando una carezza, fino a quando si faceva ora di pranzo e la casa si riempiva per l'arrivo di Maurino e di tutta la famiglia di Rosina.

Allora, fedele al patto convenuto con Anita, lasciava la casa prima che lei tornasse e andava a prendere il postale. Giungeva nella dimora di sua zia, accolto da un immancabile: "È tutto pronto!" che non corrispondeva alla verità, perché donna Peppina Curatore ignorava la situazione della cucina, e neanche era informata se le servette insolenti di cui si avvaleva fossero fuggite portando con sé il cibo e le pentole. Come Dio voleva, verso le quattro del pomeriggio riuscivano a mettere insieme le cibarie, che in quella casa non mancavano mai.

Nonostante avesse già pasteggiato col marito, donna Peppina mangiava di nuovo insieme a Francesco, perché era ghiottissima e digeriva perfettamente. "Francesco," gli diceva fra un boccone e l'altro, "quella donna è terribile: ma come, noi mettiamo la tavola pure per gli estranei e lei non fa mangiare te, che le hai dato il tuo sangue?"

E Francesco, che a quell'ora del pomeriggio aveva una fame nera ed era furibondo, rispondeva sarcastico che anche Anita dava da mangiare agli estranei, e, anzi, aveva la casa piena all'ora del pranzo.

"Ma tu che dici?" si scandalizzava donna Peppina, "allora con te lo fa apposta! E che gli hai fatto di male tu, che vuoi dare perfino un cognome alla bambina? La verità è che la nostra razza è incompresa, che siamo troppo buoni e la gente s'approfitta di noi..."

Allora donna Peppina si lanciava in racconti magnifici di prodezze e generosità con le quali la sua famiglia aveva dissipato interi patrimoni. "Ma parliamo di cose serie," diceva per richiamare l'attenzione di Francesco che non l'ascoltava più, "la bambina da chi ha preso? Somiglia a noi o ha preso dalla mamma?"

Su questo argomento, Francesco poteva parlare a lungo o rispondere con una breve battuta, prima di chiudersi in un silenzio affollato di pensieri. "È bellissima," rispondeva immancabilmente, accendendosi una sigaretta, "eppoi è buona e ride sempre..."

"Ah!" faceva donna Peppina, "allora tiene il carattere come il nostro e il Signore la deve proteggere e le deve fare trovare un bel marito che le voglia bene..."

"Eh sì," si spazientiva Francesco, "adesso la cosa più urgente è trovarle un bel marito... Ma tu sei veramente una pazza..." e via via sempre più infuriandosi, "una scriteriata!... Tu vaneggi!"

Donna Peppina, che non aveva smesso neanche un attimo di mangiare avidamente, a quel punto gli chiedeva quando sarebbe stato che la mammana le mandava a conoscere la nipote. "Anche Tripoli non l'ha mai vista quella creatura!" diceva stizzita. "Solo una volta che andava a passeggio con una ragazzina nera e secca come il carbone, l'ha potuta guardare da lontano, senza capirci molto! Eh!" sospirava guardando il nipote di sottecchi. "Quella è una donna troppo orgogliosa!"

Anche Francesco sospirava, fissando senza rispondere la punta ardente della sigaretta.

In questi modi e con queste pene, egli veniva ogni giorno a trovarmi, e io, che ormai lo attendevo, mi abituavo alla sua presenza come a quella di un compagnello di giochi. Lo sentivo arrivare prima ancora che bussasse; allora tiravo Rosina per la mano perché corresse ad aprire e non sostasse in quelle lentezze dispettose, fatte apposta per innervosirmi. Francesco entrava allegro come una bella stagione e mi portava sempre un dono – un giocattolo, un dolcetto, una sorpresa da dividere con la balia scontrosa – e io impazzivo di felicità. Rosina no, lei si immusoniva assai perché, con la presenza di Francesco in casa, ero sazia di occupazioni e di giochi e non volevo più uscire. A quel tempo, Anita mi teneva in casa riservata perché mi trascinavo i segni di una brutta tosse canina, e a volte ero presa da attacchi così crudeli e soffocanti che sembrava dovessero scoppiarmi i polmoni. A quel mio abbaiare stremante, Rosina correva avanti e indietro nella stanza, turandosi le orecchie per non sentire e ogni tanto domandava atterrita: "Ha finito?" Francesco, allora, mi prendeva fra le braccia per proteggermi dai colpi, e io soffocavo fino a esplodere in un pianto alto e sconsolato.

Fu a causa di uno di questi attacchi, più lungo e terribile degli altri, che mia madre accettò di vedermi partire per qualche giorno in compagnia di Francesco, verso il paese di donna Peppina Curatore. Con molti bacetti e infinite cure, Anita mi affidò a lui avvertendolo che non mi accadesse nulla di male e che mi tenesse con accortezza, senza lasciarmi in mani estranee.

Rimasi da donna Peppina Curatore forse per dieci giorni: l'aria sottile di quel paese e l'alta posizione della casa furono un balsamo per i miei polmoni. Rapidamente ripresi a mangiare senza vomitare e a dormire senza soffocare: il colore tornò nelle guance e il mio corpicino sparuto riprese le carni.

Donna Peppina – che aveva passato i giorni a nutrirmi con ogni leccornia – mi guardava estasiata rifiorire, e non finiva mai di tessere le mie lodi. "Guarda," diceva volgendosi a Francesco che assentiva, "guarda che pelle trasparente: come una principessa! Questa è la principessa nostra!"

E a suo marito Michele, che mi teneva sulle ginocchia come su un trono: "Miché, stai attento a quelle mani pesanti che tieni... La creatura è delicata!".

Quando Anita venne a trovarmi, dopo tre giorni dalla partenza, i segni della malattia mi avevano già lasciata, e lei era commossa. Silenziosamente pianse, la testa nascosta nel mio vestitino di lana, e mi accarezzò il viso con le labbra. Eravamo ai giardinetti e l'aria era tiepida, seppure si fosse già in ottobre. Io raccoglievo le foglie più colorate per donarle a mia madre e Francesco si allontanò lasciandoci sole. Tornò dopo poco con Giuppina, che gli veniva al fianco col passo timido e appartato.

Le corsi incontro festosa perché Giuppina mi riempiva di baci e di piccoli morsi appassionati e mi faceva giocare in un modo tenero e violento che mi ubriacava di gioia. Allora Anita mi chiamò, e la sua voce ebbe un suono straziato e penosissimo, come se le avessero strappato il cuore. "Chiara!" implorò. E io mi fermai di colpo.

Era in piedi, davanti alla panchina dove stava seduta fino a un attimo prima. Sul viso pallido di rossa, erano apparsi due cerchi intorno agli occhi fondi e la bocca tremava sensibilmente. Le sue bianche mani grandi, che per un attimo si erano protratte verso me per trattenermi, erano ricadute lungo il corpo e ora ristavano abbandonate e aperte.

Vergognosa, fece un sorriso: "Non correre così," disse, "puoi cadere!".

La giornata trascorse veloce e subito si fece sera. Anita aveva voluto restare in strada e io ero stanchissima. Mi addormentai nelle sue braccia senza neanche avere mangiato, e Anita mi portò fino al portone di donna Peppina Curatore. Inutilmente Francesco la invitò a salire per la cena: ostinata, rispose che perdeva l'ultimo postale. Si salutarono impacciati, Anita disse grazie a fior di labbra e Giuppina d'improvviso l'abbracciò. Stretta in quel saluto affettuoso, si sentì salire le lacrime e con un gesto brusco si separò dall'altra.

"Tieniti sempre tua figlia con te!" sussurrò Giuppina con forza appassionata. "I figli sono delle madri!"

Dove si hanno altre notizie dell'infelice Giuppina e di donna Peppina Curatore

Mia zia Peppina non fu una vagabonda come me, anche se nei rari sguardi di chi ci vide insieme, prende forma un pensiero che ha la consistenza dell'ovvietà: vivendo con lei, non avrei potuto divenire che quel che sono. Dietro quegli sguardi, oltre alla commiserazione per me, compare – ed è ciò per cui li evito come la peste – la memoria commossa di quello che fui, o che sembrai essere prima di divenire quel che sono.

Questo pensiero, soprattutto, ha un vasto potere di turbamento.

Io li vedo, quei pochi che mi conobbero prima e che ancora mi succede per caso di incontrare, tentare un sorriso incerto e qualche gesto di rassicurante familiarità: come fossi una malata senza speranza a cui si sta facendo credere che guarirà. Non sono i miei abiti inusuali a sconcertarli, né quello che hanno sentito dire di me, di come vivo, di quel che mi trascino dietro: è la mia faccia normale, il mio sguardo savio, l'assurda pacatezza dei miei gesti che li atterrisce.

"Ma sei proprio tu?" si chiedono. "Ma no, non può essere, devi essere impazzita in questi anni... ho sentito dire che sei impazzita!" Nel tentativo di tranquillizzarsi, mi fanno qualche domanda sperando che non sappia rispondere e che abbia perso ogni lume: le mie parole quiete li raggelano, e io spero che d'ora in poi mi eviteranno.

È a causa di persone così che mia zia e io venimmo a vivere in città, per sfuggire all'ansia cannibale di chi voleva essere sicuro che per vivere come noi bisognasse essere matti.

Non lo nego: avrei dovuto impazzire. A impedirmelo, senza volerlo, fu mia zia Peppina, che ci riuscì con l'esercizio invadente del suo modo d'essere. È difficile dire chi – fra noi due – ebbe il sopravvento sull'altra imponendo la propria visione del mondo; in realtà non so neanche se sia vero che ne abbiamo avuta una uguale e se il viluppo degli stracci, di cui oggi liberamente mi circondo, fu lo stesso contro il quale ella ebbe l'aria di azzuffarsi nel corso della sua vita.

Se mia zia si compiacque del disordine della sua casa e dell'inafferrabilità che per lei avevano gli atti ordinari della vita domestica, lo fece certamente di nascosto. Per quello che sempre dichiarò, per l'ammirazione spropositata e autentica che provava verso chiunque governasse una casa da padrona, io debbo pensare che l'esserne incapace fu una grande privazione.

Per me non è così, e in questo, nell'attitudine vera all'annichilimento, nella naturale vocazione alla dissoluzione, io ho superato la maestra, che al confronto mio era una dilettante.

Mia zia era, a suo modo, una conoscitrice di caratteri. Benché le cose che comprendeva degli altri fossero inutili per definire una personalità o per indirizzarne i comportamenti, tuttavia coglieva certi aspetti dei sentimenti e delle passioni che erano, nella loro stravaganza, quanto di meno vago possa esistere. Con una sorta di scissione, mia zia vedeva le qualità o le miserie di ciascuno, come fossero separate dalle persone stesse. Così, a volte, quasi in uno stato di trance o di evidente distacco da sé, diceva frasi brevissime come sentenze, con una voce cupa e inconoscibile. A prestarle attenzione in quei momenti, si avvertiva un brivido di sgomento, come davanti a una verità destinata a essere ricordata per sempre o a perdersi nell'oblio un attimo dopo.

Mia zia dimenticava ogni cosa e, tuttavia, le rimaneva una percezione degli altri così prossima alla conoscenza, da spingerla alla familiarità e alla confidenza con chiunque. Era, il suo, un mondo di affetti e di aspettazioni, dov'era sempre possibile ricominciare a illudersi, a fare promesse che non sarebbero state mantenute e dove non veniva domandato altro che di continuare all'infinito il gioco delle possibilità.

Per me, che appresi giovanissima l'impossibilità su cui si erige l'esistenza di ognuno, e che non avevo nulla di mio da imporre se non questo sgretolamento interiore, la megalomania visionaria di donna Peppina costituì a lungo la certezza di non essere scoperta. Le speranze che nutrì su di me, e che all'apparenza sembrano le cose più sensate di lei; gli sforzi che fece per convincermi della grandezza del mio destino; i vani impegni che mi fece rinnovare quando la visitava la reminiscenza della mia vera indole, tutto questo fu davvero frutto della sua follia. Io vi aderii per opportunismo e per vigliaccheria: nascosta dietro i rumori confusi del suo delirio, riparata nella distrazione delle sue gesta, ho potuto tessere la trama del mio disfacimento.

Nella grande casa vicino al castello le luci non si erano mai spente neppure a notte fonda, e non erano valse a nulla le proteste del calzolaio che dormiva nel sottoscala, e che chiedeva, per pietà, che smettessero di portare a passeggio i mobili sopra la sua povera testa. Donna Peppina Curatore era irrefrenabile nel suo andirivieni mentre, con una voce vicina alla crisi nervosa, continuava a indicare nuovi posti nei quali collocare il grande mobilio scuro dell'ingresso. Quello che la inquietava di più era l'arazzo di due metri per quattro, raffigurante scene campestri un po' troppo scostumate, che il marito aveva insistito per mettere proprio sulla parete che si apriva agli occhi dello sprovveduto visitatore.

Aveva discusso a lungo, fino a litigare, perché il marito si convincesse a toglierlo, e alla fine l'aveva avuta vinta con l'argomento incontrastabile che quello era un matrimonio riparatore e che di Giuppina si dicevano già troppe cose terribili. Donna Peppina aveva tolto dalla parete l'osceno arazzo e, da quel momento, aveva perso la pace, perché sul fondo polveroso del muro si era aperto l'alone biancastro dell'enorme affresco di lana. Aveva cominciato a spostare ogni cosa, allo scopo di coprire quell'ombra che si apriva come una denuncia irriverente alla moralità della casa; ma per quanti sforzi facesse, la situazione non faceva che peggiorare, e ogni cosa, anche la più piccola, lasciava dietro di sé le tracce della propria esistenza.

Alle cinque di mattina, si era decisa a prendere dal corredo della nipote un lenzuolo bianco, ricamato leggermente di azzurro, e lo aveva drappeggiato sul muro, mettendogli ai piedi un cesto carico di rami di pesco. Soddisfatta del risultato, pensò di non andare più a dormire e di cominciare a pettinarsi la treccia accrocchiata al centro della testa esile. Entrò nella stanza dove il marito dormiva russando, e prese tutte le spazzole e i pettinini. Uscendo, inciampò in una scatolona piena di pentole di coccio e rovinò al suolo sulle ginocchia.

Il calzolaio bussò da sotto con un lungo bastone che lei conosceva molto bene, e imprecò a voce altissima. Donna Peppina pensò che per fortuna Michele Curatore non lo svegliavano neanche le cannonate, perché aveva le adenoidi e questo gli impediva di sentire. In ogni caso, si rimise in piedi e attraversò il corridoio fino alla camera da letto di Giuppina. Entrò senza badare molto al rumore che faceva, perché non sopportava che la nipote dormisse la notte prima di sposarsi.

Certo, i tempi erano cambiati molto in fretta, ma quando si era sposata lei – dopo avere atteso per otto anni che tornasse il suo primo fidanzato dalla guerra – aveva passato una settimana senza riuscire a mangiare neanche una foglia di insalata. Era arrivata sull'altare che sembrava la Madonna del dolore, con la pelle più bianca che si fosse mai vista in tutto il Meridione. Per fortuna, gli occhi che erano due perle nere, e il naso dalla linea perfetta, seppure con le narici eccessivamente aperte, davano al viso lungo e sottile un'aria da principessa fiamminga. Si guardò nello specchio e, rivolta alla propria immagine, disse ad alta voce: "Faccia verde!".

Allora Giuppina si soffiò il naso debolmente e donna Peppina si voltò a guardarla mentre scioglieva la treccia che le arrivava alla vita.

"Giuppì, sei raffreddata? Te lo avevo detto ieri sera di stare attenta alla corrente del balcone... Ma tu fai sempre come ti pare! Adesso ti faccio una pezza calda e te la metti sul petto."

Giuppina tremò all'idea di subire le cure della zia e di trovarsi avvolta dentro maglie di lana e coperte bruciacchiate al fuoco della luce a petrolio. Preferì dire le cose come stavano e si tirò su dal letto mostrando il viso affollato di lacrime. Rimasero senza parlare per qualche secondo e donna Peppina sospirò stizzita.

"Giuppì, tu devi ringraziare Iddio che quel bravo giovane, con una buona posizione economica abbia fatto un voto alla Madonna e ti voglia sposare..."

Giuppina si soffiò il naso più forte e non disse nulla.

"Certo," ricominciò donna Peppina, "non è bello come gli uomini della nostra famiglia... Però è alto e ha un bel portamento..."

Giuppina disse alla zia che per favore la lasciasse in pace, tanto aveva capito che la sua vita era rovinata, e ormai doveva solo accettare la croce che aveva sulle spalle. Donna Peppina ricominciò a pettinarsi con il pettine fitto che toglie la forfora, e tirò fuori dalla tasca un pezzo di carta dove arrotolava i mucchietti di capelli che venivano via insieme alla crosta leggera della testa. Quella di pettinarsi a lungo era una delle poche civetterie che si concedeva, lei che non metteva neanche il rossetto per colorare le labbra o le guance, e che pure era bellissima e fine come un cesello di artista.

Donna Peppina non si era mai accorta della propria bellezza e aveva trattato con indifferenza il suo corpo alto e slanciato. Nonostante fosse più grande di qualche anno del fratello, aveva assistito alle nozze di Tripoli con Chiara la bella senza provare alcun rancore per il proprio destino, e accettando di trascorrere tutta la vita in attesa di un fidanzato che non tornava dalla guerra. Poi, era arrivato Michele Curatore con tre negozi pieni di ogni bene di Dio, forte e violento come un contrabbandiere, e con un fiero naso a canna mozza che era la caratteristica del lato paterno della famiglia. Donna Peppina si era convinta a sposare quando ormai aveva quasi trent'anni, e nessuno credeva più che lo avrebbe fatto. Era partita per il viaggio di nozze, carica di piume e di valigie, con un cappello nero calcato sugli occhi e una veletta spessa che la faceva inciampare a ogni passo. Era andata via piangendo e salutandosi ripetutamente con la madre, una donna piccola, con il bacino basso e le gambe corte, vedova da un ventennio del padre di Tripoli e donna Peppina e ormai sposa felice di Antonio Leone che aveva le più belle terre della Puglia.

Era tornata dopo tre settimane stanca e sconcertata dalla grande forza del marito, e si era chiesta se ce l'avrebbe fatta, lei così delicata ed esile, a sopportare gli assalti continui di quell'uomo bello e passionale che la sfiancava come fosse stata una giumenta.

Un mese dopo si era coperta di macchie rosee, e aveva fatto dei bagni con l'olio di mandorle per addolcire la pelle dall'abuso che il marito faceva di lei. Di lì a poco, le era comparsa una piccola ferita proprio sul sesso, che le strappava grida di dolore ogni volta che urinava. Aveva fatto degli impacchi con il borato senza pensarci troppo, e aveva sperato di rimanere presto incinta, così il marito le avrebbe dato un po' di tregua.

Una notte le venne la febbre altissima e un freddo che la scuoteva dalla punta dei capelli alle unghie dei piedi, e pensò che fosse venuta la sua ora. Il medico, chiamato nel cuore della notte, la visitò pensieroso. Fu portata all'ospedale, e la sifilide aveva preso a impossessarsi anche delle viscere. La fecero abortire della creatura che aspettava perché cominciava già a perdere sangue, e fu necessario cauterizzare tutto con il fuoco. Rimase tra la vita e la follia per alcuni mesi e, quando rientrò in possesso di un alito di salute, seppe che non aveva più le ovaie e che non avrebbe mai più generato alcun bambino. Tornò a casa insieme a Michele Curatore che, da quel momento, non potette più averla vinta sulla moglie e dovette lasciarle fare ogni cosa come lei voleva per il resto della loro vita.

Donna Peppina si era dedicata a fare del bene al prossimo, cosa verso la quale la inclinavano la natura buona e quel lato megalomane della famiglia che amava farsi grande di una carità principesca. Per questa ragione, e perché la ricchezza era tanta e straripava da ogni angolo delle sue dispense, aveva la casa sempre piena di gente che entrava e usciva facendo piccoli e inutili servizi, disfacendo quel che un altro aveva fatto prima, mangiando quello che donna Peppina metteva a tavola e rubando quello che lei dimenticava.

Quando Giuppina passò il guaio, su una sola cosa era stata irremovibile e non aveva voluto intendere ragioni: sul destino del bastardo venuto al mondo per distruggere l'esistenza della nipote. Donna Peppina pretese che il piccolo Saverio, appena nato, fosse tolto dal seno della madre e dato a balia a una contadina, che se lo tenne a crescere insieme ai maiali e a una tribù di bambini moccolosi.

Quando alcune donnette, che le andavano a fare i servizi, le dissero che Alfonso Gregante, il padrone del bar più bello della provincia, era alla ricerca di una sposa peccatrice per un voto fatto alla Madonna che lo aveva salvato dalla morte, decise di maritare la nipote. Giuppina acconsentì, perché tanto non aveva più nulla da perdere, e chiese alla zia se poteva tenersi anche il bambino. Ma donna Peppina, ostinata e nemica della realtà come si rivelò nella sua lunga vita, si oppose con tutte le forze, e anche quando Alfonso le chiese a tu per tu se ci fosse un frutto del peccato, negò. Se avesse potuto avrebbe detto che la nipote era un giglio senza macchia, e l'avrebbe portata all'altare con uno sfarzoso vestito bianco.

Invece, doveva stare là, davanti a quello specchio leggermente falso, a pettinarsi la lunga chioma nera, guardando scontentissima il vestito color crema che aveva fatto fare per il matrimonio della nipote... Adesso Giuppina stava pure piangendo e la cerimonia sarebbe stata triste come un funerale!

"Giuppì!" si adirò. "Fai il piacere di alzarti e di metterti un bell'impacco freddo sopra agli occhi, così ti passa tutto quel rossore... Eppoi smettila di fare storie! Da domani sei una donna sposata come tutte le altre!"

Giuppina capì dal tono che la zia si stava infuriando e che fra poco avrebbe cominciato a gridare, aprendo tutte le finestre e passeggiando per la stanza senza darle un attimo di tregua. Scese dal letto e si mise una vestaglia; con passi stanchi si diresse verso l'uscita e andò a piangere nel bagno.

Nella babele dei parenti

Della numerosa progenie dei D'Auria, non ho mai conosciuto tutti i rami, e neanche ho mai riconosciuto, allorquando mi accadeva di imbattermi in loro, un parente da un altro o ciascuno per se stesso. Di questa storditezza – credo l'unica che tutti loro giudicassero inammissibile fra le tante che gli appartenevano – anche Francesco me ne voleva molto.

Credo che la pensasse come una decisione da me assunta: quasi un disconoscimento volontario della sua famiglia, un atto implicito di appartenenza a mia madre e a nessun altro. Le cose non stavano così, e io mi sforzavo di compiacere Francesco registrando nella mia labile memoria (o forse si trattava già delle scelte operate dal mio unico occhio vedente per non fiaccarsi troppo della pigrizia dell'altro?) i volti dei parenti che lui mi presentava, e associandoli con il nome proprio o, addirittura, con il soprannome.

Fui sfortunata, come poi molte volte nella vita, perché la processione dei consanguinei che non mi fu risparmiata, corrispondeva a un bisogno di mio padre, profondo e radicato, di rivedere le sue genti, di riprendere le fila interrotte della famiglia: di sentirsi, cioè, tornato a casa.

Il suo ardore, allorquando potette agire su di me con libertà paterna, non conobbe limiti ed egli mi portava ovunque, esibendomi come un tesoro favoloso.

Più di una volta, nonostante la mia estraneità alla concretezza dei sentimenti e al fluire carnale delle cose, fui turbata dall'ondata di irrisione che saliva dalle persone a cui mio padre mi mostrava, e che giungeva fino a me. Lui solo sembrava non accorgersi del disincanto con cui, quegli occhi severi, lo guardavano.

"Lo vedi, Chiara, quello è il cugino di primo grado di nonno Tripoli. Lo conosci Tripoli?" domandava, per dimostrarmi che non era così difficile ricordarsi di tutti.

"E quella è Maddalena, la zia di nonna Chiara."

Dopo avere detto quel nome la sua faccia si incupiva e stringendomi il volto sulla bocca mi sussurrava nell'orecchio: "Pensa, lei ha quasi ottant'anni e nonna Chiara è morta già da tanto tempo".

"È morta?" chiedevo io che avevo cominciato a sentire parlare dell'esistenza del Paradiso. "Se la sono portata in cielo gli angeli, vero?"

"Certamente," faceva lui fieramente, guardando davanti a sé. "Se c'è un Paradiso, e io non ci credo, nonna Chiara c'è andata, e canta nel coro dei santi."

"Cantano in Paradiso?" domandavo intrigata.

"E come non cantano? Cantano, cantano! E nonna Chiara ha una voce bellissima!"

"Allora lo sai che esiste!" esclamavo preoccupata di fare sentire ai suoi abitanti, che ascoltano tutto, che mio padre era bravo e non dovevano chiuderlo fuori per qualcosa che diceva senza pensare.

"Chiara," si accigliava lui, "l'inferno e il paradiso sono già su questa terra, e non c'è bisogno di aspettare di morire per andarci."

"E noi dove siamo?"

"Come dove siamo?" rideva allegramente. "Quando stiamo insieme, siamo sempre in Paradiso!"

Anche io ridevo contenta alla sua risposta, eppoi subito mi adombravo perché non mi piaceva di stare in Paradiso senza mia madre Anita.

Questo pensiero ne richiamava altri alla mente, tutti ugualmente dolorosi e svelati alla mia natura che fu da sempre tanto indifferente alla platealità degli avvenimenti, quanto acutamente sensibile a ciò che non accadeva e ristava nell'aria incompiuto e minaccioso. Di quei vuoti angoscianti che non trovano mai le parole per prendere una forma e, anzi, a esse si negano per timore di perdere qualcosa della propria terribilità, io avevo la percezione esatta e impaurita.

Da quando aveva acconsentito alle frequentazioni quotidiane mie e di Francesco, mia madre era diventata un'altra. Anzi, più esattamente era diventata due persone in una. La prima era quella che conoscevo dalla nascita e che aveva occhi tanto dolci da farmi innamorare ogni volta che la vedevo; l'altra era una strana creatura sfuggente e frettolosa che mi consegnava a Francesco con modi che non le conoscevo.

Mi addolora dirlo, ma per amore della verità non posso celarlo né fingere di avere dimenticato: davanti a mia madre, Francesco era tanto irresoluto quanto me, e il nostro comune timore ci univa come due complici.

Uscivamo di casa col cuore stretto e un certo stordimento, come quando si è fatta una cattiva azione e si è stati scoperti. In questo caso, ognuno di noi lo sa, la punizione è un intervento liberatorio che possiede la qualità di restituire le cose alla loro bontà originaria, e noi a esse.

Ma Anita non ci puniva della nostra cattiva azione e neanche ci diceva qual era: si accomiatava da me per quelle ore che trascorrevo con Francesco, baciandomi leggermente con le labbra fredde, quasi non avesse coscienza dei suoi gesti.

Ci chiudevamo la porta alle spalle silenziosamente e ci allontanavamo veloci, in punta di piedi. Forse, per questo oscuro senso di colpa che non trovò mai parole con cui affrontarsi, io non volli imparare i nomi e i volti della famiglia di mio padre e ridussi le mie conoscenze e i miei legami a poche persone che mi accompagneranno, da vive come da morte, per la breve durata della mia eternità.

Il nostro imbarazzo durava poco e, appena eravamo scomparsi alla vista di Anita, ci prendevamo per mano. Le nostre spedizioni si concludevano quasi sempre da donna Peppina Curatore, che metteva un guardiano sul balcone. Non appena apparivamo sullo scorcio della strada, tutti gli abitanti della casa si davano di voce l'uno con l'altro, e cominciava quella grande confusione che doveva somigliare a un'accoglienza regale.

Quando tornavo a casa arruffata e felice, Anita mi aspettava sulle scale tutta ridente e con la fronte scoperta dai capelli, che tratteneva con un nastrino di velluto. Mi prendeva in braccio e mi baciava, mentre già mi pettinava con le mani e mi toglieva il soprabito.

In quei momenti, mi scordavo di Francesco che rimaneva a guardarmi salire le scale e mi vedeva terminare gli sforzi nelle braccia di Anita; solo quando la porta si stava per chiudere, chiamava il mio nome timidamente.

"Presto," mi bisbigliava Anita nell'orecchio. "Presto! Ancora non lo hai salutato? Fai presto che andiamo a mangiare!"

Allora mi affacciavo sulle scale, e con un gesto rapido della mano gli facevo un segno di saluto, scappando dentro.

Certe volte, vedevo i baci che lui mi mandava direttamente con le labbra o sulla punta delle dita e rimanevo un attimo a guardarlo. Altre volte, mentre Anita non ci vedeva, fugacemente rispondevo ai baci suoi coi miei.

Non ricordo di avere mai chiesto a mia madre come fosse che io uscivo sola con Francesco e che lei non venisse con noi.

Non ricordo, cioè, di averlo fatto neanche per pregarla o per indurla a qualcosa che desideravo, e su cui, semplicemente per rendermi felice, avrebbe potuto acconsentire. Con l'assoluta certezza dei piccoli, sapevo di non dovere domandare nulla di più su quel legame che mia madre subiva e che mi portava fuori da noi e dalla nostra vita.

Lei, invece, dopo avere ascoltato i racconti che io stessa le facevo, mi interrogava su Francesco e sulla sua famiglia.

"È bella la casa di donna Peppina?" domandava. "E la stanza di Francesco l'hai vista?"

La casa di donna Peppina era bellissima e grandissima, rispondevo, anche se non avevo visto la stanza di Francesco perché forse lui non ce l'aveva.

"Ah no?" faceva Anita. "E dove mette le sue cose... Non so, le scarpe, i vestiti..."

Allora raccontavo che a casa di donna Peppina c'erano, dispersi ovunque, tanti scatoloni pieni di ogni genere di cose, e forse là dentro c'era anche la roba di Francesco. Per la verità le sue domande mi inquietavano un poco e mi ripromettevo di chiederlo a lui il giorno dopo.

"Tu," diceva Anita divertita, "mi raccomando: i vestitini mettili sempre a posto la sera prima di andare a dormire e ricordati che si tengono negli armadi!"

"Sì, sì," rispondevo io, che volevo solo farla contenta.

Andavamo a dormire insieme piuttosto presto e rimanevamo al buio a discorrere delle cose del giorno. A parlare ero sempre io, mentre Anita punteggiava i miei racconti con brevi domande e frasi un po' assonnate: i nostri dialoghi non ebbero mai l'immaginifica invenzione delle conversazioni di donna Peppina Curatore, né si stamparono nel mio animo come una celebrazione all'incantamento della parola.

Tuttavia non è vero che mia madre non fosse di compagnia (e certamente amò supremamente la mia), e neanche che fosse riservata in quel modo proprio a alcune persone che sembrano conservare grandi segreti. Credo piuttosto – e ne ho avuto più volte la conferma – che non avesse una vera dimestichezza con le parole, e che esse, una volta dette, le si volgessero contro a riprova della loro reciproca incomprensione: per questa incapacità, mia madre le tratteneva a lungo, celandole agli altri e forse anche a se stessa.

Negli anni, quando l'ho guardata dibattersi sotto i colpi delle parole che non sapeva fronteggiare, si insinuò in me il sospetto che le sue stesse qualità, fortificate nel rigore del silenzio, potevano d'un colpo, e proprio a causa sua, divenire debolezza tragica e inaccettata. Con Anita io conobbi quello che d'oro luccica nel silenzio, e quello che d'orgoglio insano e di autonegazione si può nascondere in esso.

Furie di una infante

A volte a casa di donna Peppina giungeva anche Tripoli. Le sue visite, solitamente senza preavviso, erano annunciate soltanto dallo schiamazzo della ragazzaglia. Egli saliva le scale proclamando che quella non era una casa, ma un posto per zingari, una baracca per randagi senza regola, un covo per ladruncoli da quattro soldi...

Donna Peppina Curatore, che non temeva il giudizio di nessuno – figurarsi quello del fratello! – alla sua vista e a quelle voci veniva presa dalla frenesia. "Tripoliii!" gridava dalla camera da letto dove si era precipitata a mettersi in ordine i vestiti e la lunga treccia raccolta sul capo. "Credi di stare a casa tua?"

"..."

"Tu che credi?!" urlava più forte, furibonda per quel silenzio. "Questa è la casa di don Michele Curatore! Grandi signori sono lui e le sue sorelle, le mie cognate... Tutte persone per bene e con la dote!"

"Uuuh!" sbuffava Tripoli. "Sempre la stessa storia! Come fa il marito a sopportarla ancora... A Michele Curatore, quando muore – da qua a cent'anni – bisogna fargli un busto, come ai santi!"

"Chiii?" gridava donna Peppina entrando in cucina. "CHI È CHE DEVE MORIRE?" domandava volgendo lo sguardo minaccioso sui presenti.

"TU!" la apostrofava stizzito Tripoli. "Tu, perché sei la stoltezza fatta donna..."

"Tripolì!" fremeva donna Peppina per l'occasione offertale di screditare Mariuccia Nicodemi, che aveva preso il posto di sua cognata senza avere nessun merito. "Tu di donne con me non devi parlarne!"

"..."

"Hai ragione che porto rispetto alla Buonanima di tua moglie che per me era meglio di una sorella... Anzi! Era una sorella vera e propria, e ancora non mi capacito che sia morta in quel modo!... Però, se non parli della Buonanima, stai zitto perché la moglie di don Michele Curatore è una signora, non una zotica come certe femmine che conosci bene tu!"

Siccome Tripoli non diceva più nulla e si metteva a guardare dentro le pentole che fumavano in cucina, donna Peppina si rabboniva contenta di averlo sistemato a dovere. Allora pensava che il fratello non aveva nessuno che gli preparasse un pranzetto come usava una volta, quand'era viva Chiara la bella.

"Tripolì," diceva cambiando tono, "sei fortunato! Adesso mangiamo tutti insieme!"

"Insieme a chi?"

"Ah, non lo sai? Insieme a Francesco e alla pupetta nostra... Eppoi viene anche Giuppina perché suo marito è partito..."

Donna Peppina avrebbe voluto continuare a elencare i partecipanti al pranzo, ma temeva di irritare il fratello.

Lo conosceva bene, e d'altronde i D'Auria erano tutti così: col cuore grande e un carattere terribile.

"C'è la carne per la creatura?" domandò Tripoli guardando fuori dalla finestra.

"Come non c'è!" rispose risentita donna Peppina che si stava commuovendo sulla propria famiglia. "E ché, io faccio mancare la carne in casa mia? Eppoi, la faccio mancare proprio a quell'anima di Dio?"

Tripoli capiva di avere toccato il tasto sbagliato, e prima che la sorella cominciasse a discutere, usciva a fare due passi in attesa del pranzo.

Io e mio padre, di ritorno dalle nostre gite, lo incontrammo in una delle sue visite mentre camminava col solito passo indolente e le mani intrecciate dietro la schiena. Il cappello, un borsalino calzato di sghembo sopra un orecchio, lasciava intravedere la scriminatura dei capelli dritti e impomatati.

"Ah!" si sorprese, accorgendosi di noi all'ultimo minuto. "Siete voi due..." I suoi occhi indagatori cercarono me fino a raggiungermi, e io mi coprii il viso abbracciando le gambe di mio padre.

Francesco mi tirava per un braccio, e mi esortava a mostrarmi. Ma io rimanevo nascosta, e a tratti sbirciavo con un occhio solo l'alta figura di Tripoli.

"È screanzata come la madre?" domandò perché sentissi.

Con ostinazione mi nascosi di più, e aspettai la risposta che mio padre non avrebbe mancato di dargli.

Ma Francesco si rivolse a me: "Chiara," la sua voce mi giungeva suadente, "nonno Tripoli scherza: lo sa bene che sei una bambina bellissima... Dài Chiara, fagli vedere come sei educata!".

Rimasi ancora un attimo, premendo la fronte contro le sue

gambe, eppoi sfidai Tripoli con uno sguardo lampeggiante di avversione. Lui continuò a fissare indifferente davanti a sé, e non sembrò accorgersi del mio cambiamento. Allora mi staccai da mio padre, e con un gesto rabbioso della mano tirai il lembo della sua giacca. Prima che avesse il tempo per qualunque risposta, ero tornata ad abbracciare il corpo di mio padre, e da quel punto sicuro lo guardavo intrepida.

Tripoli rideva di rado, e il riso si annunciava in lui con un guizzo nervoso, quasi una smorfia di dolore.

Quella volta i piani del suo viso mutarono di colpo: la fronte, che si copriva di pieghe, si accorciò e il naso, già lungo e aquilino, si accrebbe occupando uno spazio ragguardevole davanti a sé. Gli occhi, lunghi e obliqui, scomparvero dietro le palpebre, e, al loro posto, comparivano bagliori verdeggianti. All'inizio fu come se stesse soffocando per un improvviso colpo di tosse; poi la sua risata assunse una tonalità strombettante e nasale; in effetti il naso fendeva l'aria come un fischietto, mentre la sua figura nervosa era scossa dal convulso. Dopo un primo sconcerto, Francesco fu travolto dal richiamo di quella risata ed egli stesso la accompagnò con la sua, dal suono largo e poderoso.

Io sola non ridevo e mi accigliavo sempre più per il torto che stavo subendo: non solo Francesco non aveva difeso mia madre come mi aspettavo, ma adesso rideva di me assieme a quell'uomo odioso. Una sensazione di furore mai provato prima si stava impossessando di me, mentre nella testa mi batteva un ticchettio denso e bollente, e la gola aveva iniziato a stringersi. Avrei voluto dire qualcosa di terribile che li facesse smettere di ridere, che li facesse piangere... Frugavo nella mia mente infantile cercando fra le parole che avevo sentito da Rosina, che buscava sempre perché era una linguacciuta, o da Maurino e dai suoi compagnelli. Cercavo nelle imprecazioni che i bambini hanno sentito dai grandi e che non devono ripetere, ma nella mia testa non era rimasto più neanche un suono e ogni sproposito si era liquefatto al calore del mio sangue montante.

Impotente e sempre più offesa, facevo fatica a trattenere le lacrime.

Fu allora che vidi Giuppina. Veniva verso noi col passo sollecito della contentezza, e già si annunciava a me con propositi di baci e di carezze. Non so per quale inspiegabile ragione (a quei tempi ero del tutto ignara dei segreti e dei destini che riguardavano la mia famiglia), la vista di Giuppina mi fece affiorare nella mente una parola che avevo sentito una o due volte, senza prestarvi nessuna speciale attenzione. “Lo sai chi sono loro?” mi rivolsi a Giuppina che ci guardava divertita.

“Lo sapete VOI chi siete?” ripetetti trionfante volgendomi a quei due che avevano smesso di ridere, ed erano pronti a ricominciare non appena avessi parlato. “SIETE FIGLI BASTARDI!”

Non ero preparata al silenzio che seguì le mie parole e che mi diede un leggero capogiro. Nonostante fossi smarrita, o forse proprio per questo, avevo una percezione acutissima di ogni particolare, e non mi sfuggì l’occhiata veloce che si scambiarono mio padre e Tripoli prima di guardare a terra per cercare qualcosa. Giuppina, intanto, fissava un punto lontano della strada e io sentivo le ondate del loro disagio, e provavo una scontentezza di me che mi straniva. All’improvviso mi sembrava di avere sonno come se non dormissi da molti giorni, e mi stropicciavo gli occhi assalita da improvvisi sbadigli.

In effetti, ubbidivo a un comando nervoso che mi tirava la bocca ripetutamente.

“Vieni,” disse Francesco prendendomi per mano. “È tardi. La zia avrà già messo tutto a tavola.”

Lo seguii docile: non era il momento per fare capricci.

In cerca di lavoro

Il ventisette di ogni mese, vado alla posta a ritirare la pensione reversibile, che mia zia Peppina ottenne per me dichiarandomi sua convivente, inabile al lavoro per gravi motivi di salute.

Non ho mai saputo quanti soldi furono necessari perché il medico preparasse la cartella clinica, senza avermi mai neanche incontrata; mia zia non parlava volentieri di questa cosa che le appariva un’offesa intollerabile allo splendido destino che aveva previsto per me.

La casa dove vivo, mi fu lasciata da mia zia insieme a un po’ di soldi, che teneva in banca e che le erano rimasti dopo avere liquidato l’ultimo negozio del marito. Con queste poche cose, io vivo senza sentire alcuna privazione, e, come una regina o una principessa d’illustre casato, conduco la vita senza avere lavorato neppure un giorno, e senza che abbia mai dovuto interrogarmi sul mestiere che avrei fatto o su quanti soldi sono necessari per vivere. L’una e l’altra preoccupazione mi appaiono inutili astrazioni, tanto indifferenti all’esito del mio destino quanto le stelle che splendono in cielo.

Per molti anni – mentre mi trasferivo da una università all'altra per nutrire le illusioni di donna Peppina, che mi sognava china sui libri a studiare medicina – io vivevo già nel mio modo. Tuttavia, a quei tempi non ne avevo ancora perfezionato l'ignavia, e mia zia giungeva inattesa, sorprendendomi in casa con il pigiama addosso e l'aria indolente, nelle ore in cui avrei dovuto essere a lezione. Alle domande incalzanti e alle grida acute con cui mi assaliva, rispondevo nell'unico modo che, sebbene disperandola, placava i suoi furori: avevo avuto un attacco d'asma.

"Oh maledetta malattia! Oh destino infame... Oh malasorte!" mia zia imprecava compiangendosi, mentre si guardava attorno con gli occhi splendenti di rabbia.

"Questa città è troppo umida per i miei polmoni," infierivo senza pietà. "Il clima mi rovina: non faccio in tempo a uscire che già mi ammalo!"

Per fortuna le visite di mia zia, oltre che rare, furono sempre molto brevi perché ella odiava trovarsi fuori dalla sua casa, in un mondo sconosciuto e ostile. Col passare degli anni non venne più e preferiva parlare di me alla corte delle sue donnette, annunciando i miei ritorni a casa come una gloriosa epifania e magnificando il mio coraggio di vivere sola in una grande città.

"Quella povera figlia," diceva piena di compassione, "quanti sacrifici sta facendo!"

Da lei mi giungevano i soldi insieme alle lettere che scriveva con puntualità una volta a settimana; non riuscii mai a convincerla a inviarli tutti insieme una volta al mese. Caparbiamente si opponeva a questa soluzione e, alle mie richieste pressanti, rispondeva evasiva, inventando ogni volta una scusa. Infine dichiarò che quei soldi li rubava al marito, e che egli sarebbe andato su tutte le furie se l'avesse scoperta. Forse l'avrebbe anche uccisa di botte!

Naturalmente, niente di quello che diceva somigliava neppure lontanamente alla verità: Michele Curatore mi amava di più che se fossi stata sua figlia, e inoltre non avrebbe mai toccato donna Peppina neanche con un dito.

A poco a poco, mi abituai a questo flusso settimanale del denaro, e, anzi, il ritmo certo con cui giungeva e la quantità, che lo rendeva piuttosto simile a l'*argent de poche* che a un vero e proprio denaro, accentuò la mia noncuranza verso il suo valore. Ho ricevuto i soldi di donna Peppina per tutti gli anni dell'università, che sono stati quasi venti, ed ella, contraddicendo se stessa e la sua innata generosità, fu con me inspiegabilmente parca. Forse a guidarla fu un sospetto sulla mia vera natura; o forse fu soltanto il bisogno di possedermi esercitando su me il più ovvio e antico dei domini.

Sta di fatto che, anche questa decisione, presa forse per costringermi o per dare un limite alla mia evasione, si sviluppò in me come una giustificazione, e alimentò il rifiuto verso qualunque impegno. Era come se io, stando lontana da casa di donna Peppina e vivendo rinchiusa in qualche squallida pensione per studenti, assolvessi con ciò solo a ogni incombenza o promessa. Così, mentre gli anni passavano e donna Peppina diceva piena di orgoglio: "La dottoressa mia nipote frequenta il quarto anno di medicina," io stessa pensavo che fosse vero e che due anni dopo avrei terminato il corso regolare degli studi. Che non avessi fatto ancora alcun esame non turbava la mia coscienza, e neanche la certezza che le cose dovessero andare in quel modo.

Questa inanità, sebbene fosse necessitata dal mio nichilismo e abbia dispiegato in me tutta l'insidia del suo potere, scorreva già nel sangue dei D'Auria. Nella famiglia paterna – sotto il nascondimento della faciloneria o della malavoglia, mescolate alla confusione e al disordine e percorrendo per gradi tutte le tonalità della trascuratezza – si potevano trovare le tracce inequivocabili di quella velleità sconsiderata e, insieme, di quella abulia che non ci permisero mai di trasformare un proposito in una cosa vera, e che destinò ciascuno di noi all'alienazione o alla sconfitta.

Di trovare un lavoro a mio padre si occupò Tripoli, e per lui che traversava Roma a piedi passando per i Ministeri ossequiato da tutti, fu un'impresa lieve.

Tripoli e Francesco partirono con il postale delle cinque che andava alla stazione. Percorsero il tratto fino a Napoli su una specie di tradotta militare che si fermava in tutte le stazioni e in certi luoghi disabitati e senza nome, perduti nella campagna. Queste soste in particolare, duravano più delle altre, e se Francesco, istigato da Tripoli che perdeva la pazienza, si affacciava al finestrino per domandare a qualcuno cosa stava succedendo, riusciva solo a ottenere, in risposta alle sue, altre domande. Tripoli fremeva per l'incapacità di Francesco a rivolgersi, dopo averle individuate, a persone competenti e informate. In cuor suo pensava che il figlio mancasse della spregiudicatezza necessaria per usare gli altri, gratificandoli nei loro talenti. Per fare questo, bisognava essere in grado di capire le persone dallo sguardo, dall'espressione, da un modo di sospirare prima di accomodarsi sulla sedia. Le persone utili sono ovunque, e attendono di essere usate. Esse sono pronte ad aiutarti, a fare ogni cosa, purché vengano riconosciute al primo colpo e non gli si faccia l'offesa di rivolgersi al vicino incompetente, per questioni che solo loro conoscono a menadito.

A Tripoli, queste cose le aveva spiegate un giorno il sottosegretario P., suo amico fraterno, che egli aveva salvato da morte certa nella guerra d'Africa.

Era inciampato nel suo corpo senza vita mentre scappava, dopo uno scontro a fuoco con gli indigeni. Aveva perso l'equilibrio e gli era caduto addosso bestemmiando. Allora il cadavere aveva risposto con un gemito, e a Tripoli non era bastato il cuore per lasciarlo morire così. Se l'era caricato a fatica sulle spalle, trascinandolo verso la salvezza. Non sapeva che si trattava di una tale personalità – un onorevole in carne e ossa! – né che questi avrebbe mantenuto la promessa di accontentarlo in ogni cosa gli avesse chiesto.

Per una sorta di invidia segreta – che non nasceva in lui per il ruolo ricoperto dal suo protettore, ma proprio dalla parola di cui questo poteva fregiarsi – Tripoli usava malvolentieri l'aggettivo onorevole perfino nel segreto dei propri pensieri. Tuttavia, a volte gli accadeva di cedere alla vanità di nominare il suo mecenate a quel modo, in presenza di persone sulle quali voleva fare effetto. Normalmente, però, gli sembrava molto più consonante alla propria personalità, di chiamarlo col solo nome.

D'altro canto, chi era P. più di Tripoli? Uno che non sarebbe stato neanche vivo se lui non lo avesse salvato.

A ogni buon conto, le cose che P. gli aveva confidato sulla natura di certe persone, che conservano gratitudine imperitura a chi gli abbia dato modo di esprimere, specialmente in un favore, i propri talenti, erano senz'altro la chiave del successo nella politica. Perché Tripoli, superato il risentimento che gli procuravano i titoli del suo protettore, non dubitava affatto che quello sapesse ogni cosa su come si fa la politica, e in che modo si debba essere spregiudicati nell'uso degli altri.

Adesso, voleva fare entrare Francesco nel consorzio agrario perché quello gli sembrava il posto giusto per il figlio, ma a guardarlo bene, c'era da chiedersi se ne aveva davvero i talenti... "Hmmm," faceva, ruminando sui propri pensieri.

A ogni sosta, il treno frenava gemendo lungamente, e i vagoni, coi sedili di legno, sobbalzavano nel contraccolpo.

Suo figlio lo amava, Tripoli lo aveva sempre saputo.

Per essere più precisi avrebbe dovuto dire che il figlio nutriva una venerazione spontanea che non si ottiene per diritto di sangue, e che lui non si era mai guadagnato. Tripoli non era stato un vero padre e Francesco era diventato adulto senza una guida; d'altronde egli stesso non era stato neppure un vero figlio, perché era rimasto orfano da piccolo, e sua madre si era risposata dopo poco tempo...

"Francesco!" lo chiamò. "Allora, ti hanno detto perché è fermo il treno?"

"..."

"Allora?" La voce gli uscì stizzosa dalla gola, ed egli la sentì spropositata nell'aria ferma della carrozza. Vagamente confuso, si guardò le unghie dei mignoli che teneva lunghe per grattarsi dentro le orecchie. In quel momento il treno fece un sussulto e Tripoli guardò fuori dal finestrino per assicurarsi che si stesse muovendo.

"Alla buonora!" sospirò soddisfatto. "Ci fumiamo una sigaretta?"

Francesco era in piedi nel corridoio, con la schiena appoggiata al finestrino chiuso. Non gli rispose e fissò torvo un punto imprecisato del volto del padre.

Tripoli sorrise perché, nonostante il tempo trascorso lontani, conosceva sempre suo figlio, e lo sapeva prendere nel modo giusto anche quando lo offendeva senza volere: per distrazione o, se si voglia ammettere la verità, per colpa del proprio carattere.

"Eh!" sospirò Tripoli. Non era facile avere un carattere come il suo! Un carattere che calamitava eventi di ogni specie e natura, molti dei quali erano assolutamente imprevisti anche agli aspetti più segreti del suo temperamento, ed egli stesso non si capacitava di come li avesse attirati su di sé.

Perché le cose che devono accadere, ormai lo aveva capito con chiarezza, sono mescolate nel mondo senza un ordine preciso e si sfiorano fra loro, e con le altre cose dell'universo, fino a quando non giungono in prossimità di un punto di attrazione dove finalmente possono compiersi. Lui era uno di quei punti di attrazione: uno di quei caratteri terribili e grandiosi che nascono nelle famiglie ogni due o trecento anni, e hanno in sé la proprietà magica di attrarre gli eventi, in maniera scomposta e imprevedibile.

Tripoli aveva sempre supposto di essere un predestinato e, tuttavia, l'unica cosa certa oltre a questa che sapeva di se stesso, avendola sognata col nitore della profezia, era che sarebbe morto il giorno di Natale, molto vecchio e canuto...

Si passò una mano sui capelli ancora tutti neri e umidi di brillantina, e si ricordò della sigaretta. Guardò Francesco speranzoso; poteva darsi che il risentimento gli fosse passato e che fosse disposto a essere suo complice invece di biasimarlo.

"Papà!" esclamò Francesco con un tono che non ammetteva repliche, e Tripoli pensò: niente da fare!

"Se vuoi fumare, e ti vuoi ammazzare subito, sei libero di farlo..."

Tripoli sbattette un attimo gli occhi come se le parole di Francesco lo avessero colpito in faccia. Pensò rapidamente che lo aveva fatto molto arrabbiare e si diede dell'imbecille.

"...Io non sono qua per impedirti di fare della tua vita quello che preferisci. Siamo ormai vecchi tutti e due!"

È la figlia, pensò Tripoli. È la figlia che lo ha cambiato... In altri tempi non mi avrebbe mai risposto così...

"Vuoi una sigaretta? Ecco, tieni l'intero pacchetto: fumatele tutte!"

Sì, certo, pensò Tripoli afferrando il pacchetto senza accorgersi di quello che faceva, si sente padre e questa per lui è la cosa più importante.

Si scosse al contatto delle proprie mani con le sigarette e sorrise a Francesco.

"Va bene," disse scusandosi, "non fumerò."

Sospirò profondamente per sottolineare la rinuncia che gli toccava fare e sperò che questo bastasse al figlio per abbandonare le ombre che lo accigliavano; aspettò un poco prima di tornare a guardarlo e vide che si era seduto di fronte a lui. Come aveva fatto a non accorgersi che stava cambiando perfino nei tratti del volto, e che questi gli apparivano, d'un tratto, più gravi e maturi. Sconosciuti quasi.

Quando lo aveva rivisto, alla fine della guerra, non gli era sembrato diverso dal ragazzo disperato che era fuggito cinque anni prima. Quella volta Tripoli non lo aveva fermato, anche se sapeva che sarebbe bastata una sola parola. Ma non se l'era sentita, capita a tutti! Eppoi, con la certezza definitiva della propria predestinazione, aveva pensato che non gli sarebbe accaduto nulla di male...

"Pensi di sposare la mammana?" gli domandò a bruciapelo.

"Non lo so," rispose Francesco senza guardarlo. "Può essere necessario per Chiara."

"Hummm," fece Tripoli comprensivo. "Per i figli si fanno molte cose."

Ebbe l'impressione che Francesco volesse aggiungere qualcosa, ma il figlio si era stretto nello spazio del sedile, e le sue spalle avevano disegnato un arco dal quale emergeva solo il profilo nero della testa. Sembrava proteggere qualcosa che aveva nel petto: qualcosa che gli pesava e da cui, tuttavia, non voleva dividersi.

"Ma tu," riprese Tripoli, "ci tieni alla mammana?"

Francesco si voltò verso il padre vivacemente, come se finalmente potesse esporre tutte le sue decisioni. "Non è importante che io ci tenga o no," disse infervorato. "Questa è una cosa senza importanza!" ripetette convinto.

"Quello che conta è solo Chiara..."

Si fermò cercando le parole: "È finito il tempo delle passioni che mi toglievano il sangue!" disse pensoso. "Io non ho più voglia di queste cose. Non ho bisogno di amare nessuna donna: le ho già amate tutte!"

Guardò Tripoli e sembrò contento delle cose che era riuscito a dire, e dell'effetto delle sue parole.

Dunque, pensò Tripoli, aveva visto giusto: Francesco era diventato padre.

Una gita con Giuppina

Dopo un poco che mio padre e io giungevamo a casa di donna Peppina, appariva Giuppina.

A informarla con esattezza del nostro arrivo non erano i ragazzetti di sua zia, e neanche gli appuntamenti orientativi che mio padre si dava con la famiglia; in realtà Giuppina si muoveva guidata, passo a passo, dagli effetti ingeniti alla sua natura. Come già da ragazza, ora che si era sposata e il marito stava tutto il giorno a lavoro, era libera di andare per case, stringendo amicizie e tenendo a battesimo i bambini che nascevano. Perciò, giungeva da donna Peppina con la puntualità di chi possiede informatori sicuri e, a interrogarla sull'origine delle proprie notizie, si poteva sentire ogni volta un nome diverso.

Così, una volta era stata la commare Bianca che ci aveva visti passare dal balcone della cucina mentre stendeva i panni, e un'altra volta era stato il figlio del bidello che stava di guardia all'ingresso della scuola per mandare indietro i ritardatari.

Appena giunta, e mentre rispondeva distratta alle domande della zia, Giuppina mi cercava con gli occhi e faceva con le mani il gesto di aprire e chiudere le dita, alla maniera con cui si fa ciao. Io conoscevo bene quel segnale di guerra, e cominciavo ad agitarmi e a lanciare piccole urla acute perché – dopo una breve lotta – Giuppina mi avrebbe stretta a sé coprendomi di baci.

Sfuggendo ai controlli di donna Peppina – che era contraria perché potevano farmi il malocchio – e con la complicità di mio padre, che l'appoggiava sempre nei suoi desideri, Giuppina mi portava nelle case delle sue commarelle perché mi conoscessero assieme ai loro figli. Assistevo così all'apparizione di bambini sudici e moccolosi che venivano fuori da ogni angolo della strada, richiamati dagli appelli delle loro madri, e che si presentavano a lei come folletti veloci.

"Buongiorno commà," ripetevano con le voci un poco arrochite dalla timidezza, e lei li acchiappava a volo, mentre tentavano di sgusciare via dopo avere compiuto il loro dovere. Giuppina li tratteneva nelle braccia e distribuiva baci rumorosi a destra e a manca. Poi soffiava il naso al meno lesto di loro, il quale non protestava per timore dei suoi morsi amorosi.

Io, che ero vestita con abiti puliti e ordinati e avevo un grosso fiocco sulla testa, mi sentivo, al loro confronto, una principessa.

Mai il mio amico Maurino aveva avuto una faccia tanto sporca, né le sue mani erano state così nere; neanche quando la Befana gli aveva portato il carbone, e lui aveva pianto sconsolatamente con la scusa che si era sporcato tutto. Guardavo con timore le mani che Giuppina voleva che toccassi, e ancor più guardavo con ribrezzo quelle faccette impiastricciate che voleva che baciassi. Ma Giuppina non ammetteva rifiuti, ed ero costretta ad avvicinare le mie guance a quelle dei suoi protetti. Ne traevo un sentimento di ribellione che mi faceva diventare capricciosa ed esigente.

Perciò iniziavo una lagna – io che non lo facevo mai – quasi volessi essere ripagata per lo sforzo a cui ero stata obbligata e mi mostravo incontentabile per ogni cosa, fino a quando Giuppina non mi portava a casa e mi metteva un certo profumo di violette che mi piaceva molto. Solo allora, consolata dall'aroma di fiori, mi riconciliavo con la vita e con Giuppina, che mi strapazzava di baci e mi diceva sul viso: "Ah! tu sei fanaticuccia...".

Un giorno in cui mio padre era andato a fare i documenti per il consorzio agrario e donna Peppina faceva il sonno pomeridiano, Giuppina e io uscimmo in gran segretezza per andare a fare la nostra passeggiata. Percorremmo di corsa le stradine dove solitamente chiamava a raccolta i suoi comparielli, e rispondemmo con un'allegria esagerata ai saluti che ci accompagnavano dalle finestre e dalle porte. "Buongiorno commare Bianca!" gridava Giuppina. Eppoi, senza prendere fiato: "Corri Chiara, corri che ce la facciamo!".

Cosa dovessimo fare io non lo sapevo, e tuttavia, presa dalla frenesia di quella corsa senza ragioni, mi abbandonavo con voluttà e a mia volta gridavo: “Sì, sì corriamo!”.

Così facendo, giungemmo vicino alla villa comunale e salimmo sul postale che stava partendo. Finalmente, quando ci sedemmo ansimando sui sedili, domandai a Giuppina se ce l'avevamo fatta. Disse di sì e che voleva farmi vedere un posto dove c'erano molti animali.

“Quali?” domandai io, che già ne conoscevo svariati e avevo notizie addirittura di un uccello speciale, che parla con la voce di un uomo.

“Mah!” disse lei improvvisamente nervosa. “Non so. Maiali, cani, gatti...”

Eppoi, accortasi che ero delusa: “Forse qualche bell'agnellino nato da qualche giorno! Ti piacciono gli agnellini?” chiese premurosa. Io sospirai guardandola e pensai che certamente nel posto dove stavamo andando non c'era l'uccello parlante. “Ma questo posto lo conosci già?” domandai un poco svagata e con la segreta speranza che potessimo tornare indietro.

“No,” disse Giuppina pensierosa. “È per questo che voglio andarlo a vedere...”

“C'è una persona che conosci dove andiamo?” domandai.

“Nooo! Che dici?” rispose Giuppina con veemenza improvvisa. “Non c'è nessuno che conosco... Stiamo andando solo a fare una bella passeggiata.”

Eppoi col tono più dolce: “Non ti piace venire a passeggio con me?”.

Annuii senza nessuna convinzione perché, per la verità, le sue reazioni mi avevano messo addosso un certo turbamento. Come sempre, quando ero a disagio, mi sembrava di avere sonno e mi stropicciavo gli occhi in una ripetizione nervosa. Giuppina mi abbracciò mentre il postale sobbalzava sulla strada, e disse che voleva comprarmi un paio di orecchini con i brillantini.

Le risposi, ancora risentita, che mia madre non voleva che mi facessero i buchi alle orecchie, e lei disse che mi avrebbe comprato un bel pendentif per il laccio d'oro che avevo al collo. “Un pendentif col brillantino!” ripetette compiaciuta.

Anche io fui d'accordo per questo secondo regalo, e, benché non conoscessi la parola che Giuppina aveva usato, pensai che mia madre sarebbe stata contenta quando glielo avessi mostrato.

Scendemmo a una fermata appena all'uscita del paese. Giuppina domandò al conducente se il postale che tornava sarebbe passato dopo un'ora. Puntualmente, rispose quello, e ripartì sollevando una nuvola scura. "Dobbiamo sbrigarci," disse Giuppina tirandomi per un braccio, "altrimenti non ce la facciamo a vedere niente."

Ci affrettammo per un tratto di strada e proseguimmo per una decina di minuti camminando a passo sostenuto. All'inizio trascinai un poco i piedi perché non avevo voglia di rifare il gioco del corri-corri, poi fui catturata dal ritmo di Giuppina che mi teneva per mano.

Infine giungemmo davanti a un cascinale col tetto sfondato e grandi mucchi di fieno appoggiati fino quasi davanti all'uscio scuro. Tutt'intorno sul terreno c'erano sparsi, e come abbandonati, gli utensili della terra: zappe, forconi, vanghe e anche un piccone.

A tratti, da dietro al cascinale, giungeva il muggito di una mucca; di lato, costruito con ogni genere di materiale residuo – cartoni, pezzi di ferro e legnami di tutte le qualità – c'era una specie di ricovero per gli animali da cui saliva un effluvio di sterco, mescolato all'odore dell'erba e del latte corrotto.

"È là dentro l'agnellino?" mi informai speranzosa.

"Può essere," rispose Giuppina, "andiamo a vedere!"

Ci avvicinammo alla stalla con aria circospetta e Giuppina, gettata una rapida occhiata, mi disse che era vuota e che dovevamo andare dietro la casa; forse là avremmo trovato anche l'agnellino. Al pascolo c'era solo la mucca che a scatti sbatteva la coda, scacciando le mosche che volavano basse sopra al suo corpo. Una canna, che sembrava uscire direttamente dal muro, si mosse nella direzione dell'animale e lo pungolò dispettosamente con la punta. La mucca muggì, scartando l'aria con la coda.

"C'è qualcuno?" domandò Giuppina con una voce acuta per i suoi timbri normalmente bassi. "Eh?... C'è qualcuno?" ripetette, senza tuttavia muovere un passo nella direzione della canna ch'era rimasta rigida nell'aria. Nessuno rispose, e Giuppina, come fosse paralizzata anch'essa, rimaneva sorda ai miei richiami. Mi appesi con foga alla sua gonna fino a quando si scosse. "Andiamo?" domandai spazientita.

"Dove?" rispose guardando sempre nella stessa direzione.

Mi avviai decisa verso la canna e vidi subito il ragazzo.

Aveva una faccia color fuliggine, e un berretto calcato fino sugli occhi. Mi fermai davanti a lui decisa a sapere ogni cosa. "Dov'è l'agnellino?" domandai senza porre tempo in mezzo.

Il ragazzo sembrò non avermi sentito e continuò a reggere la canna con le mani sporche fino al polso. "Abbiamo già guardato nella stalla," aggiunsi paziente, caso mai qualche informazione lo potesse aiutare, "ma non c'era niente!"

Il ragazzo continuò a tenere gli occhi fissi sulla canna e, anzi, sembrò che si fosse concentrato ancora più sui fatti suoi.

"Lascialo stare," disse Giuppina che si era avvicinata silenziosamente, "forse non ha voglia di parlare con gli estranei... Con gente che non conosce!"

Queste ultime parole, che aveva detto dopo un attimo di esitazione, quasi le avesse cercate nella sua mente, avevano un suono gentile di scusa, che non servì a smuovere il ragazzo. Egli rimaneva immobile, con il profilo rigidamente rivolto contro di noi e lo sguardo senza distrazioni che guardava un punto lontano.

Nessun segno della persona, non un fremito o un nervosismo, lasciava pensare che ci avesse sentite arrivare o che avesse ascoltato le nostre parole. Incuriosita, gli andai davanti per guardarlo meglio, e prima che spostasse lo sguardo per evitarmi, ne incontrai gli occhi neri come l'inchiostro e splendenti.

In quel momento, una voce imperiosa lo chiamò, dall'uscio della casa, e il ragazzo scattò pronto a ubbidire. In piedi come stava, sembrava ancora più magro e piccino di come mi era parso mentre era seduto; tuttavia, l'espressione seria apparsa sul suo volto, che sostituiva quella svagata e assente che aveva prima, lo faceva sembrare più vecchio.

Pensai che doveva essere più grande di Maurino. Forse era grande come Rosina. Mi scansai in tempo per non finire a terra travolta dal suo rapido passaggio.

L'uomo stava sulla porta e lo colpì in viso inaspettatamente, senza dire neanche una parola. Poi lo colpì con un calcio e lo buttò dentro l'uscio scuro. Aspettammo in silenzio che dalla casa si levasse la voce o il pianto del ragazzo. Nulla. La voce dell'uomo, invece, risuonò più volte incupita dal chiuso delle mura e dalla nostra compassione. Tendemmo l'orecchio per capire cosa stesse dicendo, ma le parole sembravano avere perso il senso che le accomuna ed erano divenute incomprensibili: suoni rabbiosi e strascicati, intercalati da brevi ululati e dal rumore di colpi dati alla cieca.

"Mio Dio!" sussurrò Giuppina. "Quello è ubriaco!"

La sua mano cercò la mia, e io mi sentii rincuorata. Sospirai alzando lo sguardo verso lei e vidi che piangeva. Non avevo mai visto un adulto piangere prima di allora e ne ebbi una grande impressione. Giuppina aveva il viso inondato di lacrime che rotolavano fino al collo, lasciando il segno arido del proprio passaggio. Senza capire cosa stesse accadendo, le accarezzavo le mani e avrei voluto piangere anch'io, ma uno strano pudore mi tratteneva dal farlo. Sotto le mie carezze lei si asciugò le lacrime e smise di singhiozzare. Ero turbata, avevo le gambe indurite per lo sforzo di trattenere l'emozione e fui contenta che ce ne andassimo subito, senza aspettare di rivedere il ragazzo.

Scappammo nella strada esortandoci a vicenda per fare più in fretta, senza mai voltarci indietro.

Sul postale Giuppina mi fece promettere che non avrei parlato con nessuno di quella passeggiata. Promisi con animo leggero, desiderosa com'ero di scordarmene anch'io.

Una questione di legge

Per il mio riconoscimento, Francesco aveva discusso con il cugino Giovanni Cantalupa, l'unico che sapeva come si fanno certe cose perché aveva avuto un figlio da Faluccia, la suocera di Sciarmano, e al Comune si erano rifiutati di registrarlo col cognome del marito, morto dieci anni prima. In quell'occasione, Giovanni Cantalupa – che faceva il maestro e non si era mai sposato perché era un uomo libero e tale voleva restare – aveva cercato ogni genere di informazioni e studiato tutti gli articoli di legge.

"Allora," aveva sentenziato col tono di chi è uso ad ammaestrare, "caro Francesco, non si scappa! Forse tu hai delle proprietà – foss'anche una sola, piccola e sperduta – che puoi assegnare a tua figlia con atto notarile?"

La domanda, che era solo un argomento retorico, veniva posta non certo per infierire sulla mancanza di mezzi di Francesco, ma a mo' di riepilogo sulla controversa situazione del riconoscimento.

"Come ti dissi, nel caso mio io così feci: mi recai presso un notaio, uno sconosciuto che vedevo allora per la prima volta, e dichiarai su carta da bollo con timbri, firme e documenti di proprietà, che la masseria dove fu concepito il frutto mio e di Faluccia, restasse al ragazzo dopo la mia morte..."

Guardando Francesco con intenzione aggiunse lentamente: "Non mi sarei mai sognato di lasciargli i miei averi subito... E comunque non era necessario! Quello che conta è che, nel preciso momento in cui lo nominavo mio erede, sia pure di una bicocca come la masseria... Ma che dico?" s'infervorò salendo con la voce, "sia pure di una pietra di quella masseria, ebbene io lo avevo riconosciuto come figlio mio, e questo riconoscimento era valido a tutti gli effetti di legge!".

Si fermò soddisfatto per l'effetto delle sue parole, e pensò che adesso veniva la parte più difficile e che doveva smorzare ogni trionfo dalla voce. "Certo," disse grave, "tu non hai questa possibilità... Sei tornato dalla guerra, hai appena cominciato a lavorare; non hai un patrimonio personale da usare... Se tu volessi aspettare qualche tempo... Non so sei mesi o un anno..."

"Ho aspettato già troppo tempo!" tagliò corto Francesco, al quale la sola idea di ritardare ancora di un giorno riusciva insopportabile.

"Lo so lo so," rispose comprensivo Giovanni Cantalupa, "dicevo così per dire, perché tu abbia presente tutte le soluzioni e anche la loro implicita qualità. Non vogliamo forse," riprese pomposo dopo un sospiro, "che alla creatura sia assicurato ogni beneficio e sia risparmiata ogni ingiuria?"

Francesco avrebbe voluto alzarsi in piedi, battendo i pugni sulla scrivania dove il cugino scriveva le poesie per le quali era famoso, e "Sì!" voleva urlare, "sì". Nessuna infamia o ingiuria a mia figlia; all'angelo custode della vita mia; alla delizia della mia esistenza! Invece disse solo: "Per carità, facciamo presto! Anita mi aspetta questa sera per parlare!".

"Ah," si stizzì il maestro Cantalupa. "Queste cose hanno bisogno di tempo. La mammana aspetterà!"

E poiché Francesco rimaneva accigliato e teso: "Vuoi bere qualcosa?" gli domandò persuasivo. "Abbiamo bisogno di pensarci bene, no?"

"Se, invece, tu vai al Comune," continuò, "e bada bene puoi andarci! ti presenti davanti al sindaco o all'ufficiale di stato civile e metti per iscritto: 'Io sono il padre della cittadina di anni tre,' ha tre anni eh?" chiese puntigliosamente, "'dichiarata con il nome di Chiara e il cognome Riccetti che, come sapete tutti, è l'ostetrica del paese!...' Se fai così," si fermò lasciando che nell'aria si condensasse un silenzio drammatico, "domani tutto il paese chiacchiera... E chiacchiera incessantemente per un mese... forse anche due! Non vi lasceranno in pace neanche un minuto: i peggiori saranno i bene intenzionati, quelli che sono tanto felici che le cose siano andate così... Credi a me," disse spalancando due occhi atterriti su Francesco, "sono i peggiori perché si sentono in diritto di avere un giudizio morale sulle cose e scomodano il Padreterno in ogni occasione!"

"Poi ci saranno i maligni. Strana razza di lupi travestiti da agnelli che, contro ogni loro intenzione, si fanno scoprire appena aprono bocca... Un guizzo malevolo degli occhi, una smorfia invidiosa del viso! Loro vengono una volta sola a recitare una parte che non sanno sostenere; scornati per essersi scoperti, si limiteranno, da allora in poi, a manifestarti il proprio disappunto. Perciò accadrà che ti chiudano la porta sul viso quando passi davanti alle loro case o che rispondano al tuo saluto a bocca storta! Purtroppo i maligni non sono molti!" concluse Cantalupa soddisfatto per il quadro che stava dipingendo.

"...Infine ci sta la gente. La gente comune, quella che pensa solo cose ovvie e ama il lieto fine o le grandi disgrazie piene di sangue e di grida. La gente è imprevedibile nel suo conformismo, perché può svegliarsi una mattina assetata di sangue e il giorno dopo è disposta a piangere perché è stato ammazzato un vitello. Eh!" si scosse guardando in faccia Francesco, "non ti voglio tediare, ma insomma, secondo me al Comune non ci devi andare."

"E, dunque, che rimane?" "Rimane che se vuoi riconoscere tua figlia, senza fare parlare tutto il paese, c'è solo una cosa da fare: andare in città e presentarsi, DA SOLO, davanti al giudice tutelare."

"Devi andarci da solo," riprese dopo una pausa, "perché a nessuno sfuggirà che la mammana parte con te, per andare da qualche parte, non si sa bene quale... In questo caso il rimedio si rivelerebbe peggiore del male e tutti comincerebbero a chiedersi cos'è che sta succedendo... Te lo immagini, Francesco," sussurrò ispirato, "cosa sarebbero capaci di inventarsi? Ogni genere di perversa fantasia..."

"Eh," sospirò di nuovo, "io la conosco bene la gente... Ne so qualcosa, IO!"

"E allora," fece Francesco impaziente, "io vado dal giudice tutelare e gli dico: 'Sono il padre carnale di Chiara Riccetti e voglio darle il mio cognome,' e quello – senza domandarmi nulla, in quattro e quattro otto – fa tutto? Sei sicuro che non ci voglia anche il consenso della madre?"

"CHE COSA?" tuonò Cantalupa. "Ma lo vedi cosa scrive la legge? Scrive: I genitori possono presentarsi tanto congiuntamente, quanto separatamente. E perché credi che la legge scriva così? PERCHÉ? Perché," declamò con soddisfazione, senza aspettare nessuna risposta, "chi conta veramente è il PADRE."

Sempre più infervorandosi: "Ma chi può impedire a un padre che lo voglia, di riconoscere la propria creatura? Chi può impedire a un uomo, la cui paternità è sempre dubbia – *mater semper certa est, pater numquam*, dicono saggiamente i Latini! – di avere la generosità di RICONOSCERE un figlio! Una responsabilità che è sempre, e per definizione, un atto gratuito. MAI dovuto!".

Oramai nessuno più poteva fermarlo, e Francesco lo guardava affascinato, mentre l'enfasi della concione gli arrossava il viso, spingendogli gli occhi quasi fuori dalle orbite. "Forse che tu sei il marito della mammana o pensi di sposarla? Forse che il tuo non è il gesto di un uomo libero, che non è obbligato da niente e da nessuno?..."

"Al contrario," lo interruppe Francesco, approfittando del dubbio che introduceva quest'ultima domanda, "al contrario! Nessuno mi obbliga a riconoscere mia figlia... Anzi, lei non vorrebbe!"

"LEI NON VORREBBE?" si imbestialì Cantalupa. "E che novità è questa? Ma dove viviamo? Ma questa donna, ci pensa alla gente, al futuro di sua figlia... Che ne so? ai concorsi, al matrimonio... Ecco, al matrimonio! Chi se la sposa una che ha il cognome di sua madre? Una senza padre?"

"Giusto!" esclamò Francesco infervorato. "Mia figlia deve andare all'asilo con il cognome del padre, come tutti gli altri bambini! Questa storia è durata anche troppo a lungo," disse con decisione. "Esigo solo il mio buon diritto di genitore e nessuno me lo può negare!"

"Proprio così!" lo sostenne Cantalupa. "Adesso vai, e parlale con fermezza. Se lei sarà così folle da opporti un rifiuto, mandala da me, ché la convinco IO!"

Francesco uscì deciso e confortato dalla casa di Giovanni Cantalupa.

La piega delle cose e altri particolari

Credo che, a un certo punto del suo affanno, mia madre pensò di portarmi con sé affinché il riconoscimento non sembrasse fatto contro la sua volontà. Forse, fra i molti e opposti pensieri che fece, ci fu la speranza folle di indurre Francesco a un ripensamento.

Dico queste cose – che mi appaiono nella memoria lontanissime e nitide, come la scia di luce lasciata dal remoto passaggio delle stelle – perché mia madre mi parlò a più riprese, la sera mentre stavamo a letto.

"Chiara," chiedeva cautamente, "vuoi bene a Francesco?"

"Sì."

"Molto?"

"Molto."

"Molto quanto?" domandava con leggerezza, come stessimo facendo un gioco.

"Molto tanto." Rispondevo contenta.

"Tanto quanto," insisteva "quanto ne vuoi a Rosina?"
"Di più!"
"Quanto ne vuoi a Maurino?"
"Di più!"
"Quanto ne vuoi a me?"
"Come a te, a nessuno!" dicevo senza esitazione.

Un'altra volta mi aveva chiesto se mi sarebbe piaciuto avere Francesco come padre.

"Viene a vivere a casa nostra?" domandai per tutta risposta.

"Ma no!" s'impennò lei. "Come ti viene in mente?"

Il silenzio nella stanza durò qualche secondo, poi disse che voleva un bacio, e io mi lanciai nelle sue braccia.

E un'altra volta, riprendendo il discorso lasciato sospeso, mi domandò se mi piaceva che vivessimo da sole o se avessi preferito che qualcun altro abitasse sempre con noi. Per farci compagnia, disse ridendo. Il mio istinto infantile, unito al bisogno acutissimo di compiacerla, mi facevano intuire che quello era un terreno minato, e che avrei dovuto essere molto accorta nella risposta. Le dissi che mi piaceva vivere con lei.

"Sola con me?" chiese di nuovo.

"Sì," risposi.

In quei giorni, mia madre era scontenta e le tracce del suo umor nero si spandevano come una polvere su tutte le cose. Quando lei era così, sembrava che non riuscisse a fare nulla, e anche le incombenze più semplici, quelle che svolgeva con la scioltezza dell'abitudine, svelavano il loro carattere di pesantezza. Io mi aggiravo per la casa con l'animo impacciato, attenta a non fare niente che potesse aggiungerle fatica. Ogni tanto, nelle mie peregrinazioni intorno a lei, incontravo il suo sguardo assorto e ricevevo un sorriso distratto.

Allora giocavo un poco con la bambola e speravo che arrivasse presto Francesco. Ma ormai, lo sapevo, non arrivava prima del pomeriggio, perché la mattina lavorava al consorzio agrario e non era più libero come una volta.

Sospiravo, pettinando la bambola e la sgridavo perché perdeva i capelli a causa del fatto che non voleva più mangiare.

Non avevo il coraggio di fare nessuna domanda perché, fin da piccola, ho sentito con chiarezza che Anita, qualunque cosa fosse accaduta nella nostra vita, non avrebbe mai accettato di discutere il suo ruolo primigenio. Lei era la madre, io la figlia. Perciò il compito di asciugarmi le lacrime spettava a lei sola; così pure quello di consolarmi, di nutrirmi, di guarirmi dalle malattie, di darmi ogni cosa le sembrasse necessaria alla mia vita e alla mia felicità. Aspettai, come un animaletto vigile, che la pena che la occupava si dissolvesse, e ai primi segnali di sollievo pretesi le sue carezze e ogni genere di dolcezze.

Allora mi domandò se ero contenta che Francesco diventasse mio padre e che mi sarei chiamata come lui: Chiara D'Auria.

Forse, disse, avremmo potuto fare una festa e invitare tutti i nostri amici.

Certamente fu a causa della mia ingenuità, madre cieca di ogni conformismo, se non chiesi mai – né ad altri, né a me stessa – perché fosse apparso improvvisamente nella mia vita qualcuno che diceva di essermi padre e perché, se questo era vero, io non ne avessi mai sentito parlare prima di allora.

Come altre volte nella vita, quando le circostanze si facevano complesse e l'intrigo degli avvenimenti avrebbe richiesto che fossi presente e vigile, io mi rifugiavo in una mia vaghezza inconcludente, dove tutto era immobile e perfetto.

In questa specie di angelica astrazione, non mi accorgevo di quello che accadeva: la mia mente non coglieva più la ragione delle cose, che cessavano di essere unite, e vagavano perdute e libere nel vuoto.

Io non chiedevo mai spiegazioni e accettavo, – senza ribellioni visibili o segrete – quelle che mi venivano date, come se riguardassero altri che me. Rispondevo tranquilla alle sollecitazioni, nonostante fossi atterrita dai malumori e dalle tensioni di mia madre, ed ero sempre pronta a convincermi che non stava accadendo nulla.

Adesso che Francesco aveva cominciato a lavorare, la balia Rosina trascorreva le mattine con me, mentre Anita era fuori di casa. La sua compagnia, così avulsa da ogni richiamo alle ansie di quei giorni, aveva il potere di ricondurmi alla realtà.

Fu per questa ragione, perché avevo abbandonato le difese della distanza, che Rosina riuscì a raggiungermi con le sue parole.

"Tuo padre e tua madre non sono sposati!" disse sicura, mentre cambiava i vestiti alla bambola.

Siccome io non rispondevo, Rosina si spiegò meglio: "I miei genitori, prima di avere me e i miei fratelli, si sono sposati come marito e moglie... Invece tuo padre e tua madre no!".

"..."

"Hai capito?" sussurrò con voce spaventosa. "Sono dei peccatori: quando muoiono vanno all'inferno!..."

"... Me l'ha detto il prete!" insistette.

A quel punto, piansi disperata, lanciando grida che furono sentite anche nella piazza.

La festa a cui mia madre aveva accennato non si fece mai, e io, al mio solito modo evasivo, non domandai più nulla.

Anita e Francesco andarono dal giudice tutelare e la vita continuò come prima. Nulla era cambiato: io e mia madre continuammo a vivere sole, e ogni pomeriggio Francesco veniva a prendermi per portarmi a passeggio. Di diverso c'era solo che non andavamo più da donna Peppina Curatore, perché quando mio padre arrivava era già troppo tardi per allontanarsi dal paese. Questa impossibilità, che ci dava l'agio di percorrere svariate volte la piazza, tenendoci per mano e passeggiando lentamente, non tardò a prendere le forme di una abitudine.

Al contrario di mia madre, che non aveva mai secondato i riti sociali del paese – quasi che le fossero completamente sconosciuti e non venisse lei stessa da una contrada del centro Italia – Francesco si piegava amabilmente a essi, e anzi sembrava avere dentro di sé un istinto naturale che lo guidava a soddisfarsene e a inventarne degli altri.

Per lungo tempo fummo l'attrazione del paese.

Parlavano di noi in ogni casa e le nostre sortite quotidiane costituirono un appuntamento immancabile con chiunque volesse incontrarci. Dopo l'avaro silenzio imposto da mia madre, finalmente anche le curiosità più bizzarre e invadenti trovarono orecchie per essere ascoltate e, quel che maggiormente conta, trovarono risposte alle domande.

Ascoltai la storia del riconoscimento colorirsi di particolari inediti a ogni nuovo racconto, sicché, una delle ultime volte che fu necessario ripeterla quasi non somigliava più alla prima. Ciò che subì fin dall'inizio una radicale modifica, con l'accordo dello stesso autore, fu il ruolo di Giovanni Cantalupa.

Si capì subito, infatti, che il consiglio di andare a fare il riconoscimento dal giudice tutelare, invece che dal sindaco, escludendo tutto il paese dall'avvenimento, risultò a tal punto impopolare da pregiudicare perfino il resto della storia. Per questa ragione fu deciso che il riconoscimento in Pretura era avvenuto per rispetto alla mammana, argomento della cui attendibilità nessuno dubitava, e che permise a tutti di partecipare con aumentata libertà alla riuscita della cosa.

"E dunque," domandavano estasiati, "che ha risposto il giudice quando gli dicesti che eri il padre?"

"Come vi chiamate?" ripeteva Francesco, imitando la voce compunta del giudice. Eppoi, rapidamente cambiando tono e sillabando il proprio cognome: "D'A-U-R-I-A, mi chiamo Francesco D'Auria, di Chiara e di Tripoli...".

"E ché, il giudice conosceva tuo padre?"

"Come no," rispondeva divertito Francesco. "Tripoli lo conoscono anche le pietre! E se sa che dubitate della sua notorietà vi aspetterà sotto casa!"

A queste parole tutti ridevano, e pensavano che il figlio di Tripoli era un uomo che sapeva campare.

"Eh!" diceva Cantalupa allontanandosi ogni volta soddisfatto, "buon sangue non mente! È romanziere come la madre... Come tutta la nostra famiglia! Poeti, ecco cosa siamo. Poeti!"

In quei giorni, giungeva ormai un'estate molto calda e il vento dei campi infuocati della Puglia asciugava i vestiti addosso, Francesco cominciò ad accarezzare l'idea di tornare a vivere nella casa paterna, abbandonata a se stessa ormai da quattro anni.

Ciò che gli riempiva l'animo di eccitazione e di progetti, era che avrebbe potuto finalmente vivere solo, lontano dalla confusione indomabile di donna Peppina Curatore e dalla sua invadenza affettuosa. "Ci pensi?" mi diceva esaltato. "Ogni sera rimango a dormire qua, dove ci sei anche tu! E qualche volta puoi anche venire a dormire da me!" aggiungeva coraggioso.

Andai con lui a vedere la casa, un giorno che Tripoli gli mandò le chiavi con l'autista del postale, insieme a un biglietto vergato con una grafia grande e infantile. "Caro figlio," gli scriveva, "statti accorto a te! Con la buona sorte. Tuo padre Tripoli."

La sua firma svolazzante occupava metà del foglio, e Francesco stentò a decidere se l'invito di Tripoli a prendersi cura di sé fosse un'esortazione o un'oscura minaccia. Non potette fare a meno di provare un certo malumore per i modi immutabili del padre.

La casa, come ho detto, era chiusa ormai da quattro anni, ma né io, che non l'avevo mai vista, né mio padre, che ci aveva vissuto, ci aspettavamo un abbandono così simile alla rovina come quello che trovammo una volta aperta la porta.

Nella furia del trasloco ogni mobile era stato staccato dalla parete e sventrato a colpi selvaggi, inferti all'unico scopo di sfasciare, rompere, distruggere. Un materasso di lana, abbandonato sul pavimento, mostrò subito i propri abitatori: un'intera stirpe di topi di tutte le dimensioni che squittì atterrita, correndo ovunque al nostro passaggio. I pavimenti, ricoperti forse di sacchi imputriditi, non avevano colore, e neanche si capiva, camminando su uno strato melmoso, quale fosse la consistenza originaria. Dalle finestre sfondate, gli uccelli erano entrati per farsi un riparo, e ovunque, da attorno, saliva l'odore intenso della loro porcheria.

Uscimmo rapidamente, senza neanche tentare di aprire le finestre e ci sedemmo sullo spiazzo, disgustati.

Giovanni Cantalupa mandò due contadini delle sue campagne a mondare la casa dalle lordure. Quando ci tornammo, una settimana dopo, sembrava la bocca svuotata di un vecchio, e dalle finestre divelte entrava il sole ruggente.

Un tranquillo lavoro

Francesco apriva il consorzio tutte le mattine alle sei e mezza, e da casa di donna Peppina, dove tornava a dormire fintanto che non fu pronta la dimora al paese, impiegava quasi un'ora e un quarto. Il primo quarto d'ora lo percorreva a piedi, passando per una scorciatoia posta dietro al castello che sbucava diritta e sicura alla fermata del postale.

Ad apprendergli il sentiero, una specie di percorso selvatico usato dai contadini per spostarsi con i carri e gli animali, era stato Michele Curatore, che ci passava con la carrozza quando andava per le campagne a vendere le mercanzie. Allora era giovane e non aveva ancora conosciuto donna Peppina, croce e delizia della sua vita, che non gli avrebbe mai permesso di andare in giro come un ambulante, lui che aveva tre negozi.

Michele Curatore era solito dire che nulla somiglia tanto allo spirito d'avventura quanto lo spirito del mercante. Ancora adesso, con la scusa dei viaggi in città, tornava di nascosto nelle masserie a fare qualche faticosa vendita al dettaglio. Ne ricavava un gusto e una soddisfazione che non avevano niente a che fare col guadagno (anzi, quasi quasi ci rimetteva!) ma col piacere di vivere. Insomma, giunto in un punto nascosto dietro al paese, si caricava sulle spalle un centinaio di chili di scatole sfuse e mescolate, del cui contenuto non era sicuro nemmeno lui, e girava per le campagne. Si trattava, per lo più, di rimanenze invendute, di scarti che il gusto comune aveva bocciato o di prodotti mal rifiniti, acciarpati alla meglio. In mezzo a essi, gli piaceva mettere due o tre cose di qualità che, mescolate alla rinfusa con il resto, venivano riconosciute solo da chi meritava di tenersele. E se le teneva al prezzo del ciarpame, perché Michele Curatore non barava.

Per la scorciatoia che portava al postale non passava nessuno. E anche questo a Francesco piaceva molto.

Camminava col passo lesto di quando da ragazzo andava a scuola e respirava contento l'aria dei campi. Si sentiva in pace con il mondo e gli sembrava che avrebbe fatto mille cose avvedute, costruendo la sua vita un pezzo dopo l'altro. Quando appariva il postale, si faceva trovare sul ciglio della strada. Il conducente, sempre lo stesso, lo salutava col clangore della sua tromba e Francesco saltava su, fumando con lui la prima sigaretta della giornata. Poi scendeva al bivio per M. e proseguiva a piedi per un chilometro e mezzo.

La sede del consorzio si trovava sul ciglio di una viuzza interna e riparata, come accade spesso alle case dei ferrovieri situate di fianco a piccoli passaggi a livello che compaiono alla vista inaspettati.

Durante la guerra, l'ufficio era rimasto chiuso e dopo nessuno pensava di riaprirlo a causa della cattiva posizione. In effetti, anche l'ambiente – uno stanzone con un piccolo bagno – più che a un ufficio del consorzio agrario, somigliava a un locale di paese. Meglio di tutti a un cinema.

Il sottosegretario P. aveva sostenuto con fervore che, in quelle terre di latifondo e di abbandono, era necessario offrire un aiuto concreto. E cosa c'era di meglio di un uomo giovane e sano, che avrebbe rianimato gli altri col suo entusiasmo e che avrebbe infuso coraggio a tutti con la sola presenza?

E in effetti, per qualche mese il lavoro di Francesco si ridusse alla sola presenza.

Sistemato lo stanzone con un paio di passate di colore che aveva dato lui stesso, e un poco di arredamento comprensivo di una scrivania, quattro tavolini, tre panche, tre sedie e un cassettone per i panni, che fungeva da archivio per le pratiche, Francesco scoprì di non avere nulla da fare.

All'inizio trascorreva il tempo seduto dietro la scrivania in attesa che qualcuno apparisse sulla porta del consorzio a discutere uno dei molti problemi a cui aveva pensato la mattina. Si accorgeva, allora, di avere già fumato un pacchetto di sigarette e che fino a sera sarebbero state almeno il doppio.

Con il palmo della mano chiuso a noce sulla bocca, si annusava il fiato perché Chiara non amava essere baciata quando lui sapeva troppo di tabacco. All'idea che la figlia gli facesse delle imposizioni e fosse già così esigente, gli veniva da ridere per la contentezza, e quasi quasi chiudeva l'ufficio e se ne tornava da lei al paese.

Poi, invece, usciva fuori nella strada e si guardava attorno. Nessuno! I campi abbandonati fiorivano di piante selvatiche e di fiori dall'aria striminzita, sfuggiti al pascolo delle rare mandrie di animali. Qualche volta, nel primo pomeriggio, vedeva passare i pastori; allora seguiva il loro richiamo gutturale e il suono del campanello del caprone, e pensava a quando era bambino e le pecore lasciavano perle nere del loro passaggio, proprio sotto casa sua. Bisognava stare attenti che i fratelli, ancora piccoli, non corressero a giocarci e che non provassero a mangiarle.

Da allora, per la verità, le cose non erano cambiate molto, e a volte gli apparivano come se non le avesse lasciate mai, o come se fossero accadute solo il giorno prima.

Da adolescente aveva sperato con tutte le forze che niente restasse com'era, e che perfino il sole mutasse di ritmo, per dare un segno speciale alla sua vita. Ora si sentiva rassicurato dall'ordine invariabile delle cose, e pensò con un brivido che l'unico a essere cambiato era lui.

Il fatto era che aveva smesso di disperarsi e la scia di questa semplice mutazione dell'animo, o forse della propria attenzione verso il mondo, era bastata a cambiare il mondo stesso.

A volte si chiedeva cosa fosse esattamente la volontà, e se dentro lui non stesse agendo una scelta che, nell'attimo stesso in cui era stata seguita, dirigeva le fila della sua vita fino a renderlo un altro individuo. Si chiedeva, cioè, se la scelta compiuta non lo avesse condotto verso un unico mondo possibile, in confronto al quale tutti gli altri mondi, quelli che aveva sognato e quelli che lo avevano atterrito, scomparivano come nuvole spazzate dal vento. Come fantasmi senza forza.

Quando aveva pensato a cosa sarebbe stata la sua vita, a quale forma si sarebbe piegata ad avere, se mai ne avesse avuta una, aveva sentito qualcosa ribellarsi dentro sé, come per una insopportabile imposizione. Allora aveva avuto un solo desiderio: conservare più a lungo possibile, forse per sempre, la libertà di non avere nessuna forma.

Quando c'era la guerra e viveva in Jugoslavia, aveva camminato per strade intrise di sangue, senza sapere nulla di se stesso: neanche se desiderasse sopravvivere. Lo struggimento di tornare a casa e alle famiglie, che i suoi compagni esprimevano senza pudore e che Francesco aveva visto spingersi fino al delirio, lo aveva angosciato e respinto a tal punto da affrancarlo, come fosse scampato da una malattia. Così era riuscito a salvarsi da se stesso e da quell'acuta nostalgia che, quando arriva, porta con sé la voglia di morire.

Com'erano lontani quei tempi! A volte gli sembrava di non

averli mai vissuti o che a viverli fosse stato un altro al posto suo: uno sconosciuto.

Tripoli gli aveva chiesto se era contento del lavoro e che progetti aveva per espandersi. Il sottosegretario P. contava molto sullo spirito di iniziativa di Francesco e pensava che lui avrebbe potuto imbastire nuovi rapporti coi contadini, finiti tutti in bocca ai comunisti...

"Datti da fare," lo incitava Tripoli, dandogli un piccolo colpo sulle spalle, "magari ti metti a fare politica pure tu!"

Suo padre era così: poteva giudicare la stessa cosa impossibile o facilissima a seconda del momento in cui si trovava; di come gli andavano gli affari o della maniera con cui lo aveva salutato il vicino di casa. "E che ci vuole?" era solito dirgli con strafottenza a proposito di cose che aveva giudicato irrealizzabili fino al giorno prima.

In ogni caso Tripoli aveva ragione: doveva farsi venire un'idea per la mente! Non avrebbe sopportato ancora a lungo di sprecare le giornate, seguendo annoiato i percorsi delle formiche o aspettando di vedere passare le pecore, nella speranza vana di scambiare qualche parola con i pastori!

Non era per questo che aveva accettato l'impiego.

Quando si erano incontrati a Roma, il sottosegretario P. aveva detto strizzandogli l'occhio che quella sistemazione serviva solo per cominciare: una maniera per entrare in un ingranaggio che gli avrebbe permesso di fare carriera, vivendo comodamente. Altro che fare il maestro come lui desiderava! Là avrebbe guadagnato il doppio, e, se ci sapeva fare, in breve tempo molto di più.

Se ci sapeva fare! Questa frase gli tornava nella mente a tratti indispettendolo, a tratti creandogli un disagio sottile, come quando da adolescente si domandava se era grande a sufficienza e cosa avrebbe dovuto fare per diventarlo di più.

Cosa significasse esattamente saperci fare, lui proprio non lo capiva, e se si sforzava di metterlo a fuoco non riusciva a trovare nessuna risposta. Forse avrebbe dovuto fare una visita a tutti i poderi e le masserie della zona per dire agli abitanti che adesso c'era un consorzio agrario, e che potevano contare su di lui per qualunque cosa di cui avessero bisogno.

Sì, ma in realtà cosa poteva fare per loro?

Poteva schedare tutte le proprietà e farne una mappa aggiornata con un censimento dettagliato di chi le occupava: se padroni, contadini o fittavoli. Questo sarebbe piaciuto molto al sottosegretario P., ma non sarebbe piaciuto affatto ai contadini...

Poteva offrire loro la protezione di P., lasciando intendere che lui era un suo vicario, l'uomo di fiducia a cui il sottosegretario si riferiva per giudicare le situazioni e decidere chi meritava di essere appoggiato nelle stanze segrete di Roma.

Capiva bene però, che un tale discorso poteva piacere solo ai padroni, e che non sarebbe piaciuto punto ai fittavoli.

Infine, poteva offrire solo se stesso – senza pretese e senza coperture – e spiegare che era là per fare qualcosa di buono assieme a loro: qualcosa che non sapeva neppure lui cosa fosse, ma che bisognava fare assolutamente.

Questo gli sembrava più convincente, e adesso che aveva deciso come presentarsi, rimaneva da trovare qualcosa da proporre.

Mio dio, com'era difficile; più ci pensava, più gli sembrava impossibile che esistesse.

I giorni trascorrevano, e lui aveva smesso di tentare una conversazione con i rari pastori; adesso li aspettava al passo sfidandoli con lo sguardo, e non faceva alcun cenno fino a quando quelli non grugnivano per primi. Le formiche, al contrario di lui, erano operose e trascinavano su di sé carichi spropositati: chissà con quale criterio sceglievano le riserve per l'inverno, o se c'era qualcuna di loro che aveva per compito di giudicare, rimandando indietro quello che non serviva. "Questo chicco di grano sì, questa paglia no! Quante volte te lo devo dire che la paglia non la voglio in casa?"

Come per i contadini al momento del raccolto: qualcuno giudicava sempre com'era andata l'annata...O no?

Ecco, ecco cosa poteva organizzare, a cui tutti – fittavoli, padroni e contadini – avrebbero partecipato con soddisfazione: una fiera del grano con un premio finale per la migliore qualità dell'annata!

Il sottosegretario P. ci metteva un minuto a istituire un premio, magari in denaro, per il migliore raccolto dell'anno.

I sacchi selezionati sarebbero arrivati al consorzio e successivamente lui stesso si sarebbe potuto offrire come mediatore per la vendita del grano in altre regioni.

Gli salì per la schiena un brivido di piacere, mescolato a un leggero timore. Ma sì, la cosa poteva andare: ora bisognava parlarne con P.

La vita è una cosa meravigliosa

Mio padre cominciò a vivere stabilmente nella casa di Tripoli all'inizio della primavera, quando il paese, aperto su due lati alla pianura del tavoliere e arrampicato su di una collinetta, era attraversato da un'aria mite e ventosa. Nei mesi in cui la dimora paterna era rimasta ancora disabitata, servendo da riparo solo per qualche sera, si erano andate ammucchiando alcune suppellettili d'emergenza che ingombravano disordinatamente gli spazi e impedivano alla nostra inesperta immaginazione di figurarci una sistemazione definitiva delle cose. Mio padre aveva cominciato a cercare qualche mobile con cui riempire la casa, ma non sapeva ancora risolversi a nulla.

Egli prendeva ogni mese la paga del consorzio e contava il denaro insieme a me. Esso aveva ai miei occhi un potere illimitato, come se si potesse trasformare immediatamente nelle tante cose che il desiderio suggeriva, esaudendole tutte non appena le avessi pensate. Così, prendevo nelle mani quei pezzi di carta, che Francesco disponeva in bella mostra fra noi sulla branda dove eravamo seduti, e rimanevamo in silenzio a guardarli.

"Chiara," mi bisbigliava dopo un po', "e se comprassimo un bel cavallino? Lo vuoi un cavallino bianco di sangue arabo?..."

"..."

"Eh, Chiara? Un cavallino veloce e buono sul quale potrai cavalcare tutti i giorni..."

"E dove lo teniamo?"

"Mah, non so, ci sono tanti posti dove si può tenere un cavallo... Ecco, lo teniamo al consorzio, là c'è un sacco di spazio!"

"E come si chiama?"

"Si chiama Airone," rispondeva lui prontamente. "Si chiama Airone ed è un cavallo bianco di sangue arabo, con una stella nera sulla fronte, che ubbidisce solo alla tua voce!"

Poiché ero così felice che non osavo alzare gli occhi e continuavo a tenere lo sguardo abbassato per tema che la commozione mi facesse piangere, Francesco scambiava il mio pudore per diniego o per disappunto, e aggiungeva subito che avremmo potuto comprare altre cose, molto più belle. Avremmo potuto, diceva, comprare una bambola o dei vestiti o qualunque cosa avessi desiderato.

Accadeva spesso che fra noi si ingenerassero questi piccoli malintesi dovuti a un eccesso di tenerezza, al desiderio di compiacerci a vicenda, di acconsentire ai reciproci pensieri prima ancora che questi fossero espressi, non solo all'altro ma addirittura a se stessi. Questa tensione, unita alla poca conoscenza che avevamo di noi, ci confondeva spesso sulle nostre vere ragioni; e tuttavia, quelle che l'uno attribuiva all'altra erano infine più accettabili e care che se fossero state le proprie.

Ma io non ero sempre la bambina affettuosa e leale che egli mi credeva. Certe volte, con una crudeltà infantile che si ritrova sovente negli adulti, mi piaceva mettere alla prova tutta la sua devozione per me, come fa un tiranno col proprio suddito migliore, senza avere nessuna considerazione dei suoi sentimenti, e anzi abusandone.

Francesco cominciava appena ad allestire la casa e, non sapendo come fare, chiedeva l'ausilio della sorella che conosceva tutti. Giuppina non stava nella pelle per la contentezza di occuparsi di noi, e ci portava in pellegrinaggio per i negozi dei suoi compari. Si trattava di solito di cantine o vecchi depositi in cui la mobilia ristava ammuffita e polverosa. A questo guazzabuglio stancante, Giuppina aggiungeva certi suggerimenti contraddittori e confusi che, uniti al resto, avevano il potere di farci venire il capogiro. Ci separavamo di malumore e raramente tornavamo con un acquisto di cui fossimo soddisfatti.

A casa mi aspettava Anita che, da quando si era rassicurata sulle intenzioni di Francesco, era tornata l'allodola serena di sempre. La quiete e l'ordine ritrovati della nostra vita mi spingevano a sfogarmi delle disavventure trascorse con quei due, e a riparare nella complicità confortevole della sua esperienza. Anita, senza quell'insulso ammaestramento che gli adulti usano a volte con i piccoli, non opponeva ostacoli alla serietà del mio gioco, e rispondeva alle domande come fossi stata una sua pari. Una mattina, poiché le avevo domandato perché tenessimo riposti in sala piatti diversi da quelli della cucina, tirò fuori dalla credenza un servizio di porcellana di Bohemia col bordo dorato e piccole roselline che lo infioravano ai quattro punti cardinali, corredato di tutto il necessario per imbandire una tavola. Mano a mano, come fa un generale per una battaglia che si deve combattere, ponemmo sulla tavola l'intero arsenale dei banchetti: le doppie file dei bicchieri, i piccoli piatti degli antipasti; le sterminate guarnigioni di posate per la carne e il pesce, per la frutta e il dolce; le tazze graziose del consommé e quelle per nettarsi le dita; il posto dei tovaglioli e il fiocco con cui deve essere ripiegato. Alla fine di una tale parata, nonostante fossi deliziata per i tesori che mia madre e io possedevamo, le chiesi preoccupata se mi sarebbe accaduto molte volte di dovere apparecchiare in quel modo. Mi abbracciò contenta, e rispose che la mia vita sarebbe stata così bella e felice che ne avrei avuto bisogno tutti i giorni.

Istruita da mia madre, mi recavo a incontrare Francesco la cui famiglia, ne ero certa, non aveva mai posseduto una piattiera come la nostra: anzi, non l'aveva posseduta proprio. Dalla mia espressione sostenuta, Francesco riconosceva subito l'umore che mi animava e, inspiegabilmente, se si pensa che ero una bambina, provava verso me un'immediata soggezione. Camminavamo in silenzio, senza tenerci per mano, e io lo precedevo di qualche passo tutta impettita e pensierosa. Francesco non tentava di richiamarmi alla conversazione (perché, anzi, sembrava temere le parole che avrei potuto dirgli in quello stato d'animo), e neanche mi chiedeva dove stessimo andando, e se avessimo qualche progetto per il pomeriggio. Aspettava in silenzio che consumassi la mia alterigia, e si sottometteva come se questa fosse l'espressione di una genialità piuttosto che l'arroganza comune ai bambini della mia età. Se lo guardavo di sfuggita per alimentare il mio prepotente dominio su lui, ricambiava il mio sguardo con una gratitudine immediata, che appariva nei suoi occhi come succede ai cani quando, puniti dal padrone, rimangono appostati a spiare il momento del perdono. Perché questo avvenga prima possibile, rimangono silenziosi e, all'apparenza appartati; nella realtà disposti, senza nessun orgoglio e con la tenerissima umiltà dei loro occhi umidi, a festeggiare il più piccolo segno di riconciliazione.

Così mio padre: io ricordo che non osava domandarmi nulla, e che rimaneva discosto da me e tuttavia vigile al più piccolo gesto. Sentivo la sua attenzione che mi accompagnava, un passo dietro l'altro, e provavo il sentimento assoluto del mio potere.

Questo sentimento, lungi dall'esaurirsi con mio padre, riguardava il mondo intero, come se io avessi potuto – con quel fare altezzoso – decidere la sorte di tutto il genere umano. Nessuna blandizie, nessuna lusinga, nessuna adulazione, avrebbero potuto distogliermi da esso. Seppure nella vita mi è accaduto di provarlo ancora solo una o due volte, so con esattezza che si tratta di un senso che non si nutre di pensieri, ma si dilata in una specie di silenzio interiore che silenzio non è, e che termina in un urlo di gioia, come una sola nota altissima. Dopo, non pensavo nulla che si possa definire malvagio o crudele, e provavo perfino una strana punta di commozione rivolta a me stessa che, ancora piccola e indifesa, avevo la responsabilità di un uomo grande e solo, come Francesco mi appariva in quei momenti.

Forse mi figuravo orgogliosamente che, se non ci fossi stata io, non avrebbe saputo in che modo trascorrere il pomeriggio. Ma se anche lo formulavo a me stessa, si trattava di un pensiero ozioso e infondato perché, al contrario, io non dubitai mai che mio padre avesse le qualità necessarie per trascorrere il tempo in modo molto più attraente che in mia compagnia. Anzi, ho temuto sempre il momento in cui questo sarebbe accaduto.

Tuttavia conservo, con assoluta attualità, il sentimento appagato del trionfo: un benessere un po' cannibale che si nutriva della sua apprensione nell'attesa che io tornassi a essere Chiara di papà.

E forse, ciò che paralizzava Francesco di quella mia rara e insospettata crudeltà, era l'impossibilità che fossi sua nell'ostentazione della forza. Forse portavo su di me le tracce del carattere materno, che lo riempivano di ammirazione e al tempo stesso lo ammutolivano, respingendolo nel territorio del rimorso e della colpa.

Preparativi per la fiera. Una strana malattia

Erano trascorse alcune settimane quando giunse al paese la lettera del sottosegretario P.

Francesco la trovò sotto la porta di casa dove il postino l'aveva infilata per tema che qualche bambino la strappasse. Era una busta bianca, di dimensioni superiori all'ordinario e di forma quasi quadrata; sul frontespizio recava stampata la scritta: Ministero dell'agricoltura e sul retro aveva un timbro illeggibile. Turbato, Francesco l'aveva rigirata a lungo fra le mani e prima di aprirla si era assicurato più volte che fosse indirizzata proprio a lui. Non c'erano dubbi: una mano ferma aveva vergato il suo nome con una grafia alta e sottile e vi aveva aggiunto l'indirizzo preciso fin nel numero della via.

Francesco non si aspettava che P. scrivesse personalmente in risposta alla lettera che gli aveva inviato quasi un mese prima; aveva, invece, pensato che sarebbe giunta qualche notizia del sottosegretario attraverso Tripoli e che si sarebbe dovuto accontentare del disordinato resoconto di suo padre.

Invece P., nella maniera sottile dei politici, aveva scelto il modo più opportuno per confermargli la sua protezione e concludeva scrivendo: "Sarò lieto di darvi tutto il mio aiuto non appena saranno visibili i frutti del vostro difficile progetto".

La notizia della lettera fece una grande impressione, e mio padre – a cui la vanità non permetteva di distinguere gli ammiratori sinceri e gli amici, da quelli che, se avessero potuto, lo avrebbero trafitto con lo sguardo – si beava delle adulazioni e dei complimenti che gli giungevano da ogni parte.

Nonostante la prima volta che aveva letto le righe con cui P. si accomiatava da lui, gli fosse rimasto addosso un leggero disagio, come se l'altro esitasse a credergli o dubitasse della sua riuscita, nelle settimane successive, però, l'esaltazione personale e l'ammirazione crescente che gli sembrava di ricevere da tutti, lo convinsero che il contenuto di quella frase fosse di approvazione incondizionata. Per questo Francesco cominciò a parlare chiaramente della fiera del grano, e non perdeva occasione per esporre la sua idea e per domandare a tutti di partecipare al premio per il migliore raccolto dell'anno.

Giovanni Cantalupa, benché fosse offeso perché mio padre non aveva chiesto il suo aiuto quando aveva scritto la lettera al sottosegretario, non era riuscito a serbargli rancore e, dopo una breve sfuriata, si era subito complimentato con lui. Passeggiavamo tutti e tre lungo la strada che, dall'ingresso del paese e passando per la piazza, porta alla cittadella fino alla casa paterna. Parlavano concitati e si interrompevano a vicenda, suggerendosi continuamente risvolti sempre più grandi e importanti che erano la diretta conseguenza di quell'unica fiera. "Quando sarai a Roma," gli diceva Cantalupa, "e lavorerai a stretto contatto con il ministro P. ..."

A queste parole mio padre si schermiva, ma non come chi non creda possibile un simile evento, quanto piuttosto come qualcuno che, divenuto già ciò che l'altro divina, tuttavia vuole usargli la familiarità di sempre.

"No, no!" faceva Giovanni Cantalupa. "Noi dobbiamo essere pronti quando questo accadrà! Perché sai cosa significa quando questo accadrà? Che si sarà stabilito un legame, un cordone ombelicale, fra questo paese e la capitale: allora bisognerà pensare alle strade. Quelle di adesso sono mulattiere... Come farai a venire a trovare tua figlia senza le strade?" domandava Cantalupa tutto contento per avere trovato il tasto giusto. "E che tua figlia la vorrai vedere una volta al mese?"

"Ma no, che dici?" rispondeva mio padre preoccupatissimo che mi rattristassi per le cose che stavo sentendo. "Chiara io non la lascio."

"Oh, insomma," infieriva Cantalupa, "non la lasci e non la lasci! E che sono cose che si dicono queste? Tu hai delle responsabilità verso la società, verso il paese, verso tutti noi! Non puoi sottrarti!"

Mio padre mi stringeva la mano, e domandava sottovoce se ero stanca e volevo tornare a casa. Ma Cantalupa, seppure era il più insistente e, a sua discolpa, il più ingenuamente affezionato e sincero con mio padre, non era il solo fra quelli che venivano a montargli la testa. Una parte decisiva la ebbe – come si può immaginare senza sforzi – Tripoli.

Egli giunse dalla città un pomeriggio, e scese dal postale proprio mentre noi passavamo per la piazza. Con un grido stizzoso ci chiamò e, col bastone con cui aveva cominciato da poco a camminare, nonostante fosse diritto e non avesse alcun bisogno di appoggio, ci fece il cenno imperioso di avvicinarci.

Rimase al paese quasi due settimane, sconvolgendo le nostre abitudini e imponendo le sue, che non esistevano e nascevano dall'uzzolo del momento. Dopo il primo pomeriggio trascorso insieme, io non volli più uscire con loro e contavo le ore che mi separavano dal momento in cui sarebbe ripartito. Francesco, per mia somma infelicità, sembrava contento di stare con Tripoli, e quando saliva un attimo a salutarmi, "perché doveva fare molte cose con il nonno", aveva gli occhi vivi e andava sempre di fretta.

In quel periodo in cui io fui triste e sola a causa del suo abbandono (in questo, infatti, si traduceva per me la sua assenza, qualunque fosse la ragione per la quale mi privava di sé), mio padre e Tripoli organizzarono quel grande avvenimento che doveva essere la fiera del grano. Insieme andarono per masserie, e i contadini si avvicinavano astuti e sospettosi; a uno a uno li convinsero tutti e in un quadernino scrissero i nomi di quelli che erano d'accordo, e come e quando ciascuno avrebbe depositato il grano nel consorzio. Qualcuno propose di portare anche il grano degli anni precedenti, ma su questo non fu d'accordo quasi nessuno perché dopo la fine della guerra quello era il primo anno che si vedeva un raccolto decente.

"Lo dobbiamo fare arrivare fino a Milano il vostro grano!" diceva soddisfatto Tripoli. "Quando uno di voi avrà vinto il premio, mio figlio stesso si occuperà di scrivere a chi di dovere per fare conoscere tutti, capito?" scandiva eccitato. "T-u-t-t-i i nomi di quelli che hanno partecipato alla fiera e per mettere il grano in vendita al prezzo più alto... Ci occuperemo noi," concludeva trionfante, "di farvi guadagnare il massimo, perché siate contenti!"

"E voi? Cosa ci guadagnate voi," domandava qualche bifolco più spigliato, "fate forse beneficenza?"

"Pussa via la beneficenza!" urlava Tripoli ridendo. "Mio padre era un prete spogliato, e a casa mia si trattano solo affari con i cristiani! Certo che ci guadagniamo anche noi. Vuoi forse che non ci guadagniamo?" domandava fingendo di essere sdegnato. "E allora, ti fideresti di qualcuno che non ci vuole guadagnare?"

Mentre avvenivano queste cose, si era già agli inizi del mese di giugno e il tempo del raccolto era vicino. Francesco dubitava che sarebbero riusciti a organizzare la fiera per quell'anno, ma Tripoli insisteva che non dovevano rimandare, che il più era fatto e dovevano comportarsi come se fosse davvero possibile. Come Dio volle, Tripoli ripartì con il postale con cui era arrivato e mio padre venne a prendermi per uscire.

Non fu la grande felicità che avevo immaginato quando, per consolarmi della sua assenza, mi dicevo che presto lo avrei riavuto tutto per me: mio padre era distratto e aveva la testa piena di progetti dai quali io ero esclusa. Di preferenza voleva stare in strada dove poteva incontrare, senza che ciò sembrasse voluto, persone con cui parlare della fiera. Mi accorsi che gli pesava rimanere solo con me e che desiderava che io fossi una presenza silenziosa.

"A che pensi?" mi ostinavo a domandare.

"A niente!" rispondeva trasalendo. "A niente davvero!"

Lo guardavo delusa e inghiottivo le parole amare che avrei voluto dire.

"Pensi a quando io non c'ero?" insistevo risentita.

"Ma no, te lo giuro!" mettendo gli indici a croce sulle labbra e giurando contro qualcosa che non capiva cosa fosse.

Tornavo a casa con il sentimento di essere stata sminuita a mia insaputa, senza che potessi impedirlo, e senza potere contrastare l'ingiustizia che mi veniva inflitta. Turbata e intristita, non avevo fame e desideravo solo dormire. Mia madre pensò che fossi ammalata e mi carezzava scrutandomi con attenzione. Mi faceva anche tante domande mentre toccava in varie parti alla ricerca del male. Volentieri mi lasciavo sfuggire qualche gemito, come se davvero avesse trovato un punto di dolore. Mano a mano che mi esaminava e che la sua espressione si faceva grave, la suggestione della sua compassione per me e la consapevolezza che non avrei potuto dirle le ragioni della mia sofferenza mi facevano sentire a tal punto desolata e colpevole che scoppiai a piangere.

L'abbandono patito e la delusione cocente di quelle ore, presero la strada delle lacrime e divennero un dolore dichiarato che mi scuoteva con violenza. Mia madre mi prese fra le braccia spaventata da tanta sofferenza e oscuramente sospettosa delle sue ragioni. "Ci sono qua io!" diceva piano, e nell'aria c'era una strana tensione, come una domanda rimasta sospesa; come un interrogativo posto per la prima volta. Prese il mio viso fra le mani e lo guardò per sondare i pensieri.

"Ci sono qua io," ripetette scotendomi. "Ci sono qua io!"

Poi mi strinse così forte che pensai di soffocare nei singhiozzi.

Lentamente, fui raggiunta dall'argine che il suo corpo offriva alla dissoluzione della mia angoscia: mi aggrappai a esso come un naufrago a una zattera.

In vacanza da don Vittorio

A sollevarci da queste pene giunse l'invito di don Vittorio Marella che ci supplicava di andare a trascorrere qualche giorno con lui e la sua famiglia.

Avevo sentito parlare di loro le rare volte che don Vittorio era passato a trovarci, ed era scappato dopo qualche minuto come chi non riesce più a trattenersi. Mentre stava già sulla porta, mia madre gli prometteva che ci saremmo rivisti presto perché lei lo conservava nel cuore insieme alla sua famiglia.

"Lo so, lo so," rispondeva correndo giù per le scale. "Anche mia moglie vi pensa sempre, ma vi prego, veniteci a trovare!"

La signora Maria ci aspettava esultante: dopo dodici anni dalla nascita dell'ultima figlia, quando non pensava più che potesse accadere, aspettava un bambino ed era sicura che si trattava di un maschio e che sarebbe stato come Aurelio.

"Cosa verrebbe a fare un bambino da una vecchia come me?" diceva guardando le figlie ormai grandicelle, verso le quali provava pudore per il suo nuovo stato. "Viene a consolarci perché abbiamo sofferto troppo: adesso tocca anche a noi un poco di felicità!"

Mia madre assentiva vigorosamente e diceva che la forma della pancia e la figura della signora Maria confermavano che sarebbe nato un maschio. "E voi lo dovete tenere a battesimo!" concludeva contento don Vittorio.

Poi, rivolgendosi a me che ascoltavo i loro discorsi: "Con tua madre ci siamo voluti tanto bene... Se lei non ci aiutava dopo la disgrazia impazzivamo! Eh, Maria?" chiamò la moglie con voce tremante. "Se Aurelio non fosse morto, lui e Titina si sarebbero sposati!"

"Sì, sì, senza meno!" gli fece eco la moglie. "Era già deciso. Titina è sempre stata così timida, ma con Aurelio non ce la faceva e rideva tutto il giorno..."

La signora Maria si rivolse con un sorriso tenero al marito e il suo sguardo era tutto una dichiarazione d'amore: "Vi ricordate Anita, come lo trattai questo mio povero marito quando mi riportarono Aurelio morto?".

Mia madre ricordava la carretta tirata da un cavallo che entrava in piazza, fin sotto le finestre di casa, e il lenzuolo nero di sangue che lasciava scoperto una specie di tronco marrone. La signora Maria si affacciò al balcone guidata da un istinto folle e trasognato e, come una tigre che fiuta la preda, riconobbe la scarpa di Aurelio, assurdamente abbandonata sul carro. Con la vestaglia aperta sul petto, scavalcò il balcone perché le sembrava la via più breve per andare dal figlio.

Don Vittorio la fermò prendendola dalle spalle e lei lo respinse. "Me l'hai ucciso tu!" gridò colpendolo con una raffica di colpi. "La colpa è solo tua che lo hai lasciato andare in campagna! Io non volevo!"

Don Vittorio perse l'equilibrio e si aggrappò a lei per non cadere. La signora Maria gli morsicò la mano e buttò all'aria gli occhiali che egli teneva riposti nel taschino della vestaglia. Il marito la chiamava con dolci nomi e a tratti chiedeva aiuto alla gente accorsa sotto al balcone e paralizzata dall'orrore.

In quei giorni al paese c'era una pattuglia tedesca che aspettava un carico di armi dalla stazione. Due soldati, richiamati dalle grida e senza capire cosa stesse accadendo, salirono da don Vittorio che lottava con la moglie.

Il pover'uomo fu strappato da lei e schiaffeggiato fino a che cadde, battendo la testa contro l'armadio. Da lì guardò la moglie disperato.

Allora la signora Maria tornò in sé e corse verso lui, per asciugargli il viso con le mani, come fosse stato un bambino.

"Ci hanno portato indietro il figlio morto... Lo vedete, sta dentro al carro!" singhiozzò rivolta ai tedeschi, mentre quelli facevano cenno ai loro commilitoni di portare in casa il corpo del ragazzo.

I tratti di Aurelio avevano assunto le sembianze di quelle strade polverose e rotte, di quell'erba tenera e bagnata e, perfino, di quei sassi crudeli che gli avevano spaccato il corpo, mentre il cavallo lo trascinava impazzito.

Qualcuno portò la scarpa che era rimasta nello sperone.

I tedeschi scesero per le scale e con ognuno che incontravano si scusavano dicendo: "Non siamo stati noi!".

La mattina andavamo al mare con le figlie di don Vittorio.

Mia madre era allegra e ascoltava i discorsi di Irene, la maggiore, che aveva uno scilinguagnolo inarrestabile. Grazia, la seconda, un'adolescente di dodici anni che si sarebbe sospettata silenziosa per contrasto con l'altra, non perdeva una parola dei loro discorsi, e nei suoi occhi splendenti si poteva leggere l'adorazione per la sorella.

In quel clima affettuoso, mi accadeva di pensare a mio padre senza provare più il dolore aspro che mi aveva fatto disperare; affondavo i piedi nella sabbia e mi sentivo traboccare di nostalgia.

Il giorno della partenza Anita non gli aveva detto nulla dei miei patimenti, ma il suo atteggiamento era divenuto ancora più secco e tagliente.

Nella maniera che le era propria, mia madre non fece domande; tuttavia aveva percepito la cifra esatta del mio dolore, e il sospetto che Francesco potesse esserne la causa l'aveva colmata di diffidenza verso quel mondo di sproloqui e di parole a cui egli apparteneva.

In quei giorni di vacanza, le mattine scorrevano veloci nella grande eccitazione della scoperta del mare. Per decisione di mia madre, che temeva i raggi del sole ruggente, andavamo al mare presto, quando l'aria era ancora fresca e la spiaggia, una lunga distesa di sabbia bianca, era deserta. Essa rimaneva solitaria anche per il resto della giornata e, nelle nostre passeggiate pomeridiane, scorgevamo qualche raro bagnante che si aggiungeva ai pochi del mattino. Ben presto, al contrario di mia madre, che era costretta a trascorrere il tempo riparata, io rivelai, nonostante l'apparenza delicata, di possedere le qualità paterne di una pelle morella che si abbrunisce al sole. Da sotto l'ombrellone, Anita mi guardava scendere in acqua con le figlie di don Vittorio che m'insegnavano a nuotare. Grazia soprattutto, che aveva imparato da pochi giorni, mi spiegava ogni segreto con la passione irriducibile dei neofiti. "Vedi," diceva mentre la guardavo dubbiosa, "è facile! Devi stenderti come quando vai a letto: fai finta di dormire!" Io mi sdraiavo obbediente e rimanevo sospesa il tempo che lei potesse gloriarsi del suo successo di istruttrice; un attimo dopo mi aggrappavo al suo braccio per tornare in piedi. Allora guardavo mia madre che applaudiva dalla spiaggia e già preparava l'asciugamano per quando sarei uscita.

Anita non aveva dimestichezza col mare; raramente scendeva nell'acqua per immergersi fino alla cintola e per bagnarsi le spalle e il viso. Agli inviti ripetuti di Irene che le nuotava intorno facendole mille scherzi, Anita rispondeva con proteste leggere senza mai stizzirsi, anche quando quella la tirava giù dai piedi nella pretesa di indurla a nuotare. La sua timidezza non aveva i tratti dell'ostilità e neanche la scompostezza panica che così spesso compare in coloro che non governano il proprio rapporto col mare. Travolta dai dispetti di Irene, finiva con la testa sotto l'acqua e beveva senza un lamento e senza neanche tentare la fuga come se, nei limiti concessi dal suo dominio, non ne avesse alcun timore. A riprova di ciò, mia madre non m'impediva di stare in acqua e non pesò mai su me con la preoccupazione che mi trovassi in un elemento dove non avrebbe saputo accorrere in mio aiuto. Lei non sapeva nuotare, è vero; eppure io credo che se ci fosse stato bisogno, non avrebbe esitato a tuffarsi dal più alto degli scogli.

Quando tornavamo a casa per il pranzo, ci precipitavamo in cucina richiamate dai profumi delle pietanze della signora Maria che aveva il suo da fare per riuscire a mandarci via. La più scalmanata fra noi era Anita, che rideva dei suoi piccoli furti e ci riempiva la bocca di cibo.

"Sempre lo stesso vizio," diceva la signora Maria fingendosi arrabbiata, "lei e Titina mangiavano quattro cose arraffate mentre cucinavo, eppoi a tavola non avevano più fame!"

Il mare e le giornate trascorse all'aperto mi sfinivano e accadeva che mi addormentassi senza volerlo; riuscii a pensare a Francesco solo un giorno fra gli ultimi della nostra vacanza.

Non andammo al mare perché il cielo, che era sereno al nostro risveglio, divenne scuro in un attimo e l'aria si fece carica di elettricità. Dalle finestre della casa di don Vittorio si vedeva l'attesa livida del mare. I gabbiani, che volavano bassi sulle acque, d'improvviso non si videro più, come fossero andati a nascondersi.

Mia madre aveva una certa paura dei temporali. Di tutte le sue inquietudini, che non erano molte, questa fu la maggiore e si annunciava in lei piuttosto come una impressionabilità che come un vero e proprio timore. Con l'astuzia di chi vuole rassicurarsi senza subire lo scherno degli altri, mia madre lanciava nell'aria qualche breve lamento, come un'esclamazione di noia per la burrasca che si stava avvicinando. "Vuole piovere eh?" domandava con aria indifferente, nella segreta speranza di essere smentita. "Che tempo! Sarà un temporale lungo: magari stasera piove ancora!"

Nel dire queste cose rabbrividiva e andava a prendere le maglie. "La volete anche voi?" domandava ai presenti, e quando quelli rispondevano di non averne bisogno perché il temporale sarebbe durato dieci minuti, mia madre concludeva soddisfatta: "Io e Chiara siamo freddolose".

Quando con noi c'era la balia Rosina che – al modo selvaggio delle persone della sua razza – si piazzava dietro le finestre e assisteva al furore dei temporali, ai guizzi elettrici dei lampi e al brontolio terrifico dei tuoni, come si assiste ai fuochi di artificio alla festa del patrono, mia madre la guardava preoccupata. Dolcemente mi mandava a tirarle la gonna perché si sottraesse ai pericoli della finestra e venisse a sedere con noi, ma quella mi respingeva con un gesto di stizza e non mi concedeva neanche uno sguardo. A quel diniego, mia madre opponeva una risatella vergognosa e mi abbracciava, sottintendendo che almeno noi due saremmo state insieme. Se stavamo sole, invece, chiudeva frettolosa tutte le imposte delle finestre e si assicurava che non potesse entrare neanche una goccia d'acqua. Poi ci andavamo a sedere nella parte della casa più lontana dalle finestre e aspettavamo che la burrasca terminasse.

La mattina del temporale tornammo a letto dopo avere fatto colazione e Irene ci raggiunse nella nostra stanza. Senza dire nulla si infilò sotto le lenzuola e tutte e tre ci coprimmo fino alle orecchie e ci abbracciammo rabbrividendo per il piacere. Fra quei due corpi caldi e con il viso schiacciato sulla schiena di mia madre, pensai a come sarebbe stato bello se al posto di Irene ci fosse stato mio padre.

Alla fiera, alla fiera!

A casa di don Vittorio Marella nessuno parlava di Francesco davanti a me, come se quella cara famiglia non fosse informata della sua esistenza.

A volte, nella nostra vacanza, mi è accaduto di entrare in cucina e di trovarli seduti a discorrere intorno al tavolo, davanti a una tazza di caffè; con loro c'era anche Irene che mi salutava stringendo gli occhi.

Al mio ingresso, tutti gli sguardi si posavano su me, e sentivo il calore del loro affetto che m'investiva, mescolato a una tenerezza straziante. Allora cercavo con lo sguardo mia madre e mi dirigevo verso lei appoggiando la testa sulle sue gambe, e lasciando che mi accarezzasse la schiena senza dire nulla.

"Lo vuoi un tarallino?" mi chiedeva la signora Maria, a cui la pancia non permetteva più di stare a lungo seduta.

"Mi ha detto la tua mamma che da grande vuoi fare la cantante," domandava don Vittorio. "È vero?"

"Sì, sì," implorava Irene, "cantaci una canzoncina! Vieni, Grazia," chiamava la sorella, "adesso Chiara canta!"

Se alzavo gli occhi verso mia madre per sapere cosa dovevo fare, incontravo il suo sguardo divertito e tenero che non reclamava nulla, neanche una bella figura. "Fai quello che vuoi," diceva senza parlare.

Quando venne il momento della partenza, don Vittorio ci riempì di doni, e, se non fosse stato perché dovevamo viaggiare in treno ed eravamo due donne sole, ci avrebbe caricate come i Re Magi. Giungemmo al paese verso l'ora di cena e Francesco aspettava sotto casa. Lo vidi subito, ma Anita mi teneva per mano e io mi trattenni per non dispiacerle.

Al mare, negli ultimi giorni, sentivo ripetere sempre più spesso che ero bella e il tono dei complimenti che giungevano non era quello usuale. Potrei dire che esso esprimeva, per la prima volta, la scoperta che fossi bella non solo agli occhi di chi mi amava, ma, con certezza autentica, perfino agli occhi di chi mi avesse odiata. La meraviglia era tale che si manifestava negli sguardi; io stessa la vidi, senza capire, negli occhi di don Vittorio e della moglie, e finanche in quelli adoranti di mia madre. Per questo, mi guardai nello specchio della signora Maria, con indosso solo il costume da bagno, e scorsi la figurina di cui essi parlavano. Mi pavoneggiai a lungo ripetendo ad alta voce le loro blandizie amorevoli, i commenti ammirati che mi avevano inorgoglita e di cui non trovavo alcuna traccia su di me. Che splendore di capelli, mi dicevo, come brillano sul viso scurito! E che colore di occhi! È indaco! E le efelidi? Non sono deliziose? Sono comparse solo sul naso, una decina in tutto! E il biancore dei dentini quando sorride!

Mentre mi avvicinavo a Francesco non ricordavo più nessuna delle parole che avevo sentito e mi batteva il cuore. Ma vidi lo stupore sul suo viso e indovinai i pensieri che affioravano per l'emozione di rivedermi: mi sembrò di essere bellissima.

Il giorno dopo andammo alla fiera.

Francesco venne a prendermi la mattina di buon'ora, ma non dovette aspettarmi neanche un attimo perché ero già ad attenderlo impaziente dietro le finestre. Non ero mai andata con mio padre nel posto dove lavorava e, per la verità, non mi figuravo neanche quale fosse la sua occupazione nelle ore in cui non stavamo insieme. All'asilo, quando qualcuna delle mie compagnelle parlava dei propri genitori e diceva, per esempio: mio padre fa il postino, con lo stesso desiderio di suscitare la nostra ammirazione che se avesse detto: fa l'imperatore, io stavo zitta ad ascoltare. Se mi avessero domandato cosa faceva mio padre, avrei saputo dire che lavorava al consorzio agrario, ma non avrei potuto spiegare cosa significava.

D'altronde, nessuna fra loro era interessata a conoscere il mestiere di Francesco, perché di me sapevano una cosa molto più speciale e misteriosa: io ero figlia di una signora che le aveva portate tutte alle proprie mamme.

Non so se, unito a questo potere, le attribuissero anche la facoltà di decidere la destinazione di ciascuna e la scelta di chi sarebbe stata la loro madre; sta di fatto che la mia superiorità si traduceva in una specie di soggezione. Una volta una bimbetta, forse in rappresentanza di altre, mi domandò se era vero che mia madre fosse la cicogna e se sapevo dov'era questo posto dove si comprano i bambini. E un'altra volta, qualcuna mi chiese se Anita aveva portato da sola anche me: nel qual caso, credo, la mia eccellenza ai loro occhi diveniva incalcolabile.

Personalmente, su questo argomento non avevo curiosità e non tentavo neanche di spiegarmi il viavai delle donne che venivano da mia madre e con cui lei si chiudeva in una stanza. Perfino la signora Maria, nonostante il gran parlare che si faceva della sua pancia e del sospirato Aurelio, non aveva risvegliato in me alcuna attenzione verso la professione di mia madre. La presenza dei bambini nel mondo e il loro legame con i "genitori" erano una circostanza vaga e fantastica che non aveva alcun bisogno di essere spiegata e che, semplicemente, si verificava.

D'altro canto, non era forse vero che un giorno Francesco era comparso senza nessun preavviso nella vita mia e di Anita, e aveva deciso che voleva essermi padre? Più o meno le cose andavano così.

Al contrario, quando pensavo a Francesco – la cui vita aveva oscurità che sfuggivano al dominio del mio amore – io mi forzavo a immaginare le ore che trascorreva lontano da me.

Allora fantasticavo, figurandomelo impegnato tutto il giorno a studiare la vita delle piante, di cui era il guardiano e che difendeva contro i predatori: animali o esseri umani che fossero.

Altre volte, il cuore mi si riempiva di tenerezza al pensiero che forse lavorava la terra, come avevo visto fare a certi contadini del paese. Allora, quando tornava, esaminavo i suoi abiti nella speranza che non fossero bagnati di sudore e sporchi di terriccio, come accade a chi zappa le dure zolle e si asciuga il viso con le mani polverose. Altre volte, infine, pensavo che trascorresse il tempo come l'avevo visto fare al paese, parlando con tutti quelli che incontrava, e che la sua giornata fosse fatta di appuntamenti senza tregua.

Di sicuro non immaginavo – e questa è un'altra prova del conformismo ingenuo della mia fantasia – il luogo dove invece mi trovai: lo stanzone ordinario che apparve ai miei occhi in quel sentiero appartato. Delusa, non dissi nulla mentre intorno a noi si accastellavano i sacchi di grano con i nomi scritti a gesso dei differenti proprietari. "Vedi," fece con la voce che tradiva l'orgoglio, "vedi quanti sacchi?"

Io assentii per compiacenza, ma il mio cuore sanguinava nella scoperta che Francesco trascorresse le mattine in un posto così. "Vieni!" continuò con un sospiro, dopo avere passato in rassegna con lo sguardo tutta la stanza. "Sediamoci qua," disse indicandomi un sacco di grano, "fino a quando non arriva qualcuno."

Mi appoggiai con molta precauzione, cercando di non sporcare il vestito. "Dov'è la festa?" domandai risentita mentre dal sacco saliva un odore polveroso. "Ah," fece Francesco, "non ti preoccupare, ci sarà. Fra poco arriveranno tutti e prepareremo da mangiare. Poi balleremo e faremo festa fino a tardi... Sei contenta?"

Non ero contenta affatto, anzi: avevo l'impressione di essere stata presa in giro. Stavo per rispondere qualcosa quando sentimmo le voci. Con mia grande sorpresa, arrivarono gruppi composti da intere famiglie, e i bambini erano la componente più numerosa. Nel giro di un'ora, quel posto solitario era divenuto una babilonia affollata dove tutti eravamo allegri, e gli uomini si passavano l'un l'altro le bottiglie di vino, mentre le donne cucinavano attorno ai fuochi.

A noi bambini furono date subito le pannocchie abbrustolite, e per la prima volta nella vita assistetti all'ammazzamento dei conigli. Fu tanto lo sbigottimento per i colpi contro il muro inferti alle teste di quelle bestiole, e ancor più per il loro spellamento, che dopo quella esibizione non riuscii mai più a mangiarne la carne, e la semplice apparizione di un osso di coniglio nel piatto bastò sempre a farmi sentire male.

Ma, a parte questo, la giornata fu meravigliosa proprio come mi era stato promesso: noi bambini giocavamo, mentre i grandi parlavano a gruppi fra loro mangiando semi di zucca, bevendo vino e dandosi grandi manate. Le risate di quella compagnia allegra e ingenua si spandevano per gli spazi aperti, rimbalzando fra i rari alberi e inseguendosi per la vegetazione brulla.

"Vogliamo fare un brindisi?" domandò qualcuno con una voce più alta e autorevole delle altre.

"Sì, sì!" rispondemmo anche noi bambini, unendoci al coro.

"Comincio io!" gridò uno dal fondo della tavolata, e subito si fece silenzio. "Questo vino è buono e fino alla salute del contadino. Questo cibo è ricco e aulente alla salute dei qui presenti!"

Un'esplosione di evviva accompagnò questa improbabile rima, mentre anche io ricevevo un assaggio di vino rosso e i bicchieri si incrociavano riempendo l'aria di suoni.

Un altro, alzandosi in piedi tutto rosso in viso, recitò: "Vino, vinello sei buono sei bello. Sei nato fra le viti per provocare liti. Beato chi ti pota e chi ti zappa, un colpo sulle braccia a chi ci mette l'acqua!".

"Ma adesso," disse una voce autorevole, superando le risa e gli applausi dei commensali, "io voglio fare un brindisi in onore del nostro caro Francesco, grazie al quale siamo tutti qui in questa bellissima giornata, e altre ancora più belle ci saranno! E che tanto ha fatto per noi."

Il brusio cessò perché Rocco Gessano era un proprietario di terre ricco e potente. "Perciò, io alzo il bicchiere a Francesco D'Auria e vi invito a farlo con me! Tutti insieme!"

Ci fu un'ovazione e tutti si misero a gridare discorso-discorso-discorso, mentre mio padre si schermiva sotto gli incitamenti di quella banda festosa.

"Va bene, va bene!" disse quasi senza fiato. "Preferisco parlare, piuttosto che tornare a casa pieno di lividi per i colpi che mi state dando! La verità," continuò scherzando fra le risate di tutti, "è che avete colto l'occasione per vendicarvi di me, altro che ringraziamenti! A ogni modo," e la sua voce tremò per l'emozione, "sono io che vi devo ringraziare per la fiducia che avete avuto in me. Senza il vostro aiuto tutto sarebbe rimasto come prima..."

"Invece," e la sua voce salì di tono dopo una pausa, "io spero che potremo fare grandi cose insieme, che faremo conoscere questo consorzio per la serietà e la qualità dei prodotti che rappresenta. Insomma," continuò dopo una breve pausa, "spero che avremo tanta fortuna e che il nostro lavoro sarà premiato!"

Il mio cuore esultò mentre esplodevano gli applausi, e il bambino seduto vicino a me inaspettatamente mi tirava i capelli.

Verso le cinque del pomeriggio arrivò Tripoli insieme a Mariuccia Nicodemi. Erano passati anche da donna Peppina per prendere Giuppina che voleva unirsi a loro, ma la vista della moglie del padre l'aveva dissuasa, e così era rimasta a casa a piangere con il cappello ancora sulla testa.

Mio padre era troppo felice per amareggiarsi delle ubbie della sorella, e io stessa stavo così bene che non feci neanche caso all'arrivo di Tripoli.

"Vi state divertendo, eh?" salutò tutti. "Avete fatto le cose per bene: domani quando arrivano i paesani saranno orgogliosi di voi!"

"I peggiori sono i paesani!" rispose qualcuno sghignazzando.

"Io, comunque," proseguì Tripoli, "vi porto i saluti del sottosegretario P. Lui sì che è orgoglioso delle cose che si stanno facendo qua!"

"Ah lo avete sentito in questi giorni?" domandò Gessano. "È al corrente dei nostri progressi!"

"Hiii!" fece Tripoli emettendo il suo solito suono. "Mi chiedete se è al corrente? Quello si è sentito sempre con me e con mio figlio in questi mesi..."

"Papà!" lo interruppe Francesco, preoccupato che il padre dicesse cose insostenibili.

"Lascialo dire!" fece quell'altro. "A noi piace essere seguiti da una persona tanto influente."

Nel frattempo, Mariuccia Nicodemi, che io vedevo per la prima volta, era venuta a cercarmi in mezzo a un gruppo di bambini con cui giocavo a nascondino.

"Chiara!" mi chiamò con la sua voce un po' lamentosa. "Ti ho portato un regalino!"

Mi aveva portato un cappellino di paglia con i fiori con cui mi pavoneggiai subito; ma di baciarla come lei chiedeva, non volli saperne.

Alla maniera di Giuppina, e memore delle chiacchiere che a casa di donna Peppina si sprecavano sul suo conto, non volli avvicinarla, e dopo uno sguardo breve di diniego continuai indifferente i miei giochi.

I fatti precipitano

La malattia che, ponendosi come limite alla mia integrità fisica, ha scavato in me il tunnel della nevrosi, e a volte, sbaragliando ogni fantasia rassicurante, mi spinge fino alla soglia della psicosi, mi prese che ero ancora una bambina. Alcuni direbbero che essa è psicosomatica, intendendo con questo l'oscena banalità che l'esercizio della volontà basterebbe a impedirle di impossessarsi di me, poiché è una mia creazione.

Ho sempre convenuto con chi sostiene che la malattia rappresenti il capolavoro di un'intera esistenza e che – esprimendo con i suoi terribili segni l'espansione negata dell'Io – racchiuda a volte il segreto più intimo di una vita.

Quando soffoco incalzata dall'asma, e non trovo respiro sottile che penetri il chiuso pungente dei miei polmoni, mi dico: "Chiara, questo è il tuo canto, questa è la tua ribellione, è ciò che rimane delle tue aspirazioni: questa sei tu! ACCETTATI!".

E allora è come se un nodo di pianto si sciogliesse dentro me, respinto nelle mie viscere assieme al rigurgito amaro che vuole soffocarmi.

A volte soltanto, però.

Altre volte, non domino l'affanno, ed esso sopravanza su me con furia distruttrice o con la tranquilla invasione della sua forza certa. Allora lotto, come farebbe un domatore assalito da una belva, improvvisamente recuperata al proprio istinto ferino.

Ho della mia malattia al tempo stesso conoscenza e insipienza, ed essa può sorprendermi ogni volta con nuovi e inimmaginabili inganni. Così, certe volte, debbo trattarla come una piccola cara bambina che vuole soltanto essere blandita; altre volte, per placare l'immenso orrore che mi pervade, debbo confondermi con la parte più violenta di essa, mescolandomi fino a somigliarle e a divenire io stessa la causa del mio malessere. Solo allora, quando sono insieme vittima e carnefice, la malattia che mi ha piegata a sé abbandona le stigmate prescelte.

Io sono asmatica in quel modo asfissiante che coglie all'improvviso come uno shock respiratorio, e inibisce in un attimo ogni funzione vitale.

Per alcuni anni dell'infanzia, quando dubitai che l'incommensurabile ingiustizia che si stava consumando contro ciò che avevo di più caro al mondo sarebbe mai terminata, venivo colta da attacchi ripetuti che disperavano mia madre e la facevano tremare per la mia vita. L'assoluta inesperienza del mio corpo e delle sue reazioni mi consegnavano inerme alla furia selvaggia dell'attacco. In quella corsa dentro il male ero tanto ignara della possibilità di resistere e tanto abbandonata agli eventi, che esso non trovava in me alcun argine da forzare, e mi batteva come le onde di un maroso battono la risacca. Ricordo lo sfinimento e la quiete che accompagnavano i miei ritorni alla vita: era come se dentro di me si fosse consumato ogni timore della catastrofe, e l'attacco patito fosse il prezzo per la sua sospensione, o almeno per il suo rinvio.

Nel tempo la mia malattia è cambiata.

Qualcuno potrebbe pensare che, divenuta esperta nel dominarla o anche divenuta abile nel riconoscerne i segni premonitori, non mi faccia più cogliere di sorpresa. La verità è che la mia malattia ha perso la memoria della sua origine, e a volte manifesta stancamente i segni scomposti della propria presenza: essi sono tutti riconducibili alla banale patologia respiratoria che forse riuscirà a uccidermi soffocandomi o forse mi lascerà morire altrimenti.

Così addomesticato, l'antico male mi soccorre dall'invasione di diversi e più terribili morbi che cercano di espandersi in me.

Essi originano nella paura, una specie di serpente d'acqua che mi scivola in mezzo al petto raffreddandomi i muscoli come una pioggia invernale che batta sulla pelle nuda.

Stranamente, negli attacchi infantili non avevo paura; ricordo l'orrore, ma era un sentimento che non aveva alcuna intimità con le mie fibre e non cercava la mia complicità; non ricordo la seduzione della paura, e neanche la ripugnanza o il disprezzo contro me stessa che accompagnano l'invasione sine materia che si impossessa di me.

Allora il soffocamento che mi soccorre è l'unico principio di realtà a cui posso appellarmi: esso mi induce a lottare per vivere e pone un limite preciso fra l'immaterialità angosciante che occupa le pieghe più segrete dell'anima e la realtà del mio corpo.

Scaccia i miei fantasmi, così come un tempo allontanava da me la catastrofe.

La festa finì tardi, e io ricordo come in un sogno che Francesco mi portava per le scale di casa e mi consegnava nelle braccia di Anita. Credo di averla sentita mormorare: "Mio dio, così tardi!" ma forse era solo un pensiero che nasceva dalla mia mente.

Molte ore dopo mi svegliai, e sentii giungere la sua risata dalla cucina insieme al profumo di ragù.

"Ah," fece mia madre vedendomi entrare scalza e arruffata, "sei riuscita a svegliarti! Questa signorina," disse rivolta a Sciarmano che sorrideva, "è tornata che era quasi giorno!"

Eppoi, prendendomi in braccio e pulendomi i piedi scalzi con le mani: "È così tardi! È meglio se non fai colazione: è quasi ora di pranzo! Lo sai che oggi mangiamo insieme a Sciarmano e a Marianna?".

Come rispondendo a un mio pensiero Anita aggiunse: "È passato Francesco questa mattina mentre dormivi e non ha voluto svegliarti... Se non torna tardi vi vedrete questa sera".

Nel bagno mi lavavo svogliata ascoltando lo sciacquettio dell'acqua nel bacile, e sentivo le lacrime che mi pungevano gli occhi: mi fidavo di Francesco ed ero stata tradita.

“Chiara, la festa c’è già stata ieri,” mi disse Anita entrando nel bagno e vedendomi incupita, “oggi ti saresti annoiata... C’era anche Tripoli!... Volevi vederlo Tripoli?” domandò per dissuadermi definitivamente. “Però,” aggiunse contenta, “dopo pranzo andiamo alla fiera con Sciarmano e Marianna!”

Era la prima volta che mia madre acconsentiva a partecipare a una gita o a un divertimento nel quale si potesse trovare per caso anche Francesco. “Vieni anche tu?” domandai raggiante, mentre mi asciugava le mani.

“Sì,” rispose sbrigativa mentre andavamo a tavola. “Sciarmano e sua moglie sono molto curiosi di vedere la fiera.”

Partimmo nel caldo di una giornata di metà agosto. Il cielo era limpido e l’aria era piena dell’odore e del silenzio dell’estate. Il rumore della macchina, che si accendeva tossendo, disturbò il volo di alcune mosche e rimbalzò nel torpore del dopopranzo. Durante il tragitto cantammo; a iniziare era Sciarmano con i suoi toni baritonali. Egli accennava un motivo e noi lo accompagnavamo con le nostre voci squillanti. Infine la sua voce diveniva quasi un sussurro, e si limitava a suggerirci le parole. Sulla deviazione per il consorzio incontrammo un gruppo di persone, certamente contadini e i loro familiari, che sostavano in circolo aspettando qualcosa. Sciarmano passò loro davanti suonando il clacson, e quelli risposero con un cenno di saluto; poi qualcuno lo riconobbe e tutti fecero dei segnali perché si fermasse.

Il più giovane ci rincorse e Sciarmano domandò come andava.

“Avete già saputo?” fece quello per tutta risposta. “Vi hanno mandato a chiamare?”

“Qualcuno mi cercava?” domandò Sciarmano prudente.

“Ma voi venite dal paese no? E siete una guardia...” fece l’altro per assicurarsi di non avere sbagliato persona.

“Sì,” rispose Sciarmano guardandolo negli occhi senza aggiungere altro.

“Venite per il furto?... Qua hanno rubato tutto! Ci sono rimaste solo le cose arrivate questa mattina...”

“Ah, certo!” fece Sciarmano fingendo di sapere ogni cosa. Eppoi rivolgendosi a noi mentre accostava la macchina: “Io vado a vedere. Voi aspettate qua”.

Faceva caldo, perciò scendemmo dall’auto che bolliva. Trascorremmo così un quarto d’ora che sembrò una eternità; stavamo in piedi, senza avere il coraggio di avvicinarci a nessuno e senza che nessuno si avvicinasse a noi. Che strano! Il giorno prima sembrava così facile fare amicizia e parlare con tutti, senza neanche domandarsi il nome! Era così certa e tranquilla la confidenza che circolava fra noi, che sembrava destinata a durare per sempre...

Sciarmano ricomparve col passo solenne, e per un attimo sperammo che la sua sola apparizione fosse bastata a mettere le cose a posto.

L'ora che trascorremmo seduti sulle panchine della piazza vicino al bar fu interminabile, e per la prima volta nella vita scoprii la tortura del tempo.

Dopo un poco che stavamo in silenzio, mia madre sbottò: "Ma insomma, cosa è successo?".

"Hanno rubato tutto il grano dal consorzio... Se ne erano accumulati almeno mille quintali."

"E chi è stato? Hanno qualche sospetto?" domandò Marianna.

"Per il momento non sanno niente," rispose Sciarmano guardandosi le mani. "Però per Francesco è un brutto guaio..."

Si fermò a pensare con la solita prudenza: "Credo che tutta la responsabilità ricadrà su di lui".

"Ma come?" si risentì mia madre. "Non è giusto!"

Eppoi infiammandosi: "Non può essere così... Mica è colpa sua se sono venuti a rubare!".

"Non so che dire," fece Sciarmano, "bisogna capire qualcosa di più..."

Mentre li ascoltavo avevo cominciato a sentire un affanno che a tratti scompariva per riemergere occupando spazi sempre più vasti dentro al mio petto. A ondate mi sembrava di non riuscire più a respirare, come se i polmoni si chiudessero di colpo. Sudavo nelle mani e mi girava la testa, come era accaduto la sera prima quando avevo bevuto un poco di vino rosso. Ci alzammo per tornare alla macchina e le gambe mi tremavano; tuttavia l'eccitazione di vedere mio padre mi animò e ripresi le forze.

Questa volta in macchina non cantavamo e Sciarmano era pensieroso; fumava buttando la cenere fuori dal finestrino mentre guidava a velocità sostenuta.

Mio padre ci aspettava sulla strada prima di girare per il consorzio. Vedendoci arrivare, ci salutò con un gesto stanco della mano. Volevo scendere dalla macchina ma lui me lo impedì.

"No, Chiara," mi disse, "rimani con loro. Io vado da zia Peppina..."

"Perché?" domandai quasi piangendo.

"Perché mi aspetta Tripoli e dobbiamo parlare di molte cose importanti..."

Trattenni le lacrime mentre Anita mi sussurrava nell'orecchio che la sera saremmo andate al cinema a vedere il *Miracolo di Fatima*.

Un terribile imbroglio

A casa di donna Peppina Curatore si riunì il concistoro della famiglia D'Auria al quale presero parte tutti, compresa Mariuccia Nicodemi, e i fratelli piccoli di Francesco, divenuti ormai adolescenti.

Eccitata per la presenza dell'intera famiglia in casa sua, donna Peppina continuava ad andare avanti e indietro per la grande cucina dove i nipoti e il fratello si erano seduti attorno al tavolo. Erano giunti mezz'ora prima dalla fiera, e la cupezza dei loro animi era tanto contagiosa che perfino i guagliuncielli di donna Peppina, dopo un breve tentativo di confusione, si erano dileguati lasciandola sola a combattere con le cure domestiche.

Disorientata da quella situazione imprevista, donna Peppina si chiedeva dove fossero le bottiglie che conservava per gli ospiti e i biscotti che aveva fatto preparare apposta per i nipoti dal fornaio sotto casa. Arresa alla certezza che non sarebbe venuta a capo di nulla, tuttavia non voleva che gli altri, soprattutto Mariuccia Nicodemi che era un'estranea, si avvedessero del suo imbarazzo.

Dalla porta della cucina, dov'era riapparsa dopo avere frugato inutilmente in alcuni nascondigli che credeva sconosciuti alla sua banda di aiutanti, faceva segnali di richiamo a Giuppina. Ma quella, come al solito quando c'era bisogno di lei, era inafferrabile e teneva gli occhi fissi sul fratello. Stizzita la chiamò a voce alta: "Giuppina!" e tutti si voltarono tranne lei.

"Avete bisogno di qualcosa?" domandò pronta Mariuccia con la sua voce lamentosa.

Ecco, pensò donna Peppina, ora mi tocca anche rispondere a questa cafona. "No," disse con un sorriso eccessivo, "vorrei un attimo mia nipote perché lei conosce gli affari di casa nostra."

Sottintendeva che l'altra invece no, e che perciò era meglio che continuasse a farsi gli affari propri, invece che quelli della famiglia Curatore. Tuttavia si rendeva conto che per colpa di Giuppina rischiava di fare un torto a Mariuccia e di dovere riparare in seguito con qualche attenzione speciale.

Si sentiva inviperita. "Giuppina!" urlò, e questa volta la nipote si scosse.

Come Dio aveva voluto, donna Peppina era riuscita a mettere a tavola in una successione caotica tutto quello che aveva in casa, e finalmente il calore del cibo aveva disteso gli animi e Tripoli cominciò a parlare.

"Ho telefonato a P.," disse. "Si stava preparando per un discorso che deve fare domani, ma ha lasciato tutto e si è messo a disposizione... Abbiamo deciso che il furto deve rimanere segreto..." continuò guardandosi attorno con gli occhi severi, "non si deve sapere niente! Se non si saprà nulla a Roma, lui potrà aiutarci per i soldi... Se si tratta solo di risarcire quei bifolchi il denaro si trova..."

Francesco inghiottì a vuoto: sapeva che non si trattava solo di quello.

Aveva parlato con i contadini e aveva letto nei loro occhi la diffidenza che cresceva diventando sospetto. Li aveva rassicurati come poteva; aveva promesso che non avrebbero perso nulla, neanche una paglia dei loro raccolti, e quelli avevano annuito con le facce dure, mentre dietro gli occhi socchiusi passava una minaccia.

Era meglio per lui, dicevano quegli sguardi, che riavessero indietro la loro roba, o avrebbe passato molti guai.

Ma, infine, la vera disgrazia era tutta quella felicità perduta, tutta la speranza che se ne andava insieme ai sacchi rubati; la vera sventura era che non si sarebbero più fidati di lui, e che per quanti anni avesse vissuto non gli avrebbero creduto mai più.

"Chi può essere stato?" domandò fremente. "Chi può avermi voluto male fino a questo punto?"

"Siamo una razza invidiata!" disse dal suo posto donna Peppina con la voce cupa delle profezie. "Può essere stato chiunque."

Dopo una notte agitata e insonne, Francesco prese il primo postale e tornò al paese.

Raggiunse la vecchia casa di Tripoli che non erano ancora le sei, e si accorse subito che la porta era stata forzata, nonostante per aprirla bastasse una spallata energica. Chi l'aveva sfondata non era a conoscenza di questo particolare, ed era ricorso ad alcuni ferri per scardinarla dagli infissi.

Con il cuore che gli esplodeva nel petto, entrò in casa dimenticando ogni cautela e con una rapida occhiata valutò che non era stato toccato niente. D'altro canto, la sua casa era ancora vuota di mobilio e non c'era nulla che poteva fare gola a un ladro.

Questo pensiero che doveva rassicurarlo, lo insospettì immediatamente e, con la testa in fiamme, si precipitò nella camera da letto. Nella penombra della stanza, lo spiraglio di luce che si stagliava dalle incrinature delle persiane chiuse, finiva proprio sopra al suo cuscino. Egli lo sapeva con certezza perché si svegliava così; ma questa volta al posto del cuscino c'era un sacco di grano con l'etichetta inconfondibile: lui stesso le aveva preparate per la fiera. Ai piedi del letto ce n'erano altri due della stessa provenienza.

Alla vista dei sacchi, Francesco si era sentito invadere dal terrore e, per la prima volta in quelle ore di tormento, aveva pensato che esisteva un piano contro di lui e che i criminali che l'avevano preparato non si sarebbero accontentati del furto. Essi volevano di più: volevano incastrarlo; volevano farlo passare per colpevole.

O forse, poiché gli sembrava mostruoso un simile crimine, essi volevano fargli capire che lo tenevano in pugno e che se anche avesse immaginato chi era il vero autore del furto doveva starsene muto.

Questa ipotesi ebbe il potere di infuriarlo a tal punto che smise di avere terrore e desiderò vendicarsi. Si affacciò sulla porta di casa e si assicurò che nessuno lo avesse visto. Poi chiuse l'uscio alle sue spalle come meglio poteva e andò a chiedere consiglio.

Giovanni Cantalupa gli aprì subito perché fin dal giorno precedente erano giunte al paese le notizie della fiera. Aveva anche sperato che Francesco rientrasse la sera stessa e aveva chiesto sue notizie a Sciarmano. Dio solo sa quanto gli era costato rivolgersi proprio al genero di Faluccia, ma come avrebbe dovuto fare? Per avere notizie attendibili non c'era che lui!

E infatti Sciarmano gli aveva riferito puntualmente che Francesco non sarebbe rientrato, e che preferiva andare a dormire da donna Peppina Curatore dove si era dato appuntamento con il resto della famiglia.

"Non volevi restare solo in mezzo alla malignità dei paesani, eh!" lo accolse comprensivo Cantalupa vedendolo sconvolto. "Ti capisco, con tanta mala gente che non attende altro che di crocefiggerti perché..."

Si interruppe cercando una spiegazione definitiva agli avvenimenti di quei giorni: "Perché hai osato troppo!" ruggì soddisfatto.

"Qua non è permesso a nessuno di essere meglio degli altri... Al Nord no! Al Nord è un'altra cosa: là se sei capace ti sostengono, ti fanno studiare, ti mandano in America! Qua se provi a tirare la testa fuori dal sacco sei finito... Zac," fece un gesto con il braccio come fosse una mannaia, "qua ti tagliano la testa!"

"Sì," gridò Francesco angosciato, "ma adesso io cosa devo fare? Mi hanno messo perfino il grano dentro casa!"

"Cosa?" sbalordì Cantalupa. "Stai parlando della refurtiva?"

Siccome Francesco assentiva con movimenti violenti del capo e Cantalupa non riusciva a riprendersi dallo stupore, si versarono un bicchierino di cognac.

"Fammi capire," riprese a parlare. "Tu sei tornato a casa questa mattina e ci hai trovato i sacchi del grano rubato?... E quanti sono?"

"Tre o quattro..."

"Gesù..." commentò inorridito Cantalupa, "ma non si può più vivere..."

Poi riprendendosi: "E tu che hai fatto come prima cosa?".

"Sono venuto da te!"

"Hai sbagliato!" gli disse serio. "Tu devi andare subito dai carabinieri a fare la denuncia, altrimenti penseranno che hai voluto occultare la refurtiva..."

Eppoi facendosi sempre più torvo: "Oppure penseranno che hai costruito tu stesso una prova falsa, che il furto lo hai fatto tu e hai voluto sviare i sospetti!".

"Ma sei pazzo!" lo interruppe Francesco sconvolto, troncando l'assurda successione delle ipotesi. "Eppoi il ministro P. ha detto a mio padre che la cosa più importante è che non si sappia nulla del furto altrimenti non mi potrà aiutare..."

"No!" rispose Cantalupa. "Non sono pazzo, ma la situazione è già precipitata: ti stanno ricattando! Ti possono rovinare! E possono rovinare pure me," aggiunse dopo una pausa, "dicendo che sono tuo complice! Andiamo a fare la denuncia!" concluse mettendosi a posto la camicia.

L'arresto

All'inizio sembrò che le cose andassero bene e che mio padre non corresse alcun pericolo.

Sciarmano, che faceva la spola dalla caserma dei carabinieri a casa nostra riferendoci ogni particolare, ci disse che la condotta coraggiosa di Francesco aveva impressionato favorevolmente anche il brigadiere.

Nel pomeriggio di quello stesso giorno arrivò Tripoli; era stato informato delle decisioni del figlio ed era venuto ad attaccare briga perché adesso, qualunque cosa fosse accaduta, P. aveva le mani legate e non avrebbe potuto fare più niente per loro. Glielo aveva ripetuto per telefono e, per la prima volta da quando si conoscevano, lo aveva pregato di tenere il suo nome fuori da quella storia. Per un po' di tempo, aveva detto, almeno fino a quando le cose non si fossero calmate.

Ma quand'è che si sarebbero calmate? Sono cose queste che si sa quando cominciano e non si sa mai quando finiscono, né come finiscono... La sua vecchia anima di masnadiere si ribellava all'idea che il figlio fosse tanto credulone, tanto babbeo da mettere la propria vita nelle mani della giustizia. Ma come gli era saltato in mente di andare dai carabinieri; non poteva aspettare di capirci un po' di più; non poteva nascondere i sacchi e starsene zitto. Magari gli organizzatori del furto (Tripoli si riferiva a quegli sconosciuti ladroni con parole di contenuto rispetto, quasi che immaginasse di venirne ascoltato) volevano solo mettersi d'accordo! E Francesco aveva pregiudicato ogni trattativa!... Eppoi, perché non si era consultato con lui prima di fare qualunque cosa, ma come, si fidava più di Cantalupa che del proprio sangue?

Mio padre alternava momenti di oscura disperazione, ad attimi di esaltazione nei quali la sua immaginazione gli mostrava mille mostri atroci, mescolati a mille soluzioni possibili: in quei tali momenti pensava che i suoi nemici non l'avrebbero fatta franca e che egli li avrebbe smascherati, chiunque fossero!

Uscivo con lui nonostante la presenza di Tripoli e avevo la percezione che desiderasse la mia compagnia come se io fossi l'unica cosa certa della sua vita.

Ogni tanto, riemergendo dal pozzo nero dello sgomento, mi diceva spiritato: "Vedrai Chiara, vedrai! Andrà tutto bene!".

Allora ci abbracciavamo e ci baciavamo; io mi sedevo sulle sue ginocchia e mi mettevo all'ascolto dei suoi pensieri.

Tripoli ci guardava risentito, e ogni tanto emetteva il solito sibilo di nave che prende il largo.

"Tua madre che dice?" domandava all'improvviso.

Giovanni Cantalupa fu il primo a leggere la notizia sul giornale. Era un trafiletto di poche righe; una nota redazionale di spalla, nelle pagine locali. Il titoletto, FURTO AL CONSORZIO DI M., aveva il tono burocratico di certe cose scritte per non interessare nessuno, e Cantalupa si chiese sdegnato, quasi gli avessero fatto un torto personale, quante persone oltre a lui l'avessero visto.

A parte questo, il giornale riferiva puntualmente che Francesco D'Auria, impiegato al consorzio, aveva sporto denuncia contro ignoti che gli avevano nascosto in casa la refurtiva. Soddisfatto per la piega autorevole che stavano prendendo le cose, Cantalupa salì da mio padre per mostrargli i frutti gloriosi della loro decisione. Non fece in tempo a entrare, perché Francesco stava uscendo con il padre per recarsi dai carabinieri. Ignorando l'ostilità esplicita di Tripoli, Giovanni Cantalupa si unì a loro: soprattutto dopo che i suoi consigli avevano assunto una dimensione pubblica, egli si sentiva responsabile della sorte di Francesco, e nulla al mondo gli avrebbe impedito di essere presente all'interrogatorio.

Nonostante avesse avuto quasi due giorni per riflettere sugli avvenimenti, Francesco si sentiva più confuso che mai, e il mandato di comparizione lo aveva colto di sorpresa emozionandolo come se fosse stato veramente colpevole. Improvvisamente, le cose che poteva dire gli sembrarono prive di senso e sentì che non avrebbe mai trovato la forza per contrastare il sospetto degli altri.

"Voi siete Francesco D'Auria di Nobile Maria Francesco e di Chiara Bartoli?" recitò il brigadiere, dopo averlo fatto accomodare lasciando fuori quegli altri due, e tenendo gli occhi fissi su un mazzetto di fogli.

"Sì," rispose Francesco con il tremore nella voce, mentre un'altra voce dentro di sé cominciava a chiedere perché il brigadiere, che lo conosceva perfettamente, avesse un tono tanto freddo e ufficiale.

"Confermate di esservi presentato spontaneamente nel nostro distretto in data 20 agosto 1948 per sporgere denuncia di furto contro ignoti?" recitò il brigadiere, continuando a tenere gli occhi sui fogli davanti a sé.

"Sì."

"E confermate altresì," continuò lugubre quell'altro, "che i sacchi prelevati a casa vostra erano gli stessi che si trovavano nel consorzio di cui siete il responsabile, e che voi – come avete affermato nella vostra denuncia – li riconosceste dalle targhette, e non vi avvicinaste a loro neanche per guardarne il contenuto?"

"Sì, certo è così!" rispose Francesco che non capiva più nulla.

"E allora," fece il brigadiere alzandosi in piedi con un sospiro di stanchezza "volete dirmi a chi appartiene questo fazzoletto?... Guardatelo bene," suggerì.

"Mah," rispose Francesco con la testa che gli pulsava, "sembra il mio."

"Vi sembra il vostro o è il vostro?" domandò pignolo quell'altro.

"Forse è mio, non lo so..." rispose Francesco travolto dalla inquietezza. "Ma insomma, che importanza ha?"

"Molta," rispose il brigadiere guardandolo finalmente negli occhi, "era dentro uno dei sacchi."

Un incolpevole non può dimostrare la propria innocenza di fronte alla legge: egli non è organizzato per respingere gli attacchi; non ha alibi, non ha testimoni a favore, e soprattutto, benché esse siano inattendibili e raffazzonate, ha tutte le prove contro.

Nel corso dell'interrogatorio, il mandato di comparizione si trasformò in fermo, perché Francesco non avesse modo di inquinare le prove che lo accusavano. Alle domande sbalordite di Tripoli che aspettava fuori, il brigadiere rispose che stava obbedendo a ordini ricevuti dalla provincia, ma che si trattava solo di un provvedimento transitorio che si sarebbe risolto in poche ore: il tempo di condurre indagini più approfondite.

Cantalupa chiese se potevano vederlo un attimo per salutarlo o dirgli una parola di conforto, ma gli fu risposto che per il momento non era assolutamente possibile. Il giorno dopo forse...

"Dove lo portate mio figlio?" domandò disperato Tripoli, quando capì che Francesco non sarebbe tornato a casa con loro.

Il brigadiere gli rispose che sarebbe rimasto in caserma almeno per altri due giorni.

"Eppoi?" domandò Tripoli urlando. "Eppoi cosa gli farete?"

Cantalupa tentò di guidarlo fuori dalla caserma prima che le sue grida facessero accorrere tutto il corpo militare, ma Tripoli gli rinfacciò ringhioso le sue colpe e gli stupidi consigli che aveva dato al figlio. "Sei sempre stato un imbecille... Un illuso! Fidarsi così della giustizia!" gli disse a conclusione delle sue imprecazioni, prima di lasciarlo sulla porta della caserma, allontanandosi da lui a larghi passi solitari.

Vidi mio padre per pochi minuti, quando la macchina dei carabinieri lo trasferì nel carcere di S.A.

Per poterlo salutare io e mia madre fummo costrette ad attenderlo in piazza dove si era riunita una piccola folla di persone che, per nulla al mondo, avrebbe voluto perdersi lo spettacolo. Aspettammo un quarto d'ora mentre Sciarmano, l'unico fra noi che avesse libero accesso alla caserma, ci informava sui preparativi per la partenza. Io stavo in braccio a mia madre, e appena mi guardavo intorno, venivo raggiunta dai sorrisi pieni di compassione della gente del paese; qualcuno più audace si avvicinava e i suoi commenti avevano un tono afflitto, come se mio padre fosse perduto per sempre.

Mi stropicciavo gli occhi continuamente per mandare via la macchia che mi compariva dinanzi alla vista. Mi sentivo oppressa, sbadigliavo mentre il mio campo visivo si restringeva e la macchia occupava uno spazio sempre più esteso. Resistevo al bisogno di chiudere gli occhi per qualche minuto, pur sapendo che quello era l'unico modo per tornare a vedere. Il timore che Francesco potesse uscire dalla caserma senza che lo vedessi, sbaragliava ogni altro, e mi costringeva a tenere gli occhi bene aperti.

Ero tanto concentrata nello sforzo che non mi accorsi dell'arrivo di Giuppina: si era avvicinata a mia madre e non appena ne aveva incontrato lo sguardo compassionevole, era scoppiata in singhiozzi. La gente attorno la riconobbe e si sentì bisbigliare il suo nome. "È la sorella," dicevano, "è venuta apposta per l'arresto!"

Francesco comparve all'improvviso; era ammanettato e scendeva le scale accompagnato da due carabinieri, minacciosi per l'emozione di quella rara incombenza. Guardava verso la folla, ma sembrava inebetito quasi non distinguesse i nostri volti e nessun'altra cosa. Aspettai invano che mi vedesse, mentre la macchia davanti all'occhio scorreva veloce senza darmi tregua.

Ancora un attimo e mio padre sarebbe scomparso inghiottito dalla macchina: io non avrei più saputo nulla di lui per un tempo incalcolabile, per una eternità. Atterrita da questa orribile evenienza gridai il suo nome ribellandomi all'abbraccio di mia madre che si era fatto più forte e lo ripettetti più e più volte, diperatamente.

"Francesco, Francesco!" gridavo. "Papà mio!" Ed egli sembrò scuotersi come uno che esce da un sogno.

Si voltò verso me tendendo le braccia serrate dalle manette; con un gesto sconsolato subì nuovamente la sua condizione.

"Voglio dare un bacio a mia figlia!" disse rivolto ai carabinieri.

Ci salutammo così, senza che mi potesse prendere fra le braccia: un uomo grande e forte, inginocchiato davanti a me per potermi baciare le guance.

Mi girava la testa per l'emozione e non volevo più lasciarlo andare; appesa al suo collo piangevo e rifiutavo di staccarmi da lui. Dovettero separarci con la forza mentre egli gridava: "Stai tranquilla, Chiara!... È tutto un errore, torno presto...".

Eppoi rivolto a tutti: "Sono innocente, io! SONO INNOCENTE!".

Giuppina venne a casa nostra insieme a Sciarmano e a Marianna che insistevano inutilmente perché andassimo a mangiare da loro.

Giuppina non diceva nulla; con gli occhi rossi di pianto, ogni tanto si soffiava il naso rumorosamente e veniva a darmi un bacio carico di trasporto e di furia. Rimase con noi qualche ora, il tempo di mangiare sforzandosi di mostrarsi serena e di non parlare di Francesco. Poi disse che doveva tornare a casa perché Alfonso Gregante non aveva piacere che, a causa della famiglia della moglie, il suo buon nome venisse trascinato nella polvere. Fin dalla mattina presto, quando era partita per assistere all'arresto del fratello, il marito l'aveva minacciata perché tornasse per tempo, e non andasse nelle case dei compari e dei parenti a raccontare ogni cosa della loro vita e a piangere sulla sorte del fratello. "Adesso vado al cimitero," disse infine accomiatandosi da noi con gli occhi pieni di lacrime. "Vado a trovare mia madre..."

E sull'uscio prima di fuggire per le scale: "Io e mio fratello siamo sempre stati sventurati, ci dovete compatire!".

Quando rimasi sola con mia madre, mi girai intorno senza sapere cosa fare. Passavo da un punto all'altro della grande stanza dove trascorrevamo la maggior parte del tempo, sfregandomi le mani per riscaldarle. Erano fredde, benché fossimo in agosto, e lo diventavano sempre più nonostante l'involontario massaggio. Mia madre era in cucina, e ogni tanto mi chiamava chiedendo cosa stessi facendo: a parte i rumori delle stoviglie e la sua voce che si sentiva a tratti, non c'era nessun altro suono. Improvvisamente mi accorsi del silenzio della nostra casa vuota e, per la prima volta nella vita, la presenza di mia madre non mi sembrò sufficiente ad allontanare da me tutti i pericoli e i mostri di cui l'esistenza mi apparve colma.

Avvertii l'orrore della solitudine come un vuoto fisico che mi separava dal resto delle cose e dal mio stesso corpo: fu come se mi liquefacessi o perdessi peso e le diverse parti di me andassero per proprio conto. Mi sentivo cadere in avanti, e se solo avessi oscillato, mi sarei spaccata in mille pezzi. Non avevo la percezione delle gambe, ma solo di un peso che mi attirava verso il suolo, e questo suolo era anch'esso un vuoto.

Il sangue giunse alla testa insieme al soffocamento e a tante luci colorate che mi assalivano accecandomi. Non respiravo più e sbattevo i piedi che erano tornati ad avere la consistenza della pietra. Il rantolo stridulo del mio respiro mi giungeva alle orecchie estraneo, come il suono di una sega, e riempiva di sé ogni altro senso. Per questo non sentii lo scalpiccio affrettato dei passi di mia madre, né mi avvidi della forza con cui mi scoteva, né della voce atterrita con cui mi chiamava.

In carcere da Francesco

A volte penso di appartenere a un'altra specie; questo pensiero che avanza in me assurdo come una mostruosità, contraddetto dall'apparenza ordinaria dei miei tratti e dalla mappa fantastica dei cromosomi, ha il potere di rasserenarmi.

Nelle rare lezioni che ascoltai quando vagabondavo per le università, le uniche che ebbero il potere di incatenare la mia attenzione, richiamandomi alla coscienza strane e diverse emozioni, mostravano il mirabile codice della specie. Di esso rimanevo stupita come se la spirale della vita fosse un'altra possibile versione della chiave musicale del violino; una sorta di vibrazione sfuggita alla deflagrazione originaria da cui ogni cosa prese forma. Non volli imparare la catena di formule che, intrecciandosi in una magica danza, non ripeteva mai se stessa e con certezza assoluta custodiva l'identità unica di ogni nuova vita. Mi sembrò sempre che la riduzione di un simile prodigio all'apprendimento sterile del nome scientifico, la sua evocazione dotta e assurda nelle luce morta dei laboratori, avrebbero aperto, attirandola su noi, la catena infinita e ottusa del dolore. Bisogna essere molto ciechi per aggiungere nuove sofferenze all'eredità di dolore lasciata da chi è passato prima di noi!

Così, quando in un paese qualunque, forse nell'emisfero australe o nel silenzio dimenticato degli Incas, qualcuno ha trovato serbata la chiave della vita nel cuore indifferente di una pietra, come se questa fosse la cellula di un corpo o la memoria atomizzata dell'unica esplosione, io ho avuto la conferma di ciò che sempre pensai. Nello spartito della vita, risuoniamo tutti con un'unica nota le cui vibrazioni mutano impercettibilmente per la materia che ci accade di essere.

Allo stesso modo, ho orrore dell'onnipotenza feroce, della dogmatica sordità, che traccia il confine fra ciò che è sano e il suo contrario. Tremo di fronte all'arroganza impietosa dei corpi sani, all'oscena prepotenza della loro forza; alla sicumera gloriosa con cui avanzano nell'universo pretendendo di esserne i padroni invulnerabili. Niente è più vano e folle di questa illusione: bisogna essere un po' di pietra e d'albero; un po' di mare e di tuono per ricordarsi la nota originaria; bisogna essere un po' mostri per sentire risuonare la meraviglia e l'orrore di altri mondi lontani. In me vive il dubbio che l'errore genetico, da cui prendono vita creature mostruose e tenerissime; piccoli tartari con gli occhi all'insù, dalla memoria prodigiosa di Pico della Mirandola che suonano a volte come angeli, o vecchi-bambini destinati a vivere un quarto di secolo, nascosti come ragni nelle case per non offendere la proterva salute dei normali, incarni un'altra razza. O forse creature di altri spazi; abitanti di pianeti lontani, i cui frammenti vitali caddero errando, nel luogo sbagliato. Questo spiegherebbe la malinconia commovente di certi occhi fissati nel vuoto, che guardano mondi perduti e sorridono solo a essi, resistendo a tutte le seduzioni della nostra inutile umanità.

La follia infine; non so se i suoi segni siano iscritti nell'abbraccio elicoidale della vita e neanche se appartenga al codice segreto di un'altra specie precipitata sulla terra. Credo piuttosto che essa sia un tramite; un sesto senso rimasto aperto per vocazione o per destino, dove le mostruosità svelano la propria origine autentica. In altri luoghi, lontani dagli orridi tavoli vivisettori che in nome della scienza profanano oscenamente i misteri della vita e della morte; in altri tempi da quelli in cui l'angoscia ci stringe a vivere, i folli furono celebrati come creature divine, nelle quali circolava libera la sapienza onnisciente. Erano tempi e luoghi dove la sadica struttura normativa che ci conculca non aveva ancora vinto, né aveva ancora sedotto l'intera umanità al peccato originario dell'invidia e alla pestilenza della sua vanità coattiva. Così essa non tollera che una creatura fugga al giogo delle rivalità fra uguali e, attraverso i mondi della follia, scelga l'identità eversiva a cui lo destinava l'unicità della sua nascita. Con un *ukàse* che non ammette eccezioni, l'alieno viene piegato all'annientamento dei suoi mondi e il veleno sottile dell'invidia raggiunge il suo centro creativo distruggendone le centraline. Ridotto a un'oscurità senza mostri e a un silenzio senza presagi, finalmente appartiene alla specie.

Dopo l'arresto di mio padre, mi accadeva spesso di non pensare a nulla e di restare attonita, come fossi catturata in uno spazio senza uscite dal quale riemergevo solo per un richiamo ostinato di Anita o grazie a un evento particolarmenente rumoroso. Il mio ritorno alla realtà aveva la lentezza stuporosa che accompagna una lunga malattia, o, più propriamente, l'amnesia che segue a certi intollerabili shock. Sbattevo gli occhi guardandomi attorno e, per un tempo variabile – la frazione di un secondo o mezzo minuto – fluttuavo come un aquilone senza filo. Ciò che mi riconduceva a me stessa era il dolore. Non osavo chiedere a nessuno, neanche ad Anita o a Sciarmano, dove fosse mio padre, e quando sentivo che parlavano di lui e della sua nuova vita mi eclissavo per non ascoltare. Facevo così anche quando qualcuno per la strada si avvicinava a noi chiedendo notizie di Francesco o dando una propria versione dei fatti; al solo sentire il nome di mio padre, avvertivo il clic di una luce che si spegneva dentro, e con esso un silenzio ovattato dove non giungeva alcun suono. Se qualcuno mi parlava di lui direttamente, lo guardavo come se non capissi e i miei occhi assumevano un'espressione vuota. Allo stesso modo, ignoravo la nozione del carcere, di cui tutti parlavano continuamente come fosse una parola appena inventata, e in nessun caso la collegavo a mio padre. Allorché, in qualche momento della giornata che ero solita trascorrere con lui, la sua assenza opprimente mi toglieva il respiro fino all'attacco d'asma, la mia coscienza risuonava muta e inintelligibile di significati.

In quei mesi non mi chiesi mai dov'era Francesco, e se qualche volta la sua immagine compariva dinanzi ai miei sensi aggirando tutte le difese e finanche quella estrema della malattia, egli si trovava sempre nella casa di Tripoli. Da quel luogo di felicità, mi si mostrava afflitto e senza consolazioni e, se provava a tendere le braccia per stringermi a sé, vedevo i suoi polsi chiusi nelle manette e avevo orrore di continuare a guardarlo. Allora egli si dileguava in fretta, lasciandomi tremante di commozione. Non riuscivo a spingermi oltre questa immagine, e il resto della sua vita era uno spazio senza punti di riferimento dove mi rifiutavo di entrare. Perciò, quando con molta cautela, mia madre cominciò a dire che bisognava scrivere a Francesco, io rimanevo apatica come se non avessi sentito. Allora mi prendeva fra le braccia e, sistemandomi i fiocchetti sulla testa, diceva dolcemente che Francesco attendeva una letterina da me. Non rispondevo, e Anita si turbava come se il mio sguardo severo la stesse accusando di mentire. "Non mi credi?" diceva dispiaciuta. "Pensi che Francesco non ha bisogno di sapere che tu gli vuoi bene?" domandava incalzante. Io tacevo e speravo che non continuasse. Da quando avevo avuto il primo attacco d'asma, mia madre aveva paura di qualunque avvenimento, e non appena il mio viso si faceva più pallido e gli occhi si spalancavano alla ricerca di aiuto, si precipitava a combattere i segni del male.

Per alcuni mesi scrisse a Francesco da parte mia, ed egli ricevette alcune letterine dove Anita imitava la grafia analfabeta della infanzia. All'inizio si limitò a scrivere frasi di mero saluto, con l'aggiunta di qualche notizia sulla mia salute; Anita non aveva né il dono né il vizio della fantasia e la sua mente sfuggiva agli intrighi e alle menzogne. Mio padre rispondeva a quelle brevi missive con lettere lunghissime e – non fosse stato che non poteva spedirne più di quattro al mese – ci avrebbe scritto tutti i giorni. Egli aveva deciso di indirizzare a me le uniche lettere che poteva inviare, e che dalla nostra casa si doveva dipanare la rete dei legami con il resto della famiglia.

Due volte al mese, solitamente il sabato, veniva a trovarci Giuppina; giungeva davanti alla nostra porta con il fiato grosso e un fazzoletto sulla testa. Da quando avevano arrestato il fratello le venivano terribili emicranie e non poteva mettere il naso fuori di casa con il capo scoperto. Con mia madre parlavano sommessamente e a tratti sentivo un accento più acuto di Giuppina che mi faceva sobbalzare; io mi tenevo lontana e se una delle due mi chiamava, non rispondevo. Leggevano le lettere di Francesco mentre bevevano il caffè e mangiavano qualche biscotto; poi Giuppina piangeva un poco mentre mia madre si accertava che io non sentissi, e infine mi venivano a cercare. Allora Giuppina mi diceva che l'estate prossima saremmo andate a Lourdes e che la Madonna, di cui era devotissima, ci avrebbe fatto tutte le grazie di cui avevamo bisogno.

Un giorno Giuppina giunse a casa nostra e si appoggiò al campanello lasciandolo suonare finché non ci precipitammo ad aprire; era talmente contenta che mi spaventai e quasi non mi bastavano le forze per ascoltare le novità che portava. "È arrivato!" disse mostrando una busta color crema con delle righe nere. "È arrivato il permesso!" ripetette consegnando la lettera in mano ad Anita.

"Quando?" domandò mia madre aprendola velocemente.

"Stamattina!" rispose Giuppina soddisfatta. "Possiamo andarlo a trovare due volte al mese nel giorno che decidiamo noi, tranne il lunedì mattina e la domenica pomeriggio."

"E quanti permessi hanno concesso?" chiese mia madre cercando febbrilmente nei fogli.

"Tutti quelli che abbiamo chiesto per i familiari: Tripoli, i miei fratelli, zia Peppina, io..." Si interruppe guardandomi con malizia: "Tutti quelli che si chiamano D'Auria: tu come ti chiami Chiaretta?" mi domandò allegra.

"Chiara D'Auria," risposi stordita, e tuttavia indovinando quello che accadeva.

“Puoi andare a trovare Francesco!” disse mia madre prendendomi in braccio. “Puoi andarci già sabato prossimo.”

La prima volta che andai da Francesco era una mattina di ottobre, e io avevo cominciato da qualche giorno ad andare a scuola come uditrice. Quando Anita aveva chiesto se mi sarebbe piaciuto imparare a scrivere, avevo acconsentito con la stanchezza di chi sospetta molto più faticoso opporsi. La mattina stentavo a svegliarmi perché le giornate autunnali iniziavano grigie e immote, e nel cielo volavano bassi i pochi uccelli stanziali. Aprivo gli occhi, accarezzata da mia madre, e avrei voluto subito richiuderli. La fatica di quei risvegli si accresceva un giorno dopo l’altro, e a volte piangevo un poco, come per un capriccio di bambina. La scuola era proprio di fronte a casa e l’orario di ingresso era annunciato dal suono di una sirena che si sentiva in tutto il paese. In classe ero la più piccola e non avevo neanche il grembiule; la maestra mi teneva seduta vicino a lei e a volte mi prendeva in braccio suscitando l’invidia delle altre. Non mi divertivo affatto e avrei preferito rimanere a casa con Rosina: lei a scuola c’era andata solo fino alla terza elementare, eppoi aveva buttato via anche la cartella. Voleva fare la sarta e cucire bellissimi vestiti e, quando sarebbe stata signorina, voleva andarsene dal paese.

La mattina che partimmo per andare da mio padre la sirena della scuola aveva suonato da poco, e noi aspettavamo che Sciarmano ci venisse a prendere per portarci al bivio di M. Nel luogo convenuto trovammo Giuppina infreddolita e agitata; era arrivata da più di mezz’ora perché non aveva preso il postale, ma il passaggio in macchina di un paesano. La notte non era riuscita a dormire, e aveva passeggiato in cucina dopo che i suoi continui sobbalzi nel letto avevano innervosito il marito. “Alfonso Gregante è uno scémo che non capisce nulla!” diceva aggiustandosi sul sedile posteriore della macchina e scartando un pezzo di cioccolata per me. “Tieni! L’ho rubata al bar di mio marito.”

Poi tirava fuori dalla borsa certi dolcetti secchi alle mandorle che piacevano molto a mia madre.

Quando giungemmo a S.A., Sciarmano domandò a un passante dove si trovava il carcere; parcheggiammo in un stradina laterale perché era vietato avvicinarsi alle mura del carcere. A quel punto, Anita me lo aveva spiegato già la sera prima, solo Giuppina e io saremmo entrate a incontrare Francesco. “Mi raccomando!” sussurrò baciandomi lievemente.

La porticina alla quale bussammo ci fu aperta da un giovane militare con la faccia da contadino che suscitò subito le simpatie di Giuppina. Come fosse uno dei comparielli della sua strada, si fece aiutare a portare dentro i pacchi destinati a Francesco. Poi lo interrogò senza timidezze, guidata dalla convinzione che dovesse essere il figlio di qualche conoscente o, addirittura, di un nostro parente. Né l'una né l'altra cosa si dimostrarono vere; tuttavia, quella valanga di domande affettuose e un poco intriganti avevano rallegrato il giovane: un buon figlio che da quando faceva la guardia carceraria poteva vedere la famiglia solo una volta al mese e ne sentiva la mancanza.

"Da quanto tempo lavori qua?" aveva chiesto Giuppina per completare la sua indagine. "Da venticinque giorni," rispose il giovane. Giuppina pensò che il fratello era prigioniero da quasi tre mesi e che non si erano visti neanche una volta, e gli occhi le si riempirono di lacrime. "Vuoi che porto i saluti alla tua famiglia?" domandò improvvisamente. "E come? Lo potete fare?" "Ma sì," rispose Giuppina infervorata, "vado apposta a casa tua!"

Poi ci chiamarono da una specie di altoparlante interno e, mentre i nostri pacchi entravano da una porta, noi entrammo dall'altra. Due donne, vestite come la bidella della scuola, ci dissero di toglierci i soprabiti e ci perquisirono dalle spalle fino nelle scarpe. Giuppina, mentre sentivo sui vestiti il passaggio indifferente delle loro mani, era emozionata e non smetteva un attimo di parlare rivolta a me. Infine, ci fecero entrare in una stanzetta interna che prendeva luce da un corridoio. L'abitacolo era diviso quasi a metà da un muretto alto un metro, sopra al quale era costruito alla meglio, alla maniera di certi uffici postali, una specie di divisorio di legno e vetro che lasciava guardare dall'altra parte. C'era un'unica sedia e Giuppina si sedette prendendomi in braccio. Mio padre arrivò dal corridoio, come se a guidarlo da noi fosse stata la luce.

Era la prima volta dall'arresto che lo vedevo con le sue care mani libere. Questa ritrovata felicità mi sembrò tanto grande che non soffrii dei nostri corpi separati.

"Ti abbiamo portato anche le maglie di lana," disse Giuppina che faticava a non scoppiare in lacrime. "Te le manda nostra zia Peppina, ha tanto insistito! Sempre uguale quella donna, ogni volta bisogna litigare per lasciarle a casa i pacchi che prepara..."

"Chiara," domandò mio padre, interrompendo le chiacchiere della sorella, "stai andando a scuola per imparare a scrivere? Stai diventando grande!" disse con dolore improvviso, senza aspettare che rispondessi. Poi promise che prima che avessi imparato a scrivere perfettamente, sarebbe tornato a casa a farmi fare i còmpiti. "Tripoli che dice?" si rivolse alla sorella. "Quando è stato fissato il processo?"

"Dopo Natale," rispose Giuppina soffiandosi il naso.

"È sicuro?" la incalzò Francesco.

"Al massimo possono arrivare fino a febbraio..."

"Giuppina!" la supplicò mio padre. "Ogni giorno che passo qua dentro è una ingiustizia in più che patisco... Diglielo a Tripoli che voglio uscire presto! PRESTO!"

Si fermò raggiunto dal mio silenzio; allora mi baciò ripetutamente il palmo della mano.

Nelle mani della giustizia

La prima a chiedere notizie di Francesco, quando tornavo dalle nostre visite, era mia madre; dopo l'arresto non faceva mistero della convinzione che egli fosse caduto in una terribile trappola, e che molto presto la sua innocenza sarebbe apparsa evidente agli occhi di tutti. In questa sicurezza la sosteneva anche Sciarmano, il quale continuava a ricostruire i fatti meticolosamente e si era persuaso che Francesco non avrebbe mai potuto compiere il furto di cui veniva accusato. In un unico caso poteva essere colpevole: se fosse stato un inguaribile imbecille, e questo Sciarmano non lo credeva.

Il problema, tuttavia, entrambi ne convenivano anche con Giovanni Cantalupa – che era testimone a favore nel processo contro mio padre e che veniva a trovarci quasi tutti i giorni – era che non riuscivano ad avere una sola prova della sua innocenza, e che l'intreccio dei fatti si prestava a molti equivoci. "L'unica soluzione," diceva Sciarmano, "è trovare i ladri: capire chi può essere stato a fare il furto. E per fare questo bisogna sperare che commettano un errore nella vendita del grano... Lo dovranno vendere prima o poi!" concludeva fiducioso, guardando i volti scontenti degli altri due. "Che fanno, se lo tengono per tutta la vita? Fino a ora non l'hanno venduto..."

"Ma chi ve la dà questa sicurezza," ribatteva piccato Cantalupa, "magari l'hanno già venduto al Nord; oppure se lo sono diviso fra quei cafoni che partecipavano alla fiera e che, come niente, sono tutti d'accordo..."

“No,” diceva Sciarmano, aspirando tranquillo dalla sigaretta, “non ci credo. In questa faccenda uno solo aveva interesse a fare il furto. Se proprio vogliamo esagerare potevano essere due o tre, e comunque tutti di un solo gruppo che ha colpito a spese degli altri...”

Naturalmente Cantalupa era d’accordo con queste osservazioni di Sciarmano e lui stesso le aveva pensate per proprio conto, tuttavia non voleva dargliela vinta tanto facilmente solo perché era il genero di Faluccia. “A ogni modo,” si ostinava, “non possiamo escludere che il grano sia stato già venduto, e che chi lo ha acquistato sia un forestiero o qualcuno che non potremo mai scoprire!”

“Eh,” sospirava mia madre, “non penso che si faranno scoprire da noi! È gente astuta e senza scrupoli: gli hanno messo perfino la refurtiva in casa!”

“Appunto!” diceva Cantalupa tutto contento che le riflessioni fossero cadute su un elemento che lo riguardava personalmente. “Questo fa supporre che il furto lo abbiano fatto dei paesani; gente che sapeva come si svolge la vita di Francesco e che ha potuto operare indisturbata, senza suscitare il sospetto dei vicini nella strada!”

Ma anche su questo punto c’era molto da discutere, perché chi era entrato in casa di Francesco aveva forzato la porta come se non sapesse di poterla aprire con una semplice spinta. Va bene, si dicevano l’un l’altra, ma questo non dimostrava nulla: magari faceva parte del piano per confondere le indagini. Discutevano così per molte ore, come se potessero risolvere l’intero mistero seduti al tavolo della nostra cucina: io li ascoltavo mentre giocavo per mio conto e le loro confabulazioni mi rassicuravano, come se non potesse accaderci più niente di male.

La sera, nel letto, mia madre chiedeva se Francesco avesse espresso qualche desiderio particolare. Anita aveva preso l’abitudine di aggiungere un proprio pacco alla scorte che i parenti gli portavano; di solito si trattava di leccornie con cui le mogli dei contadini pagavano un parto o un consulto. Sempre più spesso, prima di riporre nella dispensa gli svariati pagamenti in natura che le giungevano dalle sue assistite, mia madre mi diceva sorridente: “Questo lo diamo a Francesco!”.

Dopo la prima visita in carcere, non veniva più ad accompagnarmi, e una volta al mese Sciarmano mi lasciava al bivio dove Giuppina aspettava. Andavamo a trovarlo noi due sole, e questo corrispondeva al desiderio di mio padre di incontrarmi lontana dalla confusione del resto della famiglia. Diceva che le nostre visite erano le uniche che non lo facessero infuriare o che non lo spingessero nella depressione; ogni volta che incontrava Tripoli, invece, non poteva fare a meno di litigare e di affliggersi per le accuse che il padre gli rivolgeva. Giuppina lo consolava perché finalmente il processo era stato fissato per il cinque marzo, un lunedì mattina. Era ora! rispondeva Francesco sempre più di malumore, quando si fossero decisi a processarlo sarebbero già trascorsi sei mesi dall'arresto.

Da quegli incontri riemergevo senza alcuna coscienza dolorosa del luogo dove Francesco era costretto, come se, nella mia mente infantile, egli si fosse trasferito a lavorare in un posto dal quale non poteva venire a trovarmi. Soltanto quando si avvicinava il giorno della visita, sentivo salire una inquietudine convulsa; allora divenivo sbadata, come se tutta la mia attenzione fosse rivolta a un'unica attesa. In quelle condizioni, mi accadeva di avere potenti crisi respiratorie, e tuttavia esse non mi facevano più paura, quasi che in me si andasse sviluppando una pazienza diligente verso il mio male. Una sorta di mansuetudine che si scontrava con l'angoscia di Anita, e che la esasperava, per l'intuizione insopportabile che mi fossi rassegnata a essere malata. Allora provò a tenermi segreto il giorno della visita, ma presto dovette constatare che la sua omissione era vana: guidato da un istinto inspiegabile, il mio male sapeva quando era giunto il momento.

Tripoli aveva trovato per il figlio quello che, secondo il suo giudizio insindacabile, era il miglior avvocato della regione.

Si trattava di un vecchio leguleio, Armando Licàta, noto per l'astuzia con cui vinceva tutte le cause che gli erano affidate. Mentre Francesco tentennava, senza sapere decidere se, per uscire dal carcere, bastasse un avvocato onesto o ci volesse una volpe, Tripoli era stato irremovibile. Anche alla fine, quando il figlio lo aveva supplicato affinché si rivolgesse a un difensore la cui fama non fosse quella del brigante rotto a tutti gli intrighi, quello non aveva voluto saperne. Litigavano un colloquio dopo l'altro e, ogni volta che andava a trovarlo, Tripoli lo informava degli incontri avuti con Licàta, e di come quello fosse certo che Francesco sarebbe stato fuori molto presto.

Mancavano quindici giorni al processo e Francesco ancora non aveva accettato di incontrare il suo avvocato. Giuppina, inviata da Tripoli per convincerlo a non perdere altro tempo, gli parlava continuamente di Licàta. "Scémo," gli diceva amorevole, "allora non vuoi capire! Ci troviamo in mezzo a una banda di disonesti, di farabutti senza scrupoli!... Ma tu credi che sono tutti come noi? Gli unici scémi siamo noi, e vedi bene che fine abbiamo fatto..."

A questo punto si metteva a piangere, e Francesco le diceva che se doveva fare così era meglio che se ne andasse e che non tornasse più.

Alla fine si decise a incontrarlo. Era un giorno piovoso verso la fine di febbraio e Francesco aveva capito definitivamente che questa volta Tripoli avrebbe fatto di testa sua e che era tardi per prendere un'altra decisione. Aveva appena ricevuto una lettera di Giovanni Cantalupa, che gli scriveva di farsi coraggio perché la malasorte stava per terminare, ed era propenso a credergli.

Perciò, quando entrò nella stanzetta dove l'avvocato lo stava già aspettando e vide una specie di mangiafuoco con le pupille roteanti sotto due mazzi di ciglia arruffate, non pensò che avrebbe potuto fare la fine di Pinocchio, e la forza invadente che emanava dall'altro lo fece sentire in buone mani. Che Tripoli abbia ragione, accondiscese mentre sedeva di fronte all'omone.

"Dunque," esordì quello tuonando, "è chiaro che per un avvocato che si rispetti il proprio cliente è sempre innocente o vittima di una congiura...Tuttavia, voi mi capite," ammiccò con aria comprensiva, "l'avvocato è come il confessore: deve sapere TUTTO! Perciò," continuò accendendosi un mezzo sigaro e accomodandosi alla meglio sulla sedia che non lo conteneva, "voi mi dovete dire per prima cosa tutta la verità sul furto."

"Volete sapere se sono innocente?" domandò Francesco, a cui quella premessa era sembrata un inutile salamelecco.

"Uahahah!" rise l'altro come se avesse ascoltato una barzelletta. "Se siete innocente? Cosa volete che me ne importi se siete innocente: è molto più difficile dimostrare l'innocenza di un innocente che difendere un colpevole... Io mi auguro che voi siate colpevole: COLPEVOLISSIMO! Quello che mi interessa sapere," continuò roteando gli occhi per assicurarsi che nessuno li ascoltasse, "è se pensate che qualcuno vi abbia visto; se ci sono testimoni che abbiano assistito al furto di cui siete accusato e che possano riconoscervi. Se insomma," concluse soddisfatto, "ci dobbiamo aspettare qualche colpo basso."

Francesco avrebbe voluto che la terra lo inghiottisse, o che almeno fulminasse Tripoli nel luogo dove si trovava in quel momento. In un attimo comprese che sarebbe stato inutile qualunque tentativo per mutare le convinzioni dell'avvocato. Atterrito dalla piega che avevano preso i fatti, rispose che nessuno aveva visto niente, e pensò con amarezza che stava dicendo la verità anche mentre rispondeva a una domanda assurda. "E ditemi, conoscete quelli che hanno portato la refurtiva a casa vostra?"

Francesco credeva di impazzire; il suo difensore lo immaginava addirittura capace di tessere doppie e triple trame.

"No," rispose avvilito. "Ma allora," domandò l'altro fumandogli sulla faccia, "per quale ragione il vostro fazzoletto si trovava in uno dei sacchi? Capite," continuò comprensivo, "io ho bisogno di conoscere esattamente la dinamica delittuosa."

Mio padre fu giudicato colpevole e condannato a quattro anni di carcere da continuare a scontarsi nell'istituto di pena di S.A. A perderlo definitivamente fu la testimonianza di uno dei guardiani di Rocco Gessano, che giurò di avere visto un uomo aggirarsi intorno al consorzio nella notte in cui avvenne il furto, e di avere visto in seguito le luci di un camion che si allontanava. Quando Licàta gli chiese perché, se aveva avuto il sospetto che stessero rubando al consorzio, non avesse dato l'allarme, il guardiano rispose che era troppo stordito dal vino per reagire e che la mattina dopo neanche ricordava più l'episodio. Gli era tornato alla mente solamente dopo qualche giorno, e questa era la ragione per cui si era deciso a parlare solo ora.

Alla domanda se avesse riconosciuto l'uomo che si aggirava intorno al consorzio, il guardiano rispose riluttante che era ubriaco; che poteva sbagliarsi e che non voleva rovinare nessuno.

"Avete o no riconosciuto l'uomo che si aggirava quella notte intorno al consorzio?" domandò spazientito il pubblico ministero.

"Sì e no," rispose il guardiano senza risolversi a una posizione definitiva.

"E allora?" tagliò corto il giudice.

"Mi è sembrato Francesco D'Auria."

Nemici invisibili

Per più di un anno dopo il processo, e mentre riempivo i quaderni con enormi caratteri dell'alfabeto, non fui in grado di scrivere da sola a Francesco, e Anita guidava la mia mano nella composizione dei pensieri amorevoli che dovevano giungergli da me.

Solitamente scrivevamo il sabato sera, poiché la mattina di quello stesso giorno giungeva la lettera di Francesco. Anita si attardava in casa finché il postino passava fischiando nella strada e gridava: Posta per D'Auria! Allora scendeva le scale e giungeva veloce sul portone, in tempo per riceverla nelle sue mani. Se era costretta a uscire prima che quello arrivasse, rincasava non appena poteva per l'urgenza di aprirla. Poi si sedeva davanti al balcone che dava sulla strada e leggeva i fogli avidamente, cercando in essi le nuove della vita di Francesco. Nella prosa copiosa con cui egli raccontava ogni minuto pensiero – come si fa con un diario a cui si torna nei diversi momenti della giornata – mia madre cercava, primi fra tutti, gli indizi delle sue condizioni; indagava se avesse ceduto o se, nonostante l'infelicità della prigionia, l'animo e il corpo gli reggessero alla prova. Solo dopo essersi assicurata che gli attacchi lancinanti dell'ulcera, che era comparsa nei giorni del processo, non fossero tornati a dilaniarlo, si abbandonava sulla poltrona e rileggeva con calma un foglio dopo l'altro.

Quando veniva a prendermi all'uscita della scuola parlavamo delle cose che avevo imparato; poi diceva che avremmo dovuto ricordarci di raccontarlo a Francesco nella prossima lettera, in risposta alla sua che ci aspettava a casa. A volte, raramente in verità, la lettera non giungeva di sabato e slittava crudelmente al martedì o al mercoledì successivi; allora mia madre si impensieriva e consultava Sciarmano. Insieme facevano alcune supposizioni fra le quali non disdegnavano di considerare anche la più ovvia, e cioè che si trattasse di un semplice ritardo; tuttavia essi non liquidavano con facilità nessuna preoccupazione perché ormai si erano fatti sospettosi verso la sorte di Francesco.

Altre volte, invece, le lunghe lettere che egli scriveva, erano attraversate da spessi segni neri, che annullavano interi ragionamenti, e rendevano incomprensibile la lettura della missiva. A colpi di accetta, e con l'ausilio di un timbro con la scritta VISTO, periodicamente qualcuno infieriva su quei poveri fogli e ne cancellava i pensieri. Poiché questa censura appariva e scompariva secondo l'ùzzolo di qualche malvagio sorvegliante o secondo un imprevedibile caso, Sciarmano e Anita si chiedevano con insistenza se questo crudele controllo venisse esercitato solo a volte o se, fra i suoi addetti, vi fosse qualcuno più feroce degli altri. Nel tentativo di ricomporre dal saccheggio le cose che Francesco aveva scritto, essi leggevano e rileggevano la missiva e rimanevano lungamente a pensare a quali preghiere, richieste o minacce potessero riempire quei neri vuoti. Allora prendevano la copia dell'ultima lettera che Anita aveva spedito a mio nome, e cercavano in essa una traccia che conducesse a scoprire le ragioni della censura. Ma le mie letterine infantili, seppure a suggerirmele e a guidarmi fosse mia madre, erano prive di qualunque malizia, e neanche nascondevano cose diverse da ciò che candidamente contenevano: non c'erano parole in codice né esclamazioni incomprensibili, né le dichiarazioni sibilline che, in seguito lo apprendemmo, riempivano la corrispondenza di molti detenuti. Forse, a insospettire i sorveglianti, era proprio l'eccessiva innocenza delle nostre missive; quel candore infantile che non trovava giustificazioni alla propria esistenza in un luogo dove il dolore e la disillusione erano i padroni.

Dopo avere escluso che l'origine della censura potessimo essere noi, mia madre e Sciarmano decidevano che doveva trattarsi di informazioni o messaggi in risposta a Tripoli e alla famiglia dei D'Auria. Allora Anita si chiedeva preoccupata se faceva bene ad aspettare che Giuppina venisse a trovarci per proprio conto, o se era meglio che andasse lei stessa a mostrarle la lettera e a verificare che non avesse altre informazioni. Normalmente Giuppina non sapeva nulla e cadeva dalle nuvole, atterrita da ogni piccola novità. Se mia madre avanzava il sospetto che ci fosse qualche questione che loro non conoscevano e di cui era responsabile Tripoli, lei cominciava a gridare che era vero senz'altro; che suo padre era un disgraziato e aveva rovinato il fratello.

Scrivere a Francesco quando le sue lettere giungevano con i terribili segni della censura, non era come le altre volte. Mia madre, soprattutto, temeva di sbagliare; catturata da una soggezione che la rendeva maldestra, cominciava a scrivere, e dopo poche righe, a volte solo dopo "Caro Francesco", mi guardava perplessa come se avessimo dovuto incominciare diversamente. Strappava il foglio appallottolandolo con furore e ne prendeva un altro dove ricominciava dopo un attimo di pausa; caro papà, scriveva questa volta, come se il legame che questa parola svelava allo sconosciuto censore dovesse bastare da sola a limitarne la prepotenza e la perfidia. Dopo questo inizio destinato a fare giustizia su ogni altro sospetto, mia madre si fermava pensosa e non si decideva a continuare. "Che dici Chiaretta," domandava chiedendomi aiuto, "gli raccontiamo che Giuppina è venuta a trovarci?"

Scopriva, allora, che c'erano tante cose che dovevamo dirgli; da Tripoli a donna Peppina, per finire al suo avvocato, tutte le cose che aveva sentito in quelle ore, o perfino nelle settimane precedenti, e a cui non aveva neanche prestato attenzione, le sembravano d'un tratto insieme pericolose e indispensabili. Era come se l'oscena brutalità della censura, la facesse precipitare in una consapevolezza più acuta e reale dello stato in cui Francesco si trovava, e la rendesse colpevole di esso al pari degli altri. Quando, dopo molti dubbi, la lettera era stata scritta, la sottoponevamo al giudizio di Sciarmano che ascoltava assentendo mentre si accarezzava i baffi. Tuttavia, nonostante gli sforzi e i diversi tentativi che facemmo per impedire l'intervento della censura, nessuno di essi risultò valido: periodicamente ricevemmo lettere che ci precipitavano nel dubbio.

Mio padre, nelle numerosissime missive che ricevemmo da lui, non se ne lamentò mai, come se le nostre lettere non fossero neanche state aperte, o come se la scrittura infantile che le aveva tracciate fosse, anche per gli invisibili nemici, una soglia invalicabile di innocenza.

Come ho già detto, una volta al mese Giuppina e io ci recavamo insieme a trovare Francesco. Ci incontravamo al bivio nel solito modo, e aspettavamo il postale che andava a S.A. Il conducente, un ometto allampanato che fumava nazionali senza filtro e accompagnava le curve con potenti colpi di tosse, ci salutava mentre faceva i biglietti. "Siamo di turno?" domandava ammiccante, e Giuppina gli rispondeva secondo l'umore della giornata. A viaggiare con noi c'erano sempre alcuni pendolari, impiegati o studenti che si recavano chi al lavoro chi a scuola, con i quali scambiavamo un cenno di saluto e qualche battuta; altre volte l'autista si fermava nel bel mezzo della strada bestemmiando allegramente e apriva le porte per fare salire certi contadini che tornavano dalle campagne dove lavoravano a mezzadria. Durante il viaggio mangiavamo qualcosa, in genere i dolcetti che Giuppina portava dal bar, ma dopo un poco l'aria si riempiva dell'odore intenso del pane con la frittata o dei peperoncini sott'olio mescolati alle verdure. Se mi voltavo a guardare i contadini, essi mi sorridevano con la bocca piena di cibo, e pulendosi con le mani domandavano cerimoniosi: "Volete favorire?".

Giungevamo a S.A., capolinea della corsa, con il postale svuotato; solo a volte scendevano con noi altri familiari di detenuti, e, sebbene non li avessimo mai visti, li riconoscevamo alla prima occhiata. Ci salutavamo con timidezza, un poco vergognosi di sapere tante cose gli uni degli altri, e ci incamminavamo separandoci in fretta, anche se andavamo nella stessa direzione. Dopo il processo, i colloqui con mio padre erano cambiati; per quella strana incongruenza che sembra governare la vita delle carceri, quando era stato giudicato colpevole egli aveva cominciato a godere di libertà e favori negati a chiunque, in quelle istituzioni, sia soltanto un innocente in attesa di giudizio. Dei due colloqui al mese che gli spettavano, uno poteva svolgersi in particolari condizioni di agio: così, adesso Francesco ci riceveva in una stanzetta dove nessuna separazione divideva le nostre persone dalla sua, e poteva tenermi in braccio per tutta la durata del colloquio. Giuppina, che stava seduta accanto a noi, non smetteva un attimo di parlare e si interrompeva soltanto per baciare il fratello rumorosamente e per domandargli se si sentiva bene, poiché quella era l'unica cosa importante che ci restava da salvare. Una volta, trascinata da una specie di buonsenso consolatorio che la invadeva quando lo incontrava e doveva farsi una ragione dell'ingiustizia patita, disse: "Quattro anni di carcere passano presto". Il risultato di questa leggerezza, dettata solo dal cuore e dall'amore fraterno, fu una scena terribile; la guardia che piantonava la nostra stanzetta, e che assisteva abitualmente ai drammi dei detenuti e delle loro famiglie, entrò per porre fine alle grida, minacciando che non ci sarebbe stata mai più l'autorizzazione per un colloquio speciale com'era quello.

Lo schiaffo e altri intrighi

D'improvviso il sottosegretario P. convocò Tripoli segretamente per informarlo che Rocco Gessano gli aveva chiesto di incontrarlo nei suoi uffici di Roma. "E allora?" aveva risposto Tripoli col cuore che gli scoppiava per la rabbia. "Tu sei molto occupato e non puoi riceverlo..."

Ma, obiettò il sottosegretario, dopo la condanna di Francesco si era trovato in un certo impaccio, e anche Tripoli doveva rendersi conto che ascoltare poteva essere conveniente.

Così avevano saputo che Rocco Gessano voleva che il lavoro iniziato da Francesco D'Auria non andasse perduto, e che l'ufficio che si era riaperto, grazie all'interessamento sincero del sottosegretario P., non chiudesse per sempre i battenti. C'era tanto bisogno di promuovere quelle zone, aveva detto Gessano al sottosegretario citandogli le sue stesse parole come fossero un versetto della Bibbia, e non era giusto che a causa di qualche disonesto, un progetto importante finisse nel nulla.

"A un politico come voi," aveva concluso insinuante, "non può fare piacere che la gente lo sospetti ingiustamente di avere sostenuto una persona piuttosto che gli interessi di tutti!..."

Il sottosegretario aveva annuito senza parlare, aspettando che

Gessano dicesse finalmente la ragione per la quale stava davanti a lui; stranamente, quando era giunto al punto cruciale, il discorso si era fatto più confuso, come se gli mancasse il coraggio di concludere.

P. si era goduto quel panico con l'intima soddisfazione di ritornare in possesso del proprio potere dopo essere stato per qualche momento alla mercé di un ricattatore. Godeva aspettando che l'altro parlasse, e rigirava nelle mani un tagliacarte di ottima fattura; un oggetto d'argento che gli avevano portato da un paese orientale. Infine Gessano riuscì a dire che conosceva qualcuno che avrebbe potuto prendere il posto di Francesco D'Auria. "È un vostro parente?" domandò il sottosegretario. "Oh," fece l'altro imbarazzato, "è il figlio di mia sorella... Ma," aggiunse frettoloso, "non è per questo che ve lo raccomando: è perché è proprio un buon ragazzo, sincero e onesto..." "Voi non avete figli?" si interessò il sottosegretario mentre firmava alcuni documenti che aveva sul tavolo. "Solo femmine..." rispose Gessano sospirando. "Ah!" fece il sottosegretario condividendo il disappunto dell'altro. "Va bene!" disse dopo avere pensato un poco, il tempo che Gessano friggesse di impazienza sulla sedia.

Quando le mire di Rocco Gessano furono chiare, Tripoli decise di andargli a parlare, con la convinzione che lo avrebbe fatto recedere in men che non si dica. Solo un pazzo poteva pensare di servirsi dell'amicizia di Tripoli con il sottosegretario, e solo un profittatore scellerato poteva strappare a suo figlio un impiego che gli era costato la libertà.

Tripoli affrontò Gessano nella sua stessa casa, sicuro che la sua apparizione nella stanza dove quello prendeva il caffè insieme al resto della famiglia, lo mettesse in soggezione. Non fu così: sembrava proprio che lo stessero aspettando, e che quell'incontro fosse l'ultimo atto di una recita provata lungamente. Tripoli avanzò in mezzo a numerosi parenti che gli sorridevano benevoli, quasi fosse un vecchio amico e, prima che potesse riprendersi dalla sorpresa, si trovò seduto fra loro con un bicchiere di vino rosso in mano. Gli chiesero se aveva mangiato e lo pregarono di accettare almeno un dessert; un pezzo di pizza rustica o due biscotti con le noci. Tripoli faticava a respingere le offerte cortesi che gli giungevano e, in mezzo a quella inaspettata accoglienza, cercava Gessano per leggergli l'infamia nello sguardo. Ma Gessano, nonostante gli dovessero essere giunte le voci dell'ira di Tripoli, era anch'egli felice di vederlo e nel suo volto rubizzo splendevano due gote accese di vino. "Come sta vostro figlio?" domandò qualcuno dei parenti, ma

Gessano rispose che Francesco D'Auria stava come un ottimo giovane. Poi si scusò con i presenti se si allontanava, ma doveva parlare in maniera riservata con Tripoli. "Ho sentito dire che ce l'avete con me," abbordò subito l'argomento con tono benevolo. "Vi posso capire," continuò, "anche io al posto vostro sarei in collera. Tuttavia voi dovete capire me, perché se foste stato al posto mio avreste fatto la stessa cosa."

Tripoli non si aspettava una simile, spontanea, ammissione e, per un attimo, non seppe più che cosa dire. Ogni energia lo aveva abbandonato e si sentiva sciocco e irragionevole come un ubriaco che si ostini a discutere. Inghiottì, sentendo la gola farsi secca, e si passò una mano nei capelli. "Ma il sottosegretario è mio amico!" ascoltò dire alla propria voce, senza poterla fermare. Accidenti, pensò, sono proprio un fesso!

"Lo so, lo so," fece quell'altro, "proprio per questo non credo che lo vogliate rovinare!"

Ma che dice questo mascalzone, si domandò Tripoli mentre la rabbia cominciava a restituirgli le forze. "Vedete," continuava Gessano, prendendolo a braccetto come fosse un vecchio amico, "il sottosegretario stava facendo una brutta figura con tutti quelli che hanno partecipato alla fiera: la disgrazia di vostro figlio ha messo un triste marchio anche su lui..."

"Ah maledetto! Ah profittatore!" pensava Tripoli mentre gli tornavano alla mente tutte le ragioni per le quali era venuto ad affrontare Gessano. "Adesso capisco: magari ora mi spieghi che mi hai fatto un favore e che ti devo essere grato perché hai salvato il mio vecchio amico P. Ah, ma ce ne sono al mondo di farabutti, ma tu non sai chi è Tripoli, io te la faccio pagare insieme a tutti quelli della tua razza!"

"Capite?" La voce persuasiva di Gessano lo raggiunse toccandogli il punto più sensibile dei nervi.

"PORCO!" ringhiò Tripoli, liberando il proprio braccio dalla stretta dell'altro e chiedendosi come avesse fatto a prendersi tanta confidenza senza che lui se ne accorgesse. Temette di essersi comportato ambiguamente, e di avere ceduto alle lusinghe del suo nemico senza volerlo. Allora si guardò la mano che pendeva dal braccio libero e colpì Gessano in faccia con tutta la forza dei suoi nervi.

"Questo è perché sei andato a disturbare quel gran signore del sottosegretario P., a cui non sei degno neanche di pulire le scarpe!" sibilò, mentre i capelli dritti gli cadevano sul viso e sentiva dentro di sé una forza spropositata; una forza tale che avrebbe potuto ammazzare con le mani nude.

Gessano era rimasto con un sorriso compiacente stampato sulla faccia, e lo stordimento per il colpo – oltre che la forza con cui gli era stato inferto – lo avevano quasi imbambolato. Perciò non si scosse neanche quando suo nipote, che doveva averli seguiti a una certa distanza e che aveva visto la scena, lo chiamò chiedendogli se aveva bisogno d'aiuto. Al suo posto rispose Tripoli, che si voltò esaltato e gli gridò che aveva proprio voglia di spaccargli la faccia. Il giovane non lo ascoltò neppure, e volse le sue attenzioni allo zio che si andava riprendendo dallo sbalordimento e gli faceva segno di rimanere dov'era. "Lascia stare," gli disse perché Tripoli potesse sentire, "la gente come lui la mettiamo a posto quando vogliamo, e con altri sistemi: noi non ci sporchiamo le mani!"

"Sì?" rispose Tripoli che si sentiva un gigante. "E quali sono i vostri sistemi?"

"Li conosci già!" rispose il nipote dal punto in cui stava.

"Li conosco già?" ripetette Tripoli, guidato solo da uno strano istinto. "Senti un poco! E com'è che li conosco già?"

"Lascia perdere," ribatté duramente Gessano lanciando un'occhiata obliqua verso il nipote. "Adesso andatevene!" si rivolse a Tripoli che li guardava insospettito, "e non mi fate chiamare i miei uomini."

"E chi chiamereste?" domandò Tripoli provando alla cieca. "Quello che vide mio figlio la notte del furto al consorzio?"

Eppoi parlando rapidamente: "Ecco, ecco come stanno le cose! Ecco chi sono i ladri: ora si spiega tutto".

Guardando Gessano come se lo vedesse per la prima volta: "Altro che un profittatore, voi siete un vero delinquente: voi, siete stato voi a fare il furto!".

"Smettetela!" disse secco Gessano. "A casa di vostro figlio c'era finanche la refurtiva!"

Eppoi accanendosi con ferocia: "È un ladro, come lo siete stato voi prima di diventare un protetto del sottosegretario. Per questo tutti hanno creduto che vostro figlio fosse colpevole: perché è figlio a voi! Cosa credete," continuò sfrenandosi, "che non sapessimo niente? Che non ci siamo informati sulla vostra famiglia fino alla settima generazione... Qua intorno c'è ancora qualcuno che si ricorda di voi e delle vostre gesta! Andate, andate dai giudici a raccontare che il furto l'abbiamo fatto noi, vediamo se vi credono!".

Tripoli tremava per l'emozione e provava solo il desiderio di andarsene per potersi mettere a pensare con calma a queste ultime scoperte. In un attimo tutto era diventato chiaro davanti ai suoi occhi, e si sarebbe preso a schiaffi per la cecità che gli aveva impedito di capire per tempo ogni cosa: eppure era tutto così semplice. Pensò che doveva avvisare subito Francesco, eppoi si contraddisse e pensò che doveva informare prima l'avvocato. Infine decise che era meglio parlarne con P. che gli avrebbe dato tutti i consigli necessari.

Ossessionato da quel pensiero, che gli sembrava sempre di più l'unica verità possibile, Tripoli ne parlava con tutti assumendo un'aria minacciosa, come se avesse già in tasca le prove della colpevolezza di Gessano. Nell'attesa di entrare a parlare con Francesco, era quasi riuscito a farsi mandare via dalle guardie senza incontrarlo: da quando aveva immaginato come stavano le cose, non provava più quella soggezione verso i luoghi di espiazione che di solito avvertono coloro che sanno di avere qualche conto aperto con la giustizia, ma sono riusciti a farla franca. Ormai, forte dell'ingiustizia subìta dal figlio (un sopruso insopportabile, che lo riscattava delle proprie antiche colpe le quali, misurate con quelle degli altri, erano bazzecole), Tripoli faceva fatica a trattenere la ribellione, e il desiderio di proclamarsi padre di un martire. Quando entrava in carcere, superando il portone laterale dal quale passavano i parenti, trattava ogni graduato come l'aguzzino del figlio, e assumeva un'aria piena di risentimento.

Ben presto qualcuno lo avvisò di non continuare a diffamare una famiglia tanto onorata, ed egli rise strafottente, come avesse deciso di continuare all'infinito. In realtà, sapeva che avrebbe dovuto smettere molto presto: glielo aveva già detto Licàta, del cui parere, dopo la condanna di Francesco, a Tripoli non importava nulla; e glielo aveva ripetuto gravemente anche l'amico P.

"Ma come," si ribellava Tripoli, "hanno rovinato la vita di mio figlio; lo mandano in galera innocente, gli rubano il posto e noi non possiamo fare nulla?!"

"Quello che conta," rispondeva il sottosegretario, "non è essere innocenti, ma sembrarlo. E comunque," concludeva, "bisogna avere le prove ed essere prudenti."

Anche Sciarmano era d'accordo con P., e si rammaricava della faciloneria di Tripoli. "Capite," diceva rivolto a mia madre e a Giovanni Cantalupa, "se continua a parlare così, i colpevoli non verranno mai allo scoperto e Francesco uscirà di prigione solo dopo avere scontato tutta la pena. E quel che è peggio," aggiungeva sospirando, "il colpevole sarà per sempre lui!"

"Ma voi non credete che abbia ragione?" domandava Cantalupa, che ci aveva riferito i discorsi di Tripoli perché aveva parlato personalmente con lui.

"Ma certo!" rispondeva Sciarmano. "Io credo che le cose siano andate come immagina Tripoli o poco diversamente. Però!" spalancando gli occhi per l'enormità della stoltezza dell'altro, "però bisogna tenere la bocca chiusa, se non si vuole che ci entrino le mosche!"

Cantalupa, a queste considerazioni di Sciarmano che egli pure aveva fatto per proprio conto, si sentiva rimescolare il sangue, e ricordava subito che Tripoli era il marito di sua cugina. "Pare facile," diceva risentito, "quando non è il sangue nostro che è stato colpito!"

Mia madre preparava il caffè, e l'aroma si spandeva per tutta la casa. "Ma chi è questo Gessano?" domandò rivolta a Sciarmano. "Lo abbiamo conosciuto alla fiera?"

"Lo conosco solo io!" risposi dal punto della stanza dove ascoltavo i loro discorsi senza parere.

Cercando i ladri

Ci sono cose della mia vita di cui non riesco a rammentarmi.

A volte vagolo da una stanza all'altra negli spazi residui della casa e mi sembra di stare cercando qualcosa che non so neppur'io cosa sia, ma che brilla come un fuoco lontano. A tratti, mi sembra perfino di essere sul punto di riannodare antichi fili, e che qualcosa che vive in me, sospeso e come in attesa, stia infine per ritrovare tutte le risposte. Non è così: inutilmente mi tendo verso luoghi e tempi dove ho praticato l'omissione, la più terribile delle colpe, e mi sforzo di riparare al vuoto della sua vendetta. Inutilmente.

Così, non ritrovo la memoria di me stessa negli anni in cui mio padre rimase in galera, e mi sembra che questa assenza colpevole sia l'origine di tutte le catastrofi. Se ripenso a quel tempo, esso mi appare come un'immensa distesa di sabbia, attraversata da tempeste improvvise. Tuttavia nessuna traccia particolare mi guida al centro dei sentimenti che si mossero dentro me, come se l'enormità degli eventi, ma soprattutto l'impossibilità che essi potessero modificarsi in virtù di un mio intervento, mi impedissero di averne. Forse si trattò di una paralisi emozionale che, per la prima volta da quando ero nata, attingeva al punto più oscuro e meschino di me; forse, invece, si trattò semplicemente della natura che oggi mi possiede e alla quale non potevo sfuggire. Non lo so.

A volte, quando neanche la follia civilizzata basta a ripararmi da me stessa e dalle risposte che non seppi trovare, sento che se potessi fermare il tempo o se qualcuno dei miei stracci avesse il potere di ricondurmi indietro, andrei a sciogliere, per me e per i miei amati, l'assurdo nodo del dolore. Quell'orrendo Moloch infanticida, quella mostruosa divinità pagana che si nutre delle nostre felicità segregate e ci inganna sul senso della vita.

C'è stato un momento delle nostre storie amorose – nella vita dei miei genitori amatissimi, nella meravigliosa corte dei parenti e delle creature che accompagnavano la mia infanzia – in cui la felicità brillava dentro ogni cosa. Essa era una piccola moneta d'oro finissimo, un raggio di luce che attraversava finanche i tormenti e si riverberava come un canto o una lunga nota dolcissima. La felicità che è prigioniera dentro di noi, e che chiede solo di essere lasciata libera, di alzarsi in volo come un angelo e di mescolarsi all'aria come il vento, circolava nelle nostre vite e si affacciava all'improvviso senza che nessuno domandasse di essa. C'è stato un tempo in cui conoscevamo il valore della vita, di questa letizia donata, di questo giubilo senza compenso, di questo tripudio dell'essere, di questa straordinaria beatitudine di esistere.

Oh, trovare le parole per evocare la grande esiliata: colei che langue prigioniera in un punto segreto di ogni essere vivente, mentre noi ci dibattiamo nel vicolo cieco del dolore! Oh, liberare dalle catene la nostra felicità!

Non c'era giorno che non parlassimo di Francesco.

Da quando Tripoli aveva schiaffeggiato Gessano, e l'eco delle sue gesta era giunta fino al paese confermata dalla vanità sconsiderata dell'autore, i miei tre arditi cospiratori si davano appuntamento a un'ora della giornata in cui erano liberi dagli impegni.

Cantalupa, che era il più libero di tutti, faceva la spola dall'uno all'altra, portando l'avviso di cambiamenti improvvisi e fissando, secondo le esigenze, un aggiornamento ai loro incontri. Quando si riunivano nella cucina di mia madre, confabulavano a mezza voce come stessero ordendo trame segretissime, e studiavano una specie di mappa colorata che Cantalupa metteva a punto con l'aiuto di Sciarmano. A un certo punto del conciliabolo di solito litigavano, e Cantalupa diceva che lui era un uomo dalla cultura così vasta da fare invidia anche a un professore; Sciarmano rispondeva qualcosa con la sua voce dai toni tanto bassi che quasi non mi giungeva all'orecchio. Immagino che gli desse volentieri ragione, e che poi continuasse a insistere sulle questioni che lo interessavano. Di mia madre sentivo giungere la risata squillante, come quella di una compagnella di giochi. Ogni tanto veniva a cercarmi nella grande stanza comune dove si aprivano tutte le porte della nostra casa e mi stampava in viso certi baci allegri che mi spensierivano. "Chiara," mi diceva, "Chiaretta di mamma!" e da tutta la sua persona mi giungevano come un calore e una complicità meravigliosi, quasi che il mondo fosse nelle nostre mani. Qualche volta, in quei giorni, mia madre faceva un mezzo giro di ballo su se stessa, e se incontrava il mio sguardo amoroso si piegava per farmi un inchino. "Bella principessa," mi diceva, "vuoi ballare con me?"

Dei suoi incontri con Sciarmano e Cantalupa non faceva parola con nessuno, e, sebbene girasse tutte le case delle assistitite e fosse continuamente provocata a rendere conto della sorte di mio padre, invece di rispondere alla domande ne aggiungeva altre, quasi che tutti i suoi interrogativi fossero senza risposta. Si dovettero chiedere in molti cosa facevano ogni giorno Sciarmano e il maestro Cantalupa a casa della mammana e perché uscissero con le orecchie arrossate e i volti congesti di chi ha lungamente discusso; ma essi si tenevano abbottonati e non fiatavano.

Un giorno che Giuppina arrivò inaspettata, avendo avuto l'occasione di un passaggio, fecero scomparire in un attimo ogni traccia del complotto. Tuttavia non mi fu mai raccomandato di tacere con Francesco; forse non ce ne fu bisogno, perché trovarono ciò che cercavano prima che io fossi tornata in carcere per un nuovo colloquio.

Una mattina, finalmente – era così presto che non ci eravamo ancora svegliate – Sciarmano e Cantalupa bussarono alla porta con discrezione, quasi con il timore di non farsi sentire. Entrarono in casa accompagnati dalle esclamazioni soffocate di mia madre e, non appena la porta si chiuse alle loro spalle, Cantalupa si lasciò cadere sulla sedia e dichiarò: "Lo abbiamo trovato". "Oh!" fece mia madre stringendosi le mani al petto per trattenere l'eccitazione. "E dove, nella masseria di Gessano?"

"No," rispose Sciarmano accendendosi una sigaretta, "quel furbone non se lo è tenuto in casa."

Eppoi, guardando Cantalupa con un certo affetto: "Ne abbiamo fatta di strada stanotte!".

"Capite," riprese Cantalupa, "stavamo quasi per tornarcene senza avere trovato nulla, quando in lontananza abbiamo visto una specie di bicocca abbandonata..." "Già," commentò Sciarmano aspirando la sigaretta con soddisfazione, "sembrava quasi un fienile! Non volevamo neanche andare a guardare..."

"Io non volevo andare, ma lui ha insistito!" precisò Cantalupa riluttante. "All'inizio sembrava che non ci fosse niente: uno stanzone completamente sfasciato... Ma poi abbiamo visto la paglia..."

"Era stata messa apposta: l'unica cosa ordinata in tutto quell'abbandono!"

"Sotto c'era un boccaporto che dà in una caverna naturale: un nascondiglio perfetto, non credevamo ai nostri occhi!..."

Mia madre, che stava versando il caffè nelle tazzine, si mise a sedere con me in braccio, e nei suoi occhi azzurri passarono rapidi guizzi di gioia. A tratti mi stringeva a sé per riflesso di una eccitazione trattenuta che le sfuggiva dalle fibre. Il suo bel viso era animato come non mi era mai accaduto di vederlo; come se una luce di fierezza lo illuminasse, e lei stesse per ergersi in piedi, sguainando una spada fiammeggiante.

"C'era il grano del consorzio," riprese a parlare Sciarmano. "Come pensavo, non lo avevano venduto!... Figuratevi," guardò allegro mia madre, "dopo quasi due anni dal furto non hanno tolto neanche le targhette!"

"E perché?" domandò mia madre insaziabile.

"Bah," rispose pensoso Sciarmano, "perché hanno avuto paura di qualcosa che non abbiamo ancora scoperto."

Rocco Gessano giurò che non sapeva niente dei sacchi nascosti in quella parte della sua proprietà, poiché l'aveva data a mezzadria per il pascolo. "Non ci vado da almeno cinque anni!" aveva ripetuto guardandosi attorno nella incredulità generale. "Non potete pensare che sia colpevole solo perché avete trovato il grano in una rocca abbandonata nelle mie terre!"

"Eh già," aveva ribattuto amaro Sciarmano, "solo Francesco D'Auria poteva essere condannato per quattro sacchi trovati a casa sua..."

"Ah," si affannò Gessano, "ma la mia proprietà è grande, ci lavora molta gente... Può essere stato chiunque a nascondere il grano in casa mia..."

"Voi sospettate di qualcuno?" domandò il brigadiere.

"No, non è questo: io non sospetto di nessuno," replicò Gessano, "era così per dire!"

Sciarmano guardava fuori dalla finestra e si chiedeva fino a quando Gessano avrebbe continuato a negare. Era un uomo che godeva della considerazione e dell'obbedienza dei suoi lavoranti, poiché mescolava, con prudenza di padrone, l'autorità che non concede diritti a una protezione generosa.

“Va bene,” sospirò il brigadiere, “se non si trova un colpevole mi toccherà arrestare voi.”

Sciarmano pensò che il brigadiere era un uomo intelligente; purtroppo quell’altro sapeva che solo il silenzio gli avrebbe permesso di dominare ancora la situazione. “Non è soltanto una questione di prove,” disse Sciarmano a alta voce. “Il fatto è,” e si voltò a guardare Gessano negli occhi, “che voi avevate ragioni molto valide per organizzare il furto: avete addirittura fatto assumere vostro nipote al posto di Francesco D’Auria... Qualunque giudice non ha bisogno di altro per condannarvi!”

“Mio nipote mangiava ugualmente,” rispose protervo Gessano. “Ha terre e beni sparsi al sole... Non aveva bisogno del consorzio, mio nipote!”

Già, rifletteva Sciarmano, è proprio così! Eppure non ha saputo resistere, ha voluto strafare: voleva mettersi in politica pure lui!

“Va bene,” concluse il brigadiere. “Vi faccio una proposta.” Gessano lo guardò sospettoso, e nella sua faccia rubizza affiorò un leggero pallore, come uno spavento che cominciava a farsi strada dentro lui. “Adesso ve ne andate a casa e ci pensate fino a oggi pomeriggio. Vi aspettiamo qua verso le cinque,” disse conciliante il brigadiere, “e ci racconterete la vostra versione dei fatti.”

In quei giorni di felicità tanto esaltante da sembrare, a tratti, aspra come un dolore, mia madre fu finalmente libera di parlare di Francesco e degli intrighi che aveva smascherato insieme a Sciarmano e a Giovanni Cantalupa. Se qualcuno le chiedeva come fosse accaduto, si stringeva modesta nelle spalle e scuoteva la chioma fulgente come a dire sùbito che il merito non era suo ma degli altri due, e in particolare di Sciarmano. “È stato così,” diceva imbarazzata, “abbiamo seguito una traccia, un sospetto... Siamo stati fortunati!” concludeva mentre gli occhi le brillavano per la contentezza. La sue risposte si componevano di un balbettìo di frasi smozzicate, mentre lo sguardo lucente parlava per lei. Se, però, le chiedevano se avesse mai sospettato della colpevolezza di Francesco o avesse avuto il timore che sua figlia potesse avere per padre un ladro, mia madre si sdegnava come per un’offesa fatta a lei stessa e affermava con decisione che non aveva mai dubitato dell’innocenza di Francesco, e che di questa non avrebbe potuto dubitare chiunque lo conoscesse. Le cose che, stretta dall’assedio della curiosità della gente, diceva per la prima volta anche a se stessa, la lasciavano turbata per l'eco che avevano nel suo animo. "Sì," ripeteva con la fierezza di chi non può più essere smentita, "Francesco non era un ladro!" e una voce più acuta dentro lei ripeteva questa frase come si ripete il ritornello di una canzone. Allora le sembrava di conoscerlo perfettamente e di potere garantire di lui, dei sentimenti che egli provava e della sua stessa vita futura, come della propria. Le sembrava che Francesco fosse improvvisamente penetrabile alla sua conoscenza e che avrebbe potuto percorrerlo fibra a fibra, come si fa con uno strumento musicale le cui note appartengano a uno spartito certo. Se ripensava al distacco gelido con cui lo aveva accolto al ritorno dalla guerra, provava disagio verso se stessa, come se a incrudelire verso un uomo tanto provato dalla vita fosse stata una parte sconosciuta di sé. Una parte nemica che non si faceva più trovare; che fuggiva vigliaccamente alle domande che avrebbe voluto rivolgerle, e che la lasciava senza risposte. La sera a letto, parlavamo di Francesco, e lei mi rivolgeva domande che mi aveva già posto in passato; adesso, però, nella sua voce c'era un tremore, come se le parole che avrei potuto dirle contenessero un senso nuovo ed emozionante, mai conosciuto prima. "È buono Francesco?" domandava per il puro piacere di sentirmi raccontare di lui. Poi rimanevamo in silenzio, ognuna con la propria gioia chiusa dentro, timorose che ci potesse sfuggire. A tratti mi abbracciava forte, come si stesse impegnando in una promessa segreta. "Parlavate di me?" domandava con leggerezza.

A volte, qualcuno più maligno fra i nostri conoscenti la inquietava con previsioni orribili sulla vita di Francesco: già temevamo che, sebbene i veri colpevoli del furto al consorzio avessero confessato e fossero stati arrestati, Francesco non sarebbe uscito dal carcere prima che quelli fossero stati condannati. Cantalupa aveva calcolato che, se le cose andavano con i ritmi abituali della giustizia, mio padre sarebbe rimasto in carcere ancora per quasi un anno e che se il giudice non gli avesse concesso la libertà provvisoria, sarebbe rimasto in galera fino alla fine del processo che lo riconosceva innocente dei reati per i quali erano stati già condannati quegli altri. Poteva anche accadere, diceva Cantalupa gonfiando il petto, che il giudice intendesse unificare i due processi, dopo averli svolti separatamente, continuando a tenere Francesco prigioniero fino a quella data. "La giustizia, si sa, può compiere qualunque misfatto!" concludeva pomposo.

Così, quando, in aggiunta alle previsioni di Cantalupa, qualcuno si spingeva a dire che Francesco avrebbe avuto la vita rovinata per sempre da una tale esperienza; che la macchina giudiziaria non avrebbe mai riconosciuto il proprio errore, e che non ci sarebbe stato né risarcimento, né riparazione che avrebbero sanato la ferita di mio padre, Anita si disperava. Allora incalzava Giuppina perché parlasse con Tripoli, e gli facesse capire che era giunto il momento di chiedere l'intervento del sottosegretario. "Ma insomma," domandava con accento di sfida, "conta qualcosa o no quell'uomo?"

Infine, una donnetta del paese parlando di Francesco le disse con compatimento: "Cosa farà quel poveretto quando esce dal carcere!".

E mia madre rispose decisa: "Si sposerà con me!".

Il segreto e un potente giuramento

Mano a mano che nel cuore di mia madre si faceva strada la percezione di un sentimento nuovo e amorevole verso Francesco, diveniva, al tempo stesso, più allegra e più fragile. D'un tratto, mentre era assorta in qualche cura domestica e sembrava non pensare a nulla, le apparivano in volto un sorriso e un rossore leggero come se provasse, mescolato a un certo pudore, un sentimento di tenerezza; altre volte, ancora, esplodeva in certe risatelle senza che ve ne fosse alcuna ragione.

Se ci accadeva di pettinarci insieme, e che lo specchio nella camera da letto riflettesse le nostre due immagini vicine, lei mi prendeva fra le braccia e accostava il suo volto al mio. Allora il biondo dei miei capelli si mescolava al fulvo dei suoi, e i nostri occhi di zaffiro brillavano di una identica luce. "Vedi," mi diceva, "i tuoi occhi sono quelli dei D'Auria... Basta guardarti per capire che sei figlia a tuo padre!" sussurrava con uno strano, appassionato ardore. "Queste ciglia così ben disegnate, e questa forma allungata e aperta," continuava accarezzandomi le palpebre con un languore pieno di desiderio. "Ah!" si interrompeva di colpo. "Basta! Abbiamo tante cose da fare oggi!"

In quel periodo mia madre aveva stretto il legame con Giuppina che veniva a trovarci tutte le volte che poteva. Mentre io facevo i còmpiti o giocavo per mio conto, si sedevano in cucina e parlavano sommessamente.

Sebbene le tribolazioni di Francesco stessero giungendo al termine, Giuppina piangeva, e il suono desolato dei suoi lamenti, lo strazio acuto di un certo dolore senza riparo, mi facevano temere che fosse accaduto qualcosa di terribile e che nessuno volesse informarmene. Entravo in cucina pallida e risoluta, con la bocca che mi tremava per lo sforzo di non piangere, e guardavo mia madre. La trovavo seduta di fronte a Giuppina con le bianche mani unite, appoggiate in grembo come stesse pregando, e una espressione insieme turbata e tenera sul viso. Quando il dolore diveniva un groppo e Giuppina quasi soffocava di lacrime, mia madre la accarezzava leggermente, e nel suo gesto trattenuto si sentiva come un impulso a scuoterla con forza gentile; allora la implorava di calmarsi. "Sì," balbettava Giuppina, "ma che devo fare?" in un crescendo disperato: "Io non posso vivere senza vederlo più!"

Mentre diceva queste parole e si soffiava il naso rumorosamente, mi prendeva nelle braccia baciandomi ripetutamente. "Bella," diceva, "bella!"

"Lo sai cosa devi fare," riprendeva a parlarle mia madre approfittando di quella tregua, "portalo da noi nei prossimi giorni!" Eppoi, con la certezza del mio consenso a qualunque proposito: "Io e Chiara ci occuperemo di lui," diceva, "e tu potrai venire a trovarlo senza che nessuno sappia niente!".

A quelle parole Giuppina sospirava consolata, e mi guardava con il viso ancora bagnato di lacrime e una piccola luce di speranza che cominciava ad affacciarsi negli occhi. Allora diceva: "Saprai tenere il segreto, Chiara?".

Eppoi con una smorfia spaventata: "Mio marito mi ammazza se scopre qualcosa...".

Io acconsentivo al nostro segreto prima ancora di sapere quale fosse; la possibilità di condividere una confidenza a tal punto riservata che avremmo dovuto conoscerla solo noi, mi riempiva d'orgoglio. "Giura!" diceva Giuppina incrociando le dita della mano sinistra, quella del cuore. Conoscevo bene, l'avevo imparato fin dai tempi dell'asilo, la potenza di quel giuramento e quanto fossero terribili le conseguenze per chi avesse mancato di rispettarlo. Le due dita incrociate rappresentavano i piedi di Gesù sulla croce, e io, giurando, li scioglievo dal legame dei chiodi; se avessi mancato alla promessa, se per errore o disattenzione mi fossi fatta sfuggire una sola parola sul nostro segreto, il chiodo sarebbe tornato nella carne da cui era stato tolto! Un tale pericolo mi atterriva; tuttavia non lasciai scorgere i miei timori e d'impulso sciolsi le dita di Giuppina. Mentre lei mi baciava contenta, Anita mi mise a parte del nostro segreto.

L'ospite arrivò una sera che stavamo per andare a dormire. Entrò in casa da solo e alle domande di mia madre rispose che era giunto con un passaggio. "Giuppina lo sa?" chiese Anita mentre gli prendeva il cappotto dalle mani. "Sì," rispose quello tranquillo, mettendosi a sedere.

Lo vidi di spalle; aveva appoggiato la testa sulle braccia ripiegate e dalla sua figura raccolta veniva un'emanazione paziente, come se avesse potuto rimanere in quella posizione per un tempo infinito. La mia apparizione gli fece girare di poco lo sguardo, quasi non provasse alcuna curiosità verso me, né verso nessun'altra cosa. Quando gli fui dinanzi mi sorrise, un sorriso vago che non bastò a nascondere l'attenzione vigile degli occhi. Mi ricordai che ero in pigiama; rabbrividendo raccolsi le mani intorno al corpo e dissi a mia madre che andavo a mettere la vestaglia. Da qualche tempo Anita mi aveva fatto cucire da Marianna una veste da camera di panno rosa, gemella della sua. A volte la indossavo sopra i normali vestiti della giornata perché mi copriva fino ai piedi e potevo pavoneggiarmi davanti allo specchio. La linea diritta delle cuciture, l'ampiezza con cui era stata prevista per la crescita, e la forma a sacchetto che dovevano permettermi il massimo del movimento, non confermavano in nessun modo l'opinione fascinosa che io avevo di essa. Tuttavia, quando con l'aggiunta di qualche cintura, la stringevo in vita come fosse un drappo e il suo riverbero carnicino mi illuminava la pelle, pensavo di essere una gran dama. Tornai in cucina noncurante della mia grazia e determinata a nasconderla meglio che se fossi stata un ragazzo. Mia madre si era seduta anche lei e il nostro ospite mangiava con un rumore leggero di stoviglie. Ebbi l'impressione che stessero parlando o che avessero appena terminato di dire qualcosa di molto importante: nell'uno o nell'altro caso, mi sembrò che il mio ritorno avesse interrotto una comunicazione che poteva anche essere muta. Mia madre aveva questa qualità che superava in lei ogni altra. Mi sentii esclusa e come tradita; perciò quando mi fece segno di sedere sulle sue gambe, risposi di no e nei miei occhi risentiti dovette passare la risposta che mi bruciava sulle labbra: Io sono grande! Mia madre non fece molto caso al mio rifiuto perché era occupata dalla presenza di quel ragazzo scontroso. "Saverio," domandò dolcemente, "vuoi ancora un poco di carne?"

Saverio, così si chiamava quel selvatico seduto di lato a me, non alzò neppure gli occhi dal piatto e rispose scuotendo la testa, sicuro com'era degli accudimenti tenaci di mia madre. Pensai indispettita che non si era ancora lasciato guardare in viso e mi ripromisi di non dargli nessuna confidenza, anzi! Decisi di tenerlo a distanza per tutto il tempo che sarebbe rimasto da noi. Già, ma quanto tempo si sarebbe fermato? Morivo dalla voglia di saperlo e tuttavia non volevo domandarlo in sua presenza. Prese una mela e io mi accorsi che le sue mani uscivano luride dalle maniche del maglione e che le dita terminavano con le unghie nere di sporco e mal tagliate. Guardai mia madre per scorgerle negli occhi la disapprovazione che esprimeva sempre verso chiunque non avesse cura della propria pulizia, ma lei lo guardava come se quelle macchie non esistessero o fossero il frutto di una mia fantasia visionaria. Ebbi addirittura l'impressione che avesse verso quel giovane sudicio una sorta di segreta ammirazione, una considerazione molto vicina al rispetto. "Ne vuoi un po'?"

Dovetti fare uno sforzo per rendermi conto che mi aveva parlato: la sua voce aveva un timbro vagamente afono, come se fosse raffreddato o come se non riuscisse a impostarne l'emissione. Qualche volta succedeva pure a Maurino.

Mi tendeva uno spicchio di mela sbucciata e mi guardava con la sua aria staccata e insieme attenta. "No," risposi disgustata guardandogli le mani con intenzione. "La voglio io!" disse Anita con un sorriso radioso.

Il giorno dopo venne Giuppina e si chiuse nella stanza dove Saverio aveva dormito, senza uscirne per una buona mezz'ora. Io passavo dinanzi alla porta chiusa e tentavo inutilmente di sentire cosa stessero dicendo; ma essi parlavano a voce così bassa, o forse tacevano, sicché non udii nulla. Mia madre si accorse dei tentativi e mi richiamò in cucina. Ero molto risentita: avevano detto che dovevamo dividere un segreto, una cosa riservata a noi sole; invece mi escludevano continuamente e io giungevo sempre al termine di un loro conciliabolo, o ne venivo estromessa. Avevo indossato la mia bella vestaglia e mi ero pettinata lungamente provando sul viso diverse fogge; poi mi ero risolta a pettinarmi come sempre e i capelli, che si erano ammansiti al passaggio del pettine, ricadevano morbidi intorno al viso. Questo pensiero m'impedì di piangere un attimo prima che Giuppina entrasse in cucina e che Saverio le venisse dietro.

"Rimarrà un altro paio di giorni," dichiarò Giuppina sollevata, "il tempo che io riesca a raccogliere un po' di soldi per il viaggio e per i primi mesi..." "Non è necessario," si schermì lui guardando mia madre, "io glielo ho detto ma non ci vuole credere! Ho già un lavoro," ripetette con pazienza, mentre la sua voce si rompeva passando da un tono all'altro. "E ho anche una famiglia dove andrò ad abitare e che mi mette a disposizione una stanza..." "Ma perché," disse mia madre scherzosa, "ti abbiamo trattato così male che non vuoi stare con noi neanche un altro giorno? Anche Chiara è contenta se tu resti," aggiunse dolcemente. "Non è vero Chiara?"

Non mi aspettavo che gli sguardi si volgessero tutti verso me e che, nella maniera traditrice degli adulti, dovessi essere io a dire la parola definitiva sui loro intrighi (di cui non sapevo nulla!), o sul viaggio che Saverio doveva fare (per andare dove, poi?), o anche sui soldi che Giuppina avrebbe rubato al marito.

Guardai mia madre mentre soffocavo a causa di un pezzo di pane e marmellata che mi riempiva la bocca e mentre tentavo di rispondere senza riuscirci, incontrai gli occhi canzonatori di Saverio.

A scuola non smettevo di pensare a lui che stava a casa solo, mentre mia madre era uscita per il giro di visite e Giuppina era ripartita con il postale. Due o tre volte la maestra mi richiamò perché mi distraevo e guardavo fuori dalla finestra, seguendo il raro volo degli uccelli. Cosa faceva, mi chiedevo, non andava a scuola?

Mia madre, la sera prima, mi aveva rimproverata perché avevo rifiutato la mela dalle sue mani. "Saverio lavora da un carrozziere," aveva detto a voce bassissima per il timore che ci potesse sentire dalla stanza al fianco dove dormiva. "Non tutti sono così fortunati da potere andare a scuola." "Lo so," risposi per mostrarle che avevo capito, "anche Maurino non va a scuola e gira il paese vendendo stoffe." "Sì, è vero," acconsentì mia madre, "ma Maurino vive con la sua famiglia, invece Saverio è sempre vissuto da solo o con persone che lo hanno maltrattato." "La sua mamma è morta?" domandai. "No," rispose Anita, "ma è stato come se lo fosse!"

Avrei voluto farle molte altre domande, ma capivo che non avrebbe risposto; inoltre ero preoccupata di non infrangere per disattenzione il giuramento fatto a Giuppina. Mi addormentai mentre mi accingevo a capire da sola tutta la trama di quella storia.

Quando tornai a casa, venne ad aprire Saverio e disse che avremmo mangiato noi due soli e che mia madre non sarebbe tornata per il pranzo. Altre volte, in questi casi, trovavo Rosina o qualcuno della sua famiglia. In cucina era pronto: "Tutto fatto con le mie mani," disse guardandomi sornione, e me le mostrò quasi completamente pulite. A tavola mi sentivo a disagio e mi stropicciavo gli occhi. "Hai sonno?" domandò. "Lo sai," disse dopo un breve silenzio, "sei uguale alla prima volta che ti ho vista."

Pensai che fosse uno scherzo e mi venne da ridere: volevo ben vedere che fossi cambiata dal giorno prima! "Ma no," fece con la sufficienza di un adulto che parla a una bambina smemorata "io ti ho veduta quasi cinque anni fa: venisti in campagna con Giuppina!"

Un'innocenza pericolosa. Nemica

Tripoli si era dato molto da fare perché Francesco fosse scarcerato prima del processo ai ladri del consorzio. Il sottosegretario P. aveva scritto raccomandandosi al giudice istruttore e quello aveva risposto che, nell'interesse del suo protetto, era meglio aspettare che ci fosse la sentenza e che non restasse il più piccolo dubbio sull'estraneità al furto di Francesco D'Auria. C'erano ancora molte cose che il processo doveva chiarire: come mai una parte della refurtiva era stata portata in casa sua; perché avevano deciso di fare incriminare proprio lui; con quali complici e su consiglio di chi avevano agito, e perché poi avevano nascosto il grano senza venderlo per tanto tempo. Il giudice diceva di essere convinto dell'innocenza di Francesco, e tuttavia, per legge spettava solo alla nuova verità processuale di affermarlo definitivamente.

Cosa preferiva il sottosegretario, che Francesco D'Auria uscisse dal carcere sospettato di una protezione indulgente da parte del giudice o che uscisse perché la giustizia doveva riconoscerne l'estraneità al crimine di cui era accusato?

"Ma se sono rei confessi!" si ribellava Tripoli, per il quale l'unica cosa chiara era che il figlio sarebbe rimasto in carcere almeno altri sei mesi. "Ma cosa vogliono ancora per liberarlo?" gridava fissando lo sguardo furibondo sul sottosegretario. "Vogliono che impazzisca, che vada al manicomio? Sono due anni e mezzo che sta in galera ed è INNOCENTE!"

Tripoli diceva questa parola e provava una strana emozione, come se il suo significato vibrasse dentro di lui con una forza sconosciuta che gli richiamava davanti allo sguardo il volto costernato del figlio e la insopportabile solitudine del suo dolore. "Era innocente, capisci?" ripeteva al sottosegretario, con la sensazione che per quanto l'altro annuisse non sapesse affatto cosa voleva dirgli. "Era innocente," concludeva incapace di continuare a sondare le proprie emozioni, "una cosa che né te, né io siamo mai stati nella nostra vita!"

Da un po' di tempo pensava anche che Francesco non aveva

frequentato nessuna donna per tutta la durata della prigionia e che non gli conosceva nessuna relazione neanche dopo che era tornato dalla guerra. Si chiese come avesse fatto il figlio a resistere tanto tempo senza la consolazione della carne, e gli venne in mente che lui, dopo la morte della moglie Chiara, era stato a lungo incapace finanche di pensarci. Tuttavia a volte la notte si era svegliato con un'agitazione che lo teneva desto, e se provava a placarla con pensieri licenziosi, il dolore della vedovanza e l'oscura amputazione della morte glielo impedivano. Cosa faceva suo figlio quando l'istinto, che in lui doveva vivere al massimo della potenza, lo svegliava nel sonno? Provò un sentimento di compassione fortissimo e desiderò fare qualcosa per confortarlo.

Il sottosegretario gli aveva confermato di essere d'accordo con il giudice, e che Francesco sarebbe rimasto in carcere fino alla sentenza di colpevolezza degli altri. "Dopo," gli aveva detto, "quando sarà tutto chiarito, faremo la causa di risarcimento e chiederemo centinaia di mila lire per ogni giorno di carcere in più."

Questa prospettiva era piaciuta a Tripoli, ma non riusciva a togliersi da innanzi agli occhi il volto di Francesco: quella strana esaltazione che aveva visto altre volte nelle persone al limite della sopportazione; in quelle persone che sono sul punto di mutare definitivamente qualcosa dentro sé. Ecco, quando lo aveva incontrato qualche giorno prima aveva avuto la sensazione che Francesco stesse per strapparsi di dosso i panni forzati che lo costringevano, e che stesse per fare qualcosa di terribile. Certo, pensava Tripoli, non si può restare innocenti per sempre se si deve vivere senza impazzire.

Giuppina diceva che la mammana voleva sposare Francesco quando fosse uscito dal carcere e Tripoli pensò che lo aveva sempre saputo. Se avesse dovuto decifrarne le ragioni non avrebbe saputo come iniziare, ma qualcosa dentro sé lo aveva avvertito che quella donna era incatenata al figlio. Gli sembrava di averlo saputo finanche prima che li facesse incontrare o, addirittura, di essersi determinato a ciò sotto la spinta di un presentimento. Tuttavia adesso pensava che il figlio avesse bisogno di altro che di una moglie; che dovesse essere risarcito per quello che gli era stato tolto; che dovesse spensierirsi godendosi una tregua; che dovesse liberarsi in tempo da tutta quella innocenza.

Chiese all'avvocato Licàta se c'era un modo per farlo uscire qualche ora, il tempo di alleggerirgli la testa.

Francesco ebbe un permesso di diciotto ore per gravi motivi familiari: Tripoli era a letto con una crisi polmonare e forse non avrebbe superato la notte. Quando giunse nella casa paterna, dove aveva l'obbligo a rimanere per l'intera durata del permesso, Francesco era già stato informato dall'avvocato che Tripoli godeva di ottima salute e che lo stava aspettando in buona compagnia. Nonostante tutte le rassicurazioni, Francesco aveva salito le scale a quattro a quattro senza riuscire a calmarsi, e il suo cuore aveva allentato di ritmo solo quando il padre stesso gli aveva aperto la porta allegro e elegante.

In casa non c'era nessuno perché Mariuccia Nicodemi era stata spedita al paese insieme ai fratelli di Francesco. "Ci siamo solo noi!" gli aveva detto con uno sguardo complice. "E possiamo fare quello che più ci aggrada," concluse soddisfatto. "L'unica cosa che devo dirti, è che ho tenuto segreto il tuo permesso e che non ho avvisato nessuno..."

Tripoli aveva parlato voltandogli le spalle, e in questa positura attendeva che il figlio si ribellasse. "Va bene," disse Francesco dopo un attimo. Tripoli scrutava il figlio mentre mangiavano le cose che Mariuccia aveva lasciato da scaldare, e a un tratto gli aveva chiesto se preferiva che facesse salire una bruna. Francesco lo aveva fissato con quegli occhi che gli erano venuti trasparenti, e Tripoli sperò che non fosse troppo tardi.

Lo chiamò la mattina dopo; credeva di trovarlo ancora in compagnia ma stava dormendo da solo nel letto disfatto. "È ora di andare!" disse aprendo la finestra che dava sul cortiletto. Francesco si era sollevato sulle braccia e aveva guardato fuori. "È ancora buio!" protestò, ma sapeva che doveva rientrare in carcere per le otto, e che lo attendeva un viaggio di almeno due ore. Mentre si lavava, Tripoli lo sentì mugolare per il piacere dell'acqua gelida sulla pelle: come quando era ragazzo, pensò soddisfatto.

Dopo la partenza di Saverio, Giuppina veniva da noi più spesso che poteva. Appariva sull'uscio con l'espressione stralunata di chi non ricorda esattamente la ragione che l'ha condotta in un luogo ed entrava in casa senza spiegazioni. Poi si abbatteva su una sedia e rimaneva assorta a riprendere fiato; intanto si guardava attorno commuovendosi per ogni cosa: una tenda, un fiore, una poltrona spostata, come se ogni particolare alimentasse quell'unico strazio che sentiva dentro l'animo. Se le comparivo dinanzi mi rivolgeva un sorriso malinconico, e se le chiedevo qualcosa mi guardava come se non avesse sentito. Allora mia madre mi pregava di lasciarla tranquilla ancora per un po'. "Il tempo che si riposi!" diceva. Poi scrivevano una lettera a Saverio.

A domandarglielo era Giuppina che si sentiva così incerta da non riuscire più neanche a scarabocchiare la propria firma. Così, mentre Giuppina chiudeva gli occhi alla ricerca di pensieri che continuavano a sfuggirle, mia madre aspettava con la pazienza di una scolara a cui debba essere dettato un còmpito. "Comincia come sai," le diceva Giuppina con un tono che la timidezza rendeva quasi burbero. "Tu lo sai," riprendeva a parlare dopo essersi sforzata inutilmente di dettare, "io li ho avuti tutti contro: a cominciare da mia zia Peppina! Quella poi!" esclamava alzandosi in piedi come se l'avesse davanti agli occhi. "È stata la peggiore, non lo ha mai voluto neanche vedere! Come se non esistesse! Quella donna è stata la mia rovina!" concludeva amara rimettendosi a sedere. Mia madre la guardava aspettando che ritrovasse il filo; poiché Giuppina si smarriva dietro certi suoi tetri pensieri che le scurivano il volto, Anita la richiamava dolcemente, e le domandava se c'era qualche notizia speciale che dovevano dare a Saverio. "E quale notizia?" sbottava esasperata Giuppina. "Quale notizia se la vita è sempre la stessa porcheria..."

Dopo qualche attimo in cui la sofferenza le deturpava il viso, nei suoi occhi compariva la luce di un sollievo; come una traccia gentile che la rasserenava. Allora si ricordava che aveva commissionato alla commare Bianca un maglione per lui, e che sarebbe stato pronto il mese prossimo. Forse poteva venire il mese prossimo, o era troppo presto? Lei avrebbe anche potuto mandargli i soldi per il viaggio se lui era d'accordo. Poi si interrompeva per guardare mia madre che la ricambiava con un'occhiata incoraggiante. Se voleva, continuava la lettera, poteva venire a stare qualche giorno da Anita che era molto felice di vederlo. Mia madre annuiva energicamente senza smettere di scrivere, e Giuppina si fermava a pensare. Molto presto, concludeva, Anita sarebbe diventata sua zia perché stava per sposare Francesco.

A quelle parole mia madre si fermava con gli occhi splendenti e tuttavia restia a continuare. "Ma no," diceva intimidita, "lasciamo stare questa cosa!" "Ma come?" rispondeva Giuppina che era tornata vivace e irragionevole "Saverio fa parte della famiglia!" Eppoi, intristendosi nuovamente: "È l'unico che non potrà partecipare al matrimonio, che non verrà alla festa!".

Allora mia madre le diceva che non si doveva dolere inutilmente perché non ci sarebbe stata nessuna festa. "Ma come?" ribatteva Giuppina. "Dobbiamo festeggiare la liberazione di mio fratello, dobbiamo invitare tutto il paese!"

Anche io ero d'accordo con Giuppina e mentre mi deliziavo ascoltandola, guardavo risentita mia madre che scuoteva la testa per opporsi ai nostri disegni. Il suo non era un vero diniego e, per alcuni tratti, aveva finanche la grazia di certi pudori che aspettano solo di venire fugati da potenti rassicurazioni. Tuttavia, io non sopportavo che ponesse degli ostacoli alla festa e mi sembrava che quella sua modestia, quella sua composta discrezione, fossero in realtà un atto di egoismo bello e buono. Anita pensava solo a se stessa: come se l'unica a potere decidere di tutto fosse lei sola; come se si dovesse fare solo a modo suo o come se pensasse di potere rifiutare una felicità anche per mio conto, senza avermi neppure interpellata. Mia madre si sentiva l'unica festeggiata perché Francesco aveva acconsentito a sposarla, e si rifiutava di dividere questa esultanza con me: sarebbe stato sempre così da allora in poi, quello era solo un annuncio di tempi peggiori. Improvvisamente la detestai.

Amore mio dove sei?

Francesco fu scarcerato all'improvviso. Sapeva da qualche giorno che la liberazione stava per giungere e le ultime ore erano state insopportabili; tuttavia, quando la porta della cella si era aperta e la guardia gli aveva detto: "D'Auria, sei libero!" le parole erano risuonate vuote di significato, e aveva continuato a guardare il carceriere senza sapersi risolvere a fare nulla. Si era ritrovato per la strada investito dall'aria dolce di giugno, e si era stretto nelle spalle percorso da un brivido. Fuori non c'era nessuno perché non aveva voluto aspettare che avvisassero Tripoli; aveva pensato con uno strano stordimento che si sarebbe arrangiato, magari avrebbe fatto un poco di strada a piedi. Sentiva il bisogno di sciogliere i muscoli; di provarsi le gambe nei passi lunghi della strada dove altre persone camminavano, ciascuna con la propria libera andatura. In carcere, la prima cosa che si perdeva era quel consenso involontario ai propri movimenti, come se davvero l'imprigionamento si traducesse in una proibizione, in un divieto insuperabile verso il proprio corpo. I primi mesi si era sentito paralizzato, e invisibili fili tenaci lo tenevano inchiodato alla brandina nella sua cella. Quel rottame che, al pari di un sudario, conservava l'impronta deforme del passaggio di altri corpi, era stato il suo unico principio di realtà. All'inizio aveva dormito confondendo i giorni con le notti e aveva creduto che lo spazio che lo separava dalla libertà sarebbe trascorso così; poi era venuta l'insonnia e tuttavia non riusciva a separarsi da quel luogo di conforto che era il suo letto. Mano a mano si era identificato con esso e aveva sentito il cigolìo del proprio corpo simile a quello del letto. Aveva pensato di essere divenuto di ferro.

Poi, naturalmente, come un convalescente che percorra a ritroso il cammino verso la malattia, aveva accettato di uscire dalla sua tana ed era andato nel cortile per l'ora d'aria. Là, i passi simulavano il movimento antico e involontario della libertà, e qualcuno, più esperto di altri, giungeva fino a credersi in possesso di tutte le meravigliose facoltà di un corpo che si allena, o prende forma nella disciplina, come un destriero che vada a vincere una corsa. Anche lui, lentamente, aveva creduto che dentro quel cortile fosse possibile camminare con la falcata degli uomini liberi; a volte aveva giocato finanche una partita di pallone o aveva fatto il tifo per qualcun altro; altre volte si era allenato per ore, sudando per la fatica. La mattina si metteva disteso sul pavimento e faceva un numero progressivo di flessioni, piegamenti, trazioni: diventava sempre più bravo! E allora, perché tornava a sentirsi di ferro come la branda che lo accoglieva nel sonno? Il giorno trascorreva così: una successione di movimenti calcolati, contenuti, sempre gli stessi; una catena di gesti reiterati, destinati a rassicurarlo sulla propria esistenza e su quella di altri uomini nelle stesse condizioni. Il corpo aveva imparato ogni cosa alla perfezione: aveva fame un attimo prima che passasse la guardia con il cibo; aveva sonno quando toglievano la luce; desiderava l'aria quando giungeva l'ora di uscire; apriva gli occhi quando passava la colazione. Era perfettamente addomesticato, piegato alla necessità, ubbidiente, senza il più piccolo segno di ribellione: ma non era il suo corpo, avrebbe potuto essere quello di chiunque altro! Una volta, verso la fine della prigionìa, gli era accaduto di assistere con orrore agli atti che compiva slegato da lui: vere e proprie decisioni indipendenti dalla sua volontà e dal suo controllo. Stava leggendo, o forse stava scrivendo qualcosa che richiedeva una fredda concentrazione e aveva sentito il suo ventre animarsi senza provare il minimo desiderio. Quasi una levitazione dolorosa e oscena che avveniva sotto i suoi occhi sbalorditi e che gli provocava un sentimento di panico, come se avesse perduto ogni controllo, e il suo corpo stesse per impossessarsi di lui piegandolo per sempre al suo dominio. Ebbe paura del calore delle reni e si ascoltò chiedere aiuto.

Arrivato nella piazza dove stazionava il postale, domandò all'autista quando sarebbero partiti. Poiché mancava ancora un poco a mezzogiorno e l'orario di partenza era verso l'una, chiese se poteva mettere la borsa nel portabagagli mentre andava a fare due passi. Per la strada fioriva quella stagione speciale che ha ancora la tenuità della primavera, ma esplode a tratti col fuoco vivido dell'estate. Così, nei campi, mescolato al colore dell'erba nuova, si scorgeva già l'oro del grano alto e il sangue rubino dei papaveri aperti nell'aria. Si stese a terra con il volto al sole e guardò dentro l'azzurrità che lo sovrastava: tirò un sospiro, dilatando i polmoni fino a sentire dolore, eppoi si addormentò.

Si svegliò senza sapere decidere quanto tempo era trascorso; poteva trattarsi di un minuto o di un'ora. Tutto era rimasto immutato attorno a lui, e capì di essersi svegliato a causa di un richiamo, forse un suono umano o di un animale, che non gli giungeva più. In carcere l'udito muta: esso dilata i suoni o li ovatta, respingendoli in una specie di sogno. Il rumore di una scodella nel silenzio stravagante del carcere può cogliere impreparati come una catastrofe; può precipitare in una valanga di rumori assordanti che lasciano senza forza. Oppure l'udito può farsi lontano come una suggestione, come un bisbiglìo impercettibile: un'alienazione prossima alla sordità.

Francesco si guardò attorno come faceva in carcere, alla ricerca di riferimenti sicuri. Si mise in piedi per guardare la strada, e vide che era vuota. Attraversò il campo e sentì nuovamente la voce che lo aveva svegliato; era una specie di nenia, un lamento orientale che annodava le parole fra loro quasi fossero una sola. Francesco vide l'uomo uscire da dietro un cespuglio: era un barbone sporco e stracciato che si teneva in piedi a malapena. Doveva essere ubriaco, e questo spiegava perché non si capisse nulla del suo grido. L'uomo gridò di nuovo, e questa volta Francesco lo sentì chiaramente dire: "Amoooore miooo dove seeei!". E ancora, per due o tre volte a squarciagola: "AMORE MIO DOVE SEI!".

Il suo richiamo vagamente straziante attraversava lo spazio del campo, ma non giungeva fino alla strada: Francesco pensò che nessun giudice avrebbe liberato quell'uomo dalla sua prigione, e provò un sentimento generoso di pena. Poi vide la donna che usciva da una tana vicina; era sporca e stracciata, e gli andò incontro con un sorriso sghembo sul viso mentre lui ripeteva l'invocazione d'amore. Si buttarono nelle braccia l'uno dell'altra per l'esultanza di essersi trovati.

Nel postale, mescolate ai ragazzi e tuttavia separate da essi, c'erano alcune ragazze che tornavano dalla scuola. Sedevano negli ultimi sedili e ridevano per un nonnulla, nascondendo la bocca dietro le mani. Avevano i vestiti fiorati con le braccia nude.

A tratti, Francesco udiva le loro voci che giungevano più alte: accadeva quando il postale faceva le curve ed esse si spingevano le une sulle altre o si sporgevano in avanti come se dovessero cadere. Una in particolare, una brunetta snella coi seni grandi, rideva più forte delle altre. I ragazzi le guardavano, vociando fra loro col solo scopo di farsi notare e le loro giovani facce erano coperte di sfoghi. Francesco pensò che non aveva mai avuto sul viso quei segni inconfondibili dell'età. Sospirando accese una sigaretta; in carcere fumava molto, soprattutto di sera quando il fuoco brillava rapido nell'oscurità della cella. Bisognava stare attenti a non farsele rubare dai detenuti o dalle guardie; una volta il direttore lo aveva chiamato nel suo ufficio e gli altri lo avevano ripulito di ogni cosa. Soprattutto dopo il processo ai ladri del consorzio, e quando fu chiaro che era innocente, la sua vita in galera era peggiorata, e gli altri detenuti lo allontanarono sospettosi, come se egli fosse improvvisamente divenuto uno sconosciuto; forse una spia di cui diffidare. Anche le guardie, spezzata la rozza complicità che si accorda ai colpevoli, nutrivano verso lui quel disagio aggressivo, sempre sul punto di corrompersi in oscura violenza, che avrebbe ottenuto facilmente l'acquiescenza e l'omertà di tutti.

In quei mesi era stato veramente solo e aveva avuto tutto il tempo per ripensare al suo accusatore che in aula si era addossato ogni colpa. Era un ometto sciocco e analfabeta che voleva fare credere ai giudici di avere progettato da solo ogni cosa; perfino le prove contro lui! E a che scopo, aveva chiesto il giudice, se comunque Francesco D'Auria sarebbe stato il primo a essere indiziato. Appunto, aveva risposto quel contadino un po' smunto, con il volto congestionato dalla frequentazione con l'alcol: era per fermare le indagini.

Ma il resto della banda dava versioni discordanti e, dopo una breve resistenza, rivelava il rincrescimento di dovere tacere cose che non si possono dire. Così non si riuscì a capire perché, una volta consegnato un innocente alla giustizia, non avessero venduto il grano, ma lo avessero tenuto nascosto per tanto tempo sotto terra e a rischio che marcisse. Le risposte dei componenti della banda erano sbalorditive nella loro casualità e nella sciocca improvvisazione che a tratti contenevano. Di fronte al giudice istruttore, che minacciava di incriminarli per reticenza e altri reati dai nomi impronunziabili, essi si chiudevano in un ottuso fatalismo. Emettevano lunghi sospiri guardandosi la punta delle scarpe, e, come vittime tirate al macello, rispondevano che sarebbe stato quello che Dio voleva. Il dio di cui parlavano si chiamava forse Rocco Gessano e il suo potere, che non era illimitato ma bastava a dare da mangiare alle loro famiglie l'inverno prossimo, risultò sufficiente per non farne comparire il nome in nessuna carta processuale.

"Dove andate?" domandò il conducente che approfittava di una sosta per fare i biglietti. "Qua conosco tutti," disse scrutandolo con attenzione bonaria. "Voi siete nuovo! Siete di passaggio o cosa?"

"Di passaggio."

"Vi devo fare il biglietto per il capolinea o al bivio di M. cambiate?"

"Cambio al bivio," rispose Francesco mentre tirava fuori dalla tasca i soldi.

"Queste belle ragazze, invece, vanno tutte al capolinea!" disse l'autista con un'occhiata complice. "Mi toccherà soffrire ancora un bel poco! Che peccato," concluse mentre gli dava alcune monete di resto, "vorrei avere io la vostra età!"

Francesco si appoggiò col capo al sedile e guardò le ragazze con un'occhiata obliqua. La brunetta coi seni grossi gli rispose con un sorriso.

Tornando a casa. La straordinaria nascita di Anita

Da qualche tempo mia madre ripeteva che avremmo dovuto andare al suo paese natale; tuttavia, quando si decise a partire lo facemmo all'improvviso.

Dopo un viaggio in treno durato l'intera notte, giungemmo al paese. Titina innaffiava i fiori sulla porta di casa, identica alle foto che la ritraevano vicino ad Anita. Sconvolta dalla nostra apparizione, gettò un'occhiata risentita verso mia madre, e sforzandosi per non piangere, mi prese in braccio come fossi stata una pupa di pochi anni. La sua figura minuta vacillava sul punto di cadere, ma lei mi strinse a sé ostinata, offrendo solo le guance ai baci di mia madre.

"Anita!" disse soffocando in un misto di rabbia e di dispiacere che le impedivano di parlare. "Sei sempre la stessa!"

"Ma come?" riprese a parlare quando cominciò a controllare il turbamento e finalmente poteva fare una scenata alla sorella.

"Ma come, parti così, senza avvisare nessuno! Mi trovi per caso: sono ritornata da due giorni..."

"Tu sei pazza," si agitava mentre la voce assumeva un tono acuto e risentito, "e d'altronde non hai più neanche bisogno di mostrarlo, oramai lo sanno tutti!..."

Mia madre taceva continuando ad asciugarsi gli occhi che le erano venuti rossi per le lacrime e dolci, come se le parole della sorella la accarezzassero invece di colpirla. "E magari ripartite domani," continuava Titina che aveva preso un abbrivio incontenibile. "E la bambina si ammalerà per la stanchezza!..."

Rivolgendosi a me perché le fossi testimone: "Io perciò me ne sono andata, perché con tua madre bisognava solo litigare o darle ragione su tutto... Un carattere impossibile e allora è meglio che ognuna stia a casa propria!".

Intanto, ci eravamo sedute in cucina, e Titina apparecchiava la tavola, improvvisamente tranquilla e inoffensiva.

"Sono venuta a fare le carte per sposarmi," disse mia madre soffiandosi il naso.

"Ti sposi?" fece Titina con un filo di voce mentre scuoteva la testa ripetutamente in segno di aperta disapprovazione e tagliava a fette il pane senza sale. "Ci mancava solo questo!" commentò fra sé e sé, avendo però cura di farsi sentire e che la sua voce carica di disappunto superasse il rumore dei colpi del coltello.

"Stai per tagliarti le mani!" esclamò Anita.

Allora Titina buttò all'aria il coltello e cominciò a gridare diventando tutta rossa: "Ebbene, che c'è di male se mi taglio con il coltello da sola: molto meglio delle ferite che mi hai inferto tu con le tue pazzie, con i tuoi colpi di testa; facendo solo quello che ti pareva e disinteressandoti degli altri!".

Siccome mia madre non rispondeva e guardava fuori dalla finestra tirando su con il naso, Titina si accanì di più: "A te non importa quello che ho passato... Che per causa tua non mi sposerò mai... Che mi hai rovinato la vita!". Piangendo di rabbia: "Lo so solo io quello che ho passato!".

Eppoi, vedendomi ammutolita: "Se non fosse per quell'anima innocente non ti dovrei più guardare in faccia! Qua non sanno niente dei fatti tuoi, io non l'ho detto a nessuno, e adesso tu vuoi fare affiggere le pubblicazioni!".

"Titina," mia madre si voltò con il volto pallido per la tensione, "io sto rovinando solo la mia vita!"

"E alla mia," domandava Titina piangendo, "alla mia non ci hai pensato mai?"

Mia madre sospirò mentre mi prendeva per mano. "Chiara è molto stanca," disse. "Stanotte non abbiamo quasi dormito."

Con un sorriso stentato, dove ancora si affacciava il desiderio di farsi delle ragioni, Titina ci accompagnò. "Questa," sussurrò rivolta a me, "è la camera da letto dei nostri genitori. In questo letto dormivano i tuoi nonni, Cesare e Teresina... È passato tanto tempo da quando è morta la povera mamma! Pensa, io avevo nove anni e Anita undici di più... Mi ha fatto lei da madre," disse indicandola, con gli occhi brillanti di lacrime. "Lei!" ripetette. "Quando aveva la testa a posto..."

"Mi vuole bene, sai?" disse Anita vedendomi preoccupata non appena Titina fu uscita. "Ma ha sofferto tanto per la morte di nostra madre."

Anita si rigirava insonne nel letto; se in cucina non ci fosse stata Titina si sarebbe alzata, ma il pensiero della sorella, che forse piangeva, le stringeva il cuore e le impediva ogni decisione. Dio solo sapeva se non avrebbe voluto evitarle tutto quel dolore, ma la vita accade mentre si fanno altri progetti o quando non si aspetta più nulla. Così gli eventi, proprio quando le era sembrato che tutte le scelte si fossero compiute e che le rimanesse solo da tenere la rotta sicura della propria esistenza, si erano succeduti come il vortice di un fiume. Ogni cosa si era mescolata e aveva assunto contorni sconosciuti che lei, semplicemente, non aveva mai neppure immaginato di vivere. In questa confusione meravigliosa tutto era sfuggito al suo controllo, ma non le era mai sembrato di essere tanto in accordo con se stessa. Non aveva mai pensato di sposare Francesco, non lo aveva mai neppure sperato, ma adesso le sembrava tanto desiderabile e giusto che qualunque ragione contraria le appariva insensata. Amarlo si era svelato al suo cuore come un destino naturale, una possibilità che le apparteneva, al pari del colore dei capelli o del timbro della voce.

Si guardò attorno rabbrividendo, e pensò che era nata in quello stesso letto, e che la stella che guidava il suo destino aveva mescolato fin dal principio la vita con la morte.

Quando Anita stava per nascere – mancavano solo due giorni al compimento dell'ultima luna e Teresina era in cucina a sbucciare i piselli – arrivò la notizia che avevano trovato Menico. Era appeso per il collo all'albero dell'orto e il suo corpo, già freddo e rigido, non dondolava più.

A vederlo per primo era stato Morelli che aveva una gamba di legno ed era andato a pascolare le pecore nella collina sopra la chiesa. Era l'ora della colazione che, per quei duri contadini che lavorano fin dalle prime ore dell'alba, cade a metà mattinata. I maiali avevano ricevuto il pastone fatto con le mele cadute a marcire nella terra e gli avanzi annegati nella broda dei piatti, perché niente, fra uomini e animali, nemmeno una briciola di pane o una goccia di grasso, andasse perduto. Le pecore avevano atteso pazienti, percorse solo da un fremito, che venisse il loro turno di uscita.

Morelli aveva salito la collina appoggiato ai legni del suo bastone e della gamba destra che usciva come un piccolo tronco dalla piega allacciata dei pantaloni lisi. Era arrivato in cima alla stradina che costeggia la collina fin dove le pietre sporgono a mo' di sedili naturali. Si era seduto di spalle al ciglio della strada, con la gamba di legno buttata di traverso sul pendio insieme al bastone, e aveva tirato fuori dalla sacca il pane senza sale e la coppa di maiale, avvolti in una carta oleosa. Aveva mangiato lentamente, tagliando il pane con il coltello a serramanico che gli serviva per scannare gli agnelli, e aveva bevuto un quarto di vino della sua vigna. Soddisfatto, aveva riposto tutto con cura nella sacca, pulendo il coltello nell'erbetta primaverile; poi si era acceso la pipa e aveva guardato l'ampio orizzonte della collina fin dove apparivano le prime case del paesello. Assicuratosi che ogni cosa fosse al suo posto e che il sole brillasse alto nel cielo senza nuvole, aveva appoggiato il gomito sul ciglio della strada per potere fumare la pipa disteso come un signore.

Quando, girando lo sguardo pigro a seguire le pecore che brucavano l'erba, vide il corpo appeso all'albero, non credette ai suoi occhi e se li riparò con il palmo della mano per difendersi dagli scherzi della luce. Zoppicando veloce, a rischio di cadere sul viottolo e di rimanere a terra senza che nessuno lo venisse a cercare per molte ore, Morelli corse fino alla prima casa del paese e gridò con tutto il fiato che aveva in corpo.

La notizia del suicidio di Menico si diffuse in un attimo. Senza capire più nulla, Teresina si lanciò per la salita, affannando con la gola chiusa per l'angoscia e con la pancia che le accorciava il passo. Suo marito Cesare lo aveva già tirato giù dall'albero dove penzolava e lo aveva coperto con la giacchetta per ripararlo dagli sguardi della gente. Teresina si chinò per abbracciare il fratello, e sentì il primo dolore attraversarle la schiena, violento come una coltellata. Allora si mise a piangere impotente.

Un bambinello coi pantaloni rotti sulle ginocchia e una canottierina costellata di macchie gridò eccitato che stava arrivando Adele, la moglie di Menico. A quell'annuncio, Teresina si asciugò gli occhi con un lembo del grembiale e strinse con forza il braccio di Cesare. "Stai tranquilla," le sussurrò il marito abbracciandola, "non è il momento di fare scenate con Menico ancora in mezzo alla strada!"

Adele aveva le maniche del vestito rimboccate e le mani violacee, come accade a una pelle bruna e spessa quando il sangue si raggruma per il freddo. I capelli neri, raccolti in una crocchia sulla testa, erano sfuggiti alle molle che li trattenevano e si scomponevano sul collo in ciocche pesanti come grappoli. Stava lavando i panni al fiume, disse mentre la lasciavano passare aprendosi sul corpo senza vita del marito.

La sera prima, era uscito sullo spiazzo della casa sbattendo la porta e Adele gli aveva urlato dietro che era un buono a nulla, un parassita, e che non doveva più tornare nella casa di suo padre. Menico era andato a bere nella cantina vicino al fiume fino a notte tarda; sua moglie gli aveva reso la vita odiosa prima con accuse bisbigliate, poi con insulti sprezzanti al suo coraggio e alla sua virilità. Un giorno dopo l'altro, si era ritirato in una tristezza via via aggravata che aveva assunto le forme di una depressione torva e assente dalla quale era difficile richiamarlo, sia pure per un sorriso. Qualcuno giura di averlo visto tornare a casa molto tardi e che la moglie lo abbia insultato ancora; qualcun altro dice che andò a dormire nell'orto, che era la sua unica proprietà.

Quando si legò alla corda, dovevano essere quasi le sette: il sole e la giornata piena di luce non lo convinsero a continuare a vivere. Con una felicità che ripugna ai vivi, fece il nodo che doveva reggere il peso del suo corpo leggero e portò fuori dalla cascina il trogolo sul quale salì. Poi scalciò e si dibatté per un lungo minuto in un'agonia tanto feroce quanto desiderata.

Anita nacque in quella notte. Tutti i paesani, accorsi al funerale di Menico, salirono le scale di legno che portavano alla camera da letto di Teresina. Confusi e addolorati per l'incertezza della circostanza, facevano insieme le condoglianze e gli auguri, mentre le lacrime per il lutto e la commozione dei ricordi si mescolavano ai complimenti per la bellezza della neonata.

Colpevole e ignara di quella straordinaria confusione, Anita dormiva al fianco della madre.

"E allora ti sposi con quel bellinbusto di Francesco D'Auria?" domandò Titina battagliera, riprendendo il discorso dov'era rimasto. Anita non rispose e guardò nelle pentole sul fuoco.

"Non ti è bastato quello che ti ha fatto?" continuò Titina mentre le toglieva il coperchio dalle mani e lo riponeva con forza sulla pentola. "Vuoi litigare?" fece Anita che si sentiva spezzata. Aveva detto quella frase nella segreta speranza che la sorella si impuntasse orgogliosamente e smettesse di parlare. Quando stavano insieme al paese, Titina faceva sempre così: bastava un appunto, un'osservazione perché si chiudesse nella stanza a piangere. "Eh no!" le gridò sul viso Titina. "Questa volta non m'incanti! Adesso mi spieghi perché vuoi sposare un uomo che ti ha rovinato la vita e che ti ha abbandonata senza fare sapere più niente di sé."

"Titina," rispose Anita asciutta, "c'era la guerra!"

"Ah, certo!" fece Titina sarcastica, mentre la voce già si spezzava nel pianto. "C'era solo per lui la guerra!"

Poi, riprendendosi: "Può essere giusto per la bambina, non lo nego! Ma io capisco che non lo fai per lei!".

Piantandole addosso gli occhi accusatori: "Tu lo ami!... Io conosco l'espressione che hai sul viso: l'avevi già molti anni fa!... Ma cos'è? Ti ha stregata quel bellone," in crescendo, "quell'eroe, quel grand'uomo!... La verità," concluse riprendendo fiato, "è che a te piacciono quelli come lui: i ragazzi per bene non li hai mai voluti!".

Anita avrebbe voluto rispondere, ma non riusciva a trovare una sola parola; improvvisamente dentro di lei si era prosciugato ogni pensiero, ogni obiezione, ogni risorsa. "Non è neanche colpa tua," la commiserò Titina. "È il tuo sangue che è così!"

Anita risalì le scale stordita da tante parole e dalla ribellione che le montava dentro senza trovare sfogo.

Dieci anni prima, un'altra persona le aveva detto le stesse cose.

Era accaduto prima che prendesse il diploma, e aveva un fidanzato che si chiamava Biagio.

Diceva che si era innamorato di lei senza averlo deciso, solo perché era bella e matta come una cavalla. L'aveva vista un giorno, mentre passava per i campi: lei stava raccogliendo le ciliegie sull'albero, e aveva la bocca nera di sugo. Aveva un vestito a fiori che le lasciava nude le spalle e il petto fino all'attaccatura dei seni, e la sua carne pallida di rossa aveva la compattezza della pesca. Biagio le aveva detto che chi mangia da sola si strozza, e Anita, dispettosa, gli aveva lanciato contro un mucchietto di ciliegie. Lui era sceso dalla bicicletta e si era seduto sulla terra asciutta con l'aria di chi ha tutto il tempo a disposizione. "Ma che vai cercando?" aveva chiesto Anita allegra.

Sarebbe rimasto là tutta la giornata, se non fossero arrivate sua madre e Titina; allora Biagio si era alzato salutando, mentre Anita scendeva dalla scala e lui le guardava le gambe, che erano storte al ginocchio. Il giorno dopo l'aveva aspettata sotto casa e glielo disse subito, guardandola dritto negli occhi per vederla arrossire. Ma Anita aveva risposto che era vero, che aveva preso le gambe dalla nonna, e Biagio era così felice e confuso per la propria cattiveria che le aveva chiesto di prendere la bicicletta per andare insieme al fiume.

Biagio era andato a casa di Anita un giorno che faceva molto caldo; nello spiazzo davanti casa gli era finito addosso un ragazzetto con i piedi nudi e delle scarpe femminili in mano che berciava beffardo: "Occhi blu, naso in su, e scalza vacci tu!".

Aveva brancato per un braccio il fratello di Anita e lo aveva sollevato in aria ridendo, mentre il bambino si arruffava tutto come un uccello nervoso e gridava "traditore!".

Era stato un pomeriggio memorabile: avevano bevuto il vino tutti insieme, mentre Titina e Renzo domandavano continuamente perché dovevano restare in casa invece di andare fuori a giocare.

Poi, non sapeva neanche lei come, non era stata più contenta e avrebbe voluto che Biagio non le stesse sempre addosso e che smettesse di chiederle quand'è che si sarebbero sposati.

A quelle domande, Anita restava silenziosa, e un giorno lui aveva gridato: "E dillo che non mi vuoi sposare!".

Un giorno, infine, lei e Biagio erano rimasti seduti sull'erba senza parlare, e Anita aveva sentito che quel cuore allegro si affollava di pena. Biagio le aveva chiesto se si era innamorata di un altro all'ospedale e, nell'infelicità perduta dei suoi occhi, era comparsa una luce di sfida. Certo, per il suo povero cuore sarebbe stato infinitamente più sopportabile, perfino mille volte meglio, essere lasciato per un rivale sconosciuto e spietato che si è portato via la donna amata, piuttosto che essere lasciato senza ragione e senza colpa. Per inesistenza.

Anita si era sentita tremare per la tenerezza e il grande dispiacere e gli aveva detto di non pensare a queste cose perché non avrebbe mai potuto volere tanto bene a un altro quanto ne voleva a lui. "E allora perché ci dobbiamo lasciare?" le aveva chiesto Biagio.

Non era riuscita a trovare nessuna risposta a quella domanda, anche se ci pensava pure la notte mentre gli altri dormivano. A volte aveva immaginato di sfidare il mondo da sola e di percorrerlo intrepida, a grandi passi sicuri. Più spesso la prendeva il terrore di non sapere cosa avrebbe fatto di se stessa, né dove l'avrebbe condotta l'orgoglio col suo richiamo continuo. Una sola verità avanzava chiara in quel grande disordine: Biagio non poteva essere nulla per lei. Quel sentimento fragile e indifeso che si sfasciava sotto i colpi del destino, non era l'amore di cui lei si sentiva capace!

Lui era così fiducioso che la loro vita sarebbe stata sempre quella che stava vivendo; ed era così sicuro che i giorni dovessero scorrere tutti uguali fino alla morte; ed era così certo che avrebbe fatto come suo padre, e come il padre di suo padre...

Lei, invece, non sapeva dove voleva vivere, né come sarebbe stata la sua casa; e neanche sapeva se avrebbe avuto una famiglia. Ma come faceva a dire a Biagio che non aveva mai pensato al colore degli occhi che avrebbero avuto i loro figli, perché, in quell'anno di fidanzamento, aveva aspettato il momento in cui sarebbe andata via, in un posto mai visto prima.

"Allora hai deciso!" aveva sussurrato Biagio alzandosi in piedi di colpo, come se avesse ricevuto una frustata e voltandole le spalle perché non vedesse le lacrime che gli rotolavano sulle guance. Anita lo aveva supplicato di non soffrire per lei e di non dimenticare mai che gli voleva bene come a un fratello, ma Biagio si era sciolto con dolcezza dall'abbraccio e aveva afferrato la bicicletta dalla canna luccicante. Anita lo aveva visto pedalare lento e pesante, senza voltarsi indietro, e si era sentita la testa vuota.

Seconda parte

IL SILENZIO

Quando tra i capelli neri fili bianchi spùntino.

Anacreonte

Apre il libro la Sibilla
E predice la ventura;
L'otto al sette, ecco sfavilla,
E col cinque l'assicura.

SALANI, *Il vero libro dei sogni*

A volte, spinta dalle insistenze della vecchia che viene a mangiare da me, vado a giocare i numeri in una lotteria non lontana da casa. Di solito accade quando mi sveglio con la bocca arida, e il sentimento acuto di una infelicità che mi ha posseduta durante il sonno. Allora non so controllarmi, mentre aspetto che la mia vetusta compagna salga a cercarmi.

Nell'ansia del suo arrivo, indago fra ombre inafferrabili, e mentre mi abbandono sulla dormeuse, mi sembra di ricordare di avere sognato.

Quando la vecchia giunge, annunciandosi con un colpo lieve, mi trova esausta per la tensione e si dirige in cucina, dove non c'è nulla di preparato. Si accorge subito del mio stato e, con una luce maligna negli occhi cisposi, mi dice di stare tranquilla perché pensa a tutto lei.

Succede così che spadroneggi, certa del suo potere sulla mia viltà. La guardo mentre traffica fra le pentole spaiate della cucina e mentre scarta avidamente le provviste dimenticate negli armadi. Sa che non mi opporrò, piegata come sono al bisogno che dipani le oscurità che mi occupano.

Mangia e, mentre mangia, mi chiede perché non mangio anch'io. Ai miei dinieghi, risponde riempendosi la bocca di cibo e dicendomi che se continuo così mi ammalerò. Faccio un inutile tentativo di interromperla prima che cominci a raccontare di certe sue conoscenti morte perché, per ripicca o per diletto, avevano cessato di nutrirsi e non erano più riuscite a mangiare, neanche quando lo avrebbero voluto. Il loro stomaco rigettava qualunque cosa, anche l'acqua, e così si erano disseccate come se le avesse divorate il fuoco o una pestilenza.

Qualcuno aveva giocato l'ambo secco – sessantotto la fame e ottantasei morire di fame – ma i numeri non erano mai usciti. E per forza! Come dovevano uscire se non erano quelli giusti; se nascevano da una interpretazione sbagliata dei fatti?

Il rutilio ha le sue regole: esse vanno studiate a una a una negli anni, imparando a riconoscere l'inesorabilità con la quale si verificano. Quelle donne non erano morte di fame – ché nessuno le aveva rinchiuse in una prigione privandole del cibo – bensì si erano ammazzate per loro esplicita volontà. Dunque, il primo numero era ottanta, il suicidio, e il secondo sessantatré, il pentimento, sia pure tardivo, che esse ebbero.

"E questi numeri sono usciti?" le chiedo turbata, ma mi risponde che non li giocò mai. Era trascorso troppo tempo da quando le era giunta la eco di quegli avvenimenti, e i numeri avevano ormai cessato di esercitare il loro magico influsso.

Perciò, diceva – mentre si accomodava sul divano, il cui uso le era abitualmente vietato, approfittando del mio smarrimento – non sono necessari i sogni per giocare: tutte le cose, sotto sotto, sono nient'altro che numeri. Il Padreterno creò il mondo in sette giorni; le donne partoriscono in nove mesi, il marchese viene ogni ventotto giorni... Se uno volesse potrebbe trovare numeri da giocare ovunque perché, tanto per cominciare, ogni cosa accade in un'ora di un giorno, e quest'ora e questo giorno sono già numeri!

Se la lasciassi fare, continuerebbe a compiacersi delle proprie chiacchiere per l'intero pomeriggio; ma io, sebbene turbata per qualcosa che non so nominare, non la sopporto e l'oppressione della sua presenza sopravanza sul bisogno di compagnia.

Con i sensi aguzzi del suo spirito, avverte la mia ribellione, e senza abbandonare il divano, ma sedendosi sulla punta come pronta a fuggirne, mi chiede con voce suadente se ho qualcosa per la testa. Infine, le dico che non so; ho il disturbo solito di quando dormo male, forse a cena ho mangiato troppo e non ho digerito; forse ho fatto un sogno, ma non ricordo.

Mi guarda con compatimento, e io rispondo alle sue domande incongruenti, mentre una voce segreta mi dice che sono un'idiota e che l'assurdità e la sconvenienza del mio comportamento mi tengono alla mercé di questa strega maligna. Alla fine, emette la sentenza e tira fuori dai miei vaneggiamenti una serie completa di numeri, molto più numerosa anche di una cinquina. Sono tutti buoni, mi dice, spetta a me scegliere quali voglio giocare; lei, se anche volesse, non potrebbe farlo al mio posto.

Non si deve credere che io non sappia che ciò che mi viene offerto come arbitrio necessario altro non è che l'astuzia offerta a se stessa, per meglio usare la mia superstizione. Tuttavia ho sempre lasciato che mi pensasse docile nella mia credulità, perché non avrei mai sopportato di rivolgermi agli impiegati delle ricevitorie del lotto come ho visto fare a certe donnette affannate.

Esse giungevano al botteghino, e si guardavano attorno senza sapersi decidere a fare nulla con i loro numeri. Io, grazie alla mia vecchia visitatrice, non mi sono mai trovata in questi disagi, e sono sempre arrivata con le combinazioni già fatte e le puntate per ciascuna giocata.

E non si deve neanche credere che giochi spesso: mi accade di farlo due o tre volte all'anno per tre settimane consecutive, come prescrive il rutilio.

Nessuno nella mia famiglia, neppure donna Peppina che aveva legami fantastici con l'aldilà, correva mai l'alea di una simile prova, e, nei suoi occhi splendenti, brillava il disprezzo per chi ci provava. "Figurati," mi diceva di qualcuno che gli sembrava uno sciocco, "gioca al lotto!"

Né il suo giudizio veniva mutato dalla notizia di una vincita, la qual cosa, al contrario, acuiva la sua diffidenza, come se il vincitore, oltre a essere uno sciocco, fosse divenuto anche un mariolo.

Tuttavia, quanto di superstizioso e irrazionale vive in me, sopraffacendomi, a tratti, come il sintomo di una malattia ciclotimica o come una impressionabilità che si intromette fra me e il mondo, rendendolo nemico ai miei sensi, mi fu istillato goccia a goccia da mia zia Peppina. Il caso, o l'ineluttabile fatalità, mi hanno insegnato che la ragione è sconfitta dalla vita ben più che la follia, e che questa, infine, è l'estrema difesa inviolabile dell'esistenza di ognuno.

Notti sotto al castello

Avevo dodici anni quando donna Peppina Curatore mi teneva in vacanza nella casa sotto al castello perché mi rimettessi dalle fatiche della scuola. Andavo da lei all'inizio della stagione calda, allorché la temperatura si faceva insopportabile, e perdevo i sensi ogni volta che la piccola casa dove abitavo con Anita si riempiva del sole agostano. Nelle penombre ammuffite delle sue stanze, ero riparata da quel grande nemico che – per tutte le creature come me, nate per nascondersi continuamente a ogni cosa che abbia il segno vivido dell'esistenza – era la luce assolata.

Vivevo, perciò, come un animaletto delle ombre o della terra: forse una talpa o un riccio, o ancora – se non fosse che mi ribrezza – come un cieco e sensitivo pipistrello.

Mia zia Peppina, quando l'aria si faceva più fresca e, da sopra al balcone di casa sua, vedeva le figlie del farmacista che passeggiavano tutte impettite con il figlio del medico, mi esortava a uscire. Ai miei dinieghi ostinati, mi gridava contro che non potevo stare sempre in casa come un fantasma irresoluto, senza pettinarmi dalla sera prima, e con addosso una vestaglia appartenuta a lei fin da ragazza.

Mi piaceva, mentre ero in vacanza e il tempo scorreva pigro e denso, infilarmi nei vecchi abiti (e tanto più essi erano somiglianti a stracci, tanto più ne sentivo il conforto!), e nascondermi nell'armadio che odorava di naftalina, ma anche seguire bene le tracce odorose, che venivano da certe parti più intime come lo scollo delle spalle e l'incavo delle ascelle dell'odore caramelloso dei deodoranti a stick.

Mia zia Peppina – a parte l'ora serotina, quando i suoi nervi erano messi alla prova dal mio rifiuto ostinato a ogni forma di vita sociale – godeva di quel carattere riservato e ubbioso, che trovava rifugio solo in casa e, meglio che in qualunque altra, nella sua.

Così lei non mi perdeva di vista un solo momento, se si eccettua il pomeriggio quando, terminato di mangiare con me e il marito Michele, storceva la bocca in un crescendo intrattenuto di sbadigli. In quel tempo di tregua da lei e dalla sua presenza parlante, io ero libera di girare per ogni angolo della casa: di frugare dentro ogni cassapanca, ogni scatola di cartone che lei disseminava, dimenticandone prontamente l'esistenza.

Mia zia dormiva nel grande letto montagnoso, dove tre o quattro materassi di lana, di altezze e lunghezze differenti, dominavano l'uno sull'altro, separati da corte lenzuola da una piazza, variamente rattoppate. A seguito delle cattive frequentazioni femminili del marito e della malattia che quasi le costava la vita, aveva dismesso le lenzuola matrimoniali e manteneva, sul loro stesso letto nuziale, una virginale separazione dal corpo di lui. Al pomeriggio, essi dormivano russando a tal punto che bisognava chiudere le porte della stanza e dell'antistanza, dopo essersi assicurati che gli scuri del balcone fossero saldamente serrati.

La delizia di quelle ore senza lacci, valeva un'intera esistenza!

Libera da ogni controllo, percorrevo quegli enormi spazi infilati gli uni negli altri che erano le stanze di cui si componeva la casa di mia zia.

Quella, di queste, che fungeva da ingresso, si apriva improvvisamente su di un ballatoio, interno al palazzotto, che percorreva tutte le stanze da quel lato della casa e si affacciava sul cortile, dove un grande portone di legno segnava la separazione con il mondo esterno.

Separazione, questa, del tutto virtuale, se si considera che il batacchio di ferro che lo sovrastava, a mia memoria, non fu mai utilizzato per farsi aprire, e che nel cortile bivaccavano indisturbati ora un carretto, ora un'intera mobilia.

Ogni tanto mia zia veniva presa da furori giganteschi, e la sua fluida e naturale megalomania si spandeva per tutta la casa, riempendo anche gli angoli più nascosti: allora minacciava di chiudere il portone, e di aprire solo dopo essersi accertata dell'appartenenza e dell'educazione di chi entrava a casa sua.

A generare questo trambusto – in cui lei andava avanti e indietro per tutta la lunghezza dell'antistanza, costringendomi a presenziare seduta sul divanetto di velluto ad arabeschi, carico di polvere e traballante su un piede – erano le donnette che teneva in casa, sporche e affamate, insieme ai loro figli innumerevoli, per farsi fare qualche servizio più necessario.

A donna Peppina ogni servizio era necessario perché non sapeva fare niente: io stessa, allevata da mia madre che sapeva fare ogni cosa con le sue mani mirabili, per sola imitazione ero in grado, se volevo, di tenere testa allo scompiglio che mia zia creava a ogni passaggio, o di preparare un pranzo senza bruciare tutte le pentole.

Ma donna Peppina non voleva che toccassi nulla, e quando parlava di me alla sua corte di straccione, diceva: "La signorina Chiara vuole questo e ha detto quello," oppure: "Avete visto se la signorina desidera qualcosa?".

Ma questo improbabile equilibrio di principesse e di cameriere, di padroncine e di servitorelli, non poteva reggere per più di qualche settimana: dopo essersi arraffate tutto quello che era bene in vista e a cui mia zia non aveva posto caso; o il nascosto, di cui io sola avevo contezza, quelle anime ingrate se ne andavano.

Mia zia Peppina le mandava a chiamare dai numerosi figli che rimanevano a pascolare nella casa per qualche giorno ancora e che alla domanda: "Ma vostra madre sta malata?" rispondevano alzando al cielo gli occhi rotondi e innocenti, come se la loro madre se la fossero portata via gli angeli. Donna Peppina non desisteva, e continuava a nutrirli e a coprirli di attenzioni, e, per mezzo loro, mandava piccoli doni di rappacificazione alle madri. Solo quando era chiaro, al di là di ogni possibile dubbio, che non sarebbero tornate più, veniva presa dal furore, e cacciati via i bambini a uno a uno – non senza avere dato loro qualche scappellotto leggero e avergli tolto dalle tasche le ultime refurtive –, si metteva sul balcone a gridare che il suo portone era chiuso e non si sarebbe riaperto mai più.

Il giorno trascorreva, come ho detto, in un'altalena di delizie e di soprassalti che mi incantavano; ma ciò che si svolgeva in modo davvero singolare nella casa sotto al castello, erano le notti.

Quando arrivava il buio, e a mia zia era passata la vanità di vedermi uscire più elegante e bella delle figlie del farmacista (fatto che doveva verificarsi in un tempo brevissimo sicché lei sola potesse rimirarmi dal balcone, e subito io risalissi le scale della sua casa sicura, perché al mondo non si sa mai chi si può incontrare!), ci mettevamo sul balcone a prendere l'aria fresca della sera.

A quell'ora felice, lei scioglieva i capelli raccolti in una treccia e si pettinava con il pettine fitto – l'acqua le dava una terribile irritazione, e non poteva lavarsi senza diventare un fuoco in tutto il corpo – e parlava, con il suo eloquio magnifico, delle grandezze della famiglia.

"Chiara," mi diceva, "tu porti il nome della tua nonna bellissima! Bellissima era!... E che ne fai di me? Io, al confronto, sono una faccia verde... Certo, tengo un poco di altezza, un poco di eleganza: ma il colore di tua nonna!... Era come te!"

A questo punto, io mi schermivo ombrosa perché volevo assomigliare a una sola: a mia madre Anita. E, invece, tutti dicevano che avevo il corpo di Francesco e il suo lungo collo da giraffa triste.

Mia zia si accorgeva dei miei pensieri e li leggeva a uno a uno: allora si inquietava – con lei non si poteva discutere la bellezza della sua famiglia – e diceva: "Ma perché, volevi un padre più bello di quello che tieni? E lo volevi più buono?".

Di nuovo i miei occhi si scurivano e diventavo sempre più selvatica. Allora donna Peppina tirava fuori una voce strozzata che non ammetteva repliche e diceva: "È stato orfano, senza la mamma, povero figlio! È stato sfortunato!... Tu lo devi capire".

Esasperata, alzando la voce: "Dovevate applaudirlo quando è uscito dal carcere, dopo una tale ingiustizia...".

Poiché il mio sguardo si faceva sempre più duro, lei, benché contrariata, ricorreva all'unico argomento che aveva il potere di rappacificarmi, e, con la voce seducente, mi diceva che mia madre era davvero una gran donna. Una delle più straordinarie che avesse conosciuto.

Rasserenata da queste affermazioni, mi disponevo a una lunga notte di meravigliosi racconti, ogni tanto interrotti dai richiami del marito Michele, che vanamente ci diceva di andare a dormire.

A notte fonda, quando sulla stradina si era fatto un tale silenzio che si poteva sentire perfino il gocciolio della fontanella nella piazza, distante quasi un chilometro da noi, sazie di memorie e di racconti, ci salutavamo per andare a dormire.

Il mio letto, una specie di baldacchino a più strati, carico di coperte e di cuscini, era stato messo per volere di mia zia e nonostante le numerose stanze vuote, nella sua stessa camera da letto. Un fittissimo tendaggio separava la zona del sonno dal resto, enorme, della stanza, dove lei trascorreva anche la maggior parte della giornata.

Dunque, io andavo a dormire dopo esserci scambiati molti baci, e averle promesso che avrei fatto un sonno profondo e senza pensieri, perché la mattina mi dovevo svegliare con una faccia bellissima, come quella di nonna Chiara. Nonostante Michele russasse già, e a lui si aggiungesse rapidamente mia zia, anch'io mi addormentavo senza difficoltà.

Una sola volta mi svegliai da quel sonno perfetto e dovetti averne uno spavento smisurato. Dormivo ormai da qualche ora e mi svegliai, forse a causa del caldo eccessivo dovuto alle molte coperte e stracci con cui mia zia mi avvolgeva, nonostante fosse agosto. Provavo quel senso di nausea assetata che prende, a volte, l'estate e che sembra non debba saziarsi neanche bevendo.

L'idea di alzarmi, e addirittura di aprire gli occhi svegliandomi completamente, mi ripugnava. Resistetti in quel dormiveglia fantastico, nel quale il bisogno fisiologico si intromette con immagini false e ripetute, suggerendo la propria soddisfazione. Avevo già compiuto ogni sforzo per spegnere in sogno la sete, quando dovetti arrendermi all'arsura: aprii gli occhi rimanendo atterrita.

Attorno al mio letto a baldacchino, c'erano accesi una fila colorata di lumini, sicché io stessa sembravo un catafalco. Credendo di essere già morta, o di avere corso a mia insaputa un pericolo mortale, mi misi a urlare come un'ossessa, e donna Peppina soprassaltò dal punto più profondo del sonno.

Si svegliò anche il marito Michele, che avrebbe voluto darle una bastonata sulla testa, ma mia zia gli disse di fare l'uomo e di rimettersi a dormire, che alla nipote ci pensava lei.

Lo aveva fatto, mi spiegò, per mandare via il diavolo da me: perché io non volevo più bene a Francesco, e questo, in una bambina di dodici anni, non può essere che un consiglio del demonio.

Rimasi sveglia e tremante, fintanto che non arrivò la luce a portarsi via le ombre della notte e del terrore mio.

Una volta d'estate

L'estate in cui comparvero in sordina alcuni casi di tifo, faceva molto caldo e io ero in vacanza da donna Peppina. Se ne sentì parlare senza convinzione, come di un sospetto su cui non porta bene soffermarsi, per la morte di un contadino bruciato da una febbre furiosa. La sua famiglia, che lo aveva sotterrato senza troppe discussioni, in breve tempo si ammalò tutta intera, e con diverse vicende ed esiti, fece il proprio duello con la morte.

Tuttavia i casi erano sporadici e confusamente distribuiti, quasi che il morbo agisse controvento, senza avere la forza di diffondersi o come se non fosse che l'autore involontario di quelle morti. Le voci che correvano intorno a esso fin dagli ultimi giorni della scuola – si era in giugno quasi inoltrato – erano contraddette a tal punto, che non perdemmo neanche una mattina di lezioni. Fin da allora, però, resistevamo alla tentazione delle fontanelle nelle strade e bollivamo l'acqua prima di berla; ci lavavamo le mani continuamente, con un brivido di orrore, e guardavamo sospettosi ogni verdura o frutto della terra. In agosto, il timore dell'epidemia era svanito, e il suo ricordo aveva assunto quella gradazione della paura che è propria dei fantasmi infantili e che si assimila agli orrori impossibili dei mostri delle favole: l'uomo nero, l'orco o il babau.

Donna Peppina odiava sentire parlare di malattie, e a casa sua, nonostante il sudiciume degli svariati frequentatori, non si nominava mai la parola tifo. A volte, quando qualche donnetta più spaventata si faceva uscire quel nome di bocca in sua presenza, o raccontava con timore superstizioso di qualche voce sentita, mia zia aveva un sussulto e si segnava velocemente. Poi la inceneriva con lo sguardo, quasi che quella volesse portarle il contagio in casa solo a parlarne, e le urlava di andare a raccontare le sue sciocchezze da un'altra parte. "Noi siamo puliti!" gridava guardando me con gli occhi scintillanti, affinché mi unissi a lei nello sdegno. "Eppoi, abbiamo già i nostri guai!" aggiungeva di malumore, riferendosi alla periodicità dei miei attacchi d'asma. "Perché, come si dice? Malattie e guai non mancano mai..."

In realtà, a parte queste poche evocazioni angoscianti, l'estate trascorreva pigra, senza che nessun avvenimento particolare venisse a turbare quel denso torpore, quasi la tela sapiente d'un ragno, che solo donna Peppina sapeva ricamare attorno a me. Al riparo nella sua casa e in mezzo al disordine degli arredi, mi sentivo attrarre in un luogo magico, dove il tempo era sospeso e i suoi effetti potevano essere modificati o piegati a nostro piacimento.

Nonostante avessi quindici anni, e dai vestiti graziosi che indossavo si affacciasse un corpo di donna che modellava i tessuti su forme rotonde, mia zia mi trattava – secondo i casi e l'umore – come una bambina che ancora non conosce la tempesta degli ormoni o, raramente e solo per costrizione, come una fanciulla che si affaccia sulla soglia della vita adulta.

Di preferenza, si rivolgeva a me come fossi una pupetta ragionevole, seppure di età infantile indefinibile, e non teneva in nessuna considerazione le esigenze che il mio corpo poneva, e che io stessa subivo con malcelata insofferenza. Così, quando giungevo nella sua casa, toglievo finalmente l'armatura che mi stringeva i seni e che Anita mi pregava di indossare perché questi non andassero pesantemente per proprio conto. Mia zia mi guardava compiaciuta mentre, con un solo gesto, negavo gli attributi della mia grazia, e con essi il tempo che prendeva forma su di me.

Se a sorprenderci, invece, era il flusso mensile, donna Peppina si arrendeva alla violenza della natura, che non comprende ragioni, e tirava fuori dagli armadi e dai cassettoni, vecchie lenzuola ripiegate, che strappava in piccole parti con la forza delle mani. In quei giorni, e per meglio sottolineare il nostro disaccordo con quella cruenta espressione della biologia, io mi mettevo a letto per tutta la durata del flusso e donna Peppina mi portava ogni sorta di cibo, quasi fossi una malata che rischia di morire dissanguata. In nessun caso parlavamo della maturità procreatrice che il mio corpo aveva raggiunto, e le espressioni della sua normalità venivano taciute fra noi, come un incidente su cui sorvolare.

Se qualcuna delle servette aveva la mia età, donna Peppina constatava soddisfatta come il nutrimento e le buone cure ricevute mi avessero fatta più alta e forte della mia coetanea. Tuttavia, dopo un poco, avendo dimenticato ogni considerazione precedente e magari vedendomi parlare con quella, mi chiamava da parte per dirmi che l'altra, al contrario di me che ero piccola e ingenua, era maliziosa e impudica e già aveva qualche fidanzatino. "Anche tu," concludeva convincente, "dovrai avere un fidanzato quando sarai nell'età giusta... Ma che dico un fidanzato!" aggiungeva senza sapere resistere alla vanità. "Dovrai avere un corteo di ammiratori e dovrai scegliere quello che ti piace di più: il più bello, il più ricco... quello che somigli a un principe!"

Altre volte, quando affacciandosi al balcone della camera da letto, scorgeva il figlio del medico che prendeva il fresco da solo sulla terrazza, mi chiamava a gran voce. "Chiara!" gridava. "CHIARA!" Eppoi rientrando: "Corri," mi diceva, "corri! Vieni al balcone che sta aspettando te!".

"Me?" chiedevo incredula. "Te, te!" ripeteva tirandomi per un braccio. "Sbrigati, non lo fare aspettare!"

"Ma no," rispondevo riluttante, "non mi sono neanche pettinata... Sono vestita male!" "Ah!" faceva donna Peppina. "Sciagurata! Quante volte te lo devo ripetere che ti sta aspettando e che devi aggiustarti un poco per lui: è innamorato dei tuoi occhi... Io l'ho capito, soffre per te!"

Quando giungevo al balcone, il figlio del medico era rientrato in casa, e, nonostante mia zia fosse sicura che sarebbe tornato per guardarmi, di lì a poco lo vedevamo uscire dalla porta di casa per le sue passeggiate.

"Ecco!" diceva mia zia risentita. "Tu lo fai soffrire, e lui ha un orgoglio da difendere..."

Altre volte il giovane, invece, alzava gli occhi verso il cielo e, casualmente, incontrava il nostro balcone sempre aperto che gli stava sulla linea dello sguardo. Allora mia zia mi dava un pizzicotto per sottolineare la giustezza delle sue tesi, e si metteva di profilo, quasi non vedesse nessuno dinanzi a sé. Il figlio del dottore, un bravo giovane educato, non mancava mai di salutarla con una certa animazione nella voce. "Buonasera donna Peppina," diceva cortese. "Buonasera!" rispondeva mia zia, voltandosi a guardarlo come se lo vedesse solo in quel momento. "Bella serata eh? Lo dicevo un attimo fa a mia nipote..."

Nel frattempo, io mi ero riparata dietro l'alto cactus spinoso e la voce di mia zia saliva per la stizza; infine apparivo, con il disappunto stampato sul volto, e facevo un sorriso confuso e stupido.

Il pomeriggio arrivava Giuppina, che si annunciava imprecando contro qualcuno o qualcosa, ed entrava in casa mettendo in ordine ciò che le appariva fuori posto. Con l'andare del tempo, il suo rapporto con donna Peppina aveva assunto una venatura polemica che, rapidamente e con qualunque scusa, diveniva rissoso e sfociava nella lite. Per una ragione o per un'altra, Giuppina finiva per lamentarsi del marito Alfonso Gregante e, a quell'attacco, donna Peppina – sebbene sapesse che doveva tacere e non prestarsi al gioco della nipote – non resisteva alla tentazione di esprimerle il suo sostegno. "Hai ragione," diceva, "è un cafone... Niente a che vedere con la nostra razza!"

"Ah disgraziata!" faceva Giuppina inesorabile. "Allora lo sai che è una bestia!... E me l'hai fatto sposare tu... Sei stata tu a costringermi! Io non lo volevo..."

A queste parole donna Peppina si zittiva e ascoltava senza un fiato tutte le mormorazioni di Giuppina. Se io entravo in quel momento, mi faceva cenno di tacere; e se insistevo chiedendo cos'era successo, mi sillabava storcendo la bocca e riparandosela con la mano: "Il ma-ri-to!".

Verso metà della sfuriata, Giuppina diceva di prepararmi perché andavamo a passeggio. "Che fai?" continuava a imprecare contro sua zia. "La tieni murata viva questa ragazza? Che deve dire la mamma quando la vede?... È diventata pallida come una candela, ed era arrivata bianca e rossa... Oh, ma tu non sai fare niente, tu sei una distruzione, una catastrofe..."

Una sera, era quasi la fine di agosto, arrivò mio padre. Donna Peppina, che stava prendendo l'aria fresca sul balcone mentre io ancora giravo per le stanze alla ricerca di qualcosa, lo vide sùbito. "Corri, corri!" mi disse, immediatamente posseduta dall'agitazione. "Arriva tuo padre!"

Alle mie resistenze crescenti, all'ostilità che mi comparve sul viso, mia zia oppose un'urgenza prepotente e aggressiva e m'ingiungeva di prepararmi, di cambiarmi, di farmi bella! Mi difendevo ostinata dicendole: "Non voglio, non voglio!... Lasciami in pace!" e lei si ribellava, alzando verso me una mano minacciosa come se, davvero, avesse potuto colpirmi.

Mio padre ci trovò così: io avevo nelle braccia i vestiti migliori e, tutta spettinata e inselvatichita, non mi decidevo a fare nulla.

"Chiara," disse, baciandomi leggermente sulle guance con le labbra secche, "devi tornare al paese".

Leggendo nei miei occhi un rifiuto che non aveva bisogno di nessuna parola per dichiararsi, aggiunse: "Sono venuto a prenderti perché tua madre sta male".

In principio non gli credetti e pensai che – al suo solito modo – mentiva per ottenere ciò che voleva; e quel che voleva poteva essere ogni volta differente e mutevole.

Girai le spalle senza più ascoltarlo, e diressi i miei passi verso il corridoio, con l'intenzione di andare a chiudermi in qualche stanza senza uscirne per il resto della sera.

"Chiara!" mi richiamò lui cupo.

Donna Peppina, che fino a quel momento era andata avanti e

indietro con l'aria di non stare a ascoltare, guardò Francesco con gli occhi di basilisco. "È necessario?" domandò. "La figliuola non è stata bene in questi giorni... Potreste partire domani mattina con la luce..."

"È necessario partire questa sera," rispose gravemente Francesco.

Mi preparai in fretta, e tuttavia ancora incredula; in macchina, seduta accanto a lui che guidava silenzioso, mi ripromettevo di insultarlo se le sue parole avessero celato un inganno.

"E allora, cosa è successo?" domandai aspra.

Non rispose subito e tirò alcune boccate dalla sigaretta che aveva appena acceso. In silenzio, allungò la mano per farmi una carezza, ma io mi scostai irritata. "Allora? Cos'è, un altro dei tuoi scherzi?"

"No," disse. E la sua voce mi giunse stanca e quasi incrinata dal pianto. "Tua madre sta male..."

"E tu come lo sai?" domandai continuando a non credergli.

"Mi ha fatto chiamare il medico questa mattina" sussurrò.

Nel silenzio della strada che ci veniva incontro buia, le sue parole non mi sembrarono più false.

"Male come?" domandai, cominciando ad avere paura.

Di nuovo non rispose, mentre cercava la mia mano nel buio della macchina.

L'anello e altre oscurità

A casa c'era la madre di Rosina che sussurrò rapida alcune istruzioni; andava a vedere che la famiglia non avesse bisogno di nulla e poi tornava a fare la notte con me.

Mia madre stava a letto e aveva il volto congestionato di quando le veniva la febbre alta. Alla prima occhiata, non mi sembrò diversa dalle altre volte in cui l'avevo assistita prendendo dall'armadio l'imbottita e dandole da bere, di tanto in tanto, un poco di acqua fredda. Anita, nonostante fosse sottile, e all'apparenza fragile, aveva in sé qualcosa di pletorico che le congestionava le vene al più piccolo accenno di malattia, sicché nel suo corpo ogni reazione esplodeva con la violenza di un uragano. Al mio richiamo, allorché le fui vicina e potetti accarezzarle il viso, non rispose sùbito e sembrò che fosse immersa in un sonno molto profondo. Mi allontanai dal letto, desiderosa di mandare via dalla stanza mio padre. "Devi andartene," sussurrai nervosa quando gli fui vicina, "potrebbe svegliarsi in qualunque momento e arrabbiarsi anche con me..."

Lo spingevo fuori dalla porta e mi voltavo a controllare che mia madre dormisse. Rassicurata dal suo respiro, che giungeva fondo e regolare, lo accompagnai all'uscita, decisa a rimanere sola con lei. "Stai tranquillo," gli dissi senza incertezze, "posso pensare a tutto io!"

"No," rispose guardandomi dubbioso, "rimango fino a quando torna il medico."

"Ma perché?" domandai ostile, senza aspettarmi alcuna risposta.

Gli voltavo le spalle mentre si accendeva una sigaretta. Non mi meravigliavo della sua disattenzione: nonostante le belle parole, non sapeva trattenersi e non gli importava niente di noi. Aveva gli occhi arrossati per qualche sforzo compiuto, o per i suoi piaceri, e me li piantava sul viso supplicandomi. Lo guardai con durezza, senza farmi commuovere, e il rifiuto prese dentro me la sua forma più gretta. No, gli dissi senza parlare. No, non ti perdono!

Trascorsi la notte seduta sul letto accanto a mia madre. A tratti, sognava e si lamentava, scotendo la testa e facendo schioccare la lingua nella bocca. I capelli, che alle tempie erano sudati, le incorniciavano il viso con un alone fiammante, e tutto il suo volto esprimeva la concentrazione del sonno. Seguii con tenerezza la linea bombata della fronte, l'incavo da cui partiva il naso piccolo e vagamente carnoso, e mi accorsi che si era assottigliato.

La sveglia mi avvisò che era giunta l'ora di darle la medicina; la chiamai piano spingendole la pillola in bocca. Torpidamente la buttò fuori e, per un poco, gentilmente, lottammo fra noi. La chiamavo perché si svegliasse e la inghiottisse insieme a un poco di acqua, ma non mi ascoltava e continuava il suo respiro di sonno. Chiesi aiuto alla madre di Rosina: insieme sciogliemmo la pillola nell'acqua e gliene demmo a fatica alcuni sorsi. Mi sembrava di imboccare una bambina di pochi mesi e provai un sentimento strano; un miscuglio di tenerezza e di orrore che mi smarriva.

"È tifo encefalico," aveva detto il medico lavandosi le mani. "Sta entrando in coma."

"È grave?" domandò mio padre che aspettava fuori.

"Sì, ma l'organismo è molto forte e giovane... Bisogna vedere cosa accade nelle prossime ore!" concluse guardando verso me che gli porgevo un asciugamano. "Tu, intanto," disse rivolto alla mamma di Rosina, "stai attenta. Bolli tutto e non toccare niente..."

Mentre il medico la visitava, Anita aveva aperto gli occhi consapevoli, e aveva sorriso scusandosi per il dispiacere che mi dava. Il medico approfittò di quell'improvviso ritorno per farle alcune domande scotendola con le mani e piantandole una luce negli occhi. Lei sembrava avere fretta di tornare a combattere nel segreto del proprio corpo e con un brivido aveva sorriso ancora prima di abbassare le palpebre.

C'era nel suo sonno un'assurda e pronta concentrazione; come una tensione che le serrava gli occhi e insieme le rilassava altre parti del corpo, sicché le sue mani, a tratti, erano scosse da un tremito, e si aprivano a colpire il lenzuolo per respingere invisibili fantasmi. Altre volte, ad avere questi scatti nervosi erano i piedi, che teneva scoperti nonostante la febbre alta.

Guardavo le sue mani, che il sole agostano non colorava, nude di anelli, e pensai all'ultima volta che ne aveva messo uno: era una fascetta d'oro, incisa con foglie e spighe di grano. Eravamo andate a sceglierlo insieme, dall'orefice del suo paese, una mattina che Titina era stata chiamata a scuola e ci aveva lasciate padrone della casa.

Uscimmo presto per passare davanti al comune dove erano affisse le pubblicazioni del matrimonio. A quella vista, mia madre – c'eravamo passate già altre volte – assumeva un'espressione riservata, mentre gli occhi splendenti la tradivano. "Quanto tempo devono rimanere?" domandavo incredula. "Due settimane," mormorava appena. "Due settimane!" "E nessuno le strappa?" insistevo, non potendo credere che ci fosse chi resisteva a una tale tentazione "No, è vietato dalla legge!" mi rispondeva con sussiego.

Al matrimonio di mia madre, avrei avuto anch'io la mia parte di gloria. Certo, non era previsto che facessi il paggio reggendo la punta di un lungo strascico da sposa, perché mia madre avrebbe indossato un vestito normale, appena più elegante di quelli dei giorni di festa. Tuttavia, e questo era un segreto che conoscevamo solo io e lei, in quella stessa occasione, io avrei fatto la prima comunione, indossando un magnifico vestito di raso e velo bianco.

"Quanto deve essere grande l'anello per vostro marito?" domandava l'orefice esitando sulla parola marito.

"Non lo so," rispondeva mia madre rivolgendosi a me che ero, a suo giudizio, la più adatta a fare quella scelta. "Va bene così?" domandava, mostrandomi un anello che mi pareva enorme, dentro il quale sarebbero potute entrare agevolmente due mie dita. In verità non avevo la più pallida idea di ciò che fosse necessario per mio padre, e tuttavia mi piaceva che le cose dipendessero da me.

Infine l'orefice, andando contro i propri interessi, ci dissuase dal comprare un anello per Francesco. "È l'uomo che deve regalare l'anello alla donna," concluse mentre incartava i nostri. E nelle sue parole si poteva sentire l'eco di molti altri doveri che gli uomini devono compiere, e che le donne devono sapere esigere.

Francesco veniva tutte le sere a cena a casa nostra e, sebbene dopo il carcere non amasse più stare al chiuso e uscisse sùbito per andare in piazza a passeggiare con gli amici o a bere un bicchiere nel bar, era desideroso di sposarsi. A volte egli restava a dormire nel nostro letto, mentre io venivo mandata nella stanza degli ospiti, già sul punto di divenire la mia. Qualche volta, raramente però, Francesco era in casa al risveglio, a prendere il caffè. Mia madre preparava la colazione con una strana timidezza che la faceva apparire impacciata e le faceva commettere piccoli errori, come fosse disattenta o non avesse la forza necessaria per governare le cose. Accadeva che le sfuggisse una tazza di mano o che il caffè, appena uscito, le cadesse sul tavolo con una larga macchia bollente, o che il latte si bruciasse sul fuoco. Mia madre era, al tempo stesso, concentrata e distratta a causa di un punto di attrazione che richiamava tutte le sue energie e la distoglieva da ogni altra cosa. Il mio arrivo in cucina la faceva sobbalzare e, se stava in camicia da notte, si copriva subito impallidendo leggermente. Allora, i suoi occhi, vagamente cerchiati, correvano da me a mio padre attenti al più piccolo respiro, alla più insignificante intonazione delle nostre voci.

Mio padre, invece, era sicuro di sé. Tutto in lui – dalla risata piena, alla voce sonora con cui mi salutava dicendo ad Anita di prepararmi una bella colazione – sembravano esprimere la certezza del proprio dominio ed esibivano, a chiunque lo guardasse, e perfino a me, le prove di quella vittoria dei sensi che aveva riportato su mia madre.

Mio padre era mutato, e io non avrei saputo dire esattamente né come, né dove fosse incominciato questo cambiamento e, neanche, se non si fossero semplicemente dilatati quei caratteri che erano i suoi da sempre. A osservarlo bene sembrava lo stesso, e tuttavia i suoi occhi non erano più quelli di una volta e dentro le pupille nere si poteva cogliere, a tratti, una sincerità esagerata; quasi un bisogno d'essere creduto a ogni costo, di commuovere l'ascoltatore e di averlo dalla sua parte assolutamente. Così, quando raccontava l'amara esperienza del carcere, l'inganno che gli avevano teso, e come aveva resistito per non impazzire, non gli bastava di venire ascoltato con la partecipazione commossa dei presenti. Quel che voleva era molto di più, come se dentro lui agisse – insieme al bisogno di proclamare gli orrori subiti – l'impossibilità di ritrovare quei sentimenti e quella gradazione dell'innocenza che, come in un sogno, sembravano appartenere alla vita di un altro. Mano a mano che parlava, il suo racconto perdeva d'intensità, come un'essenza lasciata aperta a svaporare, e più egli si ostinava a ripetersi, nella speranza di ritrovare un centro, più quello gli sfuggiva e diveniva impenetrabile alle sue parole. Così, ben presto, nessuno più volle ascoltarlo e se lui, attratto inesorabilmente dal segreto di quella scomparsa, tentava di evocarlo dentro sé con accenni frequenti, una voce gli riportava l'eco dei pensieri degli altri. Essa, dopo avere soppesato le sue parole e averle respinte perché inutili e prive di senso, inesorabilmente gli ripeteva l'unanime condanna: "Impostore!".

A quell'insulto, che era insieme uno svelamento e una constatazione, egli trasaliva come un cattivo commediante che sbagli a recitare la propria parte o declami, con toni contraffatti, quella di un altro. "Beh," gli diceva qualcuno sfuggendo frettolosamente e volendo liquidare quel disagio prima possibile, "adesso lo Stato dovrà risarcirti e ti darà molti soldi!..."

Mio padre sentendo, oltre a queste parole, il seguito taciuto del ragionamento che più o meno diceva: "Di che ti lamenti? Per un po' di carcere che hai fatto avrai soldi a palate... Potrai fare il signore, mentre altri, nelle tue condizioni, passano tutta la vita senza una consolazione e senza tante finzioni..." rispondeva risentito: "Ma non ci sono soldi che possano risarcire di una tale perdita...".

Quale fosse la perdita che aveva subìto, egli non lo sapeva esattamente; e tuttavia questa, fra le molte che diceva, era l'unica parola che, ponendolo dinanzi a un vuoto incolmabile, gli risuonasse dentro vera.

Fra sogno e realtà

In quei giorni di preparativi, mia madre e io eravamo troppo occupate per soffermarci sull'inquietezza di Francesco; sull'ombra risentita che scuriva il suo volto, piegandogli il labbro in una smorfia di disgusto.

A nostra discolpa posso dire che essa durava solo un attimo; poi Francesco si scuoteva, e nei suoi occhi si affacciava un'espressione vuota.

"Ti serve qualcosa?" domandava Anita, avvicinandosi di qualche passo alla poltrona dove si era seduto. "Stiamo uscendo..."

A quella richiesta di Anita, anch'io mi voltavo a guardarlo, ma Francesco si stringeva nelle spalle senza rispondere.

"Andiamo a provare il vestito!" aggiungevo desiderosa di contagiarlo con la nostra contentezza. "Vuoi venire anche tu?"

"Oh no!" mi riprendeva mia madre. "Non deve vederlo prima della cerimonia, porta sfortuna!"

"E noi non ne abbiamo bisogno: basta quella che ci è capitata!"

Mentre diceva queste parole, le pupille di Francesco tornavano ad accendersi di fuochi sinistri; allora sembrava che il suo corpo si tendesse in uno spasimo, e che egli stesse per balzare fuori dalla poltrona andando a compiere qualche vendetta terrifica.

Invece ricadeva con un sospiro e tornava a occuparla in tutta l'ampiezza con una specie di protervia, come stesse pensando: ebbene, io sono qua, e nessuno mi toglierà questo posto in cui siedo, né le altre cose che mi appartengono.

Quando tornavamo dai nostri impegni, mio padre era già uscito tirandosi dietro la porta, e in casa c'era un clima strano: qualcosa che non poteva definirsi disordine, perché somigliava molto più a una dissipazione volontaria. Se egli aveva bevuto, si poteva essere certi che la bottiglia era stata rovesciata o rotta, e che adesso giaceva abbandonata in qualche angolo della casa; se aveva mangiato, le tracce del suo passaggio apparivano ovunque.

A volte, in mezzo al disordine offensivo degli indumenti, sparsi per di più nella camera da letto, trovavamo qualche appunto scritto in fretta e dimenticato. Avrei voluto leggerlo, ma mia madre me lo toglieva dalle mani con un sorriso tranquillo, e lo riponeva senza guardare.

Come ho detto, mio padre non dormiva sempre a casa nostra, ma nei giorni che precedettero la data fissata per il matrimonio non si fermò mai, e a volte scomparve dal paese anche per due giorni di fila.

Anita, al contrario di me, non sembrava dispiacersi di un simile comportamento, quasi questo esaudisse il suo desiderio inconfessato di prepararsi al matrimonio con il pudore di una sposa senza passato.

"Papà è partito?"

"Forse!" mi rispondeva, senza dare troppa importanza alla cosa. "Avrà anche lui tante cose da fare..."

Sciarmano, che veniva a trovarci ogni giorno, ed era testimone di nozze insieme a Giuppina, ogni tanto domandava dove fosse

Francesco e cosa stesse facendo. Alle risposte imprecise di mia madre, alla tranquilla vaghezza con cui rispondeva, Sciarmano acconsentiva con un movimento lento del capo. "E non ha detto dove andava..." riassumeva ad alta voce. "Hummm! Non ha detto niente..."

"E che doveva dire?" gli obiettava Anita dall'altra stanza.

"Certo, certo! Non doveva dire proprio niente..." confermava Sciarmano con forza. "Signorina Anita, dovremo dare un poco di soddisfazione al paese... La cerimonia giustamente è riservata, e così deve essere! Ma dopo...Non il giorno stesso, è logico, lasciando passare anche una settimana se si vuole! Ma, dopo, bisogna fare un rinfresco!"

A queste parole, mia madre sorrideva imbarazzata, e le sue pupille splendenti vagavano alla ricerca di qualcosa.

"Non c'è bisogno che ve lo dica," insisteva Sciarmano, "le cerimonie sono state inventate per dichiarare a tutti che le cose sono veramente accadute: per farle ricordare!"

Dello stesso avviso, benché per ragioni che Sciarmano non avrebbe neppure pensato, era anche Giuppina, che veniva dal paese per mostrarci il suo vestito e consigliarci sui nostri.

"Devo fare una toletta coi fiocchi quel giorno! Devo mettermi una parure con il collier, gli orecchini e una spilla qua!" diceva orgogliosa, indicando un punto del petto. "Ah, io alle spille ci tengo moltissimo! Io," annunciava, "sono una femmina di spille!"

Noi ridevamo per quella frase senza senso e Giuppina continuava: "Tutti questi ori che compro, li lascio tutti a mia nipote! Sarai tu pure una femmina di spille!... Comunque la festa la dobbiamo fare. Ai dolci ci penso io! Porto cinque torte da quattro chili, dieci chili fra amaretti e dolci secchi, e tutto il sorbetto di limone che riusciamo a preparare...".

Nel breve tratto fino alla chiesa, chi ci vide passare nella macchina di Sciarmano coi nostri abiti di cerimonia, ci salutò con segni affettuosi di saluto e di incoraggiamento, quasi stessimo partendo per qualche luogo lontanissimo o per un'impresa ciclopica. Noi rispondevamo con un movimento senza suoni delle labbra: "Grazie," pensavamo commosse e insieme stordite. "Grazie!"

Benché la cerimonia fosse riservata ai soli parenti e ai compari di fede con le famiglie, c'era già qualche curioso venuto apposta per guardare; ma non dicemmo loro di andare via, perché eravamo in quel particolare stato d'animo che induce alla gratitudine perfino verso qualcosa che non si è mai voluto.

Vicino all'altare, Giuppina sistemava grandi mazzi di fiori: rose, margherite, e ginestre odorose. Vedendomi arrivare nel mio sontuoso abito bianco, mi mostrò un mazzo di gigli dal profumo inebriante.

"Questi," mi disse, "sono per te! Per la nipote mia diletta, per il giglio del mio cuore..." e la sua voce, nel trasporto dell'affetto, si incrinava già di pianto. "Anita!" esclamò rivolta a mia madre che era rimasta indietro intimidita. "Vieni a darmi un bacio! Oggi è un grande giorno!" disse stringendola bruscamente fra le braccia.

Per un poco, irrigidite dall'emozione, non parlammo; poi Giuppina, che fu la prima a scuotersi, domandò: "Francesco è già qua? Non l'ho trovato in casa," aggiunse dopo averci lanciato una rapida occhiata. "Eravamo d'accordo già una settimana fa..."

"E in questa settimana non vi siete più visti?" domandò Sciarmano.

"Uffa!" si indispettì Giuppina. "Come ve lo devo dire che mi è stato impossibile incontrarlo: sono andata e venuta dal paese, e quello non ci stava mai! Anita mi è testimone..."

"No!" rispose mia madre. "È venuto a casa mia l'altra notte!" mormorò guardando inquieta verso di me.

"Ma cosa dice," pensai, "si sbaglia! Francesco non viene a casa nostra da almeno tre giorni. Dunque, vediamo: oggi è martedì e ieri non l'ho visto. Domenica neppure l'ho visto. Me ne ricorderei senz'altro perché era un giorno di festa! E sabato... Sabato lo aspettavo per uscire, ma non è venuto..."

Guardai di nuovo mia madre, che era tornata silenziosa e fissava il pavimento.

Sotto il mio sguardo indagatore, Anita si scosse e alzò gli occhi: improvvisamente arrossì.

Quella mattina Tripoli venne al paese e si sedette al bar della piazza.

Da quel punto strategico, egli presidiava tutto il passaggio che, dalle viuzze laterali, tesseva l'intera mappa del paese. Faceva già un poco caldo, e il suo borsalino bianco – ne aveva di differenti colori per tutte le stagioni – lo riparava dai primi raggi di sole.

Chi lo vide, seduto come un signore mentre beveva il caffè al tavolino, lo salutò cerimonioso, pensando che fosse venuto per il matrimonio. "Sembrate voi lo sposo!" gli disse qualcuno più intimo, conoscendo la sua vanità. A quegli accenni, come alle frasi più esplicite, Tripoli non rispondeva, e rimaneva con un'espressione fatua stampata sul viso, quasi non avesse sentito o aspettasse ancora qualcosa.

Poi, comandò al ragazzo del bar di andargli a comprare il giornale all'edicola di fronte, e si accese una sigaretta: la prima, e, se resisteva alla tentazione, anche l'unica della giornata.

Si mise a leggere, sfogliando le pagine lentamente, e facendo a tratti brevi commenti gutturali e segni di disapprovazione con il capo.

"E allora?" disse il barista perplesso, constatando che il tempo passava e Tripoli non si avviava in chiesa. "Che fate, non andate alla cerimonia?"

"Eh, c'è tanto tempo ancora, non vi pare?"

Eppoi, guardando il barista con intenzione: "Mio figlio non è arrivato!".

In chiesa bisbigliavamo aspettando mio padre; già il parroco si era affacciato sulla porta della sacrestia e aveva detto: "Si è fatto molto tardi, che vogliamo fare?" "Stiamo aspettando che torni mio marito," aveva risposto Marianna. "È andato a informarsi..." disse senza concludere la frase. Nessuna di noi osò farlo al posto suo, e restammo chiuse in un silenzio cupo.

Se guardavo mia madre, mi accorgevo del pallore del volto e dei suoi tratti acutamente tirati. Stava seduta in un punto della chiesa, dove l'arcata rifletteva l'ombra delle colonne e la nascondeva agli occhi di chi fosse entrato. In quell'involontario nascondiglio, aspettava rigida e composta.

Allora, benché non volessi, tornavo a dirmi che aveva mentito a proposito di Francesco, e di nuovo uno strano malessere mi contraddiceva, confondendomi.

Mio padre non era venuto a casa nostra, insistevo: io e Anita avevamo dormito insieme, come facevamo sempre quando eravamo sole, e la mattina ci eravamo svegliate insieme...

"Oh!" esclamò Giuppina rompendo il silenzio. "Di certo è successo qualcosa di male! Magari è morto!" proruppe cedendo al panico. "E tu, Anita, che ti senti? Gli è successo qualcosa?"

Intanto, i curiosi erano usciti dalla chiesa, e noi li guardammo andare via, senza avere la forza di opporci.

"È arrivato Tripoli..."

"E con lui c'è Francesco!" aggiunse Giuppina sollevata, guardando verso Sciarmano che aveva parlato dall'ingresso.

"No! Vostro fratello non verrà. Signorina Anita!" disse avanzando verso mia madre. "Fatevi coraggio, prendete la bambina e andiamocene a casa..."

Eppoi, rivolgendosi ai presenti che lo guardavano sbigottiti:

"Io non ci volevo credere, ma quello è un fariseo! Meglio perderlo che trovarlo un uomo del genere!".

In quello stesso giorno, benché ci fossimo chiuse in casa stordite, ci giunsero ogni sorta di voci che non avemmo la forza di respingere, bisognose com'eravamo di ascoltare.

Sembra che fossero in molti a sapere che mio padre andava in un paese vicino, dove un'amante lo attendeva. Si trattava di una ragazza molto più giovane di lui – dicevano; forse addirittura di una minorenne, con la quale si era fatto sorprendere dai fratelli in uno scantinato. Forse c'era stata anche una rissa e Francesco era riuscito a filarsela non si sapeva come...

Di sicuro sapevamo solo quello che Tripoli, dal posto d'onore dove rimase tutto il giorno, ripeteva a chiunque lo interpellasse.

"Non è ancora nata la donna che sposerà mio figlio!" diceva minaccioso, quasi il suo divieto riguardasse, oltre che noi, altre e molteplici storie.

"Ma come?" gli chiedevano increduli, "e Giuppina non sapeva niente?"

"Giuppina era Giuppina," rispondeva Tripoli, "e non se la doveva sposare lei la mammana. Le donne, si sa, sono tutte uguali e si sostengono fra loro... Comunque, quelle erano decisioni prese fra uomini, che non dovevano essere discusse con lei... Eppoi, cosa era successo di terribile? Francesco aveva già riconosciuto la bambina, adempiendo a tutti i suoi doveri."

"Sì," obiettava qualcuno, "ma sparire il giorno delle nozze..."

"Avete ragione!" rispondeva Tripoli serio. "Ma ci sono delle cose nella vita che non si possono neanche raccontare; errori che si fanno per colpa del sangue giovane, delle passioni..."

E non voleva più continuare a parlare.

Fu a causa di queste chiacchiere, ma ancora più delle sue reticenze, che vennero a dirci che Francesco non si era presentato al matrimonio perché si era messo nei guai, e presto avrebbe avuto un nuovo figlio.

Nello spazio di qualche ora, accadde quello che non era mai accaduto prima nelle nostre vite: fummo alla mercé delle parole. Così le voci, le supposizioni, le insinuazioni, le calunnie, si mescolarono fra loro in un crescendo senza controllo: ci sembrò, allora, che il paese si fosse dato convegno sotto la nostra porta di casa, e che questa fosse spalancata, sfondata perfino, senza più difese. Infine, ci lasciarono sole.

Nel cuore della notte, fui trascinata fuori dal sonno da brevi sussulti che scotevano il letto. Mi abbandonai a quella sensazione angosciante che mi accendeva nella mente altri ricordi confusi.

È tornato Francesco, pensai, senza decidermi ad aprire gli occhi, e, anzi, chiudendoli più forte che mai. È tornato come l'altra notte, quando il letto si muoveva e non eravamo più sole. No! Non eravamo sole: c'era Francesco nel letto con noi, e Anita bisbigliava di fare piano. "Piano!" supplicava. "Piano! Si sveglia la bambina..."

Come allora rimasi ferma, e sentii che il corpo di Anita tremava, scosso da una tensione irresistibile.

Piangeva trattenendo i singhiozzi, e lo sforzo tremendo a cui si costringeva deflagrava dal suo centro, cercando una via di uscita.

Rimasi ferma, paralizzata dal dolore e da un'impotenza senza voce.

A un certo punto della malattia di mia madre, mentre vegliavo il suo sonno e i respiri si erano fatti profondi e distanti, mi addormentai per qualche minuto.

Mia madre stava nel grande bar del paese. E io? Dov'ero io per ricordare così nitidamente ogni cosa?

Francesco entrò nella sala e la vide. Era seduta in un angolo, con le spalle appoggiate al muro. Il volto pallido, incorniciato da capelli come la criniera di un animale selvatico, esprimeva una mestizia così fonda e perduta che ebbe il potere di infuriarlo.

Si diresse verso lei con la voglia di farla finita. "Io non ti sopporto" sibilò. "Che sei venuta a fare fino a qua, per guastarmi la serata?"

Anita sollevò uno sguardo vuoto e compatto, dentro il quale egli non lesse nulla. "È inutile," continuò, "io ti conosco. Lo so che sei venuta qua per me... Sei venuta a starmi davanti per non farmi godere la serata... Ma lo sai che faccio? Io prendo una ragazza qualunque e ballo con lei sotto i tuoi occhi..."

"Sììì!" le alitava sul viso vicinissimo. "Hai capito cosa faccio? Me la stringo come faccio quando non ci sei, così capisci una volta e per sempre che mi devi lasciare in pace!..."

"Hai capito?" urlò, scuotendole le spalle con un spinta rabbiosa.

Sotto il colpo, Anita sembrò disfarsi interamente e si acquattò nel muro come un animaletto atterrito. Solo gli occhi, aperti e incolori, erano rimasti come due laghi immobili.

“Vattene, Anita!” pregò impaziente Francesco. “È meglio per tutti quanti se te ne vai!”

“Me ne vado se vieni a casa con me,” rispose trasognata.

“Ah!” gemette Francesco. “Lo sapevo che mi avresti detto questo. Lo sapevo!”

Rapidamente, cambiando tono: “Andiamo a parlare fuori,” le disse dirigendosi verso l’ingresso.

Anita lo seguì con piccoli passi ubbidienti. “E allora, che vuoi?” la aggredì Francesco che finalmente era libero di sfogarsi. “Non avevi detto che non mi volevi più vedere? E neanche io ti voglio vedere! Io, anzi, quando ti vedo mi sento male!”

Anita stava in piedi mentre straziava con le dita un fazzoletto bianco. “Insomma, Anita, che vai cercando da me? Io non ti voglio!”

E siccome lei rimaneva immobile e senza reazioni, le gridò contro: “Hai capito? Io non ti voglio!”.

A quel rifiuto crudele, Anita ebbe un sobbalzo come se si accorgesse all’improvviso di ciò che accadeva. Si guardò attorno stupita eppoi gli disse: “Smettila!”.

Il suono secco della voce colpì Francesco come uno schiaffo. Incuriosito si volse a guardarla. “E brava Anita!” ricominciò beffardo dopo un attimo di silenzio. “Adesso si mette pure a dare gli ordini! E ora che mi hai detto di smettere, io ti ubbidisco, perché a te bisogna sempre ubbidire. Sissignora, io la smetto e me ne vado!”

Così dicendo, si voltò dirigendosi nella sala da ballo.

“Francesco!” urlò Anita, e lo strazio del suo grido fece affacciare la gente sulla porta. “Francesco, per favore, non te ne andare... Francesco portami a casa. Ti prego, portami a casa!”

Io e mia madre abbiamo sempre dormito insieme, e, quando mi accadeva di svegliarmi nel cuore della notte, rimanevo ad ascoltare il suo respiro scandendo i secondi che passavano fra un fiato e l’altro. “Uno, due, tre,” contavo, mentre trattenevo anche il mio per non confondere i nostri ritmi o per adeguarlo al suo. “Quattro, cinque... Dio, non respira più... Forse è morta!” dicevo, mentre l’emozione mi faceva battere il cuore per quella finzione colpevole. Pur sapendo che giocavo a impaurirmi, spingevo il mio spavento fino al punto in cui i polmoni quasi scoppiavano e mi dicevo: “Voglio morire anch’io!”.

Poi, giungeva il suo respiro e cominciavo daccapo “Uno, due, tre, quattro...” fino a quando il sonno non mi coglieva.

C'è qualcosa di inquietante nel sonno delle persone che amiamo; qualcosa che, se ci mettiamo all'ascolto, contiene la profezia della loro morte e ci permette di guardarla senza l'orrore della morte vera.

L'avevo vista tante volte la morte di mia madre che, quando giunse, non seppi riconoscerla.

Principessa solitaria

"Chiara, fuori c'è la neve... ha nevicato tutta la notte! Alzati, è ora di andare a scuola! O non ci vuoi andare e rimani a casa? Fa freddo e puoi ammalarti... Resta a casa va'! Altrimenti mi preoccupo tutto il giorno!"

Donna Peppina parlava così mentre entrava nella mia stanza. Adesso ne avevo una anch'io, perché avevo portato con me molte cose dal paese. "Guarda," diceva animata, "guarda com'è bianca la strada... Avevi mai visto una neve così?... Tanto è quasi Natale," borbottava fra sé, "che sarà mai se non va a scuola!"

"No!" le risposi piena di disappunto, accorgendomi dell'ora tarda che si era fatta e scattando in piedi. "Io a scuola ci vado!"

"Oh," fece donna Peppina, buttandomi una maglia sulle spalle perché non prendessi freddo. "Sei sempre così studiosa! Non cade il mondo se oggi non ci vai... Vedrai che la scuola è chiusa e non sarà venuto nessuno... Con la voglia di lavorare che hanno tutti quanti! Scommetto che non è arrivato nemmeno il postale."

Mi avvicinai al balcone, dove la coltre pesante di neve aveva seppellito anche le poche piante lasciate fuori; sarebbe stato difficile opporsi a mia zia.

"Devo essere interrogata in greco," dissi asciutta mentre mi vestivo.

"Come?" si scandalizzò. "Non ti avevano interrogato già la settimana scorsa? Ma questo professore ti tortura," continuava cupa, "vuole vederti soffrire..."

Eppoi cambiando tono: "Magari ti interroga solo per poterti guardare, sei così bella!".

"Ma dài zia!" protestavo arrossendo mentre mi infilavo il vestito nero.

Mia zia rimaneva a guardarmi, e ogni tanto emetteva un sospiro carico di sopportazione. Si capiva che non gradiva i miei vestiti del lutto e che, se solo avesse potuto, se le convenzioni non lo avessero imposto e io non fossi stata così ostinata nel rispettarle, mi avrebbe strappato di dosso quei tristi paludamenti. Allora tirava fuori un collettino bianco lavorato all'uncinetto e me lo porgeva silenziosa, nella speranza che non lo rifiutassi.

"Ah, lo porterei al tuo posto questo dolore!"

Guardandomi con gli occhi saettanti di sfida: "D'ora in poi il destino se la dovrà vedere con me: tutto sulle mie spalle forti di vecchia! A te solo felicità e gloria!".

Mia zia diceva la parola gloria e il suo viso, subitamente assorto in una visione, si riempiva di luce. "Quando andrai all'università dovrà essere la più famosa d'Italia... Tuo zio Michele vorrebbe che non andassi troppo lontano da noi... per i rientri a fine settimana!" lo giustificava comprensiva. "Lui vive solo per te, e non può pensare di non vederti per lunghi periodi! Ma io non la penso così!" diceva con una luce di determinazione negli occhi. "Se bisogna fare dei sacrifici si fanno! E allora, se tu devi diventare una medichessa, e ti devi laureare con la lode, devi andare nella migliore università. Dove sta? A Padova?... Dove sta? A Bologna?" prendendo fiato: "Dovunque sia, là tu andrai... Useremo tutti i soldi che abbiamo, ci mangeremo tutta la nostra fortuna se è necessario!".

Volgendosi raggiante verso me: "La figliuola nostra diventerà una professorona e tutti verranno a curarsi da lei!... L'intera razza dei D'Auria ti dovrà applaudire!".

"Zia!" la interrompevo, mentre ero già sulla porta della camera. "Devo andare! Se perdo ancora un minuto non mi fanno più entrare!"

"Non fanno entrare te?" rispondeva infilandosi risoluta il cappotto. "Ti accompagno io!"

"No! Ma che fai?..." la supplicavo di restare, nonostante sapessi che si trattava di una finzione e che non usciva mai dalla propria casa. "Ti prego zia, togliti quel cappotto, non è necessario, basta solo che vada via sùbito!"

"Ed esci così?" domandava, ubbidendomi prontamente e spostando la sua attenzione sul fatto che non avevo mangiato nulla. "Senza colazione? Senza un poco di latte, un uovo... Nooo! Tu non devi fare così: tua nonna Chiara era delicata di polmoni e tu le somigli. Devi nutrirti!" frugando ansiosa negli stipi della cucina: "Portati almeno questi biscotti, e promettimi che li mangerai, che non li darai fino all'ultimo alle tue compagne, rimanendo morta di fame!".

Per qualche strana ragione, mia zia aveva l'opinione che io fossi generosa in una maniera spropositata e che bastasse domandarmi una cosa perché giungessi a privarmene completamente. "Ti sei presa la sciarpa? E i guanti? Non uscire senza guanti perché tu sei come me: ti vengono i geloni alle mani... Maledetta pelle fine!" concludeva compiaciuta. Sulla porta di ingresso si assicurava che avessi preso ogni cosa secondo i suoi comandi: "Gesù, quanto sei bella! Che colori meravigliosi, che pelle latte e miele!...".

Divenendo improvvisamente timorosa: "Statti accorta, non dare confidenza a nessuno!... Cammina con la testa alta e gli occhi fissi dinanzi a te... Non avere pietà di nessun uomo: quello che ti merita deve ancora nascere!".

"Zia," le rispondevo sfinita da quella giostra di parole incessanti, "ma chi vuoi che si interessi di me!... Sono una ragazza qualunque!"

"COME?" si scandalizzava donna Peppina. "Come fai a dire una cosa del genere? Tu devi studiare, devi diventare importante! Bellissima già sei!... Per te ci vuole un nobile, uno col sangue blu!"

A scuola, un liceo con l'aria severa d'un convento e le inferriate alle finestre, faceva sempre freddo. Le classi, riscaldate alla meglio da grandi stufe a carbone che il bidello attizzava a ogni fine di ora, si svolgevano lunghe e strette, come antichi corridoi utilizzati alla meglio.

Per giungervi dovevo percorrere – passando davanti a casa della commare Bianca, che mi salutava da dietro le finestre – tutta la discesa che dal castello giungeva fino al centro del paese, passando per la posta. Di lì proseguivo per un viale alberato che fiancheggiava la villa comunale, e vedevo l'insegna del grande bar di Alfonso Gregante, il "Polo Nord". Infine giungevo a scuola e superavo i recinti di ferro del giardino che fioriva selvatico.

Il preside in persona mi aveva presentato alle compagne il primo giorno di scuola. Dovete volerle molto bene – aveva detto rivolgendosi alla classe, mentre io avvampavo di imbarazzo – perché la vostra compagna ha perduto la madre ad agosto scorso.

A volere questa messinscena fu mia zia Peppina che dovette immaginarsela in ogni dettaglio, mentre stava seduta in camera da letto. Così si beò del mio rossore sotto i capelli biondi, che ricadevano ricciuti a coprirmi il viso, e dello sguardo vergognoso con cui sfuggivo a quella esibizione. Sazia di guardarmi coi suoi occhi, mi cercò negli sguardi delle mie compagne, del professore presente in classe, e perfino del preside: in un crescendo sinergico di compassione e di ammirazione, immaginò che io fossi divenuta per tutti una meravigliosa creatura delle favole, un essere venuto da un altro pianeta, la principessa solitaria di un mondo lontano.

Le mie proteste, quando tornai a casa, le sembrarono una bestemmia; la reazione incomprensibile d'una ingrata. "Vedete com'è mia nipote?" diceva rivolgendosi alla sua corte. "Non vuole riconoscere le proprie qualità: è modesta, si vergogna di tutto!... Se qualcuno vuole riconoscerle un onore, lei fugge timorosa."

Eppoi cambiando tono: "E che cosa ha detto il preside? Ha detto che vivi nella casa di Michele Curatore e di sua moglie donna Peppina?" domandava lisciandosi indifferente le pieghe del vestito.

Come mia zia aveva previsto, la scuola era deserta, e nelle classi vuote risuonavano i passi del bidello che girava con la gavetta del carbone. Raggiunsi la classe e mi sedetti con un brivido, mentre frugavo nella cartella. Ne tirai fuori tutto il contenuto, e in poco tempo il mio banco fu coperto da libri che celavano, a chi fosse entrato all'improvviso, la vista di quel che facevo. Dietro quel piccolo riparo, finalmente aprii il testo di greco rivestito di una sottile carta paglierina con cui io stessa l'avevo ricoperto. Dentro, fra la carta e la copertina, cercai la busta da lettera che conservavo dal giorno precedente. L'indirizzo lo avrei scritto all'ultimo minuto, quando fossi stata certa di poterla impostare.

Avevo sperato molto di trovare un momento in cui fossi sola, e mia zia non facesse sentire la sua presenza dinanzi alla stanza. Donna Peppina entrava in ogni momento con le scuse più diverse; a volte compariva solo per guardarmi un attimo o per dirmi in un sussurro di non stancarmi troppo; altre volte si affacciava sulla porta trasognata, alla ricerca di qualcosa che non ricordava. Se mi voltavo a guardarla, mi faceva segno di non porre caso a lei e di continuare le mie cose, perché se ne sarebbe andata sùbito. Altre volte, invece, veniva proprio per parlarmi; quando aveva finito si metteva a leggere stando seduta sul mio letto e, dopo un poco, si addormentava leggermente. In questi casi, non russava e atteggiava il labbro a un vago sorriso, come se i suoi occhi chiusi celassero, in realtà, uno sguardo chiaro e vigile che continuava a guardarmi da dietro le palpebre.

Mia zia non aveva, per sua natura, nessuna intenzione o capacità investigativa: in questo senso la sua continua e ossessiva presenza in ogni attimo della mia vita, non nascondeva secondi fini e neanche originava dalla volontà di vigilare perché facessi quello che dovevo. Stava con me perché mi amava e, se avesse potuto, avrebbe trascorso in mia compagnia anche il tempo in cui andavo a scuola.

Rabbrividendo per l'emozione, e dopo essermi assicurata che non giungesse alcun passo, aprii il foglio con molta cautela come se, sebbene fosse ancora bianco, contenesse di già notizie e parole compromettenti. Lo guardai per qualche secondo e percorsi, valutandole, l'ampiezza delle facciate vuote e la piega imprecisa che aveva assunto nella busta. Mi sembrò che un lato fosse leggermente macchiato e, dopo essermi guardata intorno ancora una volta, lo osservai meglio in controluce.

Poi presi la stilografica e contai gli spazi virtuali fra un rigo e l'altro. Saltai il primo, destinandolo alla data e all'ora in cui la lettera sarebbe partita, e mi fermai sul rigo dell'intestazione.

Come un'orante che si rivolge in segreto al suo dio, sussurrai quel caro nome senza quasi accorgermi.

"Signorina D'Auria!"

La voce del professore di lettere mi scosse mentre stavo rimettendo a posto la cartella prima di andare via. "È venuta a scuola con questa neve! Credevo di essere l'unico pazzo ad avventurarmi e, invece, vedo che non è vero!"

Mentre parlava, il suo sguardo correva incuriosito dal disordine dei libri al mio viso coperto di rossore. Ero rimasta con il libro di greco stretto sul cuore e la sua copertina gialla splendeva sul mio vestito nero. "Sì, sono venuta," la voce mi usciva spezzata, "perché pensavo che ci sarebbe stata lezione in ogni modo... Eppoi..."

"Eppoi?" mi esortò gentilmente a continuare.

"Eppoi la neve mi piace!" conclusi con una certa allegria.

"Anche a me la neve piace, mi ricorda quando ero bambino e aspettavo che arrivasse insieme a mia sorella..."

"Oh professore!" dissi guardando l'orologio. "Mi scusi, adesso devo andare! Mia zia si mette molto in pensiero se non torno a casa sùbito..."

"Certo, certo!" rispose. "Si è fatta l'ora di uscire."

Fece l'atto di cedermi il passo, e i capelli castagno gli ricaddero lucidi sul viso affilato, ricoperto da una barbetta corta e ben curata. Il professore era l'amore segreto di tutte le mie compagne. Camminava fra le file – tre in tutto – dei nostri banchi, e il suo passaggio era seguito dai sospiri e dai trasalimenti della classe. Se si attardava a fianco a un banco, quella che lo occupava si sdilinquiva, rabbrividendo come per una carezza ricevuta; se interrogava, era costretto a volgere le spalle per evitare che l'esaminata venisse travolta dall'emozione e non riuscisse più a rispondere. Trascorrevamo con lui – come accade nei ginnasi – la più parte delle ore ed egli conosceva già dall'anno prima le mie altre compagne. Per questa ragione, poiché io sola gli ero sconosciuta, mi interrogava frequentemente, guardandomi negli occhi apertamente o fermandosi a lungo vicino al mio banco.

"Ma mi dica," domandò sul portone dell'ingresso: "Lei è stata dentro da sola per l'intera mattina?".

Fcci segno di sì, mentre avvampavo di rossore in attesa della domanda successiva. "E cosa ha fatto per quasi cinque ore?" chiese, mentre lo scherzo della voce contraddiceva la serietà dello sguardo.

"Oh, nulla!" risposi stringendo la cartella e non riuscendo più ad aggiungere neanche una parola.

Il viso sconvolto dal rossore e lo sguardo assente con cui fissavo il vuoto, dovettero suscitare la sua compassione perché fece un cenno comprensivo col capo, come se avesse ricevuto una risposta esauriente.

"Si trova bene in questa scuola?" domandò continuando a camminarmi accanto.

"Sì, bene."

"Le sue compagne le piacciono... Ha già delle amiche?"

"Hmmm..." incespicavo inutilmente nel mio disagio alla ricerca di una risposta.

"Cos'è? Non le piacciono? Preferiva le amiche che aveva al suo paese?"

"Oh no!" risposi senza esitazione. "Io non avevo amiche al paese!"

Camminavamo affondando nella neve, e le impronte lasciate dalle nostre scarpe erano l'unico segno di un passaggio umano.

"Sono tutti a casa al calduccio," sussurrò il professore stringendosi nelle spalle con un brivido. "Abita molto lontano da qui?"

"No, devo fare tutta la salita fin sopra al castello," dissi con un sospiro di commiato.

"Vuole che l'accompagni?" domandò improvvisamente, accendendo una sigaretta e volgendomi il profilo indifferente.

"No, no!" risposi atterrita. "Non si disturbi, per carità! Io arrivo in un attimo! Mia zia mi starà già aspettando dietro i vetri del balcone... Lei si agita molto se faccio tardi... Magari sta già venendo a cercarmi!"

Mentre dicevo queste parole, e ne scoprivo la verosimiglianza, sentivo crescere il panico: se il professore non mi avesse lasciata andare entro pochi minuti, se non mi fossi affrettata a raggiungere la cassetta della posta, e non avessi usato quell'unica occasione che avevo per spedire la lettera, mia zia sarebbe comparsa sopra la strada bianca di neve, con il lungo cappotto nero e il collo di volpe argentata intorno al collo. Avrebbe gridato il mio nome non appena mi avesse avvistata, e si sarebbe precipitata incontro a me, come una madre che ritrova la figlia perduta.

"Va bene!" disse il professore. "Allora arrivederci e i miei omaggi a sua zia."

Balbettai un ringraziamento, mentre già correvo verso casa.

Memorie sonnambule

Non era facile resistere alle tentazioni di Giuppina che ci portava ogni giorno i dolcetti del suo bar.

"È già pronto il tè?" domandava rivolta a donna Peppina che le andava incontro. "Altrimenti facciamo il cioccolato; ho portato anche il latte."

Donna Peppina prendeva il pacco dei dolci con delicatezza, mentre già la ghiottoneria le richiamava la saliva alla bocca.

"Giuppina!" la consultava con un accento oziosamente impensierito. "Ci faranno male tutti questi dolci?" domandava mangiandone un paio.

"E che ne so!" rispondeva seccata Giuppina. "Ma tu a chi vuoi sfruculiare? Non li mangiare e la festa è finita."

Dalla mia stanza, dove stavo chiusa a studiare, sentivo le loro pantomime e guardavo l'orologio: erano puntuali! Solo qualche minuto prima donna Peppina, che era seduta davanti a me, aveva sbadigliato mostrandomi tutta la sua meravigliosa dentatura e aveva detto scotendo il capo: "Come mai Giuppina ancora non arriva? È ora della merenda".

Dopo un poco, quando le urla si erano acquietate e donna Peppina si perdeva dietro il controllo dei fornelli, Giuppina entrava nella mia stanza con il passo timido della soggezione.

"È permesso?" chiedeva sulla porta, aspettando che le rispondessi. Per Giuppina era sempre permesso, le dicevo ogni volta, e lei entrava baciandomi le gote ripetutamente e dandomi i soliti piccoli morsi.

"Ah!" si abbatteva sulla poltrona dinanzi a me. "Come sei giudiziosa! Magari fossi stata giudiziosa come te: a quest'ora sarei una professionista e non m'importerebbe nulla di mio marito!... Sai quante volte lo avrei lasciato se ne avessi avuto la possibilità..."

Taceva scotendo la testa, e nell'aria restava sospesa la domanda di sempre: e cosa avresti fatto se te ne fossi andata?

"Ah!" si ribellava Giuppina alla sue voci interiori. "Quante cose avrei potuto fare nella vita, e invece non ne ho fatta nessuna! Eppure ero intelligentissima e papà mi voleva tanto bene! Mi portava sempre a cavallo con lui... Zia Peppina ti ha mai fatto vedere le mie fotografie sui cavalli?"

Guardandosi intorno senza speranza: "Chissà dove le ha nascoste: quella perde tutto!... C'erano tante fotografie di quando eravamo piccoli io e tuo padre: io stavo così," e atteggiava il viso a un'espressione saputa e birichina, "e lui stava così!" e il suo volto assumeva una posa imbalsamata. "Ma ti sto dando fastidio?" domandava all'improvviso, con una punta di compiacimento, mentre sapeva con sicurezza che io l'ascoltavo incantata e avrei voluto che non smettesse mai. "Ti ho interrotta?"

Ai miei segni di diniego, ai sorrisi e all'incitamento affettuoso con cui le chiedevo di continuare, Giuppina non sapeva resistere e, straripante di amore, aggiungeva: "Io volevo una figlia come te!".

Donna Peppina, che entrava con la merenda, aggiungeva prontamente: "È certo! Chi è che non vorrebbe una figlia come Chiara? Tutti la vorrebbero".

Eppoi, sedendosi accanto a Giuppina: "Ma noi due ci dobbiamo accontentare di averla come nipote... Meglio che niente, quando si ha la sfortuna di non potere avere figli!".

Donna Peppina diceva questa frase con accortezza metodica, tenendo gli occhi bassi sulle tazze che andava riempendo; poi, d'un tratto, li alzava, larghi e innocenti, sul mio viso e mi lanciava un sorriso ammaliatore. Giuppina non fiatava ed era l'ultima a servirsi; bevevamo in silenzio, mentre il rumore dei cucchiai risuonava esagerato contro le pareti delle tazze. "E va bene!" diceva sarcastica mentre si alzava per andarsene. "Anche oggi ho ricevuto la mia razione di veleno!"

"Perché?" domandava preoccupata donna Peppina. "Il tè non era buono? C'era poco zucchero?"

Mia zia fu sempre certa che io ignorassi la sventura di Giuppina e che nessun cuore crudele, nessun farabutto, avrebbe mai potuto correre l'ignominia di informarmene. Né mai pensò di dovermene mettere a parte lei stessa; e d'altronde perché farlo? Era trascorso tanto tempo da quei giorni amari, e la vita di sua nipote era a tal punto mutata e nuova, e così tranquilla e assestata la posizione sociale, che neanche le ripulse di Giuppina e le sue continue lamentazioni avrebbero potuto modificarla.

Perciò, donna Peppina non ne parlava mai, non solo per la segretezza necessaria a un simile caso, ma perché – via via che il tempo passava e che gli anni si accumulavano gli uni sugli altri, corroborati dal silenzio e dalla legittimità della posizione di Giuppina – si convinse che la cosa non era mai accaduta. Quando incontrava qualcuno della famiglia Gregante, che si lamentava per la mancanza di eredi a cui lasciare le fiorenti attività di Alfonso, donna Peppina assumeva un'aria contrita.

"Avete ragione!" diceva con gli occhi luccicanti di commozione. "Nella nostra famiglia siamo sempre stati prolifici... Pensate che mia nonna fece dodici figli," cominciava a citare i primi nomi di una lunga catena di parenti. "Ma purtroppo," continuava dopo avere stordito gli ascoltatori con una miriade di esempi di straordinaria fertilità, "io e mia nipote siamo sterili!"

Dopo avere detto questa parola, guardava in viso i suoi interlocutori e se, nelle loro espressioni, coglieva l'ombra di un dubbio o il disagio di una protesta, se le sembrava che la mala erba della diffamazione avesse colpito sua nipote e la famiglia, ribadiva dura: "Noi siamo sempre state sterili!".

Di certo, la scoperta che Saverio fosse il figlio di Giuppina balenò in me fin dalla prima volta che lo vidi, e galleggiò nella mia coscienza infantile, come accade per certe suggestioni simili a velieri nella notte, che si illuminano fugacemente, al bagliore dei lampi estivi.

Quando il pensiero di Saverio – al tempo stesso labile e profondo – si appalesava nella sua inafferrabile evidenza, non suscitava in me alcuno scandalo; quasi che la vera natura di quel segreto consistesse nella sua inesprimibile ovvietà. Tuttavia, benché una tale, transitoria, scoperta non mi provocasse alcun sobbalzo interiore, non riuscivo a trattenerne la memoria, né a conservare quel giudizio sicuro che costituisce il fondamento di ogni conoscenza.

Per questa ragione, quando Giuppina e mia madre parlavano di Saverio, e assumevano quel tono, sommesso e audace, che era il segno dei loro segreti, qualcosa dentro me si disponeva a un ascolto indifferente e acutissimo; una specie di ascolto sonnambulo, dentro il quale le parole fluttuavano senza peso, come aquiloni guidati dal vento.

Di solito, sedevano in cucina prendendo il caffè, e iniziavano a parlare con sussurri appena percettibili, interrotti – forse per il presentimento che io stessi ascoltando – dai richiami improvvisi di mia madre.

In questa prima parte dei loro discorsi, esse parlavano a voce così bassa che non mi giungeva nessuna parola; tuttavia – nonostante fosse impossibile udirle, e io continuassi a giocare per mio conto – il senso delle loro parole inascoltate scorreva svelato dentro me.

La potenza di una tale percezione era così grande, che se qualcuno – un passante o un visitatore improvviso – senza risvegliarmi da quella specie di sonno vigile, mi avesse domandato di decifrare il silenzio di Giuppina e Anita, ne avrei riferito con precisione ogni parola.

Nello stesso modo in cui le avevo apprese, quelle nozioni sfuggivano alla mia coscienza, e di esse mi restava solo una memoria capricciosa, con ricordi che si presentavano estranei e slegati fra loro, come fossero appartenuti ad altri che a me.

Quando, invece, Giuppina cominciava a piangere, e i suoi singhiozzi soffocati e le parole che diceva mi giungevano alle orecchie, essi rompevano ogni stato ipnotico, e mi precipitavano in un ascolto ordinario.

"Io neanche capivo quello che mi faceva... Nessuno ci ha creduto!" singhiozzava Giuppina senza più trattenersi.

Eppoi, abbassando la voce, forse per un richiamo o un gesto di mia madre, di nuovo sussurrava parole che non decifravo.

"...Per me era un padre!" (...incomprensibile!) "e sua moglie, poi! Quella p.," (Giuppina pronunciava una simile ingiuria, senza nessuna cautela verso le mie orecchie innocenti), "quella non mi diceva nulla! Rideva sazia e feroce come un'orchessa... come una belva che guarda mangiare un'altra belva..."

A questo punto la sua voce, che aveva quasi raggiunto il picco di un grido, cadeva di colpo, come un corpo che precipiti da un'alta scogliera. Mia madre le rispondeva qualcosa, forse la consolava con quelle sue parole scarne ed essenziali; forse taceva, e io mi appostavo in attesa che Giuppina continuasse.

Riprendevano a parlare sommessamente, e le parole mi giungevano a onde; alcune sembravano esaurirsi prima ancora di toccare la riva; altre sbattevano sulla risacca, con una strana furia inattesa.

"...Io non ho potuto" (...) "capisci? Quando è" (...la sua voce scompariva del tutto!) "Io stavo in" (...di nuovo non sentivo più nulla!)

"...Non lo vidi neanche! Se non fosse stato per la contadina che mi aveva assistita, non avrei saputo neppure (...)"

"...Non ho saputo più niente per almeno tre anni! Mia zia Peppina me lo proibiva" (...la sua voce, che fino a questo momento aveva mantenuto un tono normale, si era abbassata nuovamente. Al suo posto, potevo sentire il pianto di Giuppina, che si faceva più forte e inconsolabile).

"...ma Dio è grande!" ricominciava un poco sollevata, tirando su col naso, "e QUELLO" (un tale, inoffensivo, pronome assumeva nella sua bocca la durezza di una bestemmia o di un insulto atroce) "ha fatto una brutta fine! I suoi stessi figli lo hanno abbandonato in punto di morte: stava nel letto, malato e senza mezzi, e non aveva nessuno che gli portava un bicchiere d'acqua. Sua moglie era andata via coi figli e non gli mandò neanche il prete per l'estrema unzione!..."

Dalla stanza dove giocavo, potevo immaginarmi il volto splendente di Giuppina, e quell'aria esaltata e minacciosa che aveva sempre quando, nei suoi racconti, interveniva il giudizio di Dio.

"...Una volta venni al paese proprio mentre stava morendo! Non lo feci apposta, fu la volontà divina che lo fece succedere! Passai davanti alla sua porta e, da fuori alla finestra, sentivo giungere i suoi fiati stentati. Avrei dovuto entrare dentro, fino nella camera da letto, per dirgli: Hai visto i tuoi figli? Sei contento? Era meglio se ti crescevi un' BASTARDO! A questo punto, almeno, qualcuno ti assisteva!..."

"E, invece, io non sono mai stata capace di fare queste cose, neanche al mio peggiore nemico. Io sono una scéma!"

Di tutte le parole che Giuppina diceva a voce alta, senza che mia madre riuscisse a trattenerla, nessuna, tranne una, m'importava. E, anzi, esse avevano il potere di distogliermi da quella scoperta iniziale, a cui ogni volta giungevo e che prontamente dimenticavo.

L'unica che ne conservava ancora una traccia, e tuttavia da sola non bastava a svelarmi le altre sue compagne, era quella parola, al tempo stesso conosciuta e inesplorata, che Giuppina pronunciava con un suono straziato, e con la quale io stessa avevo un'inspiegabile familiarità: "BASTARDO!".

C'era un bastardo nei dialoghi di mia madre e di Giuppina, che non sapevo destinare a nessuna delle persone che conoscevo e che, nelle rare volte in cui lo sentii ripetere, mi fece trasalire, come se indicasse una catena inenarrabile di eventi che riguardavano non solo me stessa, ma l'intero destino dei D'Auria.

Di fronte a una tale minaccia, ed esaurito ogni desiderio di indagare, io arretravo. Allora quella parola rimaneva sospesa nell'aria, insieme alle altre e ognuna per proprio conto, in una confusione impenetrabile.

Missive segrete. Cugina

Nella mia stanza, prediligevo, fra tutti gli altri mobili, un cassettone pretenzioso e un po' malandato dentro il quale avevo riposto, con un ordine noto a me sola, ciò che mi rimase di più caro alla morte di mia madre. Conservavo così – mescolati a ninnoli e a piccoli giocattoli miracolosamente scampati al tempo e all'uso – i nastrini con cui Anita mi legava i capelli e le molle un po' logore con cui li stringeva. Queste ultime, soprattutto, a volte le prendevo fra le mani e le tenevo per qualche minuto nel palmo, guardandole fissamente; altre volte le provavo, senza tenderle troppo per tema che potessero spezzarsi, o misuravo i nastri irrimediabilmente corti per la massa dei miei capelli.

Ma non erano le uniche cose che serbavo. Nell'ultimo cassetto, il più profondo, custodivo le sciarpe e i foulard di mia madre: essi erano di tutti i tessuti e i colori, perché Anita amava indossarli in ogni stagione. Se li prendevo a piene mani, tuffandoci dentro il viso con un grande sospiro, sentivo l'odore di mamma: dei rossetti che le coloravano le labbra e dei profumi che metteva dietro le orecchie tenere e sulla conca del collo, e – più intenso fra tutti – sentivo l'odore della sua pelle, che mi giungeva diritto nel cuore. Allora provavo una vertigine di dolore, una mancanza così prossima allo strazio, da dovermi forzare per non cedere alla disperazione.

Mia zia aveva ricevuto un divieto assoluto ad aprire il cassettone e, di questa proibizione che le era stata data affinché la estendesse a tutta la sfilza delle sue aiutanti, era assolutamenete rispettosa. Donna Peppina non aveva il tristo difetto che accomuna la maggioranza delle femmine, e la sua indifferenza per la realtà era tale che non solo non ne era affatto curiosa, ma non desiderò mai neanche conoscerla. Preferì sempre, invece, standosi seduta alla finestra della sua camera da letto, ricavare da se stessa, e dalle proprie visioni, un inappellabile giudizio sul mondo.

Perciò mia zia, nonostante mi soffocasse con la presenza e non volesse dividermi con nessuno, non mi spiava, e io godevo di una libertà stravagante e paradossale che nessuna delle mie coetanee ebbe mai.

Sepolte dentro il cassettone, e nel punto più segreto di esso, conservavo due cartoline e una lettera che, quand'anche fossero state esaminate da occhi estranei, non avrebbero rivelato niente, oltre all'evidenza degli argomenti trattati. Tanto le cartoline che la lettera portavano la firma della balia Rosina, e io le avevo ricevute – scandite fra loro da un certo intervallo – mentre già abitavo con donna Peppina.

Quando giunse la prima cartolina, una foto in bianco e nero, con una fanciulla sorridente che guardava verso un cuore trafitto da una freccia, il postino la consegnò a mia zia che la guardò appena, e subito me la diede. "Tieni!" disse a voce alta perché sentissero tutti. "Ti ha scritto qualche tua amica."

Eppoi rivolgendosi alla sua corte: "Mia nipote ha spezzato il cuore a tanta gente quando è venuta via dal paese! L'amavano tutti e adesso le scrivono perché sentono la sua mancanza... Chi ti ha scritto, Chiara?" domandò a coronamento del suo panegirico. "È Rosina," risposi. "La mia balia. È andata a lavorare al Nord..."

Mia zia si guardò attorno con l'aria di chi dice: "Avete visto? Cosa vi dicevo?" e dichiarò pomposa: "Mia nipote è stata cresciuta da un'intera famiglia che si occupava solo di lei! Ti ha mandato una bella cartolina!" concluse con un sospiro di soddisfazione. "La ragazza della fotografia potresti essere tu..."

A questo stesso modo, quando giunsero le altre due missive, mia zia non si intromise, e anzi, parendole di avere esaurito presso le sue donnette le celebrazioni relative a Rosina, che in fondo era solo una mia inferiore, non desiderò più neanche parlarne. "Ah!" diceva assentendo con il capo. "Hai ricevuto posta!"

Rosina, a quel tempo, si era davvero trasferita al Nord perché – come aveva sempre dichiarato – voleva vivere in una grande città e fare la sarta. Tuttavia, nonostante nutrisse verso di me un affetto pari a quello che la legava al resto della sua numerosa famiglia, era quasi analfabeta e non si sognò mai di scrivermi neppure una riga. Non so cosa sarebbe accaduto se qualcuno le avesse appreso come usai il suo nome, e quell'unico legame amichevole che sviluppai per mio conto, sebbene anch'esso mi fu donato da Anita e dalle circostanze della mia nascita.

Quando, finalmente, mi chiudevo nella stanza, riparata per qualche tempo dalle attenzioni di donna Peppina, guardavo quei messaggi cifrati di cui io sola conoscevo i segreti, e mi abbandonavo a una impossibile felicità.

L'immagine dell'uomo con gli occhi lucenti, che aspettava immobile all'uscita del cimitero, si riverberò nella mia coscienza come una foto già vista da un'altra parte o come il riflesso inquietante di un déjà vu sospeso nel vuoto.

A casa, dopo il funerale di mia madre, non era rimasto nessuno; il fratello Renzo era ripartito la mattina stessa perché lo aspettavano al lavoro, e io e Titina eravamo sfinite.

"Dovremmo mangiare qualcosa," disse guardandosi attorno depressa. Poi mi rivolse un sorriso stentato: "Io sono già così magra. Tu stai crescendo!... Cosa vorresti mangiare?" domandò mentre gli occhi le si riempivano di lacrime.

Si voltò per non farsi vedere, e aprì la fontana dell'acqua. Coperta dal rumore del rubinetto, tirò su con il naso e si bagnò in fretta gli occhi. "Va bene!" disse voltandosi risoluta. "Adesso occupiamoci di noi!"

La notte non riuscii a dormire e trascorsi le ore in un'attesa spasmodica che venisse il giorno; se scivolavo nel sonno senza accorgermi, di colpo trasalivo come per un richiamo o per un sobbalzo della coscienza, che mi esigeva sveglia e dolorante e non mi concedeva tregue. Mescolata all'eccitazione, giungeva oscena la paura, e mi sembrava di sentire il respiro di mia madre nella stanza. Con i sensi acquattati, e pronta a fuggire fuori dal letto come una ladra o una miserabile codarda, restai a scrutare i mostri che il buio della stanza disegnava e, senza avere il coraggio di fare null'altro, piansi di terrore e di vergogna. "Nella stanza non c'è nessuno!" ripetevo per convincermi. "Non c'è nessuno, stupida!" insultavo me stessa per spezzare la catena del terrore.

Poiché i richiami alla ragione non riuscivano a placare la chimica impazzita della mia mente, cambiavo tattica e ammettevo che nella stanza ci potesse essere mia madre. "E allora?" mi dicevo. "Magari ci fosse mia madre che può tornare a prendersi cura di me! Magari! Ma quando sono divenuta così stupida da avere paura di lei?" ripetevo nel silenzio della notte.

La presenza di Titina, che dormiva nel letto a fianco al mio, non placava i miei tremori, e aveva invece il potere di farmi sentire orfana per sempre. Si faceva giorno; i miei occhi non si erano ancora chiusi e la notte, con le sue ore lunghe il doppio, mi strisciava davanti come un serpente.

Fu nell'assalto pauroso dei sensi e di una specie di dolorosa parestesia, che quel volto inconoscibile riapparve, svelandosi nei suoi tratti fanciulli. D'un tratto seppi chi era, e mi chiesi dove fosse in quel momento e se mi avrebbe attesa; o se, deluso dalla mia smemoratezza, non fosse andato via per sempre, senza più curarsi di me.

Intanto, ogni paura era passata, e aspettai che si facesse l'ora di alzarsi.

Lo vidi sùbito, non appena ebbi svoltato l'angolo che, dallo spiazzo della casa materna, scendeva verso il paese. Sembrava che avesse trascorso l'intera notte sulla panchina e dal suo corpo raccolto emanava quella strana pazienza che già gli conoscevo.

Mi attendeva immobile, con le braccia allacciate intorno alle ginocchia e la testa inclinata a guardarmi. "Ti sei ricordata di me, finalmente!" disse scherzoso, tendendomi le mani.

"Quando sei arrivato?" domandai, mentre mi sedevo accanto a lui e d'improvviso mi intimidivo per quella vicinanza inusuale.

"Prima che ho potuto!" si giustificò. "La Svizzera è lontana, e le lettere ci mettono molto tempo ad arrivare. Mi dispiace tanto! Anita è sempre stata buona con me..."

Poiché tacevo, e avevo abbassato la testa seguendo il filo del mio nulla, domandò dolcemente: "Tu come stai?".

"Così!" risposi senza aggiungere altro.

Restammo in silenzio, e per la strada non passava nessuno.

"Desideravo molto vederti," continuò. "Mi chiedevo come eri diventata e se avevi sempre lo stesso viso di quando venisti a trovarmi con Giuppina."

Diceva Giuppina, e la sua voce si attardava indecisa per una scelta che non sapeva più fare. Mi chiesi se qualche volta, in cuor suo, la chiamasse mamma.

Per spedirmi quelle missive, Saverio saliva sul treno e traversava il confine, che dalla Svizzera lo portava nel primo paese dell'Italia. Mi aveva detto di non preoccuparmi perché sarebbe stato facile, un gioco da ragazzi, e che gli piaceva tanto entrare in Italia per qualche minuto, come un vicino di casa che si affacci sulla porta. "Pensa," mi diceva contento mentre sceglievamo insieme le cartoline, "lo sapremo solo noi, sarà il nostro segreto... Non dovrai dirlo nemmeno a Giuppina!... Io ti manderò i saluti anche nelle lettere che scriverò a lei, ma tu non dovrai dirle nulla di noi... Prometti?"

Promettevo ridendo di contentezza, e per nascondere il viso appoggiavo leggermente la fronte sulla sua spalla. Era alto e forte, e profumava di pulito. "Prometto, prometto!" rispondevo docile.

"Sei sicura di volere andare a vivere da donna Peppina?"

"Titina è fuori tutto l'anno a insegnare," risposi. "Non potrebbe stare con me."

Per un attimo pensai che nessuno poteva stare con me e mi vennero agli occhi le lacrime egoiste del vittimismo. In realtà, quando Titina mi aveva detto sconsolata di avere avuto un incarico al Nord, e di non sapere neanche dove sarebbe andata a vivere, avevo sentito sciogliersi un peso che mi opprimeva da molti giorni. Non era colpa mia se non avrei potuto vivere con lei! Non era neanche colpa di Titina che avrebbe dato la vita per me.

"Tua madre mi ha fatto studiare," mi diceva fra le lacrime: "Era una testa calda, ma aveva un cuore d'oro! L'hanno sfruttata tutti," imprecava mentre il risentimento le chiudeva la gola. "Si è fatta sfruttare da tutti!..."

Eppoi, dopo un poco: "E adesso tu vai a vivere in quella famiglia che ha rovinato tua madre... Il Signore ti aiuti!... Stai attenta! Io non li conosco bene ma sono cattivi..." sforzandosi di cercare le parole giuste: "No, non si può dire che siano cattivi... È che sono... Sono fatui, ecco! Sono fatui e feroci!" concludeva con i grandi occhi lacrimosi che mi fissavano. "Si preoccupano solo della loro bella faccia, e per il resto non gli importa di nulla... Tu non diventare come loro, ricordati di tua madre!"

Quando Titina parlava così, benché io fossi concorde, provavo un sentimento di ribellione inspiegabile e avrei voluto gridarle contro ogni genere di insulti. Avrei voluto dirle: "Che scelta ho io, cosa mi è lasciato per vivere? E tu che vuoi? Vuoi mettermi contro la mia stessa vita?".

Ma poi mi trattenevo perché Titina non avrebbe capito e la mia le sarebbe sembrata un'inutile cattiveria.

"Appena mi metto a posto con la casa e con la scuola ti vengo a prendere e ti porto con me!" continuava rianimata, proponendomi progetti carichi di responsabilità. "Tu comincia il ginnasio e non pensare a nulla, solo a stare bene! Intanto io mi sistemo e poi ti porto con me!... Ah maledetto denaro!" si disperava. "Trovarmi in questa situazione e non essere neanche di ruolo a scuola... Va bene, va bene!" diceva facendosi forza. "Sarà quello che Dio vuole!"

"Chiara!" La voce di Saverio mi raggiunse mentre ancora mi ribellavo a Titina. "La vita è meno crudele di quello che sembra. Eppoi, noi adesso abbiamo un patto fra noi, e tu," mi disse guardandomi con tenerezza, "tu sei la mia unica cugina!"

Giuppina mi parlava di Saverio, benché – come ho già detto – né lei né mia madre mi avessero mai rivelato il legame che li univa. Di solito accennava a lui schiarendosi la voce con un colpetto di tosse e io capivo che si trattava di Saverio perché il suo viso si tingeva di un leggero rossore, e tuttavia assumeva un'aria ardimentosa e fiera.

"Si sta facendo una posizione," esordiva, omettendo di fare il nome del soggetto, e guardandomi diritto negli occhi, per assicurarsi che io capissi. Al mio segno di assenso continuava: "Lavora come un somaro, ma ha messo da parte i soldi per farsi un'officina..." "Madonna mia!" supplicava volgendo al cielo gli occhi che le brillavano di lacrime. "Aiutalo tu! Fagli avere una bella famiglia, una moglie affettuosa che lo aspetti la sera, dei figli che gli vogliano bene... Insomma," concludeva, essendosi spiegata fino a dove poteva, e facendo conto sulla comprensione di chi accoglieva le sue preghiere per il seguito mancante, "fai le cose per bene!"

Altre volte, invece, mi abbracciava forte e sussurrava sul mio viso: "Ah, quella mamma tua che donna meravigliosa! E che perdita terribile la sua morte... Io la piango come una sorella! Ci volevamo tanto bene! Solo lei mi capiva, solo lei sapeva quanti dolori mi hanno crepato il cuore..." "E come amava lui!" diceva soffiandosi il naso e guardandomi in viso contrita, come chi chiede scusa per un richiamo tanto intimo da divenire temerario.

Erano lontani gli anni in cui Giuppina mi faceva giurare che non avrei fatto il nome di Saverio e che non avrei parlato della sua esistenza ad anima viva; ormai le ero rimasta solo io, e certe volte ero costretta a difenderla dalle sue stesse imprudenze. Se, per caso, l'urgenza di dirmi qualcosa la spingeva a rompere le regole della segretezza, e a lanciarmi qualche frase sospetta in presenza delle servette di donna Peppina, io coglievo i segni impliciti del suo racconto e la rassicuravo con sguardi e sorrisi. Allora, per allontanare quelle spie, mi inventavo ogni genere di servizi, e sbuffavo di noia a ogni loro indugio; non appena erano scomparse, e prima che giungesse donna Peppina, Giuppina mi soffiava nell'orecchio una notizia: "È malato," sospirava, "ha avuto la febbre... Ma adesso è guarito"; oppure: "In Svizzera ci sono le scuole per imparare a sciare... Sai c'è una neve alta così!" indicava le sue spalle. "E bisogna spostarsi con gli sci!".

Ascoltavo quelle informazioni sussurrate in fretta, e aspettavo la più importante, quella che avrebbe dovuto darmi spontaneamente e che io non dovevo chiederle: "Ti manda tanti saluti," diceva con una punta di timidezza nella voce, quasi si vergognasse di portarmi l'ambasciata.

Con mio grande disappunto, e contrariamente a quel che speravo, Giuppina non mi mostrò mai le lettere di Saverio e, benché mi offrissi di rispondere in sua vece, come faceva un tempo Anita, rifiutò il mio aiuto con dolcezza ostinata, come si rifiuta un regalo troppo impegnativo, il cui valore è tanto elevato da risultare inaccettabile.

"No!" si scherniva. "No! Che diritto ho di servirmi di te come se fossi un'ignorante pari mia..."

Eppoi, avvedendosi della mia delusione: "Queste sono cose da persone della mia età... Lo sai quanti anni ho io?" domandava con tenerezza. "Queste sono cose dolorose che devono fare i grandi... Quand'era viva tua madre era un'altra cosa, anche Saverio era più piccolo... non capiva, non sapeva tanti fatti che oggi sa..."

Avrei voluto domandarle quali erano i fatti che Saverio sapeva finalmente, ma l'istinto mi diceva che appartenevano allo stesso ordine di segreti e di divieti a cui era legata la sua nascita; a quel genere di cose, cioè, che bisogna sapere senza che nessuno le dica e che, se apprese, bisogna imparare a dissimulare.

"Eppoi," continuava, "proprio non posso metterti in mezzo a questa storia! Già io rischio molto... Pensa," diceva mentre i suoi occhi si riempivano di angoscia, "pensa a cosa direbbe zia Peppina se ci scoprisse!"

L'orrore di una simile ipotesi ci lasciava senza parole, e io e Giuppina ci guardavamo smarrite, ciascuna con le proprie visioni dinanzi agli occhi. Che donna Peppina lo potesse sapere era l'ultima delle cose che ci dovevano capitare; era la disgrazia estrema, la sventura senza riparo, l'insulto definitivo della sorte. Ci riprendevamo con dentro gli occhi la decisione muta che questo non sarebbe mai accaduto. Per nessuna ragione.

Allo stesso modo, non era facile indurre Giuppina a parlarmi di Saverio al di fuori dell'immagine di passante fugace di cui io stessa ero stata testimone e complice; né era possibile interrogarla su questo argomento, la qual cosa sarebbe stata come ammettere fra noi che conoscevo il segreto della sua maternità.

"Ha avuto un destino molto duro," si lamentava a volte, mentre io mi facevo sùbito attenta, nella speranza che lo dipanasse davanti ai miei occhi. Ma Giuppina, con un sospiro, si rifugiava nella descrizione abituale di Saverio, in quei ricordi comuni che anch'io avevo di lui.

Non so se tacesse per conseguenza al divieto posto a se stessa, a proposito della nascita vergognosa di Saverio, o se, invece, tacesse perché non aveva ricordi, e la sua vera vergogna fossero quegli anni in cui il piccolo bastardo aveva vissuto abbandonato dalla madre e da tutta la famiglia dei D'Auria. A guardarla bene, quando si soffiava il naso rumorosamente e raccontava qualche episodio assolutamente noto a entrambe, si sarebbe potuto pensare che quel che la inquietava di più era il vuoto che si apriva dinanzi ai suoi occhi prima e intorno a quei fatti. Allora si confondeva e mi guardava con un sorriso tremulo: "Che vogliamo fare?" si scusava. "Così è la vita quando si è scémi come me!"

Io credo che Giuppina non mi mostrasse le lettere di Saverio, e le tenesse celate ai miei occhi con modi quasi ombrosi, per il ritegno che ebbe sempre del mio giudizio di studiosa.

A lei, che aveva fatto le classi dell'avviamento e fu piuttosto dotata della leggerezza dell'imitazione che della concentrazione della volontà, le lunghe ore trascorse sopra i libri sembrarono, forse, una superiorità dichiarata della mia persona su tutte le altre della sua famiglia o, perfino, un segno di estraneità a essa.

"Ha preso dalla famiglia della madre!" commentava quando mi vedeva assorta sui libri, e donna Peppina le riferiva trionfante di una interrogazione nella quale avevo primeggiato. "E perché?" ribatteva donna Peppina punta sul vivo. "Suo padre non era studioso come lei, non si alzava la notte per leggere quello che gli era rimasto della sera prima?... Ah quante candele, quanto petrolio consumava tuo padre per studiare!.. Quasi quasi si rovinava gli occhi!" diceva guardandomi appassionata.

A quelle parole Giuppina alzava le spalle, perché non aveva voglia di rimbeccare la zia parlando male di Francesco. "Dove sta uno straccio per la polvere?" domandava cambiando discorso. "Ché devo pulire un poco la scrivania di mia nipote prima che le venga l'asma!"

Eppoi, spostando i libri e spolverando attorno a me, sussurrava: "Tu fai le cose per bene e non ti preoccupare di nulla... Nella nostra razza siamo inconcludenti, ma tu hai il carattere di tua madre...".

A conferma della soggezione che Giuppina provava verso le mie presunte e straordinarie qualità, c'erano certe sue attenzioni deferenti per qualunque pezzo di carta mi fosse passato per le mani, o fosse stato vergato da me.

"È tuo?" domandava, mentre lo poggiava sulla scrivania con lo stesso riguardo con cui avrebbe riposto un'immagine sacra.

Saverio, invece, me ne avvidi non appena ricevetti la sua prima cartolina, a scuola ci doveva essere andato quel tanto che basta per imparare a fare le aste e i numeri, e la sua grafia si svolgeva, ingenua e infantile, con le lettere in stampatello.

Altresì, i suoi pensieri, e ciò che egli riusciva a formulare usando l'ingrato strumento della scrittura, apparivano assolutamente inadeguati alle cose che avrebbe voluto dire. A questa menomazione si aggiungeva quella di un linguaggio meticcio, nel quale parole italiane, che erano state soltanto orecchiate e che non erano mai state possedute nel loro significato originario, si mescolavano selvaggiamente ai suoni della lingua tedesca, che egli andava apprendendo nel suo cantone.

Il risultato di una tale confusione erano le sue missive tenere e inconcludenti, in cui l'amalgama del sentito dire e l'urgenza di comunicare componevano un periodare aritmico e stravagante, quasi che, a scrivere, fosse un sordomuto o un bambino di pochi anni. Consapevole della propria ignoranza, si scusava ripetutamente e mi assicurava che stava per andare in una scuola serale dove gli impareranno ogni cosa e smetterà di essere analfabeta.

Niente mi faceva pensare tanto alle sue mani, come la grafia sgangherata con cui riempiva lo spazio bianco delle cartoline o le pochissime lettere – quattro in tutto – che mi inviò. Non appena mi trovavo in un luogo sicuro, per strada, seduta su una panchina o a scuola dentro la toilette, prendevo le sue missive e, senza leggere più nulla, fissavo quei segni che aveva fatto, tenendo una piccola penna nelle sue mani inesperte. Certo, all'inizio non gli sarebbe stato facile tenerla nella posizione giusta, e quella si sarebbe vendicata schizzandogli il foglio e riempendolo tutto di macchie di inchiostro...

Mi chiedevo estasiata se Saverio, prima di scrivere, facesse delle brutte copie dei suoi testi, o se affrontasse direttamente il bianco del foglio; mi chiedevo se scriveva la sera, quando tornava a casa stanco e aveva finalmente un poco di pace, o se lo faceva nelle pause della giornata, fra un lavoro e l'altro, per evadere dalla pesantezza della sua vita con un pensiero lieve e felice.

Ma Saverio non raccontava niente di quel che serve a immaginarsi una vita, né mi permetteva di "conoscere" – attraverso le sue parole – i luoghi dove trascorreva la maggior parte del tempo: l'officina dove si copriva di bitume; la trattoria dove mangiava a mezzogiorno, o la casa dove tornava di sera. Nulla!

Egli si presentava nei suoi scritti – brevi o più lunghi che fossero – come il ragazzo sul punto di partire che ci promise di riuscire a vivere da solo.

Così, Saverio scriveva che il lavoro era molto buono e che faticava tutta la giornata fino a tardi; che il suo padrone certe volte era *svain*, ma altre volte era buono e gli diceva: "Bravi italiani, grandi lavoratori!" e che stava per comprarsi una macchina.

Io non capivo cosa significasse quella parola *svain* e neppure desideravo cercarla in qualche vocabolario di lingua tedesca; per molto tempo, perciò, essa divenne nella mia immaginazione, il contrario di tutto ciò che è buono, e incarnò, da sola, tutto quanto di cattivo, disonesto e improbo poteva esistere.

Apprendevo, poi, da Giuppina che molte delle cose che egli mi diceva le aveva scritte anche a lei, e a volte quando me le riferiva in un sussurro, facevo fatica a trattenermi dal confermargliele, assentendo vigorosamente con il capo o lasciandomi andare a qualche commento traditore.

Nelle lettere che a mia volta gli scrivevo – anch'esse rare e infrequenti, sebbene più numerose delle sue – raccontavo tutto di me e delle mie giornate. Io credo che, con il vezzo romantico dei miei quindici anni, e con la compassione amorosa che le sue inadeguatezze mi suscitavano, intendessi educarlo a un pensiero più alto, a un'attenzione più fine e leggiadra dell'esistenza e dei sentimenti.

Mentre gli scrivevo, ero lungamente combattuta, e le lettere a lui m'impegnavano molto più che un compito d'italiano o una traduzione di greco. Innanzi tutto dovevo scegliere accuratamente dal mio vocabolario ogni parola che usavo, perché essa gli fosse comprensibile; poi dovevo scriverla rinunciando a quella magnifica libertà che finalmente il liceo concedeva alla ricerca bizzarra di una propria grafia. Abbandonate tutte le vanità, destinate a distinguere la mia scrittura da quella di qualunque altra coetanea, disegnavo i miei grafemi come un'insegnante pignola delle elementari o come una docile allieva delle prime classi. Percepivo come il segno adottato e l'imbrigliamento della mia mano a quella scrittura, ne condizionassero il contenuto a tal punto, che certe cose che mi ero ripromessa di dirgli, in quella forma, perdevano ogni ragione per essere dette. Componevo, così, piccoli pensieri della consistenza semplice dell'infanzia, e le tante cose con cui mi sarebbe piaciuto impressionarlo fuggivano lontane, come neri uccelli in volo.

Da qualche giorno trasalisco sotto la spinta di parole che emergono nella nebbia della mia mente, e occupano tutto lo spazio della ragione, quasi a chiedermi conto della loro esistenza.

Sulla porta d'ingresso – tornando a casa dai miei soliti giri – una voce assorta mi ha sorpresa, con le chiavi a mezz'aria, e ha sussurrato parole che si sono propagate dentro me. Quando ogni parte del mio corpo ha ripetuto la sua eco, la voce ha detto: "Il futuro! Da quanto tempo sei senza futuro?" e la potenza di questa domanda si è abbattuta su di me come una bufera.

Sono rimasta senza fiato, percorsa da brividi che conosco e che – irradiandosi dalle ossa – giungono fino alla radice dolente dei capelli. Impallidisco, mentre il cuore accelera il suo ritmo e mescola colpi duri e sonori a fremiti veloci e vuoti, come il battito di un'ala.

Cos'è mai questo attimo che giunge sconosciuto un attimo dopo il pensiero, e che si sposta all'infinito modellando le mie paure? Esso mi attanaglia nella sua ansia incomprensibile, e le forze non bastano per percorrerlo tutto, come un lungo tunnel buio dove non si vede l'uscita.

Il futuro non è la morte, poiché questa non ha bisogno di assensi per compiersi; il futuro, invece, è questo tempo incompiuto che ci aspetta, inesorabilmente simile a noi: a ciò che siamo stati, e a quello che non saremo. Esso scava le rughe che lo specchio rimanda, ed è minaccioso e potente; allo stesso modo non cessa mai di esercitare il suo richiamo e ci sfida con promesse e lusinghe, o ci minaccia col suo terrore incalcolabile. Io non ho alcuna intimità con il mio futuro, che mi coglie eternamente impreparata; i "domani" di cui è fatto scavano dentro me un vortice di vuoto: come un abisso sul quale mi affaccio e che mi risucchia nella sua vertigine. Se ripenso alla mia vita, è stato sempre così; seppure le forme che ha assunto nella coscienza sono sembrate all'apparenza diverse, e perfino opposte.

Per un certo tempo, nella giovinezza soprattutto, ho bruciato del fuoco che l'avvenire sconosciuto accende negli animi ingenui.

Allora mi sembrava che il futuro fosse un pianeta imperscrutabile e che vi si potesse giungere solamente per malia o a opera di un sortilegio. Se piangevo, se i giorni mi venivano incontro dolorosi o inutili; se mi sembrava che non ci fosse niente ad attendermi lungo la strada, il futuro sfavillava dinanzi a me come un sole o come un disco volante.

Esso era imponderabile nelle sue scelte e nella necessità di un arbitrio assoluto che assecondava misteriosi percorsi, slegati da ogni altra umana ragione. Dunque, avrebbe potuto accadere che una stella particolarmente benevola mi guidasse per suo piacere e che – sulla scia luminosa di un privilegio senza spiegazioni – quando fossi giunta nel punto e nel luogo del futuro, si sarebbero svelate bellezze, riservate a me sola.

Adesso che l'inconoscibilità del mio avvenire mi atterrisce con lo spauracchio dei suoi inganni e devo compiere ogni sforzo per serrare le porte ai suoi richiami, la mia unica salvezza è un luogo dove ogni futuro si è già compiuto.

Così torno al passato, e incontro la fanciulla che fui; la seguo mentre serba nel cuore la vanità immancabile di un amore eterno.

"Donna Peppinaaa! Donna Peppina!" I richiami concitati delle sue piccole spie, scossero i nervi di donna Peppina che rispose con la voce stizzita del fastidio. Non aspettava nessuno a quell'ora del pomeriggio, e una simile baraonda poteva derivare soltanto da qualche litigio, da quelle furibonde questioni che i suoi zingari facevano esplodere in un attimo. Decise che sarebbe uscita con comodo, non appena avesse terminato di fare le cose che la occupavano; si guardò attorno esasperata, senza riuscire più a trovare il filo dei suoi impegni. "Maledizione!" imprecò in cuor suo, mentre si avviava verso la stanza di ingresso.

"Donna Peppina!" urlarono ancora le voci, ed ella pensò che doveva fare qualcosa per insegnare loro la buona educazione. Adesso o mai più, pensò furibonda.

"Marioli!" si scagliò contro, non appena ne scorse uno.

"Imbroglioncelli! Che succede che gridate tanto? Cosa avete rubato, che vi fate sentire da tutto il vicinato..."

Nel dire queste cose, donna Peppina aveva afferrato un vecchio ombrello trovato nel percorso, e lo agitava minacciosa mentre entrava nella grande stanza dell'atrio. A quella vista, l'intera banda arretrò, ed ella assistette soddisfatta al loro fuggi-fuggi stupito.

"Buonasera, signora Curatore!" la salutò una voce che l'imbarazzo rendeva cauta. Donna Peppina si voltò improvvisamente folgorata, e in un secondo maledisse la propria stoltezza. "Mio Dio!" pensò, mentre si chiedeva come avrebbe fatto a nascondere l'ombrello che brandiva nella mano. "Mio Dio!"

"Oh, professore!" gli tese la mano libera, scarmigliata in volto, ma con il più luminoso dei sorrisi. "Sapete, i ragazzi!..."

esclamò, fidando nella comprensione dell'altro che aveva a che fare, lui pure, con un'intera classe.

"Mi avete trovata in un momento veramente..." s'interruppe, senza riuscire a trovare nessuna parola che le rendesse giustizia per quell'ingrato incidente.

"Inconsueto?" suggerì il professore, sorridendo a sua volta, con l'intenzione di scusarsi per il fatto di esserne stato testimone.

"Oh!" fece donna Peppina, accomodandosi sul divano dell'ingresso. "Inconsueto è poco," disse avvilita. "È la prima volta che succede!" si giustificò, senza guardare in viso il professore, e posando finalmente l'ombrello dietro la poltrona.

"È stata la prima cosa che mi sono trovata nelle mani!" concluse con un sospiro, abbandonandosi stanca sul divano.

Poiché il professore la guardava con una certa aria di considerazione, aspettando che si riprendesse, donna Peppina pensò che sapesse tutto di lei, del bene che faceva e di come era solita sfamare, con la scusa di piccoli servigi, un'intera tribù di pezzentelli. A quest'idea di se stessa, si sentì rincuorata e, con un largo respiro si accomodò meglio sul divano, raddrizzando le spalle e mostrando il suo profilo migliore.

"Come mai questa visita?" domandò mondana. "È un grande piacere ricevere in casa il professore di mia nipote!" continuò compiaciuta.

"Ecco!" fece lui con un sorriso imbarazzato. "Vi siete resa conto anche voi della... anomalia di questa visita, e io stesso non voglio prolungarla troppo a lungo. Ho pensato molto prima di decidermi a importunarvi e," continuò senza fare caso ai segni di diniego con cui donna Peppina voleva rassicurarlo sulla felice opportunità della visita, "ho deciso di passare comunque!"

"Avete fatto bene!" si infilò rapida lei, in una pausa.

"Ma," continuò il professore, "andrò via fra qualche minuto. Sono passato solo per avere qualche notizia di Chiara..."

"Ah!" fece donna Peppina, assentendo comprensiva e guardandolo con un sorriso benevolo sulle labbra. Il compiacimento che provava le rendeva lo sguardo acquoso e corrusco; pensò che aveva sempre saputo che quel giovane professore era innamorato della nipote. Senza provare verso lui alcun malanimo, donna Peppina considerò, altrettanto rapidamente, che non aveva colpa dei suoi sentimenti perché non avrebbe potuto sfuggire in nessun modo a un tale destino amoroso. È lo splendore di Chiara, lo assolse fra sé e sé.

"Sta bene?" domandò il professore, dopo avere atteso inutilmente che donna Peppina aggiungesse qualcosa.

Donna Peppina sbatté le ciglia velocemente, eppoi tirò indietro la testa per potere mettere a fuoco meglio il suo visitatore con l'occhio destro, che le venne quasi chiuso. In questa posizione di attenzione, non si preoccupò più di apparirgli bella, e neanche fine e perfetta come il cesello di un artista. Improvvisamente le sembrò che stesse per succedere qualcosa e sentì la sua seconda voce rispondere per lei: "Chiara sta bene, certo... Sta bene!".

In effetti, mentre rispondeva, le sembrò che sua nipote non fosse mai stata bene come in quei mesi. Forse era la primavera che arrivava; forse cominciava a riprendersi dalla morte della madre; forse erano le sue cure quotidiane; forse era la giovinezza che trionfa su ogni cosa, ma insomma, sua nipote era un fiore. Anzi, proprio qualche giorno prima, lei e Giuppina l'avevano guardata, e si erano sentite così rallegrate dal suo aspetto, che avevano sospirato di soddisfazione, senza dire nulla.

"Perché?" domandò sollevata, dopo essersi rassicurata da sola sulla salute della nipote.

"Oh, lo chiedevo così!" fece il professore alzandosi come se la visita fosse già finita. "È una ragazza molto sensibile... Ha perduto la madre..."

"Certo, certo!" rispose donna Peppina, continuando a sentire che qualcosa non quadrava, e non riuscendo a tacitare una mormorazione che le giungeva da un punto profondo di sé.

"Negli ultimi giorni ha avuto qualche fastidio," mentì guardando il professore diritto in viso. "Sa," aggiunse vedendo la sua espressione farsi attenta, "piccoli disturbi dell'età..." Non resistendo alla tentazione di ricevere qualche complimento sulla bravura di sua nipote: "Studia anche molto!".

"Certo!" fece l'altro avviandosi verso l'uscita. "Capisco!"

"Va bene! Datele i miei saluti... E che fa?" domandò dopo un attimo. "Quando torna a scuola?"

Donna Peppina, che lo aveva accompagnato fino sulla scalinata, ebbe bisogno di appoggiarsi alla ringhiera di ferro battuto perché le gambe le cedevano. "...Quando torna?" balbettò impallidendo e guardando il professore alla ricerca di una risposta accettabile. Improvvisamente, desiderò richiamarlo in casa, serrando tutte le porte, e interrogarlo per filo e per segno, facendosi raccontare tutto nei minimi particolari. "Perché?" avrebbe voluto domandargli, piazzandogli gli occhi sul viso. "Da quanto tempo mia nipote non viene a scuola, e soprattutto perché non me lo avete detto prima? ...Sciagurati, farabutti! Una povera donna si fida di voi fino al punto da affidarvi la propria nipote!... Il bene più prezioso del mondo, e voi che fate? Voi non vi preoccupate di informarmi che Chiara non viene a scuola...

Oddio!" si disperò. "Chiara non va a scuola... E dove va per cinque ore di seguito ogni mattina? Mio Dio!..."

Ma almeno questo lo voleva sapere: da quanto tempo non andava a scuola.

"Professore," parlò dandosi un poco di tono, "quanto tempo sarà trascorso da che Chiaretta non viene a scuola..."

Sembrò cercare nella sua memoria, come se facesse un calcolo, e atteggiò il viso a un'espressione contenuta, indicando una piccola assenza.

"Beh," rispose il professore, "è quasi una settimana... Dunque, vediamo!" disse mettendosi a fare i conti a sua volta. "Si è sentita male venerdì scorso e da allora non è più venuta... Sì, sì! Domani è una settimana."

"E certo!" gli fece eco donna Peppina, atterrata da quelle notizie, e tuttavia dandosi un tono comprensivo. "Non avevo considerato che fosse passato tanto tempo!"

"Eppoi," continuò il professore, "il problema non è tanto questo..."

"Ah no?" fece donna Peppina, che si sentiva morire all'idea di ascoltare quale fosse il vero problema.

"Il problema, come già dissi a Chiara... alla signorina D'Auria," si corresse arrossendo leggermente, "è che a scuola è distratta... Non ascolta più le lezioni, pensa ad altro... eppoi scrive!"

"Scrive?" domandò allibita donna Peppina.

"Sì, scrive..."

"Bene!" fece donna Peppina. "Mia nipote è studiosa..."

"Ma lei scrive lettere..."

"Ah!" fece donna Peppina sollevata. "Mia nipote è rimasta in ottimi rapporti con tanta gente del paese dove viveva! Sapete, sua madre era l'ostetrica condotta... Domenica scorsa, per esempio, è andata a casa di un vecchio amico della buonanima... Una guardia, una persona tanto per bene con nove figli... Si chiama Sciarmano," disse donna Peppina, mentre si chiedeva se le cose che diceva non fossero tutte sciocchezze. "E a chi scrive?" domandò con un filo di respiro che ancora le rimaneva.

"Mah, non saprei!" rispose il professore. "Forse è innamorata?" domandò cauto.

Donna Peppina non avrebbe mai guardato dentro i miei cassetti. A farlo fu di sicuro Giuppina, esasperata dai furori di mia zia e decisa, per sua natura, a scoprire ogni cosa.

"Ma come non va a scuola?" aveva ripetuto incerta, quando donna Peppina l'aveva aspettata sulla soglia di casa e le aveva lanciato occhiate fulminanti, quasi che lei fosse stata mia complice. "Ma come è possibile che non vada a scuola da una settimana... Nessuno ci fatto neanche un sospiro di avviso!"

Mentre diceva queste cose Giuppina si guardava attorno sospettosa, e gli occhi le brillavano di una luce sinistra. "Huè!" urlò. "La colpa è solo tua, qualunque cosa sia successa!... Sì, sì," continuò mentre donna Peppina la guardava con un'espressione scandalizzata, "non sei tu quella che ha sempre detto: A mia nipote ci penso io! Voi statevene a casa vostra!"

Giuppina aveva proclamato quest'ultima frase mettendosi le mani sui fianchi e mimando la voce di donna Peppina. "La colpa è tua!" gridò. "E nessuno meglio di me lo può sapere! Le ragazze di quell'età vanno sorvegliate... C'è tanta gente male intenzionata a questo mondo! Che è?" domandò minacciosa. "Non te ne ricordi?"

Donna Peppina, che si era seduta sul divano dell'ingresso aspettando che Giuppina finisse di sfogarsi, a queste parole trasalì e si fece la croce.

"Ma tu sei pazza?" domandò aggressiva.

"E, insomma, adesso dove sta?" chiese Giuppina cambiando tono.

"È uscita. È andata in biblioteca a studiare con un'amica."

"Che amica?"

"Ma non lo so!" rispose stizzita donna Peppina. "Chiara ha tante amiche, come faccio a sapere con chi è andata oggi..."

"Va bene," disse Giuppina, scattando decisa e dirigendosi verso la mia stanza. "Me ne occuperò io, visto che tu non sei capace di sapere cosa fa tua nipote!"

Donna Peppina era rimasta sulla porta a guardare Giuppina che, con la meticolosità di un poliziotto, ispezionava la mia stanza. Ogni tanto, da quella positura di vedetta, emetteva un sospiro e faceva qualche gesto di malumore. Se Giuppina apriva un cassetto della scrivania, tirandone fuori l'intero contenuto, donna Peppina la affiancava, e con la più preoccupata delle voci le diceva di fare attenzione, di non rompere nulla, di non mettere in disordine.

"Ma cosa vuoi che nasconda?" commentava mentre Giuppina non trovava nessuna traccia dei miei segreti. "Mia nipote è chiara come il suo nome," diceva guardandosi le mani, mentre la vanità ferita non le dava pace. Ma come poteva essere che non conoscesse sua nipote, che si facesse sorprendere dai suoi comportamenti fino a quel punto.

"Avrà trovato qualche compagnella maliziosa che l'ha trascinata con sé," disse improvvisamente. "Lei, di suo, non farebbe mai un'azione cattiva..."

Seguendo una traccia che le sembrava finalmente plausibile, ed esaltandosi nelle sue convinzioni: "Magari," rise acconciandosi tutta sulla porta, "magari è così sciocca," e la parola sciocca assunse nella sua bocca la levità di cara, tenera, sciocchina dal cuore tenero, "da non andare a scuola per accompagnare qualche amica dal fidanzato..."

Donna Peppina concluse la frase allargando gli occhi per l'abbagliante evidenza di quella scoperta, che le sembrò subito la verità. Guardò commossa verso Giuppina, ma quel cuore duro stava ancora frugando fra le carte di Chiara. "E basta!" pensò donna Peppina. "Bisogna che la smetta!"

Paga per le cose che aveva capito non appena si era messa a pensare e dentro di lei era sfumata la rabbia che l'aveva accecata, donna Peppina desiderava una cosa sola: dire lei stessa a sua nipote com'erano andate le cose e abbracciarla rassicurandola che la zia la capiva ed era in grado di consigliarla, di aiutarla, di sorreggerla. "Ma come?" le avrebbe domandato non appena l'avesse vista. "Per le tue amiche sei disposta a fare qualunque cosa? Ma non devi fare così creatura mia, non bisogna essere così buoni al mondo, bisogna avere anche un poco di astuzia!"

"Giuppina!" chiamò la nipote, che ancora non si dava pace. "Dài, lascia perdere! Con Chiara parliamo dopo!"

Per la verità, avrebbe voluto che Giuppina se ne andasse sùbito, ma ormai il disastro era fatto e bisognava dare soddisfazione anche a lei.

Il sangue fatale dei D'Auria

Da molte notti, il sonno mi sembrava un inutile spreco e attendevo, con gli occhi aperti, che venisse il giorno. Quando le prime luci filtravano attraverso le imposte, mi accadeva di addormentarmi di colpo e di svegliarmi per i richiami di donna Peppina. Se fosse dipeso da lei, se io non le avessi imposto di chiamarmi per andare a scuola, mi avrebbe lasciata a dormire. Mi svegliavo di colpo, con la coscienza di essere caduta nella trappola del sonno e pronta a saltare fuori dal letto cercando l'orologio. Le sette e mezza! Mia zia non mi aveva ingannata. "Svelta, svelta!" mi dicevo mentre andavo a lavarmi, e un brivido di felicità mi correva lungo la schiena.

Chiudevo la porta dietro me e guardavo l'immagine riflessa nello specchio. Nella piega dei riccioli, che ricadevano scomposti intorno al viso, erano visibili le tracce lasciate dal cuscino; con un gesto nervoso della mano scompigliavo le ciocche ammassate in un unico punto. Niente da fare! Avrei dovuto bagnarle con il pettine.

Stropicciata così, con un alone vagamente azzurro intorno agli occhi lucenti, e il languore del sonno ancora sulla pelle, ero inaspettatamente graziosa. Sorridevo alla mia immagine nello specchio e i denti scintillavano, piccoli e allineati, come perle di una collana. Allora atteggiavo il viso ad altre espressioni e ne provavo alcune che mi sarebbe piaciuto assumere al momento opportuno. Tiravo indietro la massa setosa dei capelli e scoprivo la fronte bombata come quella di mia madre. Era bella la mia fronte, aveva detto il professore di lettere davanti a tutte le mie compagne, attraversata dai pensieri, e tuttavia alta e libera: una fronte che sogna e che ragiona. Ma io la portavo coperta, come un tesoro che non si mostra, e solo a tratti, quando ero troppo distratta per ricordarmene, appoggiavo la mano su essa e spingevo indietro i riccioli che la coprivano.

"Chiara!" mia zia mi chiamava sulla porta. "Fra poco è pronta una bella colazione!"

L'idea di mangiare mi stringeva lo stomaco, e improvvisamente mi sentivo stanca per la mancanza di sonno. "Oh no!" la supplicavo sapendo che sarebbe stato inutile. "A quest'ora, lo sai, non ho fame!"

Era la verità: c'era un altro momento della mattina in cui la mia fame reclamava di venire soddisfatta, e io volevo conservarmi per esso. "Zia, ti prego!" tentavo di ammansirla. "Mi porto la merenda a scuola!"

Guardavo l'orologio; avevo ancora qualche minuto per starmene da sola; con un sospiro di beatitudine, mi sedevo sul bordo della vasca e lasciavo che il rumore dell'acqua celasse la mia pigrizia.

L'appuntamento era alle otto e venti, poco prima che la campanella della scuola suonasse per l'inizio delle lezioni. La macchina mi aspettava nella scorciatoia dietro al castello, la stessa che mi aveva insegnato mio padre, e che a lui era stata appresa da Michele Curatore.

Con la lestezza del fulmine, mi sdraiavo sul sedile abbassato, scomparendo alla vista di chi fosse passato. La macchina partiva come un razzo, lasciando dietro sé una nuvola scura di gas. Per qualche secondo rimanevo accucciata, nascondendo il volto nella spalliera del sedile e, da quella posizione, ridevo un poco. "Sono invisibile!" dicevo. "Sono scomparsa nel nulla!"

Questa sparizione ne richiamava alla mente altre, favolose e possibili: era così facile scomparire senza lasciare più alcuna traccia di sé; era così facile prendere la strada della propria felicità senza dare conto a nessuno... Rimanevo con il volto nascosto fino a quando non sentivo la sua mano che mi accarezzava i capelli. "Bambina," diceva. "Bella bambina!"

Il giorno che Saverio giunse al paese, io stavo tornando a casa dalla scuola e Giuppina mi aspettava nascosta nella penombra dell'androne.

"È arrivato!" mi sussurrò sul viso, facendomi trasalire per la sopresa.

"Chi?" domandai incredula.

"Lui!" mormorò Giuppina stringendomi il braccio più forte. "È arrivato stamattina!... Ti racconto tutto dopo," promise cancellando le domande che avrei voluto porle. "Ora vai a mangiare! La zia ti sta aspettando... Ti vengo a prendere nel pomeriggio," si accomiatò senza aspettare una risposta, "dobbiamo andare dalla sarta!"

"Dalla sarta?" balbettai stupidamente, cercando di prolungare il nostro incontro.

"Sì," disse lei, alzando la voce improvvisamente, per farsi sentire da donna Peppina che si era affacciata sulla scalinata. "Non ti dimenticare della sarta perché ti sto facendo fare un vestito. Come piace a te!" fece baciandomi.

"Ah!" gridò donna Peppina da sopra le scale, rivolgendosi a Giuppina. "Ti pare adesso il momento di parlare di queste cose? Mia nipote deve mangiare! Il piatto si raffredda!" In un crescendo di tono: "Stiamo aspettando lei per cominciare!".

Nel pomeriggio, come aveva promesso, Giuppina venne a prendermi per uscire. "È tornato in Italia! Hai capito Chiara? È tornato in Italia!"

Giuppina misurava a larghi passi la mia stanza mentre io non sapevo ribattere nulla.

"Come l'hai saputo?"

"Stamane è venuto al bar un bambino con un biglietto," rispose abbassando la voce, mentre infilava una mano nella tasca della giacca.

"Ah! E che dice?" domandai, dopo avere atteso inutilmente che me lo mostrasse.

"Non sono sicura di avere capito bene ogni cosa," rispose arrossendo. "...Comunque," disse riprendendosi dall'imbarazzo e tutta contenta di potere affermare qualcosa su cui non c'erano dubbi, "è venuto per fare il militare!"

"Il militare?" domandai sorpresa perché egli non me ne aveva mai accennato in alcuna lettera.

"Sì, sì!" fece Giuppina. "Se non fa il militare non può tornare a lavorare in Italia... Oppure non lo vuole fare in Svizzera... mah!" si confuse. "Non lo so!"

"E dove lo farà?" domandai, tentando di dare alla mia voce un tono di moderata curiosità.

"Ah, Chiara!" rispose Giuppina, camminando da un punto all'altro della stanza per scaricare l'agitazione. "Cosa vuoi che ne sappia un'ignorante come me di queste cose complicate... Ti ripeto: io so quello che mi ha scritto lui!"

Rimanemmo in silenzio, quasi che non ci fosse più nulla da dire, e l'aria si andava riempendo all'improvviso di un'ondata di malumore che contraddiceva la festosità di qualche attimo prima. In cuor mio pensavo risentita che – non appena lo avessi veduto – lo avrei rimproverato aspramente di quelle novità che mi aveva nascosto.

Giuppina aveva smesso di passeggiare e si era messa a guardare fuori al balcone. "Vorrei tenerlo sempre con me," bisbigliò. "E vorrei che non fosse mai venuto!..."

"La cosa migliore con Alfonso," si voltò decisa verso di me dopo un attimo di silenzio, "è quella di fargliela sotto il naso. Crede di essere tanto intelligente, e invece è incapace di guardare nel cuore delle persone... Comunque, adesso da lui devi andarci tu da sola! Devi andarci tu, ti prego!" supplicava Giuppina, con il volto pallido per la tensione. "Io non posso incontrarlo all'ora stabilita perché Alfonso è sospettoso come tutti gli stupidi... Non sa niente!" aggiunse risoluta parlando a se stessa.

"Non può sapere niente, ma mi guarda con un'aria da marpione stampata sulla faccia come a dire: 'Io ti conosco e ti tengo fatta...' Che babbeo!... Insomma, Chiara mia, tu devi andare all'appuntamento e devi dirgli che ci vediamo questa sera alle undici, quando Alfonso dorme e non lo svegliano neanche le cannonate... Hai capito, bella mia, hai capito!" pregò, con gli occhi appassionati piantati sul mio viso.

Quando Saverio mi aveva vista arrivare al posto di Giuppina, aveva mormorato appena il mio nome e, nel suo sguardo, era apparsa una luce selvaggia.

"E Giuppina non è venuta?" domandò mentre mi prendeva le mani, facendomi sedere accanto a sé. La sua voce, roca di sigarette e di stanchezza, mi turbò senza ragione. "No," dissi sostenuta per nascondere il calore che, irradiandosi da un punto del ventre, mi tingeva il volto di rossore. "L'appuntamento è cambiato... Sono venuta io al suo posto!"

Lui rise dolcemente. "Oh Chiaretta!" disse accarezzandomi con la voce. "Non sei emozionata di vedermi?"

Non risposi ed egli si abbassò cercando il mio sguardo: "Io tanto... Io sono emozionatissimo!" continuò. "Ti ho pensata sempre in questi mesi..."

Inghiottii inutilmente e mi umettai le labbra con la lingua arida mentre cercavo qualcosa da dire; nella mia testa si era fatto il vuoto e un fuoco ardente mi bruciava le tempie, come se avessi avuto la febbre. "Non vedevo l'ora di rivederti," continuò in un sussurro. "Speravo di incontrarti prima di tutti... prima di Giuppina."

"È per questo che non mi hai scritto che saresti venuto?" reagii ribellandomi al turbamento che mi invadeva. Un punto segreto di me aveva cominciato a dolere, mentre le mie parole, cariche di un rimprovero esagerato, si andavano a posare, espandendola, sui margini di una ferita che non sapevo di avere. D'un tratto mi avvidi che, se egli mi avesse lasciata fare, avrei potuto mostrarmi a lui piena di piaghe e – da quel piccolo pretesto, dalla sua insignificante omissione – avrei potuto attraversare l'infinita distesa del pianto. "Oh!" fece stringendomi la mano. "L'ho fatto per proteggerti, non ero sicuro di riuscire a venire... Devi darmi il tempo per spiegarti tutto... Chiara!" mi chiamò, mentre il calore della sua compassione mi penetrava fino nello stomaco. "Chiara, mi credi?"

Avrei potuto rispondere qualunque cosa; avrei potuto dirgli: "Sì, Sì, Sì" e ancora "Sì!", o avrei potuto guardarlo incrudelita rispondendo: "No, No, No," e ancora "No!" e il senso della risposta non sarebbe mutato. Esso sarebbe rimasto lo stesso per sempre.

Mano a mano che il paese scompariva alla nostra vista, mi sollevavo dal sedile abbassato e sbirciavo la strada dinanzi a noi.

Era deserta! E io, da questo fatto insperato, traevo un'allegrezza sconsiderata e spavalda, come se a quella semplice assenza di testimoni corrispondesse la certezza che nessuno ci aveva veduti, e che fossimo al sicuro da qualunque maldicenza.

Nonostante la macchina di Saverio fosse una vera rarità per quei tempi e potesse richiamare l'attenzione di tutti, per qualche caso fantastico (forse l'effetto di un incantesimo?), era divenuta invisibile, al pari di un cocchio fatato.

"Hai fame?" mi chiedeva Saverio dopo un poco, mentre, senza aspettare la mia risposta, aggiungeva rapido: "Conosco un posto dove fanno la torta con la crema. Ti piace la crema?" domandava.

Nei piccoli bar che Saverio sceglieva, e mentre aspettavamo di essere serviti, egli tirava fuori dalle tasche un mucchietto di soldi di carta dall'aria straniera: "Soldi svizzeri!" diceva mostrandomeli. "Valgono molto più dei soldi italiani... Ne ho tanti sai?" continuava orgoglioso. "Quando finisco di fare il militare, ne ho a sufficienza per comprare un'officina e, forse, anche una piccola casa!"

Mi guardava, interrompendo il flusso spontaneo dei pensieri, e i suoi occhi appassionati si velavano di tristezza. "Chiara!" riprendeva a parlare preoccupato. "Tu devi andare a scuola... Io non voglio che resti un'ignorante come me... Tu devi studiare," diceva paterno, evitando di guardarmi. "A che valgono i soldi se non posso andare in nessun posto perché sbaglio il nome delle cose?"

Lo ascoltavo parlare e pensavo: "A scuola non ci vado più neanche io!".

Allora sembrava che egli mi leggesse nei pensieri e si affrettava ad aggiungere, spettinandomi i riccioli: "Non essere pazza! Tu devi studiare! Anzi, Chiara," aggiungeva deciso, "questo è l'ultimo giorno che tu non vai a scuola per colpa mia!..."

"Io torno a scuola quando è finita la tua licenza," rispondevo ostinata, e gli occhi mi diventavano duri.

"Dio mio, Dio mio!" sussurrava, prendendomi le mani nella sue e baciandomi le dita a una a una. "Ma come devo fare con te? Non pensi a quello che succede se ci scoprono?" diceva con gli occhi lucenti di ammirazione. "Oh, tu sei molto coraggiosa, molto più coraggiosa di chiunque altro!" concludeva deliziato.

Lo ascoltavo silenziosa mentre, con gli occhi tornati allegri, mi raccontava come aveva trascorso il pomeriggio del giorno prima, quando io ero tornata a casa ed era rimasto solo. "Non sapevo più cosa fare! E tu?" domandava teneramente. "Cosa hai fatto ieri?"

Nonostante la leggerezza con cui mi rivolgeva la domanda, io avevo la strana e sicura coscienza che la sua felicità dipendesse dalla mia risposta. "Niente!" rispondevo avara, evitando di rassicurarlo. E quel mio niente, ne ero certa, si propagava dentro lui carico di significati minacciosi.

"Ah!" esclamava ferito. "Io, invece," e assumeva un tono dimesso, quasi che il suo povero cuore, al contrario del mio che trionfava con la superbia di quel niente, non avesse nessun'altra scelta, "ti ho pensata sempre!"

Volgeva il capo a guardare altrove e il suo profilo si stagliava immobile; confusamente pensavo che era un debole, e assistevo in silenzio a quella concentrazione dolorosa. Mi sembrava perfino di provare una ribellione sorda, come se egli – per mancanza di coraggio virile – non sapesse affrontare nessuna prova; neanche quelle a cui io lo sottoponevo per la sola mia delizia. Oscuramente, sentivo che Saverio, quando venisse il momento, non avrebbe saputo difendere il nostro sentimento e che io, al contrario, quand'anche egli stesso mi gridasse contro: "Vattene, non ti voglio più!" avrei sempre saputo rispondergli, guardandolo fieramente: "Non è vero! Tu mi vuoi, e vuoi che io stia per sempre con te! Non puoi volere altro. E io te lo dimostrerò!".

Se mi avesse interrogata, se avesse preteso di conoscere i pensieri che occupavano la mia mente quando non ero con lui; se si fosse fidato di se stesso e di me, al punto da sfidare la mia ritrosia sconfiggendola (giacché essa non attendeva altro che di essere vinta), avrebbe scoperto fino a che punto gli fossi follemente devota. Allora, se mi avesse strappato la maschera dell'indifferenza, con cui celavo gli eccessi del mio stesso trasporto, avrei potuto piangere di tenerezza e confessargli che non c'era respiro della mia vita in cui non pensavo a lui.

Ma Saverio non capiva, e volgeva verso di me uno sguardo insieme chiuso e addolorato, come un uomo che non spera nel futuro e si dispera del presente.

Monologo favoloso

"Giuppina!" la voce di mia zia vibrò alta nell'aria, mentre il suo corpo, appoggiato all'ingresso della stanza, ne chiudeva virtualmente il passaggio. "Giuppina!" ripetette nuovamente, e il suo richiamo risuonò insieme come un ordine e una supplica.

Oramai, nonostante gli sforzi fatti da donna Peppina per impedirmi di entrare, coprendo alla mia vista quello che accadeva nella stanza, ero riuscita a scorgere Giuppina inginocchiata davanti al cassettone.

"Non è niente!" disse donna Peppina prontamente, rispondendo al mio sguardo carico di rimprovero. "Giuppina cercava qualcosa di tua madre... Una sciarpa forse!" disse alzando la voce perché l'altra sentisse.

Mi diressi verso il cassettone, mentre Giuppina, che non aveva risposto nulla al suggerimento della zia, riponeva le mie reliquie nei cassetti con una lentezza esasperante.

"Hai trovato la sciarpa che volevi?" domandò donna Peppina avvicinandosi a sua volta. "Perché se l'hai trovata," aggiunse amabilmente, "devi sempre chiedere a Chiara nostra se te la vuol dare..."

"No," rispose Giuppina, e la sua voce sembrò stranamente vuota di suoni, "non ho trovato la sciarpa che cercavo..."

Si alzò facendo leva sulle braccia e, in quella posizione di sforzo, il viso le scomparve fra le spalle. Aspettavo di vederla, ma lei non si mostrava e rapidamente si sottrasse ai miei sguardi, dirigendosi verso il balcone della stanza.

Donna Peppina, contenta per la piega che avevano preso le cose, si era seduta sulla poltrona a fianco al mio letto, e di là mi guardava compiaciuta. "Stai fiorendo di bellezza!" disse con un sorriso carico di ammirazione! "Hai preso il meglio della razza... È vero Giuppina?" si rivolse alla nipote perché partecipasse alla conversazione.

"Proprio così," rispose Giuppina senza voltarsi. "L'hai detto: il meglio della razza!"

Donna Peppina pensò che la nipote non aveva modi. Sospirò scontenta per quella risposta, e si aggiustò meglio sulla poltrona guardandomi. "E che cosa hai fatto oggi?" domandò. Poi, avvedendosi che la domanda posta mi avrebbe costretta a mentire in presenza di Giuppina, completò la frase precipitosamente: "Era buona la merenda stamattina?".

Mi ero seduta anch'io e, mentre rispondevo a monosillabi per meglio sottolineare il mio risentimento per il cassettone profanato, mi avvidi che Giuppina stringeva qualcosa nelle mani. Prima ancora che i miei occhi distinguessero la sagoma delle cartoline e delle lettere della balia Rosina, il mio istinto le riconobbe. Per qualche secondo, sperai confusamente che Giuppina non avesse capito, ma le stringeva nelle mani e questo mi toglieva ogni illusione. Insensatamente, passai in rassegna tutte le ragioni che potevano accorrere in mia difesa e perfino – pensavo – nella nostra comune difesa. Come avrebbe fatto Giuppina a negare che il mio piccolo espediente aveva impedito a donna Peppina di scoprire ogni cosa, e come avrebbe fatto a non ammettere che lei stessa mi aveva sempre resa complice dei suoi segreti?

Tuttavia, mentre questi pensieri affollavano la mente, ne sentivo tutta la falsità, e non potevo fare a meno di provare un sentimento diffuso di vergogna; un malessere prossimo alla storditezza che mi prosciugava le parole, succhiandomi ogni energia.

Non osavo guardare Giuppina, ma sapevo che continuava a stare con il volto schiacciato sui vetri del balcone e che volgeva le sue spalle contro di me.

Per quanto mi concentrassi in quella strana e vigile percezione, in quel senso aggiunto che non è l'udito e che neanche origina da esso (anzi, da questo è addirittura negato), non sentivo nulla: come se Giuppina fosse scesa in un pozzo nero senza pensieri, e la sua mente galleggiasse nella depressione. Non mi giungevano da lei né un insulto, né un richiamo; lo sbigottimento della scoperta le aveva lasciato il deserto.

Mi dolevano i polmoni e cominciavo a sentire l'ansia che annuncia un attacco di asma.

"Va bene!" fece donna Peppina spezzando il cristallo di quel silenzio. "Adesso andiamo a cena!" disse allegra. "Dopo avremo tanto tempo per parlare. Tu rimani a mangiare con noi?" domandò a Giuppina che se ne doveva andare senz'altro. "Come ti viene in mente?" le rispose Giuppina, con un tono dentro il quale la polemica superava la prostrazione. "Non lo sai che ho un marito?" insistette rissosa. "Però," riprese dopo un attimo di silenzio, rivolgendosi a me, "vorrei chiederti una cosa prima di andare via..."

Donna Peppina, che a queste parole si era fermata sospettosa mentre stava andando in cucina, si precipitò verso la nipote con un'espressione supplichevole.

"No!" fece Giuppina, e quella negazione, pronunciata a occhi bassi, e senza guardarci in viso, non fu detta per placare i timori di donna Peppina e neanche in risposta al mio tradimento. Essa risuonò, invece, come un ammonimento che Giuppina rivolgeva a se stessa.

"Volevo solo sapere come sta Rosina, la tua balia," disse accennando lievemente alle lettere che stringeva nelle mani. "Vedo che hai dei rapporti con lei e vorrei che le mandassi i miei saluti. Anzi, se mi dai il suo indirizzo le scrivo io stessa..."

Gli occhi di Giuppina, che finalmente mi guardavano, brillavano di una luce tanto sfavillante da dare la sensazione che – a causa di un tale eccesso – ne fosse accecata. C'era nel suo sguardo un bagliore ubriaco, e non mi sarei stupita di vederla camminare barcollando.

Come fa il condannato, quando comprende che a niente più gli varrà mentire o negare, e comincia – per uno strano gioco psicologico – ad allearsi con il proprio giustiziere, perché alle altre colpe non si aggiunga quella di averlo osteggiato, io avrei acconsentito a qualunque cosa mi avesse domandato.

"Sì," le risposi turbata.

Dopo cena andai sùbito a letto. Desideravo restare sola per pensare a Giuppina, ma donna Peppina venne nella stanza per rimboccarmi le coperte.

"Chiara!" esordì restando in piedi, quasi che quel che doveva dirmi fosse una cosa frettolosa, un inciso senza importanza, dopo il quale sarebbe uscita dalla stanza. "Devo firmarti la giustificazione per la scuola."

Queste parole inaspettate mi incendiarono il viso. All'improvviso mi sentii molto stupida: come una bambina scoperta a fare una cattiva azione, vedevo indietreggiare l'inutile corteo delle mie ragioni. Senza osare volgere gli occhi da nessuna parte, rimasi immobile ad aspettare il seguito del suo ragionamento. "È passato il tuo professore di lettere nel pomeriggio a chiedere di te," continuò mia zia.

La noncuranza con cui considerava le mie azioni, mi sembrò più temibile di qualunque minaccia o punizione.

"Che bel giovane!" esclamò con l'ammirazione delle grandi occasioni. "Alto, con i lineamenti fini e delicati! E come ti vuole bene! Era preoccupato per la tua salute!"

Aveva cominciato a passeggiare, e l'alta figura sembrava ingigantire mano a mano che misurava la mia stanza. "Tu non devi dispiacerti se Giuppina apre il cassettone contro la mia volontà," riprese a parlare dopo una pausa. "Lei è stata sempre così: una che per capire ha bisogno delle prove... Per questo è infelice col marito," borbottò a mezza voce, "perché non riesce a dimenticare che esiste. Io, invece," e mi guardò con gli occhi memori di qualche Leviatano sconfitto per sempre dalla sua forza indistruttibile, "non ho bisogno di vedere per capire! Apparteniamo a una razza intelligente," disse guardandomi volutamente per includermi nella sua stessa specie, "e ci basta un odore, un segnale che gli altri ignorano... Noi siamo una razza speciale," mormorò, "con una stella speciale... Io stessa, mi vedi, senza un'istruzione, senza essere andata a scuola, con un marito bravo – perché Michele Curatore è un pezzo di pane, e nessuno può dire una sola parola contro di lui – non ho potuto sposare il mio vero, grande, unico amore. Quello," continuò inconcludente e perdendosi nei meandri delle proprie suggestioni, "quello," e fece il gesto di asciugarsi il naso come se stesse per piangere, "la stella dei D'Auria me lo ha negato!"

"Così è stato per mio fratello Tripoli che, nella sfortuna, fu più fortunato di me, perché gli venne concesso di avere per moglie tua nonna per qualche anno... Così è successo a Giuppina, che ha sposato un cafone e non si dà pace..." guardandomi negli occhi per sondare le mie reazioni, "così è stato per tuo padre."

"È la maledizione che ha colpito il tuo bisnonno, la buonanima di mio padre, quando abbandonò l'abito religioso per sposare mia madre," concluse cupa.

"Ma," disse riprendendosi immediatamente, "parliamo di cose allegre. Tu sei bella come una principessa... Hai mai sentito parlare di una principessa che non fosse bella?" mi domandò ammiccante. "La prima dote dei principi," continuò, "non è la ricchezza ma la bellezza: essa è una dote incalcolabile. Tu sarai bella a lungo e la tua eccessiva bontà non deve rattristarti perché non vorresti fare soffrire nessuno. Tanti uomini soffriranno per te!" disse convinta. "Magari stanno già soffrendo..." aggiunse senza alcuna intenzione. "E tu non ci puoi fare niente, tu devi andare diritta per la tua strada. Per un cuore come il tuo soffriranno anche gli uomini da poco, e quello è già un dono che tu fai loro: soffrire per te, per qualcosa di degno!" mi disse guardandomi con gli occhi luminosi di presagi.

"Quando io ero come te, avrò avuto un anno di più o di meno, mio padre era già morto, e io avevo un patrigno buono e gentile che mi voleva tanto bene, come fossi stata sua figlia. Anzi, più che se fossi stata sua figlia! Pensa che quando nacque Santina," fece quel nome segnandosi alla svelta, "la mia sorellastra morta a cinque anni, il patrigno continuava a ripetere che al mio confronto quella creatura non era niente, era una iatteca, una colpita dal malocchio... Esagerava naturalmente! La bambina non era una bellezza, ma aveva una sua grazia delicata, tipica delle creature che non devono restare a lungo sulla terra."

"Ti ho mai fatto vedere la fotografia della morticina?" mi domandò seguendo la traccia della sua commozione. "No? Stava in una bara bianca, tutta vestita di bianco. Mia madre l'aveva aggiustata come una bambola: sembrava che dormisse... A quel tempo morivano tanti bambini," sospirò. "Bisognava essere molto forti per sopravvivere!"

"Comunque," disse riprendendosi da quella commemorazione dolorosa, "anche Santina mi voleva tanto bene e voleva stare sempre in braccio a me; qualche volta mi chiedeva la zinna, come se a esserle madre fossi stata io!"

"Mi volevano tutti bene!" si commosse, mentre gli occhi le si riempivano di lacrime. "Perché ero bella anch'io, e quando mi sposai, il mio patrigno non si sapeva dare pace. 'Miché,' disse a mio marito che mi portava via di casa, 'lo sai che tesoro ti stai prendendo? Falla felice o ti vengo ad ammazzare con le mie mani!' Così gli disse, me lo ricordo ancora."

"Ma perché raccontavo queste cose?" domandò a se stessa cercando il filo da cui era partita. "Ah!" sembrò ricordare improvvisamente. "La tua stella!"

"La tua stella è luminosa perché noi abbiamo già pagato tutto e tu sei nata per la nostra riscossa, per raccogliere tutto il bene che è stato negato a noi! È morta finanche tua madre, povera bambina mia!" disse con compassione destinata a me sola. "Ma ora è tutto finito!" mi assicurò. "Non ci sono più colpe da espiare e tu hai un grande avvenire..."

"Lo senti?" domandò esaltandosi. "Lo senti il richiamo della tua stella? Tu devi ascoltare solo quello," aggiunse sicura che io non potessi ignorarlo. "Non devi ostacolarla, e non ti devi spaventare della sua bellezza, e neanche devi sentirti colpevole verso di noi, che al tuo confronto siamo pezzenti... Sì," disse battendosi il petto, "anche tua zia che ti adora è niente in confronto a te! Ma," aggiunse ricomponendosi come una gran dama al cospetto della propria regina, "abbiamo avuto la nostra importanza e l'avremo ancora: tu non devi sprecare la tua stella meravigliosa!" disse esaltata. "Se lo capisci potrai fare ogni cosa," promise. "Ogni cosa!"

E i suoi occhi luccicarono di visioni.

La colpa

Tutto ciò che mi fu assegnato da vivere, perché lo ricordassi, è accaduto quando ero ancora una bambina o una fanciulla appena, senza esperienza.

Forse, a causa di ciò, le cose che ricordo contengono ancora la sconvolgente pienezza dell'impossibile o la disperazione feroce del possibile: lo spazio fra questi mondi paradossali risuona dentro me come un inutile vuoto.

Io fui una bambina che, nella grande prova dell'amore, non seppe raccogliere la sfida riconducendo a un'unica trama i destini dei propri amati: questa è la colpa che mi ha segnata fin dalla infanzia.

All'inizio, la sconfitta amorosa visse in me come un lutto e come insopportabile visione dei miei limiti e di ciò che non fui capace di esigere; in seguito, si pietrificò in quella impotenza della virilità che non osa mostrarsi ferita e che non mi concesse a lungo di chiedermi se Anita supplicò mio padre perché restasse con lei o se, invece, con un atto di indifferenza regale, lo allontanò da sé non essendole pari.

E neanche mi concesse di capire se, invece, come un animale preso nella trappola del cacciatore, mia madre non si fosse strappata a morsi la carne per andare a morire lontano.

Di certo, poiché non volli salire la montagna dell'impossibile e accettai che la realtà mi plasmasse a sua immagine; poiché non seppi morire per la mia colpa, né volli rinascere libera dallo strazio, la mia condanna è stata di dormire per cento anni, e cento anni ancora.

Tuttavia il destino favoloso che donna Peppina mi lasciò intravedere, e che riguardava me sola – sebbene io non abbia saputo incarnarlo e pavidamente sia sfuggita a ogni suo segno, nascondendomi fino al punto di divenire introvabile a me stessa – ha agito dentro me come un filtro magico, come un richiamo inconscio.

Così, la mia vita si è svolta nella lunga attesa di un evento magnifico che si sarebbe compiuto, nonostante me e la mia vigliaccheria, coprendomi di gloria.

Non so se questa inanità, che ha foggiato i miei giorni e ha accumulato i miei anni (quanti da allora? Venti, cinquanta, cento...), sia la stessa attesa favolosa che protegge le belle dormienti di ogni epoca o secolo, o sia il tempo incalcolabile delle traversate senza fine, che riconduce al punto da cui si è partiti.

Di certo, nella mia favola, il principe che scioglie l'incantesimo non giunse mai; né venne l'eroe che rinasce dal suo sangue versato.

Inutilmente attesi che egli salisse sul cavallo bianco, per cercare la strada che lo portava a me.

Sognavo di sposare Saverio.

A volte, nei pomeriggi trascorsi in camera a studiare mentre donna Peppina riposava o faceva sentire i suoi passi nel pianerottolo della balconata esterna, io strappavo un foglio dai quaderni e tessevo la trama del mio futuro.

Con perfezione puntigliosa, e occupando ogni spazio del foglio, scrivevo e riscrivevo il mio nome centinaia di volte. Scrivevo Chiara e, con voluttà inenarrabile, scrivevo D'Auria.

Io sola sapevo che quel cognome – in tutto e per tutto simile al mio – non era il noto cognome con cui l'anagrafe registrava la mia esistenza, né era quel suono privo di echi e di meravigliosi sottintesi con cui, a scuola, l'appello m'indicava. No! Questa Chiara D'Auria era un'altra, nuova e diversa dalla nipote di donna Peppina Curatore; dalla bambina che ricevette il cognome del padre quattro anni dopo la nascita: questa Chiara prendeva il suo casato dal marito, e con lui rinasceva a una identità onomastica – se così si può dire – come si accede a un prodigio.

Oh, il piacere segreto, la dolcezza, di quel nome ripetuto sui fogli più e più volte, con la certezza che nessuno avrebbe potuto svelarne l'arcano! Come una formula magica nota a me sola, il destino mi riconduceva al sangue fatale dei D'Auria!

Allo stesso modo, quando il trasporto del mio cuore verso lui si faceva feroce e avrei voluto che sedesse accanto a me, scrivevo cose che non avrei mai avuto il coraggio di dirgli.

Scrivevo per scrivere: come se egli fosse già stato mio marito e avessi avuto con lui quell'intimità saggia e avara che detta le parole della vita quotidiana; quelle piccole cose banali che suggeriscono intese profonde. È venuto un gran freddo – scrivevo rabbrividendo mentre l'aria era già primaverile – e tu che sei uno scapestrato finirai per ammalarti... Oppure: Ho comprato il pane che mangiavi da piccolo. Era appena uscito dal forno e adesso la casa è colma del suo odore!

A volte, ancora, gli scrivevo vere e proprie lettere d'amore che mi infiammavano di vergogna solo a rileggerle. Scrivevo velocemente; a tratti senza terminare neanche le parole, a tratti usando dei simboli: un cerchio per l'abbraccio, un asterisco per un bacio. A volte scrivevo le lettere nella toilette e infine le stracciavo, buttandole via sùbito.

Ah! cosa sarebbe accaduto di terribile se qualcuno – Giuppina, donna Peppina o chiunque altro – avesse trovato quei fogli vergati dalla mia mano; se solo per un attimo avesse pensato che quel che scrivevo con il cuore infiammato, fosse il segno delle cose già state fra me e Saverio!

Nessuno avrebbe potuto credere, leggendo quei fogli ardenti di promesse e di parole roventi, che fra noi i gesti fossero leggeri e che la nostra irresolutezza fosse tanta da impedirci qualunque abbraccio. Se, a volte, una carezza più a lungo attardata, o uno sguardo più appassionato, traboccavano senza controllo dai nostri istinti imbrigliati, rompendo divieti tanto inviolabili da non potere neppure essere espressi, prontamente ci ritiravamo, come colpiti da una scarica elettrica.

Se le nostre mani (le uniche a cercarsi senza proibizioni, essendo un tale contatto fraterno ammesso fra cugini) si sfioravano per caso, per quell'attrazione involontaria che ubbidisce a un richiamo segreto, esse divenivano d'un tratto come qualunque altra parte dei nostri corpi: un luogo di intimità sacrileghe, che ci faceva rabbrividire.

Se passeggiavamo nel sole per stradine solitarie, e i nostri corpi si sfioravano nel cammino, come certamente fanno gli atomi per comporre la luce, in un guizzo ci separavamo trasalendo. E se, mentre eravamo seduti a parlare sotto un albero, il calore rovente delle parole ci sorprendeva col suo carico improvviso di sottintesi, impallidivamo guardando altrove e aspettavamo che il turbamento si sciogliesse.

Così, io credo che non ci fu un solo attimo, nei nostri incontri, in cui la proibizione ci divenne inconoscibile: di essa avemmo memoria costante e non riuscimmo mai a separarcene. Fu per questo che, nella prova, non ci soccorse la forza dell'innocenza.

Giuppina mi aspettava all'uscita della scuola.

Stava appoggiata di lato ai cancelli e, da quella posizione, con la luce del sole che le scolpiva lievemente il profilo, era simile a Saverio. Provai una stretta al cuore e mi avvicinai rapidamente.

Non dissi nulla e lei, che stava a occhi chiusi, con il volto rivolto al sole primaverile, si accorse della mia presenza qualche secondo dopo il mio arrivo. "Ah!" fece vedendomi. "Sei qua!"

Con una mano si scompigliò i capelli arricciati dalla permanente, e il ciuffo centrale di quei riccioli rigidi ristette come la cresta impennata di un gallo.

"Maledizione al giorno in cui mi sono fatta questa permanente!" borbottò di malumore, mentre apriva la borsetta alla ricerca di un pettine. Ci incamminammo senza dire nulla; accigliata e distratta Giuppina salutava i conoscenti che la incontravano, e continuava a aggiustarsi qualche particolare fuori posto dell'abbigliamento.

"Sono uscita all'improvviso, senza sapere neanche cosa volevo fare... Ho pensato di andarmi a buttare dal punto più alto del castello!" esordì con una luce di follia negli occhi. "E forse è la cosa migliore che io possa fare, e prima o poi la farò... Però volevo vederti, perché quello che hai fatto è peccato mortale!"

Giuppina disse queste parole in fretta, e si voltò a guardarmi con gli occhi spalancati da un orrore che mi fece sbigottire. Senza osare rispondere nulla, le camminavo al fianco, affannando al suo passo che si era fatto spedito, come se volesse lasciarmi indietro per separarsi dal baratro di vizi che io rappresentavo.

Nel punto più acuto della salita, si fermò di colpo senza parlare. Pensai che avesse bisogno di riprendere fiato, ma la sua voce, seppure un po' tremante, uscì forte dalla gola. "Io mi fidavo di te come se tu, invece che mia nipote, fossi stata mia sorella..." si interruppe cercando una parola più appropriata, "un'amica! Ecco, una mia amica," ripetette convinta. "A nessuno mai ho parlato di lui... E come avrei potuto, se è stato la rovina della mia vita; se per causa sua ho dovuto accettare di sposare mio marito... Io gli uomini non li volevo vedere più," disse con un suono di strazio nella voce. "Mi fanno schifo! Pensano solo a se stessi... Sono egoisti, sporchi, bugiardi!" mormorò con uno sguardo obliquo. "Non ho più le regole da allora... Niente più! Non posso avere figli e Alfonso si arrabbia con me. Dice che sono io che non voglio, non si convince che è la natura che si è ribellata perché ero troppo giovane... Troppo infelice!"

Tacque, e i suoi occhi inquieti si appannarono di lacrime orgogliosamente trattenute.

Per la prima volta nella mia vita, Giuppina mi metteva a parte di simili, riservatissimi, segreti; e io, che avevo sempre sperato che mi scegliesse come confidente, mi accorsi di vacillare sotto il peso delle sue parole. Esse mi colsero di sorpresa come se, con la mia scellerata sprovvedutezza o con quella ingenuità conformista che mi appartenevano, non avessi mai dubitato che la sua vita potesse essere un simile inferno. Provai un'acuta compassione e rimpiansi di non poterla accarezzare. Quasi leggendo nei miei pensieri, Giuppina si volse con uno scatto violento e mi mostrò il volto sofferente. "La vita è stata dura con me perché non ho voluto imparare! Vedi," continuò amara, "vedi quante cose ancora ti dico! E scopro solo adesso che tu non le capirai mai! Sa Iddio quanto ti credevo giudiziosa... Più giudiziosa di me!"

Piangevo, e le mie lacrime la esasperavano. Mi scosse con uno strattone. "Basta piangere!" disse dura. "Cosa vuoi fare? Vuoi fare capire ogni cosa a donna Peppina Curatore?" domandò sarcastica.

Rimase in silenzio ancora un poco, poi aprì la borsetta e mi diede brusca un fazzoletto. "Asciugati il viso!" ordinò.

"La colpa è mia anche questa volta," ricominciò a parlare dopo una cupa riflessione che le aveva scurito il volto. "Io te l'ho portato a casa quel sangue infetto... quel bastardo!" lo insultò in un singulto. "Io ti ho mandata all'appuntamento al posto mio! Ma tu," mi disse guardandomi con un furore appassionato, "come hai potuto fare una cosa simile?"

Mi puntava gli occhi addosso, aspettando che rispondessi a domande che non avrebbe mai immaginato di farmi.

"Cosa?" domandai stralunata.

"Non fare l'innocentina!" gridò furibonda, ribellandosi alla vergogna che le colorava il viso di scarlatto. "Ci sono passata anch'io per questa strada!"

"Ma noi non abbiamo fatto niente!" balbettai.

"Siete arrivati anche ai toccamenti..." mi accusò decisa a smascherarmi, e quella parola a cui doveva avere a lungo pensato, scegliendola fra altre, suonò grondante di oscenità. "L'ho letto in una lettera! 'Ti bacio sulle mani!'" recitò esasperata. "E dove altro ancora?"

"Ma non è vero!" la supplicai piangendo nuovamente. "Noi non abbiamo mai fatto niente!"

Giuppina mi guardava incredula e, d'improvviso, io stessa non credevo più alle mie parole. Qualunque cosa avessi detto, qualunque prova avessi portato della nostra innocenza, essa sarebbe stata vana e miserabile e, in un batter d'occhio, si sarebbe rovesciata nel suo contrario.

Di cosa mi ero messa a discutere con Giuppina, cosa stavo rispondendo in mia difesa? Che le nostre labbra non conoscevano baci e i nostri sensi avevano praticato l'amaro esercizio della proibizione? E cosa c'era di innocente in questa astinenza senza virtù, in questa verecondia senza castità, in questa vile negazione del nostro desiderio?

"Anche lui dice le stesse cose," mormorò Giuppina pensosa. E io mi sentii stringere il cuore.

Nei giorni che seguirono non ricevetti più alcuna notizia di Saverio, benché nessuno ci sorvegliasse o minacciasse di farlo, e ogni interesse verso il nostro rapporto sembrava svanito.

Giuppina, dopo quell'incontro crudele non voleva vedermi e, dalla porta del "Polo Nord", mi sorvegliava aggrondata mentre andavo a scuola. Se, tornando a casa, sentiva la mia voce nella strada, si allontanava con un borbottio, senza fermarsi a parlare. Se i nostri occhi si incontravano, io abbassavo i miei colpevoli e lei mi attraversava con uno sguardo, trasparente e quasi cieco.

"È venuta Giuppina," mi riferiva ciarliera donna Peppina, a cui non era sfuggita la nostra freddezza. "Se giungevi un attimo fa vi sareste viste. Non l'hai incontrata per la strada?" insisteva.

"No!" le rispondevo abbassando gli occhi nel piatto, senza aggiungere altro.

"Hahah!" esclamava donna Peppina con un suono leggero nella voce rivolgendosi al marito. "Chiara è ancora arrabbiata con Giuppina perché ha aperto il cassettone... Eh Chiara? Sei ancora arrabbiata!... Non vuoi perdonarla? Ha detto che non lo farà più..." inventava lì per lì promesse che Giuppina non aveva motivi di fare.

Non rispondevo e il mio volto, rabbuiato dallo sforzo di restare impassibile, doveva sembrarle una conferma della collera contro Giuppina. L'ambiguità della situazione mi metteva a disagio. Con la testa incassata nelle spalle, aspettavo che donna Peppina continuasse a difenderla, ma desisteva, forse aspettando momenti migliori. "Va bene!" diceva con un sospiro. "Adesso mangia, prima che si raffreddi tutto."

Giuppina non mi aveva più restituito le missive, e io non avevo osato chiedergliele indietro; quando pensavo a quelle care carte finite nelle sue mani furibonde, provavo un sentimento di ribellione come se, nonostante fossi certa della mia colpa, mi venisse fatto un sopruso inescusabile. "Ma come?" pensavo dolorante. "Lei non sa che farsene delle lettere, anzi! La loro semplice esistenza la esaspera rinnovellandole nell'animo," che io non conoscevo tanto tristo, "un'acredine inaspettata... Eppure se le tiene! E non me le restituisce, la spietata! Non le restituisce a me! A me, che sono sola e senza conforti!"

A volte, pensando alle lettere che Giuppina mi aveva sottratto, piangevo sconsolata e, attraverso il velo del pianto, comparivano dinanzi ai miei occhi righe tanto traballanti e confuse, da non lasciarsi nemmanco leggere.

Piangevo di nascosto – ché donna Peppina non si accorgesse delle mie lacrime – e quando sentivo giungere i suoi passi dietro la porta, rapidamente mi ricomponevo atteggiando il volto a un'attenzione suprema.

"Studi troppo," constatava, guardandomi preoccupata. "Ti rovini la salute!"

Appena usciva dalla stanza, avrei voluto ricominciare a piangere, ma lo sforzo fatto per fingere mi inibiva ogni altra emozione.

Inutilmente appoggiavo la testa sulla scrivania, abbandonandomi a pensieri infelici e miseri, senza che il mio animo assecondasse quel turbamento artificiale, come se il mio cuore si fosse fatto di pietra. Niente mi disperava di più di quella indifferenza dei sentimenti, di quell'inaridimento del mio ardore.

Infine urlai. Un urlo simile al grido di un uccello – un'aquila o un gabbiano – che precipiti dal cielo ferito. Un urlo che si udì fino nella parte più lontana della casa, e che rimbalzò sui vetri dei balconi e sulla scalinata esterna del palazzo. A quel grido straziante ne seguì un altro, e un altro ancora: io stessa li ascoltavo prendere forma nella mia gola e, prima ancora, nella pancia. Gridavo e non provavo sollievo, ma solo il bisogno di farlo ancora, ancora e ancora.

Quando smisi di urlare mi ritrovai distesa nel letto; ero avvolta nelle lenzuola e sui miei piedi – di cui avvertivo ancora il gelo – sentivo il peso di una coperta. Avrei voluto scrollarmela di dosso subito, ma una spossatezza profonda mi tratteneva dal farlo. A occhi ancora chiusi, percepivo la penombra della stanza e i sussurri di donna Peppina.

"L'avevo capito che si sarebbe ammalata se continuava a studiare così!"

"Stai zitta!" rispose dura Giuppina. "Tu non hai mai capito nulla!"

Prova d'amore. Il sogno

In città non abbiamo mai avuto un televisore; e neanche lo avemmo quando abitavamo sotto al castello, dove la dolcezza delle notti si mescolò, per un tempo lunghissimo e fatato, allo spesso silenzio delle strade.

Donna Peppina aborrì sempre quello schermo intrusivo e quando, attraverso le mura sottili della nostra casa cittadina, (uno sputo di cemento! – esclamava con disprezzo preoccupato, ogni volta che le considerava) ci giungevano i rumori dei televisori dei nostri vicini, tenuti a volume assordante, mia zia mi guardava inorridita.

"Come sono cambiati i tempi, Chiara mia!" diceva. "La gente non vuole più ascoltare niente... La notte è fatta per parlare, per raccontarsi tutte le cose della giornata... Per capire la vita! E questi cafoni, questi pastori ripuliti, si ubriacano di bugie, di cose impossibili... di telegiornali!"

Questi ultimi soprattutto, benché mia zia non li avesse mai

guardati, ma ne sentisse citare i misfatti in ogni momento, avevano il potere di sgomentarla.

Se qualche frequentatrice della casa si lasciava scappare in sua presenza una notizia appresa dalla televisione, mia zia ne riconosceva immediatamente l'origine e, guardando la sua vittima con esecrazione spropositata, chiedeva: "Chi te l'ha detta questa fandonia?".

Il tono agguerrito esplicitava il suo giudizio meglio ancora delle parole usate; e si capiva che esso era nell'ordine dell'abominio e della calunnia! e colui (o colei), che diffondeva tali informazioni, era peggio degli untori! Era un sicuro diffusore di pestilenza!

E non basta! Donna Peppina dovette combattere una tale guerra, anche dentro la propria casa, con i suoi amati! allorché il marito Michele – ormai avanti negli anni, e colpito da una paralisi alla parte destra del corpo – si ritirò dal commercio, e trascorreva in casa l'intera giornata. Allora, per distrarsi dalla moglie, e dalla malattia che lo costringeva a letto o sulla poltrona, avrebbe voluto guardare un poco la televisione. Ma donna Peppina, avuto il sospetto di una tale brama segreta, non sapeva darsene pace, e lo sgridava mentre, a ogni ora del giorno e della notte, lo imboccava di cibo e di medicine. "Fai l'uomo!" gli diceva delusa.

Nelle lettere che mi scriveva, parlava frequentemente della tragedia che le era capitata e che le sembrava maggiore della malattia stessa di Michele.

Giuppina, invece, avida com'era sempre stata di notizie e di realtà, comprò il televisore non appena venne di moda e, nella maniera con cui si volgeva a donna Peppina, non perdeva occasione per insultarla di quell'irragionevole rifiuto. "È la distruzione del mondo!" bisbigliava mia zia, non appena Giuppina era uscita. "Quella povera ragazza!" diceva riferendosi alla nipote che aveva ormai superato i quarant'anni. "Non ci voleva pure questa disgrazia! Già ha le idee tanto confuse sul mondo!" commentava rattristata.

Quando venimmo a vivere in città, la peste della televisione era ormai a tal punto diffusa che donna Peppina non aveva più le forze per guerreggiarla. A volte, se la eco di qualche evento terribile – un'aggressione, un suicidio o un assassinio – giungevano alle sue orecchie, senza che potesse impedirlo, attraverso la sottigliezza delle mura, diceva in un sussurro: "Vedi Chiara! Vedi! È cambiata l'umanità... Il mondo sta diventando tutto uguale: non c'è poesia, non c'è parola... non c'è speranza! Solo cattiveria uguale per tutti! Non c'è nessuno che dica: 'IO SONO DIVERSO!'".

A questo punto, donna Peppina si fermava a pensare e il suo sguardo di velluto, nello sforzo della concentrazione, diveniva aguzzo come uno spillo. "Oggi," riprendeva a parlare sommessamente scotendo la testa, "l'unica cosa che sanno fare è essere violenti, crudeli! Che mondo!... Ce l'hanno il coraggio di uccidere, di rubare, di abbandonare una povera vecchia in mezzo alla strada... Ma questo che coraggio è?" diceva cercando il mio sguardo, per ricevere un conforto alla sua tristezza. "Questa è paura!... L'unico coraggio che bisogna avere nella vita è quello di amare! Anche una cosa qualunque," si esaltava. "La più stupida, la più impossibile!... Tu ce l'hai questo coraggio?" mi domandava con gli occhi inquieti di sospetto.

Ce l'ho questo coraggio?

Non ho bisogno di guardarmi nello specchio per conoscere l'espressione vuota del mio sguardo, né il disordine dei capelli, e come siano disposti – a ciocche, disfatte e irregolari – attorno al mio viso grigio.

In questi tempi di viltà e di paura, io sento che il mio corpo è pavido non meno del mio spirito, e che questo tremore meschino è quel che resta della mia comunione con la specie umana. Con milioni di individui che attraversano la vita senza lasciare segni.

Furiosa verso me stessa, mi colpisco le carni come un tristo figuro farebbe, per impotenza o per malvagità, contro un animale indifeso o un bambino. "Maledetta!" impreco, rivolgendo insulti inascoltabili verso me stessa. "Maledetta! Verme della terra! Quando smetterai di tremare davanti a ogni cosa!"

Allora mi chiedo se il coraggio non sia una qualità innata, definitiva e inesauribile, di cui non si ha alcun merito; che sceglie solo certe persone: esseri predestinati, che voleranno appesi al filo di un aquilone, o si faranno ammazzare per difendere le proprie idee. Esseri della specie degli eroi!

Questo pensiero, dogmatico e ingenuo come tutte le certezze assolute che amo conservare, mi consola dal dubbio che il coraggio si impari. Al pari di una lenta e preziosa disciplina.

Lo so bene: chi mi incontrasse per la prima volta, volgerebbe verso me uno sguardo vuoto e lontano; né, di questa noncuranza, si potrebbe fargliene una colpa, e facilmente si accerterebbe che essi non si sono proprio accorti di me; che non mi hanno veduta!

Mi conosco, sciocca e inutile come sono, ma non posso evitare che la mia pelle si arricci in un brivido di spavalderia, mentre penso a quei giorni, al punto nel quale mi spinsi, e a ciò che avrei voluto fare di me stessa.

Se provo a cercare quella Chiara indomita, che pure è esistita, mi sembra che sia, ormai, tanto estranea alla mia pavidità, quanto nessun altro lo è stato mai!

Eppure, mai prima di allora, avevo osato tanto! Mai avevo pensato che nel mondo ci fossero cose che attendevano me per compiersi! Mai prima di allora lo pensai, né dopo! Di quel periodo sovrumano, di quell'epoca mitica, mi è rimasto lo struggimento (un'inquietudine coi panni quieti della nostalgia?) per qualcosa che mi animò col suo soffio, rendendomi ardita e viva fino allo spasimo. Si trattò di una forza che nasceva dalla mia carne e dalle mie paure e, tuttavia, le trascendeva in un impeto nuovo e dominatore; una forza che fintanto visse in me, mi rese invulnerabile.

Adesso che i giorni della mia passione mi affiancano con la consistenza della materia e dei corpi, io sussulto sotto la spinta di émpiti che credevo sepolti per sempre, e nella mia mente accidiosa, si affacciano melodie mai ascoltate di ditirambi, e quella fascinazione dolorosa e inquietante della possessione amorosa.

Allora mi sembra che donna Peppina avesse ragione e che il coraggio sia il dono transitorio dell'amore; l'unico coraggio, fragile e spietato, concesso agli esseri umani.

In principio, la scomparsa di Saverio non mi fece paura, e mi sembrò che quella separazione fosse il prezzo necessario per il nostro futuro. Con un'arrendevolezza docile e inflessibile mi accinsi a pagarlo: il tempo scorreva con la puntigliosa perfezione della salvazione, e ogni minuto, trascorso senza altra certezza che quella che io stessa davo al mio cuore, mi lavava da tutte le colpe rendendomi degna del mio amore. Come una santa o un'ossessa, non avevo altro pensiero che lui, e quanto più egli mi stava dentro, occupando ogni parte di me, tanto più lo tenevo celato agli sguardi del mondo.

Furono giorni di concentrazione cristallina in cui mi sentii capace di sostenere ogni prova e la mia coscienza risuonò acuta e vigile come un grido; se donna Peppina mi esasperava con i suoi ragionamenti immaginifici o catturava la mia attenzione distogliendomi dal fondo fatale di me, io sorridevo benevola e impenetrabile: ché anche lei faceva parte del prezzo da pagare.

Pensavo a Saverio con la fissità con cui un astronomo scruta il cielo cercando nuovi segni o, nella tempesta, il timoniere guarda la bussola che segna la rotta: pensavo a lui, e la sua assenza non mi appariva un evento terribile e pauroso ma, al contrario, la prova certa del suo amore. Egli accettava la sfida di non vedermi, perché, al pari di me, era dentro di sé che mi teneva.

Quando, all'uscita della scuola, tornavo a casa solitaria, i miei occhi sbirciavano veloci la scorciatoia dietro al castello, nella speranza di vedere la sua macchina appostata da un lato, e l'alta persona languida che mi attendeva. Allora, se fosse comparso, io avrei potuto chiedergli perdono per quel nostro strazio, con un'occhiata dolce e trepida. Oh! – pregavo – che egli non dubitasse di me e del mio amore, come io non dubitavo del suo; che egli sapesse, fino nell'anima, che sarebbe stato impossibile separarmi da lui!

Non mangiavo quasi più, e mi sembrava che il mio corpo ricevesse già ogni nutrimento dalla forza esaltante dello spirito; miracolosamente riuscivo a sfuggire ai controlli nutrizionali di donna Peppina, gli unici sui quali fosse inesorabile, e mi liberavo dal cibo, con cui mi assediava, con una facilità inspiegabile. Tuttavia, benché mi nutrissi pochissimo – qualche frutto o un poco di pane – e il sonno mi prendesse a tradimento per poche ore, niente del mio aspetto denunciava l'eccitazione che mi possedeva. Una luce vivissima colorava il mio sguardo e la mia pelle corruscanti di bellezza.

"Ho deciso di parlare con tuo padre!" Giuppina mi guardava con gli occhi che le erano tornati dolci e lacrimosi.

"Con mio padre?" mormorai atterrita. "Che cosa gli vuoi dire?"

"Tutto!" rispose, mentre le pupille diventavano nuovamente minacciose e il risentimento le mutava finanche il colore. "Tutto!" ripetette decisa fissandomi. "E d'altronde non si può evitare che lo sappia," continuò invelenita. "Commare Bianca vi ha visti! Oramai lo sa tutto il paese!... Non è stata lei a raccontarlo," puntualizzò senza che io le avessi chiesto nulla. "Anzi, quella povera donna, che non sa niente di Saverio, è venuta da me impensierita e vergognosa e mi ha detto: 'Commare Giuppina, statevi accorta a vostra nipote! Quella ragazza... c'è sempre uno che l'aspetta... Con la macchina, perfino!...' Hai capito come stanno le cose? E io devo dirlo a tuo padre!"

Mi sentivo perduta. Non vedevo Francesco dalla morte di Anita e fra noi erano corse parole crudeli. "Che piangi a fare?" avevo sibilato quando si era avvicinato per baciarmi. "Io non voglio piangere con te!"

Se avessi potuto, se le cause della morte di Anita non fossero state esplicite fino all'assurdità, lo avrei accusato davanti a tutti di essere il suo assassino, lo avrei insultato con tutta la forza del mio dolore.

"No!" la supplicai. "Francesco non deve sapere niente!"

"Ma è tuo padre!" rispose Giuppina appassionata. "È mio fratello! L'unico col quale ho diviso ogni cosa! L'unico che sa tutto," continuò infervorata mentre gli occhi le brillavano di convinzione. "Lui può dirci cosa fare... Lui può consigliarti: sei la sua unica figlia, non vorrà che tu faccia una brutta fine!" concluse amara.

"Ma perché?" le domandai mentre le lacrime mi stringevano la gola. "Perché vuoi farmi questo? Perché sei così cattiva?"

"Cattiva io? Cattiva?" si esaltò mentre non riusciva più a stare seduta. "E tu proprio mi dici queste cose? Tu che hai approfittato della mia fiducia..."

Tacque improvvisamente; stava in piedi davanti alla finestra, e da tutta la persona emanava la tempesta del suo animo. Guardava fuori agguerrita e respirava lentamente, per dominare la tensione. Poi, con un cenno della testa acconsentì a qualcosa che aveva pensato, e che infine le sembrò ragionevole.

"Chiara," cominciò a parlarmi con voce pacata, "una ragazza come te, bella, intelligente, studiosa," Giuppina elencava questi aggettivi come una scolaretta che ripete una lezione tante volte ascoltata, "non deve perdere tempo con un giovane senza studi, ignorante, rozzo e cafone come lui..."

Dopo tante ingiurie, e sembrandole che lo aveva disprezzato abbastanza, Giuppina aveva detto "lui", nel nostro modo solito; prontamente accortasi della sua debolezza, si schiarì la voce per confonderne il suono.

Poi fece un gesto di impotenza e sembrò decidersi ad abbandonare una parte che non era la sua. "Ma, insomma," mi supplicò, "non hai cuore? Non provi un po' di pena a fare soffrire un ragazzo così..." si fermò cercando inutilmente le parole, "un povero ragazzo!" concluse esasperata dalla sua stessa incapacità di esprimersi. "Un ragazzo che è cresciuto solo, senza famiglia..." "È sprovveduto, non è all'altezza, e questo non è giusto!" disse.

Avvedendosi che le sue parole non ottenevano l'effetto desiderato e che, al contrario, rafforzavano la mia compassione verso Saverio, giacché io sola potevo consolarlo dei suoi passati dolori e delle privazioni subite, Giuppina cambiò registro.

"La vuoi capire che questa cosa non può essere: È TUO CUGINO!" gridò. "È proibito da Dio e dagli uomini..." disse sottovoce segnandosi. “E io, piuttosto che assistere a quest’altra sventura, piuttosto che sentire la gente che ricomincia a parlare di me, ti lego in questa stanza e non ti faccio uscire più... Piuttosto ti uccido con le mie mani!” urlò mostrandomi il palmo tremante. “O uccido lui!” gridò, perché capissi che faceva sul serio e che un assassinio ci sarebbe stato certamente.

“Gliel’ho già detto che non deve più avvicinarsi a te neanche col pensiero! Gliel’ho detto in un modo tale che non può avere dubbi!” disse rivolgendosi a testimoni invisibili.

Urlava tanto che temetti che sarebbe arrivata donna Peppina. Impaurita, le facevo con le dita il gesto di abbassare la voce, ma lei sembrava decisa a tirare giù la casa e non ascoltava più nulla. Tuttavia, venisse o no donna Peppina, io volevo che mi parlasse di Saverio.

“Cosa gli hai detto?” domandai trepidante.

“Gli ho detto che ti deve lasciare perdere... Che deve finire il militare e se ne deve tornare in Svizzera! Anzi!” continuò con una specie di orgoglio che le gonfiava il petto. “Gli ho detto di andarsene prima ancora di finire, di rinunciare! Di congedarsi.”

Giuppina, che non era mai sicura delle cose che diceva, mi guardò cercando nei miei occhi una conferma a questa informazione.

“C’è un congedo speciale che possono chiedere quelli che vivono in un’altra nazione! E lui mi obbedisce!” proclamò, tornando superba della certezza che il figlio avrebbe fatto quello che lei gli comandava. “Perché capisce che ho ragione!”

Io mi ero abbandonata sulla sedia e piangevo senza un singhiozzo. Avrei voluto sapere quando era andata a parlargli, e se era a causa sua che Saverio era scomparso senza una parola. Ma le forze non mi bastavano per sopportare altre crudeltà. “Non fare così, Chiaretta mia!”

Giuppina si era avvicinata, finalmente vinta dalla compassione per me. “Sei tanto giovane! Ti passerà, vedrai!” sussurrava asciugandomi gli occhi. “Sono altri i dolori che non passano, e io ne so qualcosa!... Vedrai! Io ti voglio tanto bene... Io vi voglio bene a tutti e due, lo capisci?” mi domandava torturandomi. “Voi due per me siete due figli... Uguali siete per me! Non c’è nessuna differenza...” diceva commossa. “Lo faccio per questo, perché vi voglio bene! Fra qualche mese non ci penserete più né tu e né lui e mi ringrazierete! Cosa ci farebbe una signorinella come te con uno scimmiotto come lui?” domandava ridendo.

Di nuovo Giuppina aveva parlato di Saverio con quell'accento tenero e dolente che me lo aveva fatto amare.

La guardai fra le lacrime e pensai: "Mai! Non lo lascerò mai!".

In questa attesa senza segni, io rifiutavo il sonno coi suoi simboli e le sue tentazioni. Fu forse per questo, che mi accadde di cadere in un sonno più fondo degli altri.

Era quasi l'alba: una luce tremolante e azzurrina scoloriva il cielo affacciato sul balcone e, con un'ombra rassicurante, veniva verso il mio letto. Con un sospiro di resa, pensai che la notte era trascorsa; poi non pensai più nulla.

Sognai che era il giorno del mio matrimonio e che stavo nella camera da letto di mia madre. Mi guardavo riflessa e, per quanto le dimensioni dello specchio fossero quelle di sempre e non sembrasse cieco in nessuna parte, esso mostrava la mia immagine di sposa soltanto fino alle spalle.

Avevo i capelli raccolti in uno chignon regale, e dal suo centro partivano, come raggi di una aureola, spilloni d'argento, le cui punte terminavano con perle rosee e tonde. Tutt'intorno al mio capo, e come appuntati a un centro invisibile, si dipanavano, simmetrici e fitti, bianchi veli come nastri che si immaginavano correre fino a terra per divenire un grande strascico. Sulle mie spalle, coperte da un raso prezioso trapunto di mille e mille perline, correva leggero un volant la cui vista mi turbava inspiegabilmente.

Lo spostavo con le mani nervose, e tentavo di toglierlo via definitivamente, ma era cucito con un filo tenace che resisteva a ogni strappo. Infine, dopo uno strattone più forte degli altri, il volant cedette staccandosi dal corpino, ma, dal punto nel quale esso si separava dal mio vestito da sposa, cominciò a sgorgare, rosso e vivo, un fiotto di sangue. In men che non si dica, coprì tutto il corpino, e i suoi spruzzi zampillarono raggiungendo lo specchio. A quel contatto, e come se da esso ne fosse lavato, lo specchio riacquistò le sue vere dimensioni.

Allora mi vidi riflessa interamente, e il mio vestito era rosso di sangue. In preda al disgusto, tentavo di sfilarlo via dal corpo, ma quello resisteva ed era divenuto viscido e intoccabile: afferrai il volant per distruggerlo e, improvvisamente, mi ricordai che apparteneva al vestito della prima comunione.

Mi svegliai per il richiamo ragionevole di quel suggerimento, e le mie mani contratte stringevano il lenzuolo.

La carnalità invasiva del sogno non mi abbandonava, nonostante avessi dormito pochissimo – forse qualche minuto, un quarto d'ora al massimo – e la luce della stanza non fosse molto diversa da quella che avevo lasciata prima di cadere nella trappola del sonno.

"Saverio!" implorai, chiamando il suo caro nome. "Saverio!"

Il pensiero che egli potesse essere scomparso prese forma lentamente, ma fu scacciato dalla veemenza del mio amore. "Impossibile," mi ripetevo, "impossibile. Non può andarsene, come non potrei farlo io! Siamo l'uno dentro il destino dell'altra!"

In linea retta all'infinito...

Seduta sul letto, con la camicia da notte scomposta sul corpo e le gambe nude fino al biancore dei fianchi, lasciavo che la brezza della notte arrivasse dal balcone aperto sulla strada silenziosa. Stava esplodendo l'estate, benché si fosse ancora in maggio, e l'odore passo e carnale di certe rose gialle che fioriscono in quel mese giungeva fino a dentro la stanza, e si mescolava all'odore stralunato del mio corpo. A tratti, quand'anche non sudassi, sentivo giungere gli effluvi delle mie ascelle, laddove una tenue peluria bionda era cresciuta a proteggere l'incavo che, dalle braccia, sale fino alla morbidezza dei seni. Se infilavo le mani in quel punto segreto e pudico della mia femminilità, scoprivo di non sapere quand'era accaduto che avessi dismesso le sembianze fanciulle per divenire una donna. Mi annusavo lentamente, con una voluttà senza memoria, scoprendomi a me stessa per la prima volta; mi cullavo dolcemente, come si culla un bambino stretto fra le braccia, e ripetevo piano il mio nome, come se a chiamarmi fosse lui: "Chiara!" sussurravo, "Chiara!" E nel sentire il suono del mio nome, immaginavo che lui tremasse intenerito. "Chiara! Moglie mia!" ripetevo, mentre le braccia incrociate attorno al corpo, mi stringevano con forza dolorosa. Sentivo aggiungersi, all'odore della pelle, un aroma pungente di succhi segreti che il corpo, languidamente, scioglieva. Dondolavo profondamente cullandomi nell'abbraccio, e l'aria della notte mi accarezzava con un brivido meraviglioso. Oh! Mi sarei amata anch'io: ero bella, e la bellezza mia non era muta.

Un piacere sottile si irradiava per tutto il cammino dei nervi, e le tempie, mano a mano, battevano un ritmo denso e convulso. Le mani, sciolto l'abbraccio con cui mi cingevo, corsero al cuscino che ristava abbandonato sul letto.

Con un gesto impetuoso, lo abbracciai come fosse stato il mio amato, e mi volsi a esso affamata d'amore.

Lo accarezzavo come se, sotto le mie mani, ci fosse non il grezzo lino, ma la sua cara pelle sconosciuta ai miei sensi; chiudevo gli occhi e lo cercavo con la punta sensibile delle dita: qua c'era l'incavo leggero del naso, proprio dove la fronte diritta e breve inizia correndo fino all'attaccatura dei capelli riccetti e lucidi che gli coronano il capo, come un'aureola cupa. Qua ci sono le orecchie grandi e attaccate alla testa, con i lobi carnosi e tondi che si arrossano lievemente per l'eccitazione; se li sfioro per caso, mi giunge l'ondata del loro calore. Qua, seguendo a occhi chiusi la linea degli zigomi, si giunge fino alla mascella dura, da zingaro e, accarezzando con un brivido la barba che cresce ruvida e insieme tenera, si tocca la fossetta sul mento; un ammicco lievissimo di quella più aperta che ha sulla guancia.

No! Non gli tocco le labbra carnose e sanguigne che si chiudono sui denti bianchi e aguzzi da animale carnivoro. Lentamente, inghiottendo saliva arida, percorro la linea struggente degli occhi; quel richiamo doloroso al mio sangue che fiammeggia sotto la sua fronte. Questi occhi catturanti dei D'Auria: così belli e così malinconici; così appassionati e così vuoti; così avveduti e così folli.

In questi occhi vorrei perdermi per sempre, anima mia! Così sussurro, mentre cerco la bocca che intanto si è schiusa sui denti che illuminano la notte. Poso le mie labbra sulle sue in un bacio casto come il primo suggimento di un neonato. "Vita mia!" lo imploro, e sento che non vivrò senza di lui.

Un'immaginazione fervida mi apriva, da molte porte, l'ingresso alla realtà: le cose che dovevo fare erano poche, sebbene si proponessero intrecciate e caotiche come se ciascuna volesse sostituirsi alla successiva, o precederla per valore e importanza, piuttosto che derivare l'una dall'altra.

Dal balcone semiaperto filtrava la luce del nuovo giorno, ma il resto della casa era avvolto dal silenzio, e neanche si udiva il tramestio confuso del calzolaio che spostava gli attrezzi, né le sue frequenti imprecazioni o i colpi di tosse che lo scotevano al risveglio. Pensai che non dovevano essere ancora le cinque.

Sospirai stirando le membra ed esse, nella trazione involontaria dei muscoli, si rivelarono smagrite.

La sera prima, donna Peppina aveva detto che voleva portarmi dal medico. "Eri un fiore fino a due giorni fa!" aveva sospirato amareggiata. "E adesso guarda come ti sei ridotta..."

Ero magra, nonostante la struttura delle mie forme non lo rivelasse sùbito, e il colore roseo dell'incarnato resistesse alle notti insonni.

Dalla strada arrivò un primo rumore di secchi sbattuti gli uni contro gli altri; una specie di suono di campana sordo che fu seguito da un breve scalpiccìo di zoccoli. Era il fornaio che, a quell'ora, aveva finito di infornare e stava caricando l'asino legato davanti al suo uscio. Fra poco mi sarebbe giunto alle narici l'odore del pane appena cotto e dei biscotti che mia zia comprava ogni giorno. Erano dolci un poco grossolani nella forma e nel gusto, forse ottenuti con la pasta avanzata dal pane o con qualche impasto di invenzione della moglie del fornaio; nulla a che vedere con i dolciumi che ci portava Giuppina dalla pasticceria del "Polo Nord".

Il pensiero di Giuppina mi strinse il cuore in una morsa e, d'improvviso, ebbi paura delle cose che aveva già fatto e di quelle che minacciava di fare. "Mio Dio!" supplicavo, desiderando di pregarlo per qualcosa che, non appena espressa, ne contraddiceva altre che mi occupavano la mente. L'ansia si stava nuovamente impossessando di me; cercavo un respiro più fondo, ma sentivo la resistenza dei polmoni e l'affanno che essi mi opponevano. Scesi dal letto, e la frescura del pavimento mi sferzò leggermente attraverso i piedi nudi.

L'odore del forno cominciava a giungere dal balcone aperto; dovevo affrettarmi ad agire o sarebbe stato troppo tardi! Prima di ogni cosa, dovevo uscire di casa salutando donna Peppina, senza lasciarmi catturare dalle sue conversazioni e senza che, soprattutto, osservasse troppo a lungo il mio aspetto.

Questa prima parte, descritta così rapidamente, potrebbe sembrare semplice; forse la più semplice di un piano che si propone di essere ben più complesso! E, invece, la sola idea di affrontare donna Peppina e di volgermi a lei con il più luminoso dei sorrisi, impedendole di scorgere i segni della notte di veglia, mi appariva una prova insuperabile.

Facendo forza su me stessa, continuai a pensare al mio percorso e mi spinsi fino nella strada sotto al castello, dove mi attendeva la corte delle commarelle di Giuppina. Dovevo tenere a mente di salutare commare Bianca, che si era lamentata per la mia storditezza dei giorni precedenti. Se Giuppina, come faceva ormai frequentemente, si fosse fatta trovare davanti al "Polo Nord" per accertarsi del mio passaggio, io l'avrei assecondata, entrando finanche dentro la classe, ma ne sarei scappata non appena si fosse ritirata nel bar.

Del professore e delle mie compagne non m'importava nulla,

perché non le avrei riviste mai più! Anzi! Le loro suppliche non sarebbero valse a nulla: avrei preso la mia sacca sotto i loro occhi sbalorditi, e mi sarei diretta alla stazione in tempo per prendere il treno delle nove meno venti in partenza per B.

Ecco! Anche nell'ipotesi peggiore, il mio piano di fuga era così facile da eseguire che dubitavo perfino che una cosa tanto semplice potesse cambiare definitivamente la mia vita.

Allora mi coglieva l'incertezza che quello che stavo per fare dovesse essere fatto in un'altra maniera, e mi dolevo di non avere potuto chiedere consiglio a nessuno. Oh, come sarebbe stato bello confidarmi con la moglie di Sciarmano! Come sarebbe stato bello se avessi potuto parlare a quei cari amici di mia madre; se avessi potuto aprirgli il mio cuore, spiegando loro ogni cosa!

Il compatimento che provavo verso me stessa mi riempiva gli occhi di lacrime; in un attimo mi sembrava di non sapere più nulla, e i miei pensieri si confondevano, contaminandosi e mescolandosi fra loro, perdendo i tratti originari.

In quella confusione improvvisa delle idee, in quel tremore irrazionale del coraggio, l'unico mio sostegno era il foglio. Lo avevo conservato dentro la scrivania il giorno prima, di ritorno dalla biblioteca; ed esso era pieno degli appunti segreti, indecifrabili per chi non conoscesse l'alfabeto greco, che mi richiamavano alla sostanza delle mie decisioni.

Questo e solo questo valeva: la concretezza delle cose che avevo appresso e che, infine, mi difendevano da ogni minaccia.

Nuovamente i pensieri s'intrecciavano spingendosi l'un l'altro senza lasciarsi percepire interamente, sicché – di essi – mi giungevano solo frammenti, parole sconnesse, suggerimenti evocanti altre e confuse immagini. Le parole rimbalzavano in uno spazio piatto ed esteso, sterminato alla mia vista, e tuttavia, prima di giungere alla soglia dell'attenzione, finivano inghiottite in un baratro invisibile.

Il richiamo dell'unica realtà che mi aveva guidata, si faceva strada lentamente nel disordine della mia mente. Allora, per porre fine alla girandola dei pensieri nel tentativo di possederli (sia pure per un attimo!) come si possiede una cosa qualunque – un animale o un fiore, che si lasciano guardare o trattenere nelle mani – afferravo l'attaccatura dei miei capelli con un gesto carnale e doloroso. Finalmente, dalle nebbie della coscienza, mi riaffiorava la certezza contro cui si schiantavano i fantasmi di Giuppina, le proibizioni che voleva infliggermi, i divieti che voleva porre al mio cuore... "Oh, cuore mio, cuore mio, non temere!" mi consolavo in un empito di compassione verso me stessa. "Noi ce la faremo, nessuno riuscirà a fermarci!..."

La fierezza della realtà mi riprendeva vorticosa, mentre ripetevo ad alta voce quel che avevo appreso. Misuravo la stanza a grandi passi, come farebbe un avvocato che prepari la propria orazione in un'assise dove la posta ultima è la vita.

"Non esiste impedimento!" proclamavo a un giudice invisibile. "Non esiste!" ripetevo esaltata. "Giacché Egli," lo chiamavo così, senza farne il caro nome e senza dividerne con alcuno il suono segreto, "Egli non è legato a me in linea retta all'infinito. (E Dio solo sa se non mi piacerebbe che mi fosse padre o figlio o l'uno e l'altro insieme; se non mi piacerebbe averlo generato dai miei lombi o essere stata la sua piccola figlia petulante!)."

"Egli è mio cugino; il più carnale dei cugini, giacché, per uno stravagante scherzo del destino, gli toccò di chiamarsi D'Auria come me e, per questo solo, potrebbe essermi fratello di sangue; potremmo essere nati dallo stesso padre..."

"Tuttavia – sebbene io nutra il rimpianto di non averlo avuto mio compagnello di giochi e di avere trascorso, fino a qui, la mia vita senza supporre (cieca che fui!) di non potere vivere priva di lui – egli è SOLO mio cugino! (E s'intenda bene il senso di questo 'solo', che nulla vuole togliere allo splendore della nostra cuginanza; al contrario vuole aprirle quelle strade nascoste, che altri vorrebbero chiudere, prendendo a pretesto i nostri legami di sangue!). Egli è mio cugino: il punto più lontano e più vicino della mia stessa famiglia; ciò che mi porta fuori da essa, e nel suo cuore segreto e oscuro! Io lo sposerò mescolando i nostri nomi e, per una tale rivoluzione delle nostre vite, chiederemo LA DISPENSA a Dio stesso, se sarà necessario!"

"D'Auria due volte!" esclamo al massimo della felicità, e una tale evenienza mi dà la certezza, temeraria fino all'empietà, del mio diritto su di lui.

La frenesia m'incalzava mentre andavo verso la toilette. Le tracce della notte mi avevano segnata e sarebbe stato vano sperare che il colore cilestrino delle orbite, o la fissità bizzarra dello sguardo, sfuggissero a donna Peppina.

Tirai diritta fino a dentro la toilette senza incontrarla. Chiusi la porta alle mie spalle e presi fiato. Un leggero capogiro mi costrinse a sedermi sul bordo della vasca e a cercare la frescura dell'acqua sulla pelle. "Dio aiutami!" pensai, e questa invocazione assunse dentro me il suono di una bestemmia o di un oltraggio. Un pensiero ozioso m'invase, come l'ombra lunga di una superstizione: come potevo chiedere a Dio di aiutarmi se quel che pensavo davvero era peccato? Come potevo implorare il suo aiuto, se io stessa ammettevo che l'esaltazione dei miei sentimenti e l'appassionato furore dei sensi erano tali che non avrei potuto rinunciare a Saverio, neanche se fosse stato mio fratello?

Rabbrividii con la schiena appoggiata alla parete: dovevo stare attenta, non erano questa allucinazione, questa fuga visionaria dalla realtà, che mi potevano salvare.

"Dio!" pregavo nuovamente. "Fa' che mia zia si distragga, fa' che non le venga in mente di occuparsi di me più del dovuto... Fa' che creda che non ho nulla, un disturbo passeggero, niente che la riguardi troppo!"

Pregavo, e in cuor mio sapevo che mi stava attendendo con l'attenzione inesorabile delle tragedie. Sentivo già le sue domande, le supposizioni immaginifiche che avrebbe fatto: "Forse sta studiando troppo, bella di zia!" avrebbe detto commossa e, tuttavia, già visitata dal dubbio e da altri oscuri timori.

Per qualche evento miracoloso, donna Peppina non mi aspettava e potei raggiungere la scalinata, senza che comparisse. Ero già nella strada quando si affacciò al balcone. "È tardi!" le gridai in risposta al suo richiamo sorpreso. "Lazzarona!" inveì contro di me, scherzando e volgendomi il braccio teso, in segno di minaccia. "Non mi hai dato nemmeno un bacio!" "Ti bacerò il doppio quando torno!" le risposi mentendo.

L'irreparabile

Neppure Giuppina mi aspettava, e anche questo mi sembrò un segno del destino.

Mentre correvo verso la stazione, mi assicuravo di avere nelle tasche il borsellino con i soldi dell'intera settimana. Per essere sicura che sarebbero bastati, avevo rubato altro denaro dalle tasche di zio Michele: poche decine di lire (niente al confronto di quello che gli sottraeva ogni giorno donna Peppina per dare le mance ai suoi guagliuncelli!), di cui non si sarebbe neanche accorto.

La stazione, con due soli binari, era deserta come se non passasse più un treno da giorni e giorni; tuttavia uno scampanellio insistente annunciava l'arrivo del locale. Mi tenevo in disparte sperando che nessuno mi vedesse; più di tutti, temevo i conoscenti di

Giuppina, numerosi e facondi quanto non si può immaginare. Avevo un vestitino nero che mi adornava il corpo con una gonna a campana larga, e un corpino tutto plissettato. Portavo con me una giacca, nera anch'essa, con le maniche a tre quarti e un grande colletto alla Maria Stuarda che mi slanciava il collo, già lungo e sottile. Donna Peppina, che me l'aveva fatta cucire dalla sarta delle grandi occasioni (ne aveva, infatti, altre due che le facevano piccoli lavori di riparazione stagionali), quando me la vide indosso si sedette per godersi lo spettacolo e per riprendersi dall'emozione.

"Bella!" aveva detto. "E che te ne fai di un'attrice del cinema?"

Tuttavia, nonostante fossi sicura della mia eleganza, per la prima volta dalla morte di mia madre avrei desiderato dismettere le vesti del lutto per indossare qualche abituccio colorato.

Nella cartella della scuola avevo nascosto la borsetta, una specie di piccola busta di pelle nera, con un manico corto e rigido, dentro la quale conservavo un fazzolettino ricamato a mano e una bottiglietta di essenza di viole, che erano stati di mia madre. Non avevo con me null'altro, e il pensiero che Saverio avrebbe dovuto comprarmi dei vestiti mi turbava deliziosamente.

Lo sportello della biglietteria era deserto, e una voce soffocata annunciava l'arrivo del treno dall'altoparlante della stazione.

"Un biglietto per B.," domandai, mentre cercavo i soldi e i capelli mi ricadevano sul viso, nascondendone la vista all'impiegato. "Magari è un amico di Giuppina!" pensavo, sforzandomi di tenere il capo abbassato. "Magari mi conosce... Dio, fa' che non mi conosca... Il treno arriva! Lo sento dallo stridore dei freni..."

"Presto, presto, datemi il biglietto! Il resto? Ah, scusate non me ne ero accorta! Sta partendo il treno!... C'è tutto il tempo?... Si ferma qua ancora dieci minuti prima di partire? Va bene, io corro lo stesso..."

Il treno era quasi vuoto e mandava un odore rugginoso di ferraglia; mi accomodai in uno scompartimento solitario abbandonandomi sul sedile. Ero sudata; abbassai il vetro del finestrino e mi affacciai a guardare. Il paese era scomparso alla vista: che strano! Eppure bastava uscire, camminando per un tratto brevissimo, e il paese sarebbe ricomparso là dove l'avevo lasciato. Le stazioni nascondono i luoghi, pensai, sia quelli dove si giunge che quelli da cui si parte, e li rendono tutti ugualmente irreali. Mi sentivo molto intelligente, come se ogni cosa fosse sul punto di svelarmi il proprio senso nascosto; sospirai di soddisfazione per l'arietta ventosa che mi giungeva sul viso, mentre il treno si muoveva cigolando, come il corpo di un grosso animale che si prepari alla corsa.

Tornai a sedere e, senza averlo deciso, senza che nessun filo dei miei pensieri l'avesse evocato, mi apparve dinanzi agli occhi il volto di donna Peppina. Sorrideva nel suo modo splendente e le labbra dicevano qualcosa che non riuscivo a capire: forse mi stava chiamando...

"No!" mi ribellavo a quelle immagini invadenti, non volevo pensare a lei: desideravo pensare a Saverio. Desideravo sognare come sarebbe stato quando avesse saputo che lo stavo aspettando; quando qualcuno dei suoi amici fosse corso a portargli il mio messaggio... "Oh cuore mio!" volevo dirgli non appena fosse comparso fuori dalla caserma. "Dobbiamo fare in fretta! A quest'ora a casa hanno già scoperto tutto, e Giuppina ci starà cercando come un segugio!... Dobbiamo trovare un posto dove trascorrere la notte," avrei aggiunto risoluta, mentre i miei occhi appassionati avrebbero implorato che fra di noi accadesse l'irreparabile.

Questo pensiero mi illanguidiva e, prima ancora che potessi vederne la fine, mi sentivo mancare per l'affanno. Un fitto velo di pudore, una timidezza spaurita come un capogiro, m'inibivano ogni accesso fantastico, rimandandomi il sentimento di una goffaggine insuperabile che riguardava il mio corpo inesperto.

Angustiata da una tale visione, mi guardavo i piedi di forma infantile che sostenevano le gambe tornite, e tuttavia svelte. Con un sospiro di scontentezza, mi coprivo le ginocchia che lasciavano indovinare lo stacco delle cosce. Avrei voluto essere leggera come un farfalla per non sentire il peso della mia carne solida e compatta; avrei voluto che egli potesse portarmi nelle braccia fino alla cima di un'alta scalinata. Io mi sarei accucciata sulla sua spalla, e l'odore caldo del suo alito mi avrebbe raggiunta a tratti, insieme al suono carezzevole delle parole e all'umidità densa dei baci.

Oh, caro, caro Saverio! L'umiltà amorosa dei tuoi occhi mi fa tremare come una foglia scossa dal vento primaverile; la tenerezza trattenuta dei tuoi gesti mi inonda il sangue di calore, e il pudore del tuo turbamento, la dolcezza rassegnata con cui vorresti celarmelo, mi fanno desiderare un abbandono senza riserve.

Oh, poterti dire sùbito: "Sono tua!" Poterti dire sùbito: "Fuggiamo! Non c'è tempo, mettiamo in salvo il nostro amore..."

Il treno, con un lungo sospiro, si era fermato in aperta campagna; aprii il finestrino, e l'odore della terra m'investì come una benedizione: tutto era talmente splendente di bellezza, che non avrebbe potuto accadermi nulla di male.

Allora, per la troppa letizia che avevo nel cuore, mi misi a canticchiare una musica a bocca chiusa. Lì per lì, si trattò di un suono tanto inconsapevole e leggero che, per qualche minuto, andò per proprio conto, e io – come forse accade a un compositore che stia inventando una nuova melodia – mi compiacqui per quell'intonazione mai sentita, che sembrava nascere da sola. Poi, mentre il canto mutava sulle tracce di qualche ricordo ancora nascosto, la mia voce assunse, per imitazione, il suono della voce di mia madre: quella nasalità sincopata di certe melodie che Anita cantava con un trasporto appassionato, accompagnandosi anche con brevi passi di danza. Un rimpianto feroce si mescolò a una strana e selvaggia felicità; Amado mio! cantai riconoscendo le note della sua canzone preferita, mentre gli occhi mi si riempivano di lacrime.

Stanotte o Mai, Mi bacerai, Ti bacerò...

Alle due del pomeriggio giunsi a B.

A quell'ora donna Peppina, che mi aspettava per il pranzo, doveva essersi già chiesta dove fossi finita, e fra non molto avrebbe inviato qualcuno dei suoi guaglioni a cercarmi nel tragitto per la scuola.

Il cuore mi si strinse al pensiero di mia zia che correva inciampando contro le porte, alla maniera di una colomba impazzita che, rimasta prigioniera in qualche posto sconosciuto, tenti di fuggire attraverso i vetri chiusi delle finestre. Fra non molto, l'agitazione che le scoppiava nel cuore l'avrebbe spinta ad affrontarsi con Giuppina; allora, lei, che non usciva mai dalla sua casa, sarebbe giunta sino alla porta della nipote e l'avrebbe chiamata con un grido trattenuto, senza entrare, perché Alfonso Gregante non si accorgesse di nulla.

"Sta da te la figliuola?" avrebbe domandato pallida e composta, nel tentativo estremo di non cedere alla disperazione. "Da me?" avrebbe risposto quell'altra già sbigottita, mentre la sua mente cominciava a lavorare febbrilmente.

Il pensiero di me e di Saverio si sarebbe effuso dentro Giuppina con la potenza di una deflagrazione e, tuttavia, quanto più il sospetto si fosse accresciuto divenendo certezza, tanto meno avrebbe potuto dividerlo con alcuno. Chiusa nel bagno della sua casa, e piangendo lacrime inconsolabili, avrebbe cambiato decisione ogni momento; ma la sua disperazione più grande sarebbe stata quella di non avere avvertito mio padre per tempo e di non essere accorsa da lui come una menade così come aveva deciso... E ora? Quand'anche si fosse strappata i capelli davanti a lui e mi avesse accusata in un delirio di grida (Tua figlia è scappata... Sì! È scappata la sciagurata! È scappata con MIO FIGLIO!...), nulla avrebbe potuto liberarla dal sentimento della sua colpa.

Il raccapriccio di quella scena, sebbene esistesse solo nella mia immaginazione e Francesco abitasse troppo lontano da M. perché Giuppina potesse raggiungerlo senza perdere ore preziose, mi gelò il sangue nelle vene. Con uno sforzo mi scossi e domandai al capostazione quando sarebbe arrivato un altro treno da M. Mi rispose, alle nove di sera.

Fuori dalla stazione, qualche postale aspettava i viaggiatori con i motori accesi; un paio di autisti mi guardarono, e io feci finta di leggere dentro i miei quaderni.

Non avrei potuto continuare a lungo in quella finzione: un leggero malessere mi intorpidiva le gambe e provavo il bisogno di sedermi in un posto ombroso e riparato. Per un attimo, pensai di abbandonarmi sul marciapiede della stazione, ma lo sguardo degli autisti mi trattenne dal farlo. Sotto quegli occhi insolenti, provai un empito di ribellione: "Forza!" mi dissi. "Forza!"

Camminavo per la strada, incerta sul mio aspetto ed esposta agli sguardi maschili: al lento scivolare delle loro lingue sulle labbra e a quel certo rumore di denti che essi facevano al mio passaggio. Camminavo, e sentivo il peso dei miei seni che vibravano per proprio conto, sfacciatamente, sotto lo stretto corpetto del vestito. Con l'arrivo della bella stagione, e dopo essere stati lungamente celati sotto gli abiti invernali, essi erano ormai grandi e puntuti e sembravano cercare una loro assoluta riscossa spingendosi, a volte, fino a tendere i bottoni delle camicie.

Non erano solo gli uomini ad accorgersi di quei miei attributi donneschi; anche a scuola, benché la classe fosse composta soltanto da fanciulle riservate, mi accadeva di cogliere – durante la ricreazione o all'uscita dalle classi – lo sguardo fisso e morboso dei ragazzi della mia età. Alcuni di essi avevano ancora i pantaloni alle ginocchia. Con loro era facile farli smettere: bastava fissarli con disprezzo; oppure bastava chiamare a voce alta un insegnante! Ma questi erano adulti, uomini grandi e grossi, con gli occhi carichi di proposte!

L'imbarazzo mi irrigidiva, mentre arrossivo vilmente. Tutto il mio coraggio era naufragato in un'orribile sensazione di volgarità e di sporcizia; mi sembrava anche di avere perduto il controllo delle gambe e che sarei caduta non appena avessi tentato di appoggiarle sull'asfalto. La strada, però, con una durezza che si ripercoteva fino all'inguine, mi restituiva colpo su colpo.

Dall'altra parte dello spiazzo c'era un bar, e mi incamminai in quella direzione con il passo di un fantasma.

Nel bar, una stanza quadrata con le pareti di biacca opaca, fui investita da un forte odore di vino di qualità scadente, che si espandeva mescolandosi all'odore acidulo delle botti. Seduti ai tavolini, tre o quattro in tutto, c'erano degli uomini che giocavano a carte. Al mio ingresso tacquero, e io mi diressi contegnosa verso il bancone. Domandai un bicchiere di latte, e qualcuno rise di me alle mie spalle. La barista, una donna grassa, con certa peluria che le scuriva il labbro, mi servì bruscamente. "Sapete dove si trova la caserma Cadorna?" domandai in un sussurro.

Amado mio

La caserma, mi spiegarono facendo a gara fra loro quegli uomini seduti al bar, non era molto distante; forse un quarto d'ora a piedi. Ed era facile raggiungerla, bastava seguire il mare!

Camminai per quasi un'ora, perdendomi per le strade tutte uguali del lungomare che, in quell'ora di siesta, erano deserte. Qualche raro passante mi guardò con intenzione, e io mi appiattii sui muri, accompagnata dalla mia ombra. La tensione della ricerca mi aveva sfinita, e sentivo il volto aggrinzarsi sotto un sudore bruciante.

Riconobbi sùbito la caserma, ma quella vista tanto attesa invece di rallegrarmi mi rese attonita e mi tolse ogni coraggio. Fino a questo momento della mia avventura, nessun dubbio o incertezza mi avevano attraversati e io, con una temerarietà inusitata per la mia indole, mi ero spinta a fare cose mai immaginate prima di allora. D'improvviso, però, dinanzi a quella severa costruzione che teneva Saverio sotto il suo dominio assoluto, il mio cuore si mise a battere scompostamente e fui assalita dal timore di non sapere più che cosa fare, né a chi rivolgermi.

Faceva caldo, e lo spiazzo circolare antistante la caserma era deserto. Il pavimento, lastricato di bianchi marmi rettangolari, era interrotto da strani uccelli mitologici: grifoni e altri mostri alati, delle gradazioni del bianco, del nero e del grigio. La luce del sole, a quell'ora al suo massimo splendore, si rifletteva sul pavimento, costringendomi a uno sforzo estenuante per mettere a fuoco le immagini.

Mentre camminavo, coprendo quella distanza che mi pareva inarrivabile, sentivo il torpore del mio corpo divenuto pesante, e nell'aria vuota di suoni si propagava il ticchettio sonoro delle mie scarpe.

Distinsi chiaramente il portone solo quando fui a pochi passi da esso, e le mie mani potevano già toccarlo. Era aperto a metà e, da quel lato che si apriva all'interno, potevo scorgere, immerso nella penombra, un colonnato quadrato e chiuso al cielo. A tentoni cercai il campanello, ma non trovai niente di simile.

Dei colpi battuti alle mie spalle mi costrinsero a voltarmi; da dietro al vetro della garitta, di cui mi accorgevo solo in quel momento, un soldato mi guardava incuriosito e allarmato, come se i miei comportamenti gli avessero fatto temere di trovarsi di fronte a una folle. La mia espressione confusa lo rassicurò, ed egli mi ripetette che non c'era nessun campanello.

"Come faccio, allora?" esclamai accorata, temendo che una tale mancanza mi avrebbe negato ogni altra possibilità di cercare Saverio.

"Cosa volete?" domandò, tirando fuori la testa da un piccolo spazio di vetro. La sua voce era agretta e un poco afona, come accade a chi, non essendo aduso a parlare, facilmente per l'emozione non ne controlla il timbro.

"Cerco l'artigliere Saverio D'Auria!" dissi in un solo fiato. La pressione del sangue mi pulsava nelle orecchie, rendendomi quasi sorda, e non riuscivo più a sentire neanche il suono della mia voce. Dovevo essere brutta: esangue per lo sforzo e con gli occhi del colore della cenere.

"Sono sua cugina Chiara D'Auria!" spiegai, mentre il soldato, un moro coi capelli riccetti sotto il copricapo della divisa, mi guardava incerto.

Ebbi l'impressione che si trovasse per la prima volta in una tale situazione e che non sapesse cosa fare. "D'Auria vi aspetta?" domandò. "No!" risposi a malincuore, mentre quello mi rivolgeva un'espressione neutra e insieme sollevata, come a dire: "Beh, allora non ci posso fare niente!".

"Però devo vederlo assolutamente... Devo parlargli di una cosa molto urgente!" gli dissi esaltata, nel timore di non riuscire a convincerlo. "È una questione di vita o di morte!" dichiarai con veemenza, e la gravità di quelle parole appena dette mi sembrò corrispondere a una verità assoluta, che si faceva strada dentro di me.

Mi girava la testa e mi tenevo aggrappata allo sportello della garitta, quasi a significare che sarebbe stato impossibile farmi andare via senza avere veduto Saverio D'Auria.

"Rimarrò qua tutta la vita!" pensavo ostinata, mentre un certo torpore, quasi un bisogno di addormentarmi in piedi, mi illanguidiva. "Va bene!" disse il soldato. "Adesso lo faccio chiamare. Vi sentite male?" domandò preoccupato dopo un poco, vedendo che continuavo a restare immobile, con il corpo uncinato alla porta.

Lo guardai appena con l'intenzione di sorridergli, ma mi sembrò di avere perso il controllo dei muscoli e che la mia bocca, andando per proprio conto, avesse fatto, invece, una stupida smorfia. Rimasi in questa posizione per un tempo variabile: forse qualche minuto, forse un quarto d'ora. Non lo so. Avevo le mani sudate e ogni tanto dovevo asciugarmele sulla gonna che, sebbene fosse larga, aderiva alle mie gambe umide di sudore. Se mi muovevo, sentivo un brivido di freddo che si infilava fra la stoffa del vestito e la pelle. Ciò nonostante, forse mi addormentai per qualche secondo, il tempo di precipitare in una specie di abisso senza fine.

"Signorina! Signorì!... Ma che fate? Vi siete addormentata?"

I richiami della giovane vedetta mi riportarono alla realtà. "Ho fatto chiamare vostro cugino!" mi riferì improvvisamente scaltrito da quella esperienza. "Lo hanno chiamato con l'altoparlante! Adesso sùbito scende!" concluse con un certo tono di importanza come se, a impartire quell'ordine, fosse stato lui stesso.

Lo ringraziai mentre le forze mi tornavano; con le mani ancora tremanti, frugai nella borsetta alla ricerca di un pettine, ma mi accorsi che lo avevo perduto e che, forse, non lo avevo proprio portato. Alzai gli occhi verso il portone della caserma e pregai Iddio che Saverio non uscisse in quel momento, e non mi sorprendesse tanto brutta e scarmigliata.

La frenesia di un tale pensiero rendeva i miei gesti convulsi: con le nude mani mi pettinavo, e sentivo aumentare fra le dita la resistenza setosa dei boccoli. Mi guardai attorno alla ricerca di uno specchio, ma non trovai nulla; mi sarei certamente disperata se il mio soccorritore non mi avesse offerto timidamente un piccolo pettine bianco, di foggia femminile. "Se vi serve!" fece gentile. "È della mia fidanzata," si giustificò, forse vergognandosi di avere con sé un simile oggetto. "Me l'ha dato quando sono partito... Anche lei ha i ricci come i vostri. Solo, sono scuri!"

Mi pettinai sotto quegli occhi seri, che mi confortavano sul mio aspetto con rapidi battiti di ciglia.

Era trascorsa già mezz'ora da quando Saverio era stato chiamato; ogni tanto, non sapendo cosa pensare, guardavo verso il mio soccorritore e gli rivolgevo un sorriso colmo di gratitudine e di domande. "Quanto ci vuole?" gli chiedevo senza parlare. "Devo aspettare ancora molto tempo? Qualcuno lo trattiene... sono le vostre abitudini?"

A queste tacite domande, i suoi occhi mi restituivano uno sguardo innocente e senza risposte.

Allora, provavo verso Saverio un sentimento di pena e di gravità, come forse accade a una madre, quando il figlioletto giunge in quell'età della crescita nella quale il proprio tenero arbitrio non basta più. Allora, altre e determinanti autorità dalla propria – un maestro, il dottore o il parroco – intervengono nella vita del figlio, ed egli non può più essere distolto da quelle incombenze, da quei doveri inevitabili della vita.

Con un sospiro, mi immaginai che Saverio fosse trattenuto da un generale inflessibile, che lo stava interrogando per filo e per segno su quella visita inaspettata. "E lui?" mi domandavo fiduciosa e sicura delle sue dolci risposte. "Come avrebbe risposto lui?" Oh, come avrei voluto essere un uccellino o una farfalla variopinta, per volare fino alla sua finestra e ascoltare, non vista, tutte le parole che stava dicendo!

"La finestra della sua camera si affaccia da questo lato?" domandai a quel caro guardiano, seguendo con lo sguardo tutta l'altezza della costruzione.

"Nessuno di noi ha una camera!" rispose, meravigliandosi per la mia ignoranza. "Solo gli ufficiali dormono nelle camerette..."

Eppoi, deciso a spiegarmi ogni cosa: "Noi dormiamo in certi stanzoni lunghi e stretti, con i lettini affiancati; a volte uno sopra all'altro. A castello si chiamano," specificò perché io capissi di cosa parlava. "A casa mia anche dormivamo in molti in una sola stanza, e perciò io non mi sfastidio se qualcuno russa o parla nel sonno! Altri, invece, no! Non sono abituati a questa compagnia, e allora per loro è un grande guaio e non riescono a dormire!"

"Allora, quelle finestre che si vedono," proseguì, soddisfatto di conoscere tante cose, "sono tutte le finestre delle nostre camerate! E le stanze degli ufficiali da qua non si vedono perché si affacciano all'interno della caserma... La camerata di D'Auria è quella là," indicò la direzione con un dito appoggiato sul naso per prendere meglio la mira. "Vedete quella finestra là?" ripeteva con un occhio chiuso e l'altro aperto, mostrandomi la finestra con precisione millimetrica.

"Quale?" domandavo trascinata dal bisogno insaziabile di sapere. "Quella a destra o quella a sinistra?"

"Quella!" rispose risentito, perché la mia richiesta gli dovette sembrare un'inutile pignoleria, oltre che un atto di sfiducia nei suoi confronti. “Là!” ripetette convinto, stendendo il braccio verso la fila delle finestre. “È la terza, non la vedete?” insistette.

Mi venne il dubbio che non distinguesse la destra dalla sinistra, e stavo quasi per decidermi ad appoggiare la testa sul suo braccio per seguirne la direzione, quando dal portone della caserma comparve un altro soldato che venne verso di noi. A quella vista, il mio soccorritore si ricompose in un attimo e il suo giovane volto assunse un'espressione impassibile.

L'altro, mentre io mi allontanavo di qualche passo spaurita, parlò brevemente senza gesticolare, come se stesse riferendo notizie molto riservate. Benché io fissassi il mio protettore nel tentativo di capire cosa stessero dicendo, quello mi guardava inespressivo, e quanto più lo spiavo facendogli le mostre di volerlo scandagliare con l'acutezza del mio solo sguardo, tanto più sembrava scivolare verso una specie di scolorita negazione.

Il nuovo arrivato, invece, mi fece segno di avvicinarmi.

Non so perché il cuore, mentre andavo verso quello sconosciuto, avesse cominciato a battermi nel petto in maniera spropositata, e una specie di oscuro presagio si facesse strada nei miei pensieri. Camminavo, e sentivo un dolore che si annunciava persistente e come destinato a rimanere per sempre. Quando mi dissero che Saverio D'Auria era stato trasferito, dovevo essere di nuovo impallidita.

“Trasferito...” balbettai, mentre un intero sciame di insetti mi occupava il campo visivo. “E chi lo ha mandato via?” domandai accecata.

“Nessuno lo ha mandato via, signorina! Ha chiesto lui di essere mandato al Nord!

Benché, seguendo la voce del mio informatore, volgessi il volto nella sua direzione come se lo stessi guardando, non vedevo più nulla e il silenzio che si fece quando tacque, mi spinse sull'orlo di un abisso.

“Non ci credo!” ripetevo sgomenta. “Non è vero! Lui non farebbe mai una cosa del genere... Io lo conosco!” ripetevo sfidando lo sguardo pietoso di quei due, mentre una voce esplodeva dentro di me con un urlo bestiale. “Tu, idiota! Tu, piccola sciocca senza senno... Che credevi di fare, dove credevi di andare? Ti sei mai chiesta se Saverio ti amava, o se per lui eri solo la sua piccola cugina... Una sorellina minore da tenere a bada... Come hai potuto illuderti fino al punto di pensare che avrebbe sfidato il mondo per te... Come hai potuto pensare che ti stesse aspettando in questi giorni senza segni... Come hai potuto!”

Il pensiero dei giorni trascorsi senza ricevere neanche una lettera o un messaggio di conforto, mi fece scoppiare nel cuore il timore che Saverio avesse pensato di essere stato abbandonato da me! Dev'essere così, decisi in un empito di passione. Dev'essere così!

"E dove è andato?" domandai rianimata e decisa ad andarlo a cercare fino in capo al mondo.

"Non lo so, signorina... Non possiamo dirglielo!... Gli abbiamo promesso di mantenere il segreto!" rispose con sussiego quel nemico.

Forse l'altro, il mio protettore riccetto, impietosito dal pallore mortale che mi sbiancava il volto, aggiunse ancora qualcosa nel tentativo di consolarmi, ma io non ascoltavo più nulla.

D'un tratto, il rifiuto che Saverio aveva opposto a qualunque incontro, mi sembrò una decisione presa proprio contro di me, come se egli stesso avesse detto ai gendarmi amici suoi: "Quando verrà una tale Chiara D'Auria (una ragazzetta con strani sogni nella testa, che è mia cugina ma pretende di essere la mia fidanzata!) a domandare di me, e vorrà sapere dove sono andato, e perché, e qual è il mio nuovo indirizzo, voi non dovete dirle nulla! NULLA! Ne va della mia vita!".

Mi sembrava di udire la sua voce, come se mi stesse dinanzi e parlasse con quel tono amaro e duro delle decisioni irrevocabili.

Ah! Se solo mi avesse permesso di mostrargli che fra noi non c'erano cose impossibili! Ah! Se si fosse fidato di me!

Mi girai per nascondere il volto pieno di lacrime e, nel fare un tale gesto, rivolsi gli occhi verso le finestre della caserma.

Non ho mai saputo se si trattò di un'allucinazione: se, cioè, la stanchezza mi giocò un terribile scherzo o se l'uomo che spiava dai vetri, e che scomparve in un lampo non appena mi accorsi di lui, fosse mio cugino Saverio. Con un grido strozzato lo indicai a quei due soldatini; poi, senza sentire più nulla, le mie mani pescarono nel vuoto e caddi in avanti, battendo sulle ginocchia.

Giuppina giunse alla caserma poco dopo le nove di sera e appena mi vide scoppiò a piangere senza riuscire a dirmi nulla. Si asciugava gli occhi arrossati con un grande fazzoletto da uomo che aveva preso al marito la mattina, nella previsione di un pianto fuori misura.

Io credo che, durante il viaggio, si disperò nel tremore che fra me e Saverio fossero accadute le cose irrimediabili che legano per sempre gli amanti; a questo pensiero che la sconvolgeva, Giuppina aveva un singhiozzo più alto e prolungato, come se le stessero trafiggendo il cuore. Di certo il controllore, quando passò nel suo scompartimento, e la trovò sola a piangere col volto contro il vetro, ne ebbe una grande pietà e non le chiese neppure di mostrargli il biglietto. A tratti, Giuppina dovette calmarsi e, nella sua maniera impetuosa, pensò che ci avrebbe trovati ovunque, e che ci avrebbe separati a suon di schiaffoni.

Ma poi, se le tornava il timore di ciò che le sarebbe accaduto quando tutti avessero saputo di me e di Saverio, Giuppina si sentiva sopraffatta dalla crudeltà del suo destino, e le antiche ferite sanguinavano insanabili.

"Dove sta Chiara?" aveva supplicato donna Peppina, oramai invasata dal terrore. "Dove sta mia nipote?" aveva ripetuto minacciosa, rivolgendosi alla corte delle sue serve e alle commari di Giuppina.

"È fuggita col cugino!" bisbigliò qualcuno, con l'intenzione di essere udito. Ma donna Peppina, prima che Giuppina cominciasse a negare una simile accusa, si era voltata: "Mia nipote non ha cugini!" dichiarò in un furore visionario che non ammetteva sconfessioni.

La casa in città

Dopo questi fatti non è accaduto più nulla che non abbia già detto, e la mia vita è trascorsa nascosta, in luoghi sempre diversi, dove finanche il tempo ha stentato a trovarmi.

Deve essere stato per questo – benché non me ne sia mai occupata, né abbia ricercato un tale fine con le molte cure e i necessari belletti – che il mio aspetto è rimasto a lungo inalterato, mentre il tempo saccheggiava i volti e i corpi dei miei conoscenti, rubando loro inesorabilmente la luce della giovinezza.

Così, mentre le poche persone che ho conosciuto e con le quali ho avuto ancora vaghi e discontinui rapporti, hanno mostrato i segni di tutte le età della vita – rughe profonde come ferite o tratti divenuti misteriosamente consapevoli – io sola non ho avuto età intermedie e sono stata un'assurda giovinetta che un giorno precipitò nelle forme della vecchiezza.

Di questa mia fissità senza tempo, piuttosto simile alla rigidezza dei corpi imbalsamati che alla giovinezza imperitura degli dei, l'unica che, avendola scambiata per un segno di quel luminoso destino che mi apparteneva, ne godette irragionevolmente fu donna Peppina Curatore. Ella mi attendeva ogni estate nella sua casa, con gli occhi lucenti di ammirazione.

Chiunque mi avesse osservata con uno sguardo diverso dal suo, privo, cioè, di quell'amore spropositato e fanatico che ella ebbe per me, avrebbe dubitato della mia immutabilità come si dubita della vita in una farfalla trafitta da uno spillo; o di un morbo, o di un processo mortale che si sia impossessato di qualcuno e lo tenga lungamente prigioniero in quello stato sonnambulo che appartiene alla morte.

Quando, per qualche motivo che non so spiegare, tornai per restare (forse per consunzione, o per il naturale decorso delle ossessioni, che hanno per destino di sfociare in altri e più grandi invasamenti), ero improvvisamente mutata e in me si era persa ogni traccia della Chiara che fui.

Di fronte a una tale disfatta, donna Peppina inorridì senza osare dirmi nulla; più tardi, qualcuna delle sue immancabili servette mi riferì che ella mi sospettava colpita dall'invidia della gente.

"Me l'hanno affascinata!" ripeteva in un crescendo stridulo, mentre cercava, nella sua corte e fuori di essa, qualche stregona più esperta nello scongiuro dell'acqua e dell'olio.

Che io fossi stata affascinata fu confermato non appena alcune gocce d'olio vennero versate, pronunziando il mio nome, in un piatto ricolmo d'acqua. Sùbito le gocce, nonostante io fossi assente, si allargarono alla maniera di un vuoto occhio malefico, fino a scomparire del tutto. Era il malocchio che agiva nel pieno della sua potenza, concordarono fra loro le stregone.

"E chi glielo ha fatto, CHI?" domandò donna Peppina esaltata.

"Una donna!" risposero quelle senza esitazione, poiché l'olio prima di scomparire, aveva assunto la forma di una collana di perle, ed è certo, invece, che quando l'affascinatore è un uomo, si forma il quadrante di un orologio. "Ah!" esclamò mia zia che ne era sicura fin dal primo momento. "La rovina di mia nipote è sempre stata l'invidia delle donne!" singhiozzò commossa per quella prova evidente del mio valore.

Tuttavia, anche dopo il rituale, i miei antichi splendori non riapparvero: donna Peppina assistette delusa al rapido progredire del mio disfacimento. Per la prima volta nella nostra vita, mi rivolgeva richiami astiosi, brevi frasi cariche di disappunto, dove l'antica ammirazione sembrava non trovare più echi.

Una mattina di fine settembre, avanti che iniziassero i freddi invernali, lasciammo la casa sotto al castello; portammo con noi poche cose – perché nella nuova dimora non ci sarebbe stato più posto per nulla – e alla stazione ci accompagnò la lunga fila scomposta delle donne di mia zia.

Con uno sguardo lampeggiante di gloria, donna Peppina organizzò l'ultima celebrazione; quei festeggiamenti mercenari e amorevoli che la sua corte di pezzenti le venne a tributare, in cambio di qualche dono di addio. Ella assistette a quel tumulto eccessivo, a quella fiera dei sentimenti, con la regalità di una sovrana che si concede ai propri sudditi; chiunque giunse alla stazione potette ammirarla, circondata dallo splendore chiassoso dei suoi pacchi e dalle rare valigie.

"Donna Peppina Curatore ci abbandona!" gridavano le sue baccanti. "Non ve ne andate!" supplicavano scatenate in una sarabanda dove un'ingenua furbizia si mescolava alla venalità del guadagno.

"Addio mie care, addio!" rispondeva loro donna Peppina. "Non piangete! Ci rivedremo certamente. Tornerò l'estate prossima," ripeteva mentre quelle, oramai senza freni, non l'ascoltavano più.

In quella sceneggiata degli addii, mia zia non mi volle al suo fianco e, benché non mi avesse posto alcun divieto, si mostrò soddisfatta che io rimanessi appartata; né mi chiamò quando, con gelosa avarizia, fece l'ultimo saluto dal finestrino e il treno si allontanò dalla stazione. Infine, ogni rumore della festa cessò, ed ella cadde esausta sul sedile.

"Mi amano molto!" disse con la voce arrochita dall'animazione. E non aggiunse altro.

La casa dove venimmo ad abitare in città non distava molto dalla dimora di Tripoli. A deciderlo, senza consultare nessuno, fu donna Peppina che, rimasta vedova del marito Michele, bramava di riunirsi con la famiglia dei D'Auria dopo tanti anni di separazione.

"Quel povero fratello mio!" diceva piena di compassione amorevole rispondendo alle mie deboli obiezioni. "Lui sembra cattivo, ma è l'uomo più buono della terra! Ha un cuore così!" insisteva facendo un ampio gesto con le braccia a indicare uno spazio sterminato di affetti. "È vero!" m'incalzava ostinata per la scontentezza di non avermi convinta.

Benché non fossi d'accordo con donna Peppina e nutrissi verso Tripoli l'antica ostilità, non mi opposi come avrei voluto, né la inquietai con i miei divieti.

La ascoltavo parlare col suo eloquio mirabile – l'unica cosa di lei che non fosse mutata da quando la conoscevo – e mi dimenticavo che il tempo inesorabile le aveva scolorito i lunghi capelli, e che la treccia, un tempo spessa e corvina, non troneggiava più sul capo esile.

"Oggi viene Tripoli," mi diceva trionfante le rare volte che quello, superbo e strafottente com'era sempre stato, minacciava di venirci a trovare. L'annuncio delle sue visite mi rendeva ombrosa e suscettibile e, inutilmente, donna Peppina cercava di irretirmi con racconti fantastici sul suo conto o con lusinghe che mi atterrivano.

"Tuo nonno ha una grande considerazione di te!" mentiva platealmente. "Avrebbc voluto vederti sistemata e ricchissima... Eppoi voglio chiedergli un po' di soldi per la tua retta all'università," diceva speranzosa guardandosi la punta delle dita. "In fondo ti manca solo la tesi..."

D'altronde non ero la sola a non gradire quegli incontri: Tripoli, che non credette mai che io potessi divenire una professorona o la grande medichessa di cui sua sorella vaneggiava, mi squadrò sempre con l'impudenza sfacciata del suo giudizio e non ebbe verso di me nessun riguardo. "Ma cosa fa?" domandava beffardo, quando donna Peppina lo incalzava con racconti e promesse tanto fantasiose quanto inutili e vane. "Ma per cosa la mantieni a fare in giro per il mondo? Ritirala!" aggiungeva con lo stesso tono. "Quella non è buona neanche per sposarsi," concludeva odioso.

Se qualche volta mi incontrò da sola, non mi rivolse alcuna domanda, e neanche mi degnò di uno sguardo: aveva verso me la stessa indifferenza che si può provare verso un essere insignificante o un oggetto di nessun valore.

È possibile che Tripoli, unico fra tutti i D'Auria, sospettasse la mia vera natura, anche se – pagando il prezzo della propria – non si occupò di approfondire nessuno dei suoi dubbi e io ebbi cura di evitarlo, riducendo ogni occasione di incontro.

L'ultima volta che lo vidi si era di Natale, data nella quale – a un certo punto della vita e per molti anni di seguito – cominciò a preannunciare la propria morte, atterrendo con i suoi presagi funerei tutta la famiglia dei D'Auria.

Lo andai a trovare di malavoglia, costretta dall'esigenza pressante di donna Peppina che voleva convincerlo a desistere da quell'orribile ordalia. "È presto per morire!" diceva scandalizzata. "Quel fratello mio si sta tirando addosso la mala sorte!"

Sulla porta, colsi lo sguardo di Tripoli: mi guardò appena, con un'espressione insieme spaurita e temeraria, che la preoccupazione per la propria morte lasciava svuotata da ogni derisione. Tuttavia nei suoi occhi c'era una gravità che non gli conoscevo e, per la prima volta, pensai che mi leggesse nell'animo. Non l'amavo, non l'avevo mai amato; oscuramente desiderai che morisse.

Ma, quella volta ancora, nonostante avesse quasi novant'anni, egli superò la crisi della sua profezia che non si adempiva; guarito, dimenticò ogni cosa di quel tristo periodo, e me per prima.

Morì, invece, qualche tempo dopo: era il mese di marzo e la primavera aveva riempito il cielo di rondini.

La morte di Tripoli lasciò donna Peppina istupidita come se, sul suo capo, si fosse abbattuto un evento sciagurato e imprevedibile, ed ella non si potesse capacitare di una tale ingiustizia.

Una volta – lo confesso – ho commesso l'errore di volerla consolare di quella perdita, che per me non ebbe conseguenze, richiamandole a ragione l'età avanzata del fratello. Ne ebbi per risposta uno sguardo vuoto e insieme atterrito: mia zia Peppina era più grande di Tripoli.

"L'età?" mi accusò non appena si riprese. "Cosa vuoi che conti l'età... Io sono nata tre anni prima di lui e ancora sono viva... Figurati che mia madre non mi voleva neanche allattare quando nacqui! Le era appena morto un figlio maschio," si affrettò ad aggiungere per giustificarla, "lo aveva allattato per quasi due anni... A quel tempo le madri facevano tutte così! Ma lei era delicata, era di sangue anemico, e quando rimase gravida di me non se ne accorse. Le cresceva la pancia e lei non sapeva perché... Non poteva immaginare che le fosse accaduta una cosa del genere mentre ancora allattava! Eppoi era stanca! Così stanca che, quando nacqui, avrebbe voluto uccidermi lasciandomi morire di fame nella culla! Mi abbandonò a piangere per due notti e due giorni, senza prendermi mai nelle braccia! Certamente sarei morta, quando accadde un prodigio."

Nel dire questa parola, gli occhi di donna Peppina si fecero splendenti di bellezza e il suo volto, dove la pelle pallida mostrava la sottilissima ragnatela del tempo, si animò tutto.

"Sì, un prodigio!" ripetette fissandomi. "Durante la notte, improvvisamente, io smisi di piangere e mia madre pensò che fossi morta. Si alzò per guardare nella culla e, non appena ebbe varcata la soglia della stanza dove mi teneva chiusa, vide un gallo con un cresta gigantesca... una cresta mai vista prima!"

"Mia madre non riusciva a capire da dove fosse entrato, perché la porta era chiusa e la finestra era troppo alta per un gallo che non può volare; ma quello stava sopra la mia culla e fissava mia madre con uno sguardo fiammeggiante..."

Estenuata dall'emozione di quel racconto, mia zia si interruppe un momento per prendere fiato. "Era bello quel gallo, Chiara mia! Era il gallo che apparve a San Pietro quando rinnegò Cristo prima che lo ammazzassero! Capisci? Quello voleva dirle: 'Che fai? Abbandoni tua figlia, la tua carne? Prenditi la tua croce sulle spalle!'."

"Mia madre obbedì, e chiese perdono per il peccato che stava per fare... Ma non era colpa sua! Era stanca, era malata! Ho voluto sempre bene a mia madre," s'inteneriva, soffocando nelle lacrime che una certa impressionabilità mutevole dell'età cominciava a rendere frequenti.

"E anche tu Chiara mia, anche tu, devi volere bene a tuo padre... Sì," ripeteva alterandosi e sapendo di farmi preoccupare, "gli devi volere bene perché è tuo padre! Punto e basta!"

"..."

"E allora quando lo vedi? Quando lo fai venire qua? Abita un poco più lontano di Tripoli," diceva quel nome segnandosi la fronte con devozione, "ma ci mette un attimo ad arrivare con la macchina." "Oh!" si disperava improvvisamente. "Non avere neanche un guaglioncello per mandargli un'ambasciata!"

Tacevo nella speranza che non nominasse il telefono; tuttavia ella, che pure odiava quello strumento diabolico al pari di me, dopo un po' mi guardava con un'espressione drammatica nella quale si potevano leggere le seguenti parole: "Lo so, Chiara mia, lo so! Ma solo per questa volta... Questa volta e mai più!".

A casa di mio padre rispondeva la sua convivente, una donna mite che incontravo qualche volta al mercato, non molto lontana da me, mentre frugava tra le bancarelle con un'aria assorta e accostumata. Ci salutavamo con un cenno della testa, poco più di un segno di riconoscimento, ed ella si stringeva al petto le sue mercanzie.

"Che ha detto?" insisteva donna Peppina che aveva assistito alla mia telefonata tenendosi a una distanza reverente. "Ha detto che viene?"

"Non era in casa!" rispondevo ombrosa.

"E chi ha risposto?"

"..."

"Lei?" continuava esterrefatta donna Peppina. "E sa usare il telefono?" domandava senza riuscire a trattenere la propria sbalordita riprovazione.

Nella mente di mía zia, per potere usare il telefono bisognava essere andati all'università almeno qualche anno. "È una cosa per dottori," diceva ai rari ospiti che capitavano in casa nostra. "Lo usa mia nipote."

"E allora?" continuava inesorabile tornando a mio padre.

"Allora niente! Lo richiamerò."

Sapevamo entrambe che non lo avrei fatto: paga di quel tentativo, donna Peppina mi avrebbe lasciata in pace per un po'.

Mio padre non tentava più neanche di vedermi. Nelle rare volte che provò a parlarmi, gli rivolsi uno sguardo selvaggio e chiuso che lo fece indietreggiare. Sc cercò di sapere qualcosa della mia vita, gli esibii con voluttà il mio disfacimento.

Il silenzio

A pretendere che noi avessimo un telefono era stato Tripoli.

Al primo squillo, mia zia arrossiva fino al collo sottile e il suo volto si copriva di chiazze paonazze che la sfiguravano. Se non stavo con lei ma ero in un'altra stanza – cosa che, per la verità, non accadeva quasi mai – mi chiamava con una voce strozzata, una specie di invocazione dolorosa.

"Chiara!" supplicava emozionata mentre veniva a cercarmi portandosi dietro la vestaglia fiorata, quella delle grandi occasioni, affinché io potessi indossarla prima di rispondere. "Chiara, sta suonando!"

Se, invece, ero dinanzi a lei, trasalivamo insieme e i nostri occhi si guardavano sgomenti come se, ad assalirci, non fosse stato un suono, ma piuttosto un rapinatore o un aggressore spietato.

Restavamo paralizzate, con le mani aggrappate alle sedie o alle sponde del letto, senza deciderci a fare nulla, nell'assurda speranza che quel suono cessasse. "Chi sarà?" domandava mia zia riprendendosi per prima. "Aspettavi qualcuno?"

Ai miei segni di diniego, ella sospirava continuando a guardarmi smarrita. "Dài!" diceva alzandosi in piedi solerte. "Andiamo a sentire!"

Spesso, quando giungevamo, il telefono si era già zittito e taceva miracolosamente per il resto della giornata.

Raramente squillava di sera con un suono più tremulo, quasi che, attraverso vie impervie e scoscese, faticasse a trovare la nota. A quel suono più flebile e meno invadente degli altri, io sussultavo atterrita e il mio cuore si fermava per un attimo prima di riprendere a battere con un tonfo vuoto. Inutilmente mi dibattevo nello sforzo di dominare i sensi e di placare l'ondata bollente del sangue.

"È Giuppina?" domandava donna Peppina col suo istinto infallibile. "È Giuppina! Rispondi!" ordinava esaltata.

Alzavo la cornetta incalzata da mia zia che si parava dinanzi a me, dimentica finanche dei suoi terrori. "Dài" insisteva spingendomi il braccio. "Dài!"

"Pronto?" mormoravo senza fiato, mentre donna Peppina cominciava a suggerirmi tutto quello che dovevo dire.

"Pronto!" rispondeva Giuppina dall'altra parte, con la voce già incrinata dal pianto. "Voi state bene?" chiedeva sforzandosi di mantenersi serena. "Zia sta bene? Se avete bisogno di qualcosa io prendo il treno e torno sùbito... Capito!"

Siccome non rispondevo, e a malapena mi uscivano dalla bocca dei rari sì senza forza, donna Peppina domandava invelenita: "Sì che cosa? Cosa state dicendo che io non capisco niente! Chiedile quando torna! Quando torna? Dille così: Giuppina, tua zia vuole sapere se ti rivedrà prima di morire o se dovrà chiudere gli occhi senza avere questo piacere!"

Se io, in risposta al suo baccano, le porgevo la cornetta con gli occhi scuriti per il furore, ella arretrava intimorita. "Dio mio!" continuava a borbottare dal punto in cui era. "Quella nipote mia! Come le è venuto in mente di andare a vivere in Svizzera alla sua età! Per fare cosa poi? Qua aveva tutto: ha lasciato una casa, una posizione, un marito... Avranno preso d'occhio pure lei..." concludeva amareggiata.

Dopo, quando la calma era tornata e mia zia si assopiva brevemente, io mi chiudevo in cucina per un tempo variabile e non pensavo più a nulla.

Allora il ricordo di Giuppina e del dominio che esercitò su di me e sulla mia vita mi compariva vivido dinanzi agli occhi, fino al punto che mi sembrava di udirne la voce.

Non so se ebbe mai l'esatta percezione delle imprese che aveva compiuto. Di certo, dopo la partenza di Saverio, e parendole che ogni tragedia fosse stata evitata, veniva a trovarmi mentre, sorda a ogni distrazione, studiavo per terminare il liceo.

"Brava," mi diceva. "Brava!" E nel dire questo cercava l'antica confidenza che ci deliziava, cominciando a raccontare, con dolce comicità, cose che avrebbero dovuto divertirmi. Allorché sulle mie labbra si affacciava, al posto dell'antica nostra allegrezza, un sorriso stentato e condiscendente, ella arretrava ferita e, con gli occhi incupiti dalla mortificazione, cessava ogni tentativo.

Quando, infine, Giuppina andò a vivere con Saverio, mi accorsi che l'avevo perdonata.

Qualche volta, uscendo di casa per fare la spesa, ho incontrato Sciarmano in compagnia di Marianna.

Nei nostri incontri, rari e sempre casuali, ho guardato la linea dei suoi capelli che, anziché divenire bianchi, cadevano lasciandogli nuda l'alta fronte, mentre Marianna aveva perso tutti i denti, "un dente per ogni figlio!" mi diceva ridendo, e scoprendo le gengive vuote e rosee – e i suoi occhi mi guardavano carichi di domande.

Non mi chiesero mai nulla, benché Marianna avrebbe voluto farlo e io percepissi il fruscio continuo dei suoi pensieri.

"Ci vieni a trovare?" mi chiedeva un attimo prima di scomparire dentro l'utilitaria. "È una vita che non ci vediamo... Non conosci neppure i nostri nipoti... Vieni! Prepariamo una bella tavolata!"

"Chiara sa che può venire quando vuole!" la interrompeva Sciarmano, a cui non era sfuggita la curiosità della moglie. "Andiamo!" diceva. "Dobbiamo fare ancora tante cose e al paese ci aspettano per il pranzo... Noi siamo di famiglia, tu lo sai. La nostra casa è aperta in qualunque momento!" mi diceva guardandomi gravemente, prima di salutarmi con un bacio.

Non volle giudicarmi da quello che dovetti sembrargli e neanche da ciò che la gente, a un certo punto, iniziò a dire di me e della mia inutile esistenza.

Non si trattò di ipocrisia; Sciarmano non avrebbe lasciato che un simile sentimento crescesse in lui. Si trattò, piuttosto, di prudenza, qualità che gli appartenne massimamente, o forse di quel sentimento, insieme tenero e severo, che si chiama pietà e che nutriamo solo verso le persone che abbiamo molto amato.

Tuttavia nessuno mi avvertì quando una sera di aprile di non molto tempo fa, egli, che aveva appena cenato insieme alla famiglia riunita, si allontanò dalla tavolata per qualche minuto. Forse ebbe un breve capogiro per l'effetto imprevisto del vino; forse si impensierì sotto la spinta improvvisa del sangue. Chiese permesso, e nessuno si preoccupò per lui che andava nella sua stanza; nessuno dei figli cessò di discutere chiassosamente, nessuno cessò di ridere.

Marianna lo trovò così: come un uomo giusto che si è addormentato.

Nella casa dove sono rimasta, il silenzio mi sorprende col suo senso mutato: sommessamente si avanza in un corteo di ombre luminose; sommessamente m'invade con una voce che scioglie i misteri di antichi fonemi impenetrabili. Parole come nenie, riaffiorano da spazi incalcolabili e cantano il loro verso gioioso per la sola delizia dell'anima.

C'era una volta un re
seduto sul sofà
che disse alla sua serva
raccontami una storia
la serva incominciò
c'era una volta un re
seduto sul sofà...

No! Questo silenzio favoloso non è della stessa specie rocciosa dei sotterranei che ho già attraversato! Non è quello degli anni che trascorsi nascosta, né quello che – avvolgendomi come un sudario – propagò il suo fragore dal centro di me. Non è neppure il silenzio assordante delle voci messe a tacere, né quello delle parole risentite, orfane di qualcuno che non le volle ascoltare.

Questo silenzio – che si lascia esplorare come un mondo mediano dove il passato s'incarna nella fantasmagoria del sogno – attraversa la sconfinata regione della salvezza. Se chiudo gli occhi ne intravedo i santuari imponenti, dove si celebrano – fra ricchezze tanto meravigliose da parere irreali – i riti incantati della MEMORIA e del FUTURO.

Eccoli! Avanzano scambiandosi gli identici volti, coi corpi intrecciati in una danza sincronica: entrambi sono giovani, entrambi sono vecchi e quando l'uno è giovane, l'altra veste il suo volto vecchio; e quando l'altro è vecchio, quella prende il suo volto giovane. Come la favola che inizia dove finisce, come la vita che segue alla morte, come il giorno che nasce dalla notte: essi sono gemelli e l'una vive nell'altro.

Con un sospiro, guardo la pallida luce del giorno che se ne va con la sua ombra lunga sulle mie pezze: nessuno più mi chiamerà, nessuno mi verrà a cercare. Forse riceverò ancora qualche lettera da Titina e rivedrò la mia balia Rosina; forse incontrerò mio padre e ci arrenderemo a un sorriso.

Forse, mi dico, forse.

INDICE

Stampa Grafica Sipiel
Milano, marzo 1997